KB040740

녹두장군

# 녹두장군 11

지은이 | 송기숙
펴낸이 | 김성실
편집주간 | 김이수
책임편집 | 손성실
편집기획 | 박남주 · 천경호
마케팅 | 이동준 · 이준경 · 강지연 · 이유진
편집디자인 | 하람 커뮤니케이션(02-322-5405)
인쇄 | 중앙 P&L(주)
제본 | 대흥제책
펴낸곳 | 시대의창
출판등록 | 제10-1756호(1999. 5. 11)

초판 1쇄 인쇄 | 2008년 7월 1일
초판 1쇄 발행 | 2008년 7월 10일

주소 | 121-816 서울시 마포구 동교동 113-81 (4층)
전화 | 편집부 (02) 335-6125, 영업부 (02) 335-6121
팩스 | (02) 325-5607
이메일 | sungkiller@empal.com(책임편집자)

ISBN 978-89-5940-122-2 (04810)
978-89-5940-111-6 (전12권)
값 10,800 원

# 녹두장군

11

팔도로 번지는 불길

송기숙 역사소설

시대의창

## 일러두기

1. 이 책은 1994년 창작과비평사(현 창비)에서 완간한 《녹두장군》을 개정하여 복간한 것이다.
2. 지문은 원문을 최대한 살리되 현행표기법에 따라 표준말을 기준으로 바로잡았다. 대화에서는 사투리와 속어를 포함한 입말의 느낌을 살리기 위해 한글맞춤법에 맞지 않더라도 그대로 두기도 했다.
3. 외국인 인명人名은 외래어표기법에 따라 고쳤으나, 옛사람들이 쓰던 발음과 크게 달라지는 경우 그대로 두었다.
4. 독자들에게 생소한 어휘와 사투리 및 속담은 어휘풀이를 달았다. 동사 및 형용사는 사전에 등재된 기본형을 표제어로 삼았으나, 그 밖의 용어나 사투리 및 잘못된 표현은 본문 표기를 그대로 표제어로 삼은 것도 있다.

## 차례

◎ 제 1 권

비결/고부/형문/고산/아전삼흥/대둔산/민부전/황산벌/유월례/금강/백지결세

◎ 제 2 권

공주/밤길/방부자/강경/탈옥/당마루/사람과 하늘/삼례대집회/용천검/함성/전주

◎ 제 3 권

두령회의/늑탈/뿌리를 찾아서/만득이의 탈출/갈재의 산채/유혹/조병갑/임금님 여편네/첩자/새 세상으로 가는 길/오순녀

◎ 제 4 권

전창혁/지리산/화개장/만석보/두레/복합상소/장안의 대자보/산 자와 죽은 자/소 팔고 밭 팔아/얼럴럴 상사도야/사발통문

◎ 제 5 권

조병갑 목은 내가 맨다/궁중의 요녀/마지막 호소/대창/어둠을 뚫고 가는 행렬/추격/새벽을 나부끼는 깃발/배불리 먹여라/대동세상/아전들 문초/쫓기는 사람들/공중배미

◎ 제 6 권

꽃 한 송이/고부로 가는 사람들/탈출/지주와 소작인/장막 안의 갈등/그리운 사람들/감영군의 기습/방어대책/내 설움을 들어라/백산으로 가자/보복/별동대 총대장

◎ 제 7 권

너의 세상과 나의 세상/살살 기는 저 포수야/소는 내가 잘 몬다/하늘의 소리가 들린다/조정의 미소/감영군이 움직인다/우리 묘지는 백성의 가슴/전죄를 묻지 않는다/농민군 동요/어사 이용태/한 놈도 놓치지 마라/불타는 고부

◎ 제 8 권

쑥국새/통문/이용태는 들어라/탈옥/효수/음모/가보세 가보세/전봉준, 백마에 오르다/대창 든 사람들/함성은 강물처럼/고부탈환/앉으면 죽산 서면 백산

◎ 제 9 권

보부상/감영군 출동/유인/황토재의 새벽/조정군도 꾀어내자/고창을 거쳐 무장으로/초토사 홍계훈/장태/황룡강의 물보라/전주 입성/북관묘의 민비/전주 사람들

◎ 제 10 권

'외군 군대만은 아니 되옵니다' /포탄 우박/회선포/감사 김학진/전주화약/이홍장과 이토/집강소/이용태를 잡아라/경옥과 연엽/농민천하/김개남의 칼/북도는 남원접이 쓸고 남도는 보성접이

◎ 제 12 권

능티고개 전투/화약선/크루프포/피가 내가 되어/소작인들/마지막 술잔/우금고개 전투/양총과 화승총/공주대회전/여승/삭풍/최후의 불꽃

東徒大將

## 제11권 팔도로 번지는 불길

이번 전쟁에서 비록 우리가 패하더라도 관속배들과 부호배와 양반들은 그만큼 백성을 무서워할 것이고 그 무서워하는 만큼 세상은 개벽에 가까워질 것입니다. 우리의 죽음은 그래서 헛된 죽음이 아니고 이기는 죽음입니다. 우리 자손들도 거기서 자신을 얻고 교훈을 얻어 또 그렇게 싸우다 죽을 것입니다.

# 1. 농민군대회

6월 15일. 오늘은 남원에서 전라도 각 고을 두령들 회의가 열리고 남원 농민군대회農民軍大會가 열리는 날이다. 전라도 두령들이 모여 회의를 하기로 한 것인데 두령들이 모이는 것을 계기로 농민군대회를 열기로 한 것이다. 남원 농민군들이 엄청나게 읍내로 모여들고 있었다. 동네별로 풍물을 치며 흥겹게 모여들었다. 황톳물 들인 수건을 쓴 농민군들이 화승총과 대창을 메고 몰려들고 있었다. 창의기는 들지 않고 '농자천하지대본' 농기만 들고 나왔다.

"아따, 장꾼보담 농민군이 더 많네."

오늘은 남원 장날이었다. 장군에다 농민군들이 몰려들자 읍내도 들어오는 길이 미어질 지경이었다. 농민군들은 지리산에서 흘러내린 섬진강 상류 읍내 서북쪽 강가로 모여들었다. 강변 한쪽에는 차일이 수십 채 들어섰다. 차일은 점심을 장만하는 차일이고 사사로운 술막 차일도 몇 채 있었다. 사람 모이는 데는 어디서나 그러듯 들어오는 길가에는 먹을거리 장수들이 즐비하게 앉아서 손님을 부르고 있었다. 떡장수, 밀죽장수들이 촘촘히 자리를 잡고 있었으며 나무비녀에 몽당치마를 입은 들병이들이 오지병과 술잔을 들고 정신없이 군중 사이를 휘지르고, 엿장수들 엿단쇠 소리도 한껏 신명이 났다.

김개남은 남원에 쳐들어와서 부사 이용헌 목을 베는 등 강경 일변도로 나갔으며, 그 기세로 얼마 사이에 남원 농민들 거의 전부를 농민군으로 끌어들였다. 세상 사람들은 썩은 관속들과 못된 부자며 불량한 양반들을 전부 그렇게 싹둑싹둑 목을 베어버리고 세상을 홀랑 뒤집어버리기를 바랐다. 김개남은 그런 지지를 업고 농민군 조직에 온 힘을 기울여 남원 고을 웬만한 동네는 거의 돌아다니며 두레 조직을 그대로 농민군 조직으로 끌어들이고 지금 한창 이웃 고을을 돌고 있는 참이었다. 요사이 남원 사람을 비롯한 이 근방 사람들은 전봉준보다 김개남을 더 지지했다. 오늘 농민군대회에는 이웃 고을 사람들도 많이 오기로 되어 있었다.

김개남의 서릿발 치는 기세에 부자나 양반들은 발발 떨었다. 제 사날로 돈과 곡식을 갖다 바치며 김개남 눈치 보기에 정신이 없었다. 지리산 서북쪽의 비옥한 들판을 안고 있는 남원은 어느 고을보다 물산이 풍부하고 부자들이 많았으므로 김개남은 방대한 농민군 조직 못지않게 군자금도 많이 모았다.

오늘 전라도 두령회의를 열자고 전봉준한테 제의한 것은 김개남이었다. 지난번 전주에서 조정과 화약을 맺을 때 회의장을 뛰쳐나갔던 김개남이 이런 제의를 했다는 소문이 퍼지자 두령들은 화합의 단서가 잡히는 것 같아 모두 찬성했고, 더구나 그는 강경 일변도로 독자적인 노선을 밟고 있는 판이라 그런 점에도 태도를 조절하겠다는 뜻이 아닌가 기대를 하기도 했다.

오늘 대회는 계획이 치밀했다. 장날이자 보름날로 날짜를 잡은 것부터가 그랬다. 지금은 모내기가 끝나고 논을 매기 전이므로 잠깐 한숨 돌릴 때인데다가 장날은 시골 사람들이 으레껏 장에 가는 날이므로 품을 버린다는 생각이 없고, 보름날로 잡은 것은 먼 데서 왔다 가는 사람들이 달밤을 이용하도록 하자는 것이었다.

강가 모래톱에서는 여기저기 수십 군데 풍물판이 흐드러졌다. 이내 변왈봉이 단 위로 올라갔다.

—징징징징.

변왈봉 곁에서 징을 울렸다. 풍물 소리가 그치기 시작했다.

"각 면별로 모여주시고 다른 고을 사람들은 저쪽으로 모여주시오."

단 양옆으로는 빙 둘러 면 이름과 고을 이름을 쓴 자잘한 기가 꽂혀 있었다. 모두 기 앞으로 모였다. 가슴에 '승전勝戰'이라 쓴 표지 천을 단 사람들이 열을 세우고 지휘를 했다. '승전' 표지는 지난번 봉기에 나갔다는 의미였다. 말하자면 계급장 같은 것이었다. 이번에 모이라고 통문을 보낼 때 그런 표지 천을 달고 나오라고 지시를 했던 것이다. 예쁘게 수를 놓아 단 사람도 있었다.

일반 농민군과는 상관없이 따로 모이는 부대가 있었다. 재인 부대와 천민 부대였다. 그들 곁에는 차림새가 다른 부대가 또 하나 있었다. 그들은 모두 엽총을 메고 있었다. 2백여 명이나 되었다.

"포수들 같구만."

"맞어. 지리산 포수들이 나선다는 소문이 있등마는 그 사람들이구만. 총도 모두 사냥총이네."

임진한이 동원한 지리산 포수들이었다. 이번에 김개남이 가장 흡족하게 생각한 것은 임진한을 자기편으로 끌어들인 것이었다. 포수들은 성능 좋은 엽총을 지니고 있었고, 거의 모두가 불질로 뼈가 굳은 사람들이라 총 솜씨며 산 타는 것이며, 전쟁에는 일반 농민군하고는 비교를 할 수가 없는 사람들이었다. 포수들이 가지고 있는 엽총은 거개가 요사이 일본과 청나라를 통해서 들어온 양총이었다. 성능은 전투용 모제르 소총과 별반 차이가 나지 않았다.

동헌에 모였던 각 고을 두령들이 대회장으로 나왔다. 전봉준, 손화중, 김덕명, 이방언 등 거두들을 비롯해서 3백여 명이나 되었다. 두령들은 엄청난 수에 입이 떡 벌어졌다. 만 명이 넘을 것 같았다. 두령들은 농민군 수도 수지만 무기를 보고 더 놀랐다. 화승총을 멘 사람이 2,3천 명은 될 것 같았다. 단을 중심으로 양쪽으로 늘어선 두령들 가운데는 얼굴이 굳어진 두령들이 많았다.

그때 달주와 이싯뚜리가 대회장에 도착했다. 그들은 남부 일대를 돌고나서 얼마 전부터 무주, 진안, 장수, 금산 등 김개남 영향권에 드는 고을을 다녀오는 참이었다. 김개남 영향권에 있는 고을은 지금도 말이 아니었다. 농민군 나갔던 사람들 기세도 김개남 못지않게 서릿발 같았다. 그들 앞에서는 자작논 여남은 마지기만 버는 사람들도 기죽은 강아지 꼴이었다. 위에서부터 강압 일변도로 닦달을 하고 있기 때문에 그들도 그 기세로 닦달을 했다.

남부 지방도 처음에는 가는 데마다 양반과 부자들을 족치느라 살기가 번뜩였으나, 전봉준과 손화중, 이방언 등 두령들이 통문을 보내고 몸소 다니며 타이르자 그들 말이 어지간히 먹혀들어 잠잠해지고 있었다. 그러나 김개남 영향권에 드는 지역은 말을 꺼내볼 엄두도 낼 수 없었다. 달주와 이싯뚜리가 납득할 만한 일을 하고 있는 사람은 순천 김인배였다.

순천과 광양 지방에서 세력을 떨치고 있는 김인배도 폐정개혁보다는 전쟁 준비에만 몰두하고 있었으나 그는 우선 목표가 다른 두령들하고는 달랐다. 영남까지 그 세력을 떨치겠다는 야심만만한 계획을 세우고 있었다. 김인배는 금구 출신으로 김개남이 그리 보낸 사람인데 그는 부하 몇 사람을 거느리고 순천으로 가서 순천 집강 양하일과 낙안 이수희, 그리고 보성 안규백의 협력을 얻어 스스로 영호대접주라 칭하며 순천에 영호대도소를 설치하고 우선 하동과 진주로 쳐들어가서 수령들을 굴복시켜 농민들이 집강소를 차리도록 거들겠다는 목표를 세우고 그 준비를 하느라 무기와 군자금을 모아들이고 있었다. 그는 무작정 윽대기는 것이 아니라 부자들을 설득해서 돈을 받아내는 것 같았다. 고향에 돌아간 왕삼도 광양 집강소에서 열심히 일을 하며 김인배의 뜻에 찬동하고 있었다.

왕삼은 남해에 갔다 와서 곧장 고향에 돌아갔는데 농민들 신망이 대단했다. 집을 나갈 때 관속들을 두들겨 패놓고 도망친 사건은 널리 소문이 났던 일이라, 그가 고향에 돌아가자 농민들은 대번에 왕삼, 왕삼이었다. 더구나 전봉준 장군 밑에서 크게 활약을 했다는 소문까지 나자 광양 사람들은 왕삼이라면 어린애들도 이름을 알 지경이었다.

북도는 남원접이 쓸고 남도는 보성접이 쓴다던 그 보성도 달주와 이싯뚜리가 다녀온 뒤로는 전 같지 않다는 소문이었다. 이싯뚜리가 김치걸한테 만만찮게 으름장을 놨던 것이 먹혀든 것 같았다.

"만약 더 설치면 내가 가만있지 않겠소. 우리 민회 패를 몰고 와서 쓸어버리겠소. 민회 패 수가 얼마나 되는 줄 잘 아시지요?"

이싯뚜리는 잡담 제하고 을러멨다.

"하하, 초장에 좀 심하게 했더니 소문이 험하게 난 모양이오. 그런 일이 더 없을 테니 그리 아시오."

김치걸이 비굴하게 기고 나왔다. 이싯뚜리는 두고 보겠다고 단단히 뒤를 눌러놓고 왔다. 그들은 보성에서 시또와 기얻은복도 떼어버렸다. 우리끼리 다니겠으니 당신들은 당신들대로 볼일 보라고 이싯뚜리가 매몰스럽게 내쳐버린 것이다. 전부터 이싯뚜리는 화적 출신들을 별로 달갑게 여기지 않았는데, 그들이 본색을 드러내자 사정을 두지 않았다.

"이 단으로 더 가까이 조여 오시오. 저 뒤쪽 분들은 이쪽으로 오시오."

변왈봉이 소리를 질렀다. 단을 중심으로 군중을 사방으로 빙 둘러 모았다.

"저쪽도 더 조이시오."

"저거 오기창 아녀?"

저 뒤에서 소리를 지르며 정리하는 사람을 보고 이싯뚜리가 달주를 보며 웃었다.

"다 제 성깔대로 사는 거지."

달주도 웃었다. 오기창과 최낙수는 고향에 가기도 거북하게 되어 그 동안 변왈봉을 열심히 거들고 있었다. 오기창과 최낙수 때문에 집을 잃은 친척들은 지금도 오기창 죽인다고 이를 간다는 것이다. 오기창은 연방 소리를 지르며 사람들을 정리하고 있었다. 최낙수는 저쪽에서 정리하고 다녔다.

"여름 살은 여편네 살도 왈칵 반갑잖은데 우리가 염소 새끼들인가?"

농민군들은 킬킬거리며 조여들었다.

"지금부터 남원 농민군대회를 시작하겠습니다."

대충 정리가 되자 변왈봉이 크게 말했다. 사람들이 원체 많이 모여 저 뒤에까지는 말이 제대로 안 들릴 지경이었다.

"저 뒤에 조용히 하시오."

변왈봉이 소리를 한번 지른 다음 같은 말을 다시 되풀이했다.

"오늘 대회는 먼저 김개남 장군님께서 인사 말씀을 하신 다음에 각 고을 두령님들을 소개하고 그 다음에는 전봉준 장군님 인사 말씀이 있으시겠으며, 손화중 장군님께서 나라 안팎 정세를 자세하게 말씀드리겠습니다. 그런 다음에 점심을 먹고 우리 농민군들은 여기서 창던지기 대회를 벌이고 두령님들께서는 동헌으로 가셔서 여러 가지 일을 의논하십니다. 그럼 김개남 장군님께서 인사 말씀을 하시겠습니다."

변왈봉은 큰소리로 말했다. 김개남이 단으로 올라갔다. 박수 소리와 풍물 소리가 쏟아졌다.

"바쁘신데 이렇게 나와주셔서 감사합니다. 오늘은 우리 농민군끼리 서로 낯도 익히고 결의도 다지자고 이렇게 모였습니다. 마침 오늘은 전라도 전 고을 두령님들이 여기에서 회의를 하시기 때문에 인사도 드릴 겸 두루 짬이 좋아서 농사일에 잠겼던 손이 잠시 뜨는 틈을 타서 대회를 열기로 했습니다. 백중 호미씻이는 논매기 호미씻이고, 오늘은 모내기 호미씻이라 생각합시다. 막걸리도 빚고 떡도 했습니다. 한판 마시고 창던지기 대회를 열겠습니다. 각장 창 솜씨를 마음껏 자랑해 주십시오. 상이 푸짐합니다."

농민군들은 술에다 떡에다 상이 푸짐한 놀이까지 있다고 하자 모두 저절로 입이 벌어졌다. 김개남은 말을 이었다.

"요새 나라 형편을 보면 형편이 말이 아닙니다. 우리 앞에는 이제 진짜로 한바탕 야무지게 모질음을 써야 할 전쟁이 다가오고 있습니다. 지금 일본과 청나라 군대가 우리나라에 들어와서 주인은 제쳐놓고 멋대로 설치고 있습니다. 더구나 왜놈들은 제 안방에 들어가듯 한양 장안으로 들어가서 임금을 임금으로 보지 않고 조정을 조정으로 보지 않습니다. 지금 나라는 반은 왜놈들한테 먹힌 셈입니다. 썩어빠진 대신들은 나라야 어찌 됐든 그런 데는 정신이 없고 청나라에 붙어야 감투가 온전할 것인가, 왜놈들한테 붙어야 영화를 누릴 것인가, 오로지 그 눈치 보기에만 눈알을 번뜩이고 있습니다. 우리 백성이 나서지 않으면 외국 군대를 물리칠 사람이 없습니다. 여기 모인 우리는 모두 신명을 바쳐 왜놈들을 몰아내고 나라를 지키겠다는 각오를 한 사람들입니다. 오늘 이렇게 모인 것은 때가 오면 언제든지 오늘같이 모이겠다는 각오를 다짐하자는 것입니다. 우리뿐만 아니라 다른 고을에서도 모두가 이렇게 준비를 하고 있는 줄로 알고 있습니다. 그러면 여기 오신 각 고을 두령님들을 소개하겠습니다. 힘찬 박수로 환영해 주십시오."

김개남은 전봉준부터 서 있는 대로 손화중, 김덕명, 이방언 순으로 소개를 해갔다. 김개남이 모르는 사람은 곁에서 소개를 했다. 그때마다 박수가 쏟아졌다.

"여러분을 보니 3백 년 전 임진왜란 때 여기 남원성에서 왜적과 싸우던 군사들을 보는 것 같습니다. 그때 싸움이 얼마나 치열했습니까? 지금 왜군이 또 우리나라에 들어온 판이라 옛날 관군을 거들어 싸우던 남원 사람들을 보는 것 같아 감회가 한층 새롭습니다. 남원은 춘향의 절개와 임진왜란 때 절의가 빛나는 곳입니다. 지난번 황토재전투와 황룡강전투, 그리고 전주전투에서도 여러분은 누구보다 용맹스럽게 싸웠습니다. 앞으로도 때가 오면 여러분의 의로운 깃발이 맨 앞에 휘날리리라 믿습니다. 지금 여러분이 들고 나온 농기에도 씌어 있듯이 천하의 근본은 바로 우리 농민들이고 이 나라 진짜 주인은 바로 우리 백성입니다. 우리 고통은 우리가 싸워서 물리치지 않으면 대신 싸워서 우리 고통을 덜어줄 사람이 없습니다. 항상 이것을 명심하시고 우리 고통을 물리치고 나라를 지키겠다는 결의를 다지며 은인자중 때를 기다립시다. 저저한 말씀은 손화중 장군께서 하실 터이니 저는 간단하게 인사 말씀만 드리겠습니다."

전봉준은 간단하게 인사를 끝냈다. 함성이 쏟아지며 풍물 소리가 요란을 떨었다.

"이어서 손화중 장군께서 일본과 청나라가 지금 으르렁거리고 있는 형편과 나라 안팎 정세를 말씀드리겠습니다."

손화중은 일본과 청나라 관계를 바탕으로 국내외 정세를 대충 설명하고 나서 다음과 같이 끝을 맺었다.

"조정에서 겁 없이 청나라 군대를 불러들이고 보니 일본 군대도 같이 들어오고 말았습니다. 늑대를 불러들이자 호랑이까지 따라 들어온 꼴입니다. 조정은 겁이 나서 농민군이 해산했으니 나가달라고 하는 모양입니다마는 주인이 원체 시원찮은 까닭에 호통을 치지 못하고 사정을 하고 있습니다. 그자들이 쉽게 나갈 것 같지는 않습니다마는 그러잖아도 시원찮은 조정 말발을 세워주려면 우리가 잠시 조용히 숨을 죽이고 있어야겠습니다. 양반이나 부자도 너무 심하게 닦달하지 말고 일본 군대가 나갈 때까지는 조심을 해야 할 것 같습니다. 쥐 잡으려다가 장독 깬다는 말은 이런 데 꼭 들어맞는 말입니다. 양반이나 부자들 같은 쥐를 잡다가 자칫하면 나라가 결딴이 날 판입니다."

손화중은 전주화약 정신을 강조한 셈이었다. 그도 박수를 받으며 내려갔다. 변왈봉이 다시 단으로 올라갔다.

"두령님들은 모두 동헌으로 가셔서 점심을 하신 뒤에 회의를 하실 것입니다. 우리도 점심을 먹고 한판 거판스럽게 놀아봅시다. 창던지기를 한 다음에는 남사당패가 놀이판도 벌입니다. 창던지기는 장원과 차상과 차하를 뽑는데 장원은 상이 무명베 한 필입니다. 양반들 과거는 장원을 한 사람만 뽑습니다마는 우리는 열 사람을 뽑기로 했습니다."

"와!"

열 사람이란 소리에 탄성이 터졌다.

"차상은 베가 반 필에 서른 사람, 차하는 베가 열 자에 백 명을 뽑습니다."

"와!"

모두 입이 함지박이 되어 환성을 질렀다. 저마다 자신이 있는 모양이었다. 변왈봉은 술과 밥을 나눠 갈 요령을 설명했다.

—깨갱깽깽.

변왈봉 말이 떨어지기가 바쁘게 풍물 소리가 기승을 부렸다. 두령들은 동헌으로 갔다. 동헌 마당에는 차일 아래 멍석을 깔고 벌서 상을 차려놨다. 마루에도 상이 차려 있었다. 집강급 두령들은 마루로 앉고 나머지는 마당에 앉았다. 음식이 푸짐했다.

"차린 것이 변변찮습니다마는 많이들 드십시오."

김개남이 권했다. 모두 권커니잣거니 술부터 마셨다. 이싯뚜리는 달주 등 젊은이들 몇 사람과 함께 차일 한쪽에서 상을 차지하고 있었다. 김개남이 두령들한테 술을 권하고 나서 차일 밑에도 내려와 권했다. 남주송, 김중화, 변왈봉 등 남원 두령들도 자리를 돌아다니며 술을 권했다. 회의를 앞두고 있으므로 모두 가볍게 한두 잔씩만 했다.

상을 물리고 나자 총참모 오시영이 토방으로 내려섰다.

"농민군 총참모 오시영올시다. 우선 이런 자리를 마련해 주신 김개남 장군께 감사를 드립니다. 지금부터 전라도 농민군 두령회의를 시작하겠습니다. 그럼 총대장 전봉준 장군님께서 인사 말씀을 드리겠습니다."

전봉준은 마루에서 토방으로 내려왔다. 마당에 친 차일은 동헌 쪽을 처마 밑으로 높여서 쳤으므로 위아래가 다 보였다.

"멀리서들 오시느라고 고생이 많았습니다. 그동안 집강소 일을 하시느라 여러 가지로 어려움이 많았을 줄 압니다. 관속들이 어질러논 일이 한두 가지가 아니라 이만저만 문제가 많지 않습니다. 모두들 어지간히 가닥을 잡아가고 있는 것 같습니다마는 고을 사이에 몇 가지 손발이 맞지 않는 일이 있는 것 같아 의논을 하자고 이렇게 모였습니다. 아까 김개남 장군이나 손화중 장군께서 말씀하셨듯이 나라 안팎 사정은 마치 살얼음판을 밟는 것 같습니다. 나라는 지금 일본과 청나라 틈바구니에서 하루 앞을 내다볼 수 없는 형편입니다. 오늘 의논은 크게 두 가닥으로 나누어서 하는 것이 좋겠습니다. 먼저 앞으로 집강소를 어떻게 운영할 것인가, 다음에는 외국 군대가 으르렁거리고 있는데 우리 농민군은 어떻게 대처를 할 것인가, 이렇게 두 가지로 줄기를 잡아 의논을 합시다. 오늘 회의는 오시영 총참모께서 이끌어가겠습니다. 모두 기탄없이 말씀을 해주시기 바랍니다."

전봉준은 여기서도 짤막하게 말을 끝냈다. 다시 오시영이 나섰다.

"지난번에 정읍에서 그 근방 두령들이 모여 결정한 일을 전봉준 장군께서 통문으로 띄우신 일이 있습니다. 첫째가 양반과 부호 징치 문제였고, 두 번째는 늑장한 묏등 문제였으며, 셋째는 공사채 문제였고, 넷째는 속량 받은 노비와 소작인들이 지나치게 설치지 못하도록 하자는 것이고, 다섯째는 방곡령 문제였습니다. 이 다섯 가지 문제 가운데서 다른 문제는 크게 복잡하지 않은 것 같습니다마는, 양반과 부호 징치 문제가 고을 간에 차이가 많은 것 같고, 사채 문제도 복잡한 것 같습니다. 그리고 지금 일본군과 청나라 군대가 들어왔기 때문에 우리가 어떻게 대처를 해야 할 것인가 그것도 의논을 해야겠습니다. 우선 이 세 가지 일을 의논한 다음에 달리 의논을 할 일이 있으면 여러분 제의를 받아서 의논을 하겠습니다. 먼저 양반과 부자들 징치 문제부터 말씀해 주십시오."

오시영이 안건을 정리했다. 홍덕 고영숙이 손을 들고 나섰다.

"양반과 부자 징치 문제는 집강소 운영하는 데 제일 골치 아픈 일입니다. 그런데 이런 문제를 포함한 집강소 운영은 외국 군대에 대한 대처 문제하고 서로 맞물려 있습니다. 일테면 당장 양반과 부자들 징치 문제만 하더라도 우리가 일본 군대를 치려고 일어날 때를 생각해야 합니다. 우리가 만약 일본 군대하고 싸우다가 밀리기라도 한다면 그 사람들은 소작인들을 모아서 우리 뒤통수를 칠지도 모릅니다. 지난번에 운봉 소작인들 보십시오. 다른 일은 고을 형편에 따라 지금 해가는 대로 하더라도 불량한 양반과 부호 징치만은 이제 그쳐야 할 것 같습니다. 지금 그 사람들도 정을 다실만큼 다셨습니다. 궁지에 몰린 쥐가 고양이 물더라고 더 몰아치면 그 사람들이 가만있지 않습니다."

"저도 같은 생각입니다."

차일 한쪽에 앉았던 이싯뚜리가 동조를 하며 일어섰다.

"저는 한 달 남짓 각 고을을 돌아댕겼습니다. 저도 양반이나 부자들 미워하기로 치면 둘째가라면 서러워하는 사람입니다마는, 우리가 일본 군대하고 안 싸울라면 몰라도 일본 군대하고 싸울라면 그 사람들을 더 닦달해서는 안 됩니다. 부자하고 양반들을 너무 심하게 닦달한게 부자하고 양반들만 쫄아드는 것이 아니라 소작인들도 쫄아듭니다. 소작인들은 우선 소작부터 부자들 소작을 벌고 있는데, 저 사람들하고 저렇게 원수졌다가 세상이 삐뜩하는 날에는 어떻게 될 것인가 겁을 먹고 있습니다. 부자하고 양반들을 닦달하면 속으로는 잘코사니야 하면서도 겉으로는 실실 배돌며 양다리를 걸치고 있습니다. 방금 운봉 말씀을 하셨는데, 그때 박봉양을 따라 일어난 사람들은 모두 박봉양 소작인이었습니다. 그렇게 자기 코앞밖에 못 보는 사람들이 열에 아홉입니다."

이싯뚜리가 손짓까지 하면서 말했다.

"나는 그렇게 생각 안 하요."

담양 접주 남응삼이었다.

"부자하고 양반 놈들은 이럴 때 뜨끔하게 맛을 보여야 합니다. 그놈들 닦달하는 것 보고 겁을 먹는 사람들이 많은게 그러지 말자고 하셨는데, 그런 일에 겁먹은 사람들은 나중에 농민군에 나와도 총소리 한방 나면 쥐구멍 찾을 사람들입니다. 그런 사람들을 어디다 쓰겠소? 오늘 남원 사람들 모인 것 보십시오. 오늘 대창 들고 나온 사람들은 모두 낮 내놓고 나온 사람들이오. 저렇게 낮을 내놓고 나선 사람들이라야 싸울 때도 제대로 싸웁니다. 그리고 부자하고 양반들도 혼이 제대로 나야 군자금을 내더라도 듬뿍듬뿍 냅니다. 여기 남원만 하더라도 김개남 장군께서 부사 목을 베고 못된 부자

하고 양반들을 제대로 족치자 모두 지레 벌벌 떨고 돈을 싸 짊어지고 왔습니다."

남응삼이 자신 있게 말했다. 그는 김개남 오른팔 격으로 지금 군량과 군자금을 담당하고 있었다.

"오늘 나온 사람들이 모두가 낯 내놓고 제 사날로 나온 사람들이라고 보시는 것 같은데, 제가 보기에는 태반이 집강소가 무서워서 겁을 먹고 나온 사람들 같소."

이싯뚜리가 받았다.

"남원 사람들을 뭘로 보고 하는 소리요?"

한쪽에서 뚝배기 깨지는 소리가 났다.

"남원 사람만 그런 것이 아니라 천하 사람들이 다 그러요. 지난번에 운봉 소작인들은 박봉양이 무서워서 나갔소."

이싯뚜리가 웃으며 대답했다.

"말도 안 되는 소리 마시오."

한쪽에서 또 소리를 질렀다. 그때 강진 김병태가 일어섰다.

"부자하고 양반 닦달은 그만 그쳐야 합니다. 요사이 충청도나 경기도, 경상도까지 집강소가 들어서고 있다는데 그 사람들은 아직도 전라도 따라오려면 멀었습니다. 그 까닭 중에 한 가지는 그쪽 사람들이 초판에 지나친 보복을 했기 때문이라 생각합니다. 유독 충청도 농민들이 제일 잘못한 일은 양반들 불알 바른 일입니다. 불알을 발랐다니까 듣기에는 고소하지만, 그것은 너무 무지하고 상스런 짓입니다. 거기도 나서고 싶은 사람들이 많겠지만 앞장선 사람들이 기껏 그런 짓거리나 하면서 *거추없이 설쳤으니, 그런 사람들하고 한물에 싸이지 않으려고 나서지 않은 것입니다. 그런 사람들하고 같이 일을 하면 똑같은 사람이 될 터인데 말자리나 하는 사람들이 누가 그런 사람들하고 한물에 싸이려 하겠습니까?"

김병태는 차근한 목소리로 말했다. 모두 조용히 듣고 있었다.

"더구나 지금 우리는 일본이란 강적을 앞에 두고 있습니다. 이런 마당에 적을 더 만들어서는 안 됩니다. 싸움에는 무엇보다 적을 줄여야 합니다. 일본 놈들을 몰아내자면 우리나라 백성 상하가 전부 똘똘 뭉쳐도 힘에 겹습니다. 우리가 일본 군대를 치려고 일어설 때 아까 고영숙 두령님 말씀대로 부자하고 양반들이 똘똘 뭉쳐가지고 뒤에서 우리를 치고 나오면 우리는 앞뒤로 적을 맞게 됩니다. 벌써 그럴 조짐이 보입니다. 집안일을 가지고 말을 하더라도 평소에는 형제들이 박이 터지게 싸우다가도 남하고 싸울 때는 뭉치는 법입니다. 지금 우리한테 제일 큰 적은 일본입니다. 지금은 부자나 양반을 너무 닦달할 때가 아닙니다."

김병태 말에 고개를 끄덕이는 사람이 많았다.

"그리고 그 일하고 맥이 같은 일인게 말입니다마는 오늘 남원 사람들이 저렇게 농민군대회를 열어 기세를 보이는 것도 문제입니다. 시방 조정에서는 일본군한테 농민군들이 해산했으니 나가라고 하는 판에 저렇게 기세를 보이면 그러잖아도 시원찮은 조정 꼴이 뭣이 되겠습니까?"

이싯뚜리가 정면으로 나섰다. 모두 눈이 둥그레졌다.

"저는 남원 농민군 선봉 남주송올시다. 방금 하신 말씀은 일본과 청나라 놈들 뱃속을 모르고 하시는 말씀입니다. 농민군이 해산을 하든 일어나든 조정에서 나가라 한다고 그 사람들이 나갈 사람들 같습니까? 더구나 지금 고을마다 농민군들이 그대로 무기를 들고 전라도를 좌지우지하고 있는데 조정에서 농민군이 해산했은게 나가라고 하면 그 사람들이 곧이들을 것 같습니까? 눈감고 아옹입니다. 그 사람들이 바본 줄 아시오? 기왕 무기를 들고 있을 바에야 되레 투철하게 우리 기세를 보여서 저 작자들이 깔보지 못하게 해야 합니다."

남주송이 당당하게 말했다. 그는 지난번 남원성을 함락할 때 선봉에 섰던 사람이었다. 이야기가 전주화약 때 대립했던 바로 그 원점으로 돌아가 버렸다.

"무기를 들고 다시 일어설 때는 일어서더라도 말로 할 때는 말로 해야 합니다."

전주 최대봉이었다.

"말로 해봤자 뻔합니다. 전라도 사람들이 더 기세를 보여 다른 도 사람들도 준비를 하도록 해야 합니다. 지금 경상도나 충청도, 경기도 거의가 집강소를 세우려고 들썩입니다. 경상도만 하더라도 예천에서는 최맹순이란 이가 진즉  집강소를 세워서 안동까지 세가 미치고 있고, 김천에서도 편보언이란 이가 기세를 올리고 있습니다. 이럴 때 전라도에서 기세를 더 올려주어야 그런 기세가 팔도로 거세게 번집니다."

남응삼이었다. 지금 전국적으로 들썩이지 않는 고을이 없고, 예천 최맹순은 옹기장수로 지난봄부터 장판 근처에다 도소를 내고 있었다.

"그것은 당신들 생각입니다. 오늘 농민군대회만 하더라도 그렇습니다. 오늘 두령회의는 전라도 집강과 두령들이 전부 모이는 회의인데 바로 이 회의를 하는 날 무기를 들고 저렇게 금방 쳐들어갈 것 같이 농민군대회를 열어버리면 어떻게 되지라우? 누가 보든지 저것이 전라도 두령들 전부의 뜻이라고 생각할 것이오. 저런 대회를 열라면 미리 의논을 하든지 날짜를 피해서 따로 열어얄 것 아니오?"

이싯뚜리가 목소리를 높였다. 회의장은 갑자기 찬물을 끼얹은 것 같았다. 그때 남응삼이 또 일어섰다.

"우리는 썩어빠진 조정을 가을 논두렁에 허수아비보다 더 믿지 않습니다. 조정 대신들이란 자들은 자기들 감투밖에 모르는 강도들이고 임금은 그 강도들 물주입니다. 나라를 건질 사람들은 우리 백성밖에 없습니다. 일본 군대나 청나라 군대는 절대로 물러가지 않습니다. 우리 백성은 죽든 살든 싸울 수밖에 없습니다. 그래서 오늘 대회를 열어 우리부터 한발 내치자고 바로 내가 주장했소."

남응삼이 확신에 찬 어조로 말했다. 자기들 의견에 따르지 않으면 자기들은 독자적인 행동을 하겠다는 선언 같았다.

"그럴라면 따로 날짜를 받아서 열어야 한다, 이 말 아니오?"

이싯뚜리가 버럭 소리를 질렀다. 그때 남주송이 발끈하고 일어서려 했다.

"내가 한마디 하겠소."

그때 전봉준이 남주송을 가로막으며 일어섰다. 남주송은 이싯뚜리를 노려보며 그대로 자리에 앉았다.

"양쪽 말씀 모두 일리가 있습니다. 나도 일본 군대와 청나라 군대가 호락호락 물러가리라고는 생각하지 않습니다. 그런데 지금 나라를 지킬 힘을 가진 사람들은 우리 농민군밖에 없는 까닭에 한시도 그자들한테서 눈을 떼지 말아야 하고 그들과 싸울 준비를 해야 합니다. 전쟁을 준비하는 방법은 두 가지가 있습니다. 한 가지는 총과 창, 화약 등 무기를 모으고 군자금을 모아 전력을 강화하는 일이고 또 한 가지는 백성을 깨우쳐서 전쟁이 일어나면 팔도 사람들이 모두가 같이 나서도록 하는 일입니다."

전봉준은 담담하게 말했다. 두령들은 숨을 죽이고 듣고 있었다.

"지금 각 집강소에서 하는 일은 조금씩 차이는 있습니다마는 모두 무력을 강화하면서 폐정을 개혁하고 있습니다. 나는 전쟁 준비라는 점에서 보면 폐정개혁이 무엇보다 중요한 전쟁 준비라고 봅니다. 폐정개혁은 우리가 어째서 전쟁을 해야 하는지 백성을 깨우치는 제일 좋은 방법이기 때문입니다. 관속들이 큰소리치는 것만 보고 벌벌 기고 살았더니, 이렇게 고쳐나갈 수도 있구나, 정말 이렇게 고쳐나가야 우리도 편히 살 수 있고 나라도 잘 되겠구나, 이렇게 직접 눈으로 보고 피부로 느껴서 확실하게 깨달아야 합니다. 당장 무기를 모아들이는 것도 중요하지만 이런 확신이 그보다 더 중요합니다."

전봉준은 차근하게 이야기를 계속했다. 이싯뚜리와 남원 두령들 사이에 날카롭게 치달았던 감정이 지금도 팽팽하게 맞서고 있었으나 그들은 전봉준 위세에 눌려 숨만 씨근거리고 있었다.

"지금 추세를 보면 멀지 않아 팔도에 거의 집강소가 들어설 것 같습니다. 조선 팔도에 모두 집강소가 들어서서 전라도처럼 잘못된 일을 하나하나 고쳐나가면 그동안 긴가민가하던 사람들도 바로 이것이구나 하고 잠에서 깨어나듯 모두 깨어날 것입니다. 전라도만 가지고는 안 됩니다. 팔도 백성이 모두 깨어나야 합니다. 전라도 집강소가 모범을 보여 개혁의 바람이 팔도로 번지게 해야 합니다. 그것은 하루아침에 되는 일이 아닙니다. 우리는 우선 조정이나 일본군은 물론 양반이나 부자도 건드리지 말고 팔도 사람들을 깨우치는 일부터 해나가야 합니다. 우리가 은인자중하는 기간은 그냥 손 개얹고 시국 돌아가는 것을 보고 있는 기간이 아니라 팔도 사람들을 전부 깨우쳐 우리 편이 되게 하는 기간입니다. 그러니까 너무 서둘 것이 없습니다. 지금 시일은 우리 편입니다."

전봉준이 말을 맺자 바로 김덕명이 일어섰다.

"옳은 말씀입니다. 바로 그렇습니다. 시일이 우리 편이라는 말씀은 아주 잘 보신 말씀입니다. 그 말씀을 들으니 전에 삼례집회 때 생각이 납니다. 그때는 날씨가 너무 추웠던 까닭에 감영에서는 우리를 한데다 놔두고 날짜만 끌었습니다. 우리는 하루하루 지내기가 고통이라 그때는 시일이 감영 편이었습니다. 그런데 지금은 하루하루 시일이 지나는 사이 팔도에 집강소가 번져나가면서 백성이 스스로 깨우쳐가고 있으니 시일이 우리 편입니다. 고부봉기 때도 시일은 우리 편이었습니다. 고부 사람들이 두 달 가까이 버티고 있는 사이에 그 소문이 전라도 천지에 퍼져서 나중에는 전라도 사람들이 거진 다 일어났습니다. 이번에도 전라도 사람들이 본을 보이고 있으면 팔도 사람들이 전부 깨어 팔도가 전부 일어날 것입니다. 이 점을 명심해야 할 것 같습니다."

모두 김개남을 봤으나 김개남은 아무 반응이 없었다.

"부자들하고 양반 징치 문제를 이야기하다 보니 전쟁 준비 문제까지 제절로 이야기가 되어버렸습니다. 이만하면 이 문제는 이야기가 충분히 된 것 같습니다. 여기서 징치를 더 하자거니 그만 하자거니 이러고 딱 부러지게 아퀴를 짓는 것보다는 각 고을 사정이 있을 테니 지금까지 한 말씀들을 바탕으로 고을 형편대로 방침을 세우는 것이 좋을 것 같은데 어떠십니까?"

오시영이 가닥을 추려서 의견을 물었다.

"그 문제는 그쯤 이야기하는 것이 좋겠소."

손화중이 동조를 하고 나왔다. 고개를 끄덕이는 두령들이 많았다. 아슬아슬한 판에 위기를 넘겼다.

"그러면 사채 문제로 넘어가겠습니다. 공곡이나 공전은 여기서 굳이 따질 것이 없고, 사채 가운데서 가난한 사람끼리 꿔준 돈이 문제인 것 같습니다."

"그것은 시끄럽기는 해도 본인들을 불러다 앉혀놓고 집강소에서 조정을 하면 거진 풀리오. 그런 것까지 여기서 의논할 것은 없고, 죄 많은 부자 놈들 소작논 이야기나 합시다."

장성 집강 김주환이었다. 그는 김가 사건이 있으므로 그 문제를 의논하고 싶은 모양이었다. 오시영이 사채 문제에 더 할 말 없느냐고 물었으나 말하는 사람이 없었다.

"그러면 사채 문제하고는 전혀 다른 이야기가 되겠는데, 장성에서 김가라는 부자가 소작논을 내논 바람에 지금 소작인들은 가는 데마다 그 공론입니다. 그걸 여기서 의논을 한번 해봅시다."

오시영이 정식 의제로 내세웠다.

"먼저 그 지주가 어떻게 되어서 땅을 내놨는지 그 이야기부터 자세하게 한번 들어봅시다."

저쪽에서 말했다. 장성 집강이 일어섰다.

"그 사람은 논이 3천 두락쯤 되는 사람인데 하루는 이 사람이 집강소에 나오더니, 나는 죄를 너무 많이 지은 사람이다. 그 죄닦음으로 내 논 2천 두락을 작인들한테 내놓겠으니 집강소에서 알아서 나눠줘라. 그 대신 작인들이 나를 해치지 못하도록 우리 집을 지켜달라, 이럽디다."

그런데 소작지 전부를 내놓은 것이 아니라 2천 두락만 내놨기 때문에 그것을 어떻게 나눠줘야 공평하게 나눠줄 것인가 지금 의논하고 있는 중이라고 했다.

"지주 놈들 치고 죄 안 지은 놈 있습니까? 모두 내놓으라고 합시다."

저쪽에서 소리를 질렀다.

"그 점은 제가 한 말씀 드리겠습니다."

장흥 이방언이 나섰다.

"아까 부자나 양반 징치 문제를 가지고 외국 군대하고 싸울 것을 생각하면서 자제를 하자고 했는데, 이것은 그보다 몇 배 더 큰 문제입니다. 장성 김가처럼 자기 사날로 내놓겠다고 하는 지주가 있으면 받아두더라도 우리가 이 문제를 공론에 부쳐 결정을 해서는 안 됩니다. 이것은 양반이나 부자 징치보다 훨씬 큰 문제입니다. 색갈이도 갚지 말자고 하는 판에 지주들한테 전답까지 내노라고 나섰다가는 농민군은 소작인들만 달랑 남게 될 것입니다."

이방언이 심각한 표정으로 말했다. 사채는 거의가 색갈이었다.

"그러면 화약조목 마지막에 '토지는 분작'한다고 한 소리는 뭐요?"

저쪽에서 소리를 질렀다.

"그 조목을 누구나 말씀하시는데 일에는 순서가 있습니다. 순서로 치자면 끝에서도 제일 끝에 의논을 해야 할 일입니다."

"그렇습니다. 그것은 지금 의논할 일이 아닙니다."

김덕명이 동조를 하고 나왔다.

"우리는 오늘 그런 이야기가 나올 줄 알고 진도서 여기까지 여남은 명이나 달려왔는데 이얘기를 끄집어내지도 말어라우?"

저쪽에서 진도 장대가리가 볼 부은 소리를 했다.

"그것은 아까 부자나 양반 징치 이야기하고 맥이 똑같은 이야깁니다. 이 다음에 조선 팔도에 집강소가 전부 들어서서 일본 군대도 몰아내고 팔도가 꼭 지금 전라도처럼 되었을 적에 그때 팔도 두령들이 전부 모이는 자리에서 의논할 이야기라는 말씀 같습니다."

오시영이 결론을 맺었다. 여기저기서 웅성거렸다.

"그래도 이야기라도 해봅시다. 당장 땅을 내논 사람도 있고 다산비결도 있잖소? 모두 그 이야기에다 귀를 쫑그리고 있는데 우리는 돌아가서 무엇이라고 대답을 할 것이오?"

저쪽에서 뚝배기 깨지는 소리를 했다. 여기저기서 동조를 했다. 오시영이 두령들한테로 고개를 돌렸다. 두령들이 잠시 고개를 맞대고 이야기를 했다. 차일 밑에 있는 사람들도 끼리끼리 웅성거렸다.

"이 문제는 아주 중대한 문제입니다. 그러나 지금 의논할 때가 아닙니다. 그 까닭은 몇 분이 말씀하셨습니다. 지금 색갈이 문제만 가지고도 말썽이 많습니다. 양해해 주시기 바랍니다.”

오시영은 아퀴를 지어버렸다. 차일 밑에서는 다시 웅성거렸으나 치받고 나오는 사람은 없었다.

“중대한 문제는 거진 이야기가 된 것 같습니다. 늑장 문제도 지금은 잠잠해진 것 같고, 속량한 종들도 기세가 숙어든 것 같습니다. 다른 얘기가 있으면 말씀해 주십시오.”

그때 창을 든 젊은이 하나가 오더니 오시영한테로 갔다. 아문에 파수 섰던 젊은이였다.

“전주에서 감사가 보낸 사자라고 하는 분이 전봉준 장군님을 뵙겠다 합니다. 감사 서찰을 가지고 왔다며 지금 아문에서 기다리고 있습니다.”

가까이 앉았던 두령들은 깜짝 놀라 서로 돌아봤다. 전봉준이 김만수더러 내사로 맞아들이라고 했다. 좀 만에 군복을 입은 군관 한 사람이 김만수를 따라 내사 쪽으로 갔다. 전봉준은 오시영한테 그대로 회의를 계속하라며 자리에서 일어섰다. 전봉준, 손화중, 김개남, 김덕명, 이방언, 최경선 등이 동헌 뒤 내사로 갔다. 두령들이 들어가자 군관이 자리에서 일어섰다.

“저는 감영 사마 송인회라고 합니다. 순상 각하 영을 받들고 각하 서찰을 가지고 왔습니다.”

송인회는 정중하게 고개를 숙인 다음 가지고 온 보자기를 전봉준 앞에 내놨다. 전봉준은 보자기를 풀었다. 큼직한 봉투가 나왔다. 겉봉을 뜯었다. 두령들이 모두 고개를 맞대고 읽었다. 지금 나라 형편은 온 나라 백성이 모두 힘을 합쳐 국난을 헤쳐가지 않을 수 없는 위험에 빠져 있다고 한 다음 관민이 상화相和하여 우선 전주를 지킬 의논을 하고자 농민군 대표를 만나고 싶다는 내용이었다.

"국난이라 했는데 지금 청나라 군대와 일본 군대는 조정에 어떤 태도를 취하고 있으며, 우리 조정은 어떻게 대처를 하고 있습니까?"

전봉준이 물었다.

"일본 군대는 우리 정부의 허락도 없이 인천에 상륙하여 부천에 병영을 설치하고 일부는 남산 잠두에 주둔하고 있습니다. 일본 공사 오토리는 청나라에 대하여 일전을 벌일 꼬투리만 찾고 있는 듯합니다. 순상 각하께서는 일본군 태도가 심상찮다고 전주에 부임하신 날부터 일본군 동정에 귀를 곤두세우고 계십니다."

송인회는 조심스럽게 말했다.

"전주를 같이 지킬 의논을 하자고 했는데, 그러면 일본이 우리 조정이라도 짓밟고 이리 쳐내려온단 말이오?"

김개남이 물었다.

"아직 그런 일은 없는 듯하오나 관과 농민군이 손을 잡아 관민상화의 모습을 보여야 조정이 두 나라 군대를 물러가라고 할 수 있겠다는 생각이십니다."

송인회는 정중하게 말했다.

"여태까지 백성을 짓밟고 속여만 오던 사람들이 백성한테 상화라는 말을 쓰다니 지금 조정이 얼마나 다급한가 짐작할 만합니다. 나는 상화라는 말로 위급은 짐작하겠으나 상화의 진의는 믿지 않습니다. 일본이 물러나고 나면 서로 잡았던 상화의 손을 언제 뿌리치고 우리 가슴에 총부리를 들이댈지 모르는데 어떻게 그 말을 믿겠소? 여기 모인 사람들은 지금까지 조정과 관속들한테 속고 또 속고 속아만 온 사람들입니다."

김개남은 껄껄 웃었다. 그러나 다른 두령들은 웃지 않았다. 그렇게 쉽사리 대처할 일이 아니라고 생각하는 것 같았다.

"죄송하오나 새로 오신 순상 각하에 대해서 제가 본 대로 몇 마디 여쭙고자 합니다. 그분은 요사이 다른 관속과는 여러 모로 다른 면이 있습니다. 관작에 연연하지 않아 민씨 일문과도 가깝게 지내지 않았던 것 같습니다. 김가진 대감이 천거를 했다 하온데, 여기 오실 때 어전에서 소견을 뚜렷이 내세워 편의종사 윤허를 받은 일은 소문이 난 대로입니다. 지난번 화약을 맺을 때도 편의종사를 내세워 초토사를 불같이 다그쳤습니다. 특히 농민봉기에 대해서는 그 본의를 깊이 이해하고 계시며 농민군을 폄하하는 말씀은 한마디도 들어본 적이 없습니다. 솔직히 말씀드리면 순상 각하께서는 농민군 편이라 해도 과언이 아닙니다. 이것은 조금도 거짓이 아닙니다. 앞으로 보시면 알게 되실 것입니다."

지금 김학진에 대한 소문은 편의종사를 받을 때 일화를 중심으로 평판이 좋은 편이었다. 특히 유생들 사이에 관심이 높았다. 그런 사람이면 농민군을 웬만큼 설득할 수 있지 않을까 기대를 걸고 지켜보고 있었다.

"잘 알았소. 마침 전라도 여러 고을 두령들이 모였으니 의논을 해보겠소. 가서 그렇게 전하시오."

전봉준이 말했다. 송인회는 알았다며 물러갔다.

"감사를 만나서 이야기를 해보는 것이 좋지 않겠소?"

송인회가 나간 뒤 전봉준은 김개남을 보며 말했다.

"썩은 관군으로는 외국에 대항할 수 없으니까, 우리를 관군 휘하에 넣고 앞장을 세우자는 수작입니다. 싸우더라도 우리는 우리대로 따로 나서서 청나라 군대건 일본 군대건 무찔러서 쫓아내면 그만입니다."

김개남은 단호했다.

"힘을 합친다고 해서 우리가 관군 휘하에 들어가야 한다는 법은 없을 것입니다. 우리가 일본군하고 싸우더라도 조정을 업고 나서야 백성도 안심하고 따라나섭니다. 만나서 말을 들어본 다음에 우리 태도는 우리끼리 의논을 해서 작정하는 것이 옳지 않겠습니까?"

이방언이었다.

"우리는 철저히 준비를 하고 있다가 외국 군대를 쳐부순 다음에 조정의 썩은 무리들을 몽땅 쫓아내야 합니다. 지금 조정이 다급하니까 상화니 뭐니 고운 소리를 하면서 손을 내미는데 이판에 그런 소리에 어정쩡 귀를 기울이고 저 썩은 무리들하고 손을 잡았다가는 지난번 고부 꼴이 됩니다. 관속들 말은 콩으로 메주를 쑨다고 해도 믿어서는 안 됩니다."

회의장에서는 한마디도 하지 않던 김개남이 이만저만 단호하지 않았다. 전봉준은 다른 두령들을 돌아보았으나 모두 입을 다물고 있었다. 어째야 좋을지 판단이 서지 않는 것 같았다.

"당장 손을 잡자는 것이 아니라 만나서 사정을 들어보는 것쯤이야 꺼릴 일이 아닙니다. 며칠 전에 발표한 효유문에는 나주에도 집강소 설치를 거들 것 같은 뜻을 비추기까지 하였습니다. 이 정도로 굽히고 나왔으니 말을 듣고 나서 어찌할 것인가는 우리끼리 의논을 하는 것이 순리라 생각합니다. 얼마간 형편을 두고 보다가 내가 가서 만나보겠소."

전봉준이 아퀴를 지으며 자리에서 일어섰다. 전에 없이 단호한 태도였다. 김개남 얼굴이 굳어졌다. 전봉준은 아랑곳하지 않고 동헌으로 나왔다. 김개남은 몹시 못마땅한 표정이었으나 오늘은 주인 노릇을 해야 할 자리라 그런지 더 나서지 않는 것 같았다. 김학진은 얼마 전에 농민군을 상대로 효유문을 발표하고 그 효유문에서 집강소 설치를 인정하고 서로 협력하여 질서를 잡아가자고 호소했다.

"회의가 어떻게 되었소?"

잡다한 이야기가 나왔으나 이야기가 거진 끝났다고 했다. 그동안 회의장에서는 모두 감영에서 왔다는 사자 쪽에만 관심이 쏠려 이야기다운 이야기가 나오지 않았다. 부자와 양반 징치 문제가 정리되고 가장 큰 관심거리였던 토지 문제에 이야기가 막히자 이런 데서 논의할 만큼 큰 문제는 없었다. 전봉준이 앞으로 나섰다.

"방금 감영에서 사람이 다녀갔습니다. 감사가 나라 일을 의논하자고 농민군 대표하고 만나자는 편지를 가지고 왔습니다. 내가 가서 만나보겠습니다. 두령들 가운데는 관속배와 만나는 것부터 반대하시는 분도 계십니다. 여러분들 가운데서도 그런 분이 계실 것입니다. 그러나 만나서 이야기를 하자는 데야 염라대왕인들 피할 필요가 없다는 생각입니다."

전봉준은 단호하게 말했다. 마당에 모인 사람들은 전봉준과 김개남을 날카롭게 번갈아 보았다.

"오늘 회의에서는 여러 가지 중대한 문제를 웬만큼 의논을 한 것 같습니다. 자잘한 문제가 더 있을 것입니다마는 오늘 회의는 여기서 마치겠습니다. 오랜만에 만나셨으니 오늘 저녁에는 끼리끼리 모여 좋은 이야기 많이 나눕시다."

전봉준은 폐회 선언을 했다.

전봉준은 그날 저녁 여러 두령들을 개별적으로 만나 고을 사정을 들었다. 그는 지금도 기세가 드센 보성 김치결도 만나 설득을 하고 순천 김인배도 만났다. 김치결은 예예 하기는 했으나 사람이 가볍고 주견이 확실하지 않은 것 같아 믿을 수가 없었다.

# 2. 일본군, 경복궁을 짓밟다

다음날 전봉준이 남원에서 나왔다. 그는 아이들이 피신해 있는 정읍 동골로 가서 잠시 쉴 생각이었다. 거기에 친척이 있는 것은 아니었으나 강가 성 쓰는 절친한 친구가 있어 사내아이들은 그 집에 있고 딸들은 전봉준이 지금도 잊지 못하는 오순녀 집에 있다고 했다. 오늘 간다고 이미 강가한테 기별을 해두었다. 강가는 지금 그 아들과 전봉준 큰딸 사이에 혼담이 오가고 있는 사이이기도 했다.

전봉준은 거기서 좀 차근히 쉬면서 감사를 만나는 문제 등 여러 가지 문제를 차분하게 정리를 해볼 생각이었다. 감사 만나는 일은 서둘 수가 없었다. 손화중이나 김덕명은 어정쩡한 태도이고 최경선까지도 그랬으므로 만나더라도 시국 돌아가는 형편을 더 살피고 앞뒤를 잘 헤아려본 다음에 만나야 할 것 같았다. 여태까지 여러 고을을 도느라 무리를 했기 때문에 너무 피로하기도 했다. 더구나 다리의 상처가 제대로 아물지 않아 더 무리를 할 수가 없었다. 의원마다 좀 쉬면서 차근히 치료를 해야겠다고 했으나 그럴 여유가 없어 무리를 했더니 상처가 아무는 듯하다가 자꾸 다시 곪았다. 최경선과 정익서, 그리고 달주 등 20여 명이 따르고 있었다.

"지리산 포수들이 나선 것은 놀라운 일이지 않습니까? 그 사람들이 나서면 한몫 단단히 하겠지요?"

최경선이 조심스럽게 물었다.

"임진한 씨가 나선 것은 대단한 일입니다마는 김개남 장군이 너무 앞서가니 걱정입니다. 포수들도 지금부터 그렇게 겉으로 내세울 일이 아닙니다."

전봉준은 조용하게 말했다.

김개남은 지리산 포수들을 끌어들이려고 임진한한테 이만저만 공을 들인 게 아니었다. 그는 전주에서 나오자마자 농민군을 끌어모으면서 지리산 포수들한테 눈독을 들였다. 그런데 포수들은 김개남 말에 꿈쩍도 하지 않았다. 한참만에야 그 포수들 뒤에는 임진한이 버티고 있다는 사실을 알고 깜짝 놀랐다. 임진한을 만나보고 김개남은 더 놀랐다. 가볍게 몇 마디 했으나 세상을 보는 눈이 만만치가 않았다. 김개남은 임진한이 어떤 사람인가 뿌리를 캐기 시작했다. 뿌리를 캐갈수록 놀라운 일뿐이었다. 고향이 진주인데 남원에 산피점을 낸 것만도 30여 년 가깝고 포수들이 가져온 산피를 사고 그들에게 총과 탄약을 팔고 있으나, 그들 사이는 단순히 물건을 사고파는 관계가 아니라는 것도 놀라웠고, 전봉준이 수족처럼 부리는 임군한하고 의형제라는 것은 더 놀라운 일이었다. 김개남은 바짝 긴

장했다. 우선 예사롭지 않은 뜻을 품고 30여 년간 한길을 걷고 있다는 사실에 압도되고 말았다. 그가 속마음을 열어놓으면 세상을 건질 비밀이 나올는지 모른다는 긴장을 느끼기까지 했다. 옛날 무장 선운사 바위를 쳐다보는 느낌이었다.

김개남은 끈질기게 임진한을 찾아다녔다. 열 번 찍어 안 넘어가는 나무 없다는 끈기를 발휘했다. 틈만 있으면 술자리를 벌여 그가 가슴속에 품고 있는 뜻이 무엇인가 떠보았다. 그러는 사이 임진한은 한 가닥씩 속마음을 드러내기 시작했다. 임술 농민봉기 때 이야기부터 했다. 곁에서 구경한 것처럼 말을 했으나 틀림없이 주모급으로 활약했던 것 같았다. 이필제란도 속속들이 알고 있었고 그동안 여러 고을에서 일어났던 크고 작은 봉기도 모두 손바닥에 놓고 보듯 이야기했다.

"백성은 일어날 때는 구름같이 일어나지만 흩어질 때는 구름보다 더 허망하게 흩어집니다. 백성을 위하되 백성의 단기를 믿어서는 안 됩니다. 백성의 아우성에 귀는 기울여야 하지만 그 아우성으로 세상을 고칠 수 있다고 생각하면 그것은 구름을 타고 허공을 날려는 것보다 더 허황한 생각입니다."

김개남은 연방 고개를 끄덕였다.

"지난번 박봉양 밑에 모인 소작인들을 보시오."

"그렇지만 지금 믿을 것이라고는 백성밖에 없는데 어떻게 해야 합니까?"

"백성을 달구어야 합니다. 달구어서 구슬을 만들어야 하고 그 구슬을 단단히 꿰어야 합니다. 철사같이 단단한 줄로 꿰어야 합니다.

나라 군대가 바로 그것입니다."

김개남은 그제야 두 번 세 번 고개를 끄덕였다.

"무슨 말씀인지 잘 알겠습니다. 이제 선생님께서 나서실 때가 된 것 같습니다. 나서서 인도해 주십시오."

김개남은 사부師父로 모시겠다는 뜻을 보였다.

"나는 나를 잘 압니다. 나는 처음부터 이무깁니다. 30여 년간 용이 나타나기만 기다렸지 용이 될 생각은 안 했습니다. 한때 서장옥과 서병학을 믿은 적이 있습니다. 서장옥은 길을 보는 눈은 있으나 군사를 거느릴 국량이 없고, 서병학은 백성 편에 있는 것 같지만 눈에 벼슬밖에 안 보이는 소인배입니다."

임진한은 담담하게 말했다. 지난번 복합상소 때 배신을 당하고 나서 임진한은 그때부터 서병학을 사람으로 보지 않았다.

"전봉준은 어떻습니까?"

"그 사람은 인물입니다. 그런데 백성을 너무 믿고 순리에만 얽매여 있습니다. 역리가 세상을 지배할 때는 역리로 대처하는 것이 되레 순리인데 거기서 벗어나지 못합니다. 김장군과 그 사람이 힘을 합치면 승산이 있으나, 두 사람은 양쪽 다 불이라 합치기가 어려울 것입니다."

김개남은 맥살없이 웃었다. 두 사람을 아주 정확하게 보고 있었다. 김개남은 그때부터 임진한한테 완전히 압도되고 말았다. 나중에는 서로 마음을 터놓고 이야기하는 사이가 되었다. 김개남은 농민군을 모으되 조련을 철저히 시키고 엄하게 규칙을 정해서 나라의 군대만큼 단단히 조직을 하겠다고 다짐을 했고 임진한은 그렇다면 자기도 거들어주겠다고 약속했다. 드디어 포수들을 나서도록 하는 데까지 나갔다. 물론 자기는 나서지 않고 임문한이 포수들을 거느리고 나서도록 하겠다고 한 것이다.

전봉준은 고향 길에 들어서자 푸근한 정감이 절로 우러났다. 마치 삭풍이 휘몰아치는 눈보라 속이라도 헤매다가 내 집에 들어온 것 같았다. 길에 박힌 돌부리 하나도 낯이 익은 고향 길이었다. 녹음이 우거진 산천이 두 팔을 벌려 다정하게 싸안아 주는 것 같았다. 옛날 모양 그대로 제 모양을 지니고 녹음이 우거지고 있는 산천이 신기하고 반가웠다. 자기는 여태 눈보라 속을 뚫고 왔는데 여기는 겨울날 양지처럼 그 모진 눈보라가 비켜간 것같이 느껴졌다. 그동안 지나온 세월이 얼마나 고달팠던가 새삼스럽게 실감이 났다. 이 동네를 나가던 날부터 지금까지 굽이굽이가 온통 비탈이었고, 돌길이었고, 가시밭이었으며, 깜깜한 어둠이었고 더러는 세찬 눈보라였다. 마지막 보았던 오순녀 얼굴이 떠올랐다. 그 예쁘던 오순녀도 이제 40대 중년의 아낙네가 되었을 터였다. 두 사람을 똑같이 사십 줄에 앉힌 20여 년의 세월이 눈앞에 펼쳐지는 산천처럼 벌떡 일어서며 가슴을 치받는 것 같았다.

전봉준은 오순녀를 생각하자 저절로 한숨이 나왔다. 20여 년을 내리 가슴 한쪽에 자리를 차지하고 있는 여인이었다. 오순녀 얼굴 위에 연엽이 겹쳤다. 눈 덮인 산봉우리같이 고고한 연엽이 덩실하게 떠오르며 가슴이 미어졌다. 그는 지금 하학동 이주호 집에 있다고 했다. 농민군들은 전주에서 모두 고향으로 돌아갔는데 고향으로 가지 않고 고부로 간 연엽은 바로 전봉준 자신의 가슴으로 간 것이고,

그래서 연엽은 지금 자기 가슴 한가운데 있었다.

김개남 얼굴이 떠올랐다. 어제 남원에서 본 김개남이 아니라 옛날 바로 여기 위아래 동네에서 이웃하고 살았던 김개남이었다. 김개남 집은 지금 전봉준이 찾아가고 있는 동골에서 위로 5리밖에 안 되는 지금실이었다. 깎아놓은 밤알처럼 단정하고 야심만만하던 청년 김개남의 모습이 녹음이 우거진 산처럼 선명하게 앞을 가로막았다. 옛날에 김개남은 두루 부럽고 쳐다보이기만 했다. 1백여 마지기나 되는 살림이 부러웠고 벌족한 집안이 부러웠고 누구한테도 굽힘 없는 당당한 태도가 부러웠다. 고향 산천을 대하자 자기의 업원인 듯 운명인 듯 오순녀와 김개남의 모습이 떠오르고 그 위에 연엽이 겹쳤다.

산굽이를 돌던 전봉준은 깜짝 놀라 걸음을 멈췄다. 동네 앞에는 사람들이 잔뜩 몰려 있고 풍물패까지 요란을 떨고 있었다. 전봉준은 자기도 모르게 아이고 하는 낭패감이 들었다. 귀찮다기보다 낭패감이었다. 자기는 어느새 그냥 혼자일 수가 없다는 생각이 뒤미쳤다. 스스로 20여 명의 배행꾼을 달고 오는 자기 모습을 생각했다. 풍물패가 요란스럽게 풍물을 두드리며 마중을 나오고 있었다. 동네 조무래기들이 풍물패를 지나쳐 쏜살같이 달려왔다.

"아부지!"

막내 용현이었다. 전봉준은 말에서 내렸다. 둘째 아들 용현이 두 손을 잡았다. 큰아들 용규도 뒤따라와서 꾸벅 고개를 숙였다.

"잘들 있었냐?"

전봉준은 두 아들 손을 잡고 환하게 웃었다. 용현은 아버지 손을 잡고 자랑스럽게 따라갔다. 풍물패가 가까이 오며 반갑게 맞았다.

전봉준은 손을 들어 답례를 했다. 전봉준 일행은 풍물패를 따라 동네로 들어섰다.

"오랜만일세."

길가에 나와 있는 사람들과 한 사람 한 사람 손을 잡으며 인사를 했다.

"이게 얼마만인가?"

친구들은 전봉준을 숫제 얼싸안았다. 환영 인파는 오순녀 집 골목으로 이어지고 있었다. 전봉준은 잠시 당황했다. 곁에 따라오는 친구들 눈치가 미리 그렇게 작정을 해놓은 것 같았다. 오순녀 집에는 차일이 쳐있고 잔칫집 분위기였다. 집이 넓은데다가 전봉준 딸들이 그 집에서 지내고 있으므로 그런 것만 생각하면 그리 들 법도 했다. 그러나 전봉준은 오순녀와 과거가 있고 오순녀는 지금 과부였다. 전봉준은 난처했다. 그러나 길가에 서서 버틸 수도 없는 형편이었다. 동네 사람들이 마당으로 가득 몰려들었다. 오순녀 집은 안채가 다섯간 겹집이고 행랑채도 우람했다. 재작년에 과부가 된 오순녀는 식구라고는 늦게 둔 아들 하나뿐이므로 머슴에 드난꾼들을 합쳐도 집안이 휑뎅그렁했다.

전봉준 일행은 사랑채로 들었다. 달주와 김만수 등 호위병 젊은이들과 방을 나누어 두 방을 차지했다. 옛날 친구들이 방으로 가득 몰려와 앉았다.

"이 집이 여러 가지로 좋을 것 같아서 처소를 이리 정했네. 집도 넓고 자네 딸도 둘이 다 이 집에 있네. 언문 종씨도 종씨는 종씬게 일가라면 일가고."

강가 말에 모두 호들갑스럽게 웃었다. 언문 종씨란 오순녀 전 남편 성이 밭 전田 자 전가였으므로 우스개로 하는 소리였다.

"아부지!"

두 딸이 들어와 인사를 했다.

"잘들 있었냐?"

전봉준은 오달진 표정으로 두 딸을 건너다봤다. 아이들은 아버지가 반갑고 자랑스러운 듯 연방 벙글거렸다.

"나도 인자 성님이랑 농민군 나갈라요."

용현이 전에 하던 버릇대로 당돌하게 말했다. 형 용규와 두 누님들은 그냥 벙글거리고만 있었다. 전봉준도 웃기만 했다.

그때 상이 들어왔다. 걸쭉했다. 두 딸은 상차림을 한번 둘러보고 나서 많이들 드시라며 동생들을 데리고 밖으로 나갔다. 열댓 명이 상에 둘러앉았다. 전봉준을 수행한 사람들은 최경선, 정익서, 정백현 등이었고, 나머지는 모두 동네 사람들이었다. 마당 차일 밑에도 상이 여러 잎 놓이고 술동이에는 막걸리가 치면했다.

전봉준은 양쪽 사람들을 한 사람 한 사람 소개했다.

"멀리서 함자들만 듣다가 이렇게 만난게 우리도 덩달아 한등 올라간 것 같소."

동네 사람들이 웃으며 그들 잔에 술을 따랐다.

"오씨가 자네 아이들 보살피는 것이 친어머니보다 더 살뜰하네. 자네 아이들이 온 뒤로는 얼굴이 새 처녀같이 화색이 환하고 웃음 걷힐 날이 없구만. 봄바람 맞은 화초밭이야."

강가가 음충맞게 웃자 동네 사람들 웃음소리가 한결 호들갑스러웠다.

"화초밭이면 날아들 것은 나비밖에는 없네그랴."

전봉준 곁에 앉은 텁석부리가 받으며 또 걸쭉하게 웃었다. 그도 전봉준과 비슷한 나이로 친하게 지내던 사이였다.

"큰딸 혼수도 이 집서 거진 장만한 것 같네. 지금 한 집에서 부녀가 두 혼사 치르겠다고 동네 사람들은 앉으면 이얘기가 그 이얘기뿐이구만. 다른 데서는 자네 이얘기가 전쟁 이얘기겠지만 여기서는 자네 딸하고 자네 혼사 이얘기뿐이네."

"내 혼사 이야기라니?"

강가 말에 전봉준은 눈을 둥그렇게 떴다.

"중이 제 머리 못 깎는 법이고 자네는 바쁜 사람이라 그럴 짬도 없을 것 같아서 우리끼리 날을 받아버렸네. 자네가 동네 오는 날 바로 혼사를 치러버리자고 오는 날을 혼인날로 정해버렸어. 그런게 오늘이 자네 혼인날일세."

텁석부리가 웃으며 말했다.

"무슨 소린가?"

전봉준은 덩둘한 눈으로 동네 사람들을 둘러봤다. 최경선과 정익서도 놀라는 표정이었다.

"내가 이야기를 너무 주변머리 없이 했구만. 일이 어떻게 된 것이냐 하면 이렇게 된 걸세. 자네가 여기 한번은 다녀갈 것 같아서 자네 사돈 될 저 사람을 고부로 보내서 자네 형편을 두루 알아봤네. 마침 그때 황새머리 자네 외삼촌도 볼일이 있어서 여기 왔길래 같이 앉어서 의논을 했어. 오씨한테도 안사람들을 넣어서 떠본게 그이도 싫잖은 것 같고, 두루 연분이 닿는 것 같아 우리끼리 작정을 한 걸세. 친구 좋다는 것이 뭔가? 그렇잖소?"

텁석부리는 최경선 등 배행꾼들을 건너다보며 웃었다. 동네 사람들 웃음소리가 한층 요란스러웠다. 전봉준은 몹시 당황하는 표정이었으나 동네 사람들은 이런 일에는 으레 그러려니 하는 태도였다.

"한 가지 걸리는 일이라면 아직 전남편 삼년상이 지나지 않아 그것이 체면상 흠절이 된다면 될 수도 있어서……."

의논 끝에 전씨 일가들을 만나 의향을 떠봤더니 아주 선선하게 양해를 하더라고 강가는 껄껄 웃었다. 전봉준은 곤혹스런 표정이었다. 동네 사람들은 전봉준과 오순녀 혼사는 이미 정해진 것으로 쳐놓고 이야기를 이어갔다. 전씨들이 그렇게 수월하게 양해를 한 것은 상대가 천하의 전봉준이기 때문이 아니겠느냐고 했다. 물론 반대를 하는 사람도 있었다고 했다. 양가집 여자가 개가한다는 것도 말이 안 되는 일인데 더구나 상중에 개가를 하다니 말이 되느냐고 호령을 하는 노인이 있었으나 상대가 전봉준인데다가 성인도 시속을 따르는 법이라며 곁에서 다그치자 그 노인도 금방 잦아졌다는 것이다.

"권하는 장사 밑지는 법 없네. 자네가 밖에서는 천하를 호령하는 녹두장군 전봉준이네마는 여기서는 옛날 친구 전봉준일세."

전봉준은 앞에 놓인 술잔을 들었다. 상처 때문에 인사치레로 받아놓고 있던 잔이었다.

"이번 폐정개혁에 '청상과부는 개가를 허락할 것'이란 조목을 놓고 우리끼리 뭐라고 한 줄 아는가? 올깃한 속셈이 있어서 자네가 우겨서 집어넣은 조목일 거라고 웃었네."

텁석부리 말에 모두 너털웃음을 터뜨렸다. 그러나 전봉준 얼굴은 더 굳어졌다.

"내가 지금 그럴 처지가 아닐세."

전봉준은 무겁게 입을 열었다.

"그럴 처지가 아니라니?"

강가는 입으로 가져가려던 잔을 멈추었다. 모두 전봉준을 봤다.

"전쟁이 끝난 것이 아니라 제대로 큰 전쟁은 이제부터일세."

전봉준은 담담하게 말했다. 자리는 갑자기 물을 끼얹은 듯했다.

"전쟁은 전쟁이고, 이런 일은 이런 일 아닌가? 혼기를 맞은 딸도 둘이나 되고 자네보다 아이들 형편이 딱하지 않은가? 수신제가 치국평천하란 말이 작은 데서 부실한 데가 없어야 중심이 실해서 큰일을 제대로 할 수 있다는 소린 줄 아네. 가정을 제대로 꾸려서 아이들 걱정이라도 덜어버려야 마음이 그만큼 활발하잖겠어?"

강가가 말했다.

"말 한번 떨어지게 했네. 어쩌시오, 저이 모시고 다니는 호걸님들 말씀도 한번 들어봅시다."

텁석부리가 강가 말에 맞장구를 치며 최경선과 정익서를 봤다. 전봉준이 다시 나섰다.

"그것은 내 형편만 생각하는 말이네. 지금 농민군들은 너무 방만하게 들떠 있네. 이럴 때 내가 한가하게 새장가나 든다면 그 소문은 금방 퍼질 것이고, 사람들은 그만큼 마음이 풀어지네. 자네들 호의는 고맙네마는, 내 처지가 그게 아닐세."

전봉준은 간곡하게 말했다.

"이 사람아, 가정이 부실한게 새 가정을 꾸미는 일인데, 그것을 누가 한가하게 생각한단 말인가? 달리 혼처가 있다면 모를까 그렇지 않다면 자네 형편이 너무 딱하지 않은가?"

다른 친구가 제법 너름새 있게 말했다.

"이 잔치가 시방 먼 돈으로 장만한 잔친 줄 아는가? 호랭이 어금니 같은 동네 두레쌀로 벌인 잔치네. 그런 잔칫상을 내친단 말인가?"

다른 사람이 내지르고 나왔다. 술이 거나해진 동네 사람들은 웃음소리가 한껏 호들갑스러웠다. 젊었을 때 친구들이라 *걸쌈스런 장난기까지 곁들여 웃음소리가 집이 떠나갈 것 같았다. 술을 많이 마시지 않아 맨송맨송한 전봉준은 여전히 난처한 표정이었다.

전봉준 눈앞에는 연엽의 모습이 어른거리고 있었다. 오순녀에 대한 애틋한 정감과 연엽에 대한 그리움이 마음속에서 뒤얽히고 있었다. 더러 어려운 일을 당해 뼈를 저미는 외로움이 엄습할 때는 그때마다 연엽한테로 향하는 마음은 끝이 없었다. 그러나 연엽을 생각할 때마다 전봉준 입에서는 한숨만 새어나왔다. 연엽을 넘본다는 것은 분수를 모르는 짓 같았다. 연엽은 큰딸하고 같은 나이라 세상 사람들 이목을 생각하면 연엽은 너무 머나먼 강 건너 저쪽에 있었다.

"제가 한 말씀 드리겠습니다."

최경선이 조심스럽게 나섰다.

"장군님 옛날 친구분들을 만나뵈니 따뜻한 우정이 부럽기만 합니다. 저는 지난번 고부봉기 때부터 장군님 곁에서 일을 거든 사람입니다. 저도 장군님 집안 형편을 생각하면 열 번 권하고 싶습니다다마는, 지금은 장군님 말씀대로 때가 아닌 것 같습니다."

최경선 말에 모두 귀를 기울이고 있었다.

"장군님은 앉아도 농민, 서도 농민, 누워도 농민, 장군님 머릿속에는 농사꾼밖에 없습니다. 지금 여남은 고을을 돌고 남원에서 전라도 두령회의를 하고 오는 길입니다. 아까 장군님께서 말씀하셨듯이 지금 농민군들은 조정하고 화약 맺은 것만 가지고 천하가 내 세상인 듯 들떠 있습니다. 장군님 걱정거리는 바로 그것입니다. 장군님은 관군 장군처럼 명토 박아 교지를 받은 일도 없고, 농민군 두령들한테 대쪽 쪼개듯이 일사불란하게 명령이 먹히는 것도 아닙니다. 장군님께서는 그저 백성 뜻을 모으고 그 뜻이 향하는 곳으로 물길 내듯 길을 내어 오늘날까지 농민군을 이끌고 오셨습니다. 장군님은 군사들을 호령으로 끌고 오신 것이 아니라 몸으로 끌고 오신 것입니다. 지금까지 장군님께서는 밥 한 끼 농민군들보다 더 낫게 잡수신 적이 없고, 농민군들보다 잠 한번 따뜻하게 주무신 일이 없으십니다. *일하는 데는 병든 주인이 아흔아홉 몫이더라고 농민군을 한 덩어리로 묶어서 여기까지 끌고 오신 힘은 무엇보다 이것입니다. 농민군은 두령들이 앉아서 쉬면 그들은 누워서 잠을 잡니다. 아까 새장가 드시는 일이 한가한 일이라 말씀을 하셨는데, 그것은 바로 이 점을 가리킨 것입니다. 그 뜻을 깊이 헤아려주시기 바랍니다."

최경선은 정중하고 간곡하게 말했다. 동네 사람들은 멀뚱한 표정으로 서로를 봤다.

"우리가 너무 서둘렀는가, 그라면?"

동네 사람들은 덩둘한 표정들이었다.

"이 소문은 다른 동네까지 싹 퍼졌는데, 일이 묘허게 되어버렸네.

이 댁 쥔네한테도 면목이 없고……."

동네 사람들은 처지가 몹시 딱한 모양이었다. 전봉준을 깜짝 놀라게 하려고 자기들 딴에는 일을 재미있게 꾸민다고 꾸민 것인데 *웃다가 머퉁이 맞은 꼴이었다. 전봉준과 오순녀의 옛날 일을 잘 알고 있던 터라 과부가 된 오순녀가 자기 사날로 전봉준 딸들을 자기 집에 데려다 살뜰하게 보살피자 동네 사람들은 전봉준 뜻은 묻고 자시고 할 것도 없다고 생각한 것 같았다.

"그러면 혼사는 다음으로 미루기로 하고, 기왕 차린 잔친게 오늘 저녁에는 놀기나 흐드러지게 노세. 첨부터 우리 동네서 장군 난 경사 끝에 혼사 말도 나왔던 것인게 오늘 잔치는 장군 난 경사 잔치로 치면 그만이네. 우리가 말을 하잔게 혼사라고 했제 언제는 재혼에 초례청 채리고 무슨 격식 있었관대."

텁석부리가 대범하게 분위기를 후무렸다. 사실 여자들한테는 개가 자체가 허용되지 않았으므로 재혼에 무슨 격식이나 절차가 있을 수 없었다. 일판을 좀 재미있게 벌이자고 계제김에 잔치판을 벌였다는 가락이었다. 그때 강가가 나가더니 좀 만에 오순녀를 앞세우고 들어왔다. 모두 눈이 둥그레졌다. 설마 오순녀가 이런 자리에 나타나리라고는 생각도 못한 일이었다.

"오셨는가라우?"

귀밑을 붉히고 들어온 오순녀가 전봉준을 보며 수줍게 인사를 했다.

"잘 계셨소? 이거 두루 폐가 많소. 아이들까지 거두어 주신다니 고맙소."

전봉준은 오순녀를 보는 순간 가슴속에서 쿵 소리가 났다. 그러나 오순녀가 너무 스스럼없이 나왔으므로 전봉준도 얼른 대범한 소리로 인사치레를 했다. 전봉준은 오순녀에게 처음 하는 자기 말이 의젓하게 되어 나오고 있어 스스로 적이 안심이 되었다.

"큰일 하시는데, 아이들 조금 거둬 드린 것이 폐는 무슨 폐겠습니까? 전쟁이 크게 벌어진다고 할 때는 늘 걱정이 되더니 이렇게 아이들이랑 만나시고 한게 마음이 놓입니다. 마음 푹 노시고 쉬십시오."

"고맙소."

전봉준은 가볍게 고개를 숙이며 대답했다. 좌중은 오순녀와 전봉준 사이에 오가는 말을 한마디도 놓치지 않으려고 숨을 죽이고 있었다. 전봉준은 오순녀를 맞바로 건너다봤다. 20년이란 모진 세월이 오순녀를 중년의 여자로 만들어 놨다. 병약한 남편 뒷바라지하느라 지나새나 쓰디쓰게 지나갔을 기나긴 세월이 새삼스럽게 전봉준의 가슴을 후볐다. 옛날 그렇게도 못 잊었던 정감은 그동안 한줌 앙금으로 가라앉고 중년이 된 오순녀에 대한 애틋한 연민이 가슴을 때리고 있었다. 전봉준은 오순녀 얼굴에서 연엽의 모습을 더듬고 있었다.

"아니, 천하에 전봉준 장군이 이 댁에 들렀는데, 주인장께서 큰일 하신다고 공치사만 하실 것이오? 술 한 잔 따르시오."

텁석부리가 주전자를 찾아 주변을 두리번거렸다. 모두 그렇겠다고 역성을 들었다. 오순녀는 얼굴을 붉히며 일어서려 했다. 문 곁에 앉은 사람들이 안 된다고 길을 막았다.

"오늘 판을 제대로 벌이려다 말았소마는, 그것은 그것이고 주인이 객한테 술 한 잔 인사가 없다면 객을 맞는 도리가 아니지라우. 자, 어서 따르시오."

텁석부리가 술잔과 주전자를 내밀었다.

"그것은 남자들끼리 이야기겠지요."

오순녀가 주전자를 받으려 하지 않았다.

"남녀가 유별이란 소리 같은데 이것은 주인이 객을 맞는 인사요, 인사! 어서 따르시오."

모두 어서 따르라고 설레발을 쳤다. 오순녀는 못 이긴 듯 주전자를 받아들고 무릎을 꿇었다. 정이 넘치는 자리인데다 말씨들도 상스럽지 않았으므로 크게 흉이 되지 않겠다고 생각한 모양이었다. 오순녀가 잔을 내밀었다. 전봉준이 웃으며 잔을 받았다. 오순녀가 두 손으로 공손하게 주전자를 기울였다. 오순녀 손이 가볍게 떨고 있었다. 오순녀는 통곡이라도 터뜨리고 싶은 순간일 터였다. 술을 받은 전봉준은 오순녀 얼굴을 한번 보고 나서 술을 주욱 들이켰다.

"반배!"

텁석부리가 크게 소리를 질렀다. 전봉준은 권에 못 이겨 오순녀한테 잔을 넘겼고 오순녀도 귀밑을 잔뜩 붉히며 잔을 받았다.

"다 마셔야 하요. 한 방울이라도 남기면 안 돼요."

오순녀는 옆으로 고개를 돌리고 잔을 비웠다. 다 마셔버렸다.

"와!"

모두 환성을 질렀다.

"합환주 한번 똑 소리 나게 오갔네. 초례청이 별것이간데? 합환주 마시는 것이 초례청이여. 만중 앞에서 합환주를 마셨은게 다음 일은 인자 둘이 알아서 혀. 우리는 거기까지는 참견 않을 텐게."

곁에서 소리를 질렀다. 모두 폭소를 터뜨렸다. 오순녀는 많이 들라며 도망치듯 방을 나갔다. 방 안은 다시 폭소가 쏟아졌다. 전봉준은 *소한테 물린 표정으로 헤프게 웃고 있었다.

'어렵사리 삭아 앉은 한을 다시 심고 있는가?'

오순녀 얼굴에 연엽 얼굴이 다시 겹쳤다. 마당에서는 꽹과리 소리가 요란을 떨었다. 풍물이 신나게 마당을 누볐다.

전봉준은 그날부터 오랜만에 차근하게 쉬었다. 각지에서 들려오는 소식에 자꾸 조바심이 났으나 꾹 참고 상처부터 제대로 아물리자고 작정했다. 그사이 가장 충격적인 소식은 운봉을 점령했던 김봉득이 박봉양한테 밀려났다는 것과 나주 오권선이 나주성을 공격했으나 대패했다는 소식이었다.

전봉준은 그러잖아도 운봉이 불안했으나 거기는 김개남 영향권이라 간섭을 하지 않았는데 결국 밀려나고 만 것이다. 17살밖에 안 되는 애송이를 너무 믿은 게 잘못이었다.

김봉득 군사들은 그동안 너무 방만했던 것이다. 지난번에 너무 쉽게 운봉을 짓밟아버리자 승리감에 도취되어 박봉양이 다시 일어날 것은 꿈에도 생각하지 못하고 마음을 툭 놓고 있었다. 그때 민보군을 재빨리 흩어버린 박봉양은 곧바로 이웃 고을 경상도 함안으로 달려가서 수령을 만났다.

"듣고 계시겠지만 전라도 농민군들은 지금 기세가 하늘을 찌릅니다. 그들이 모내기를 마치면 이다음에 쳐들어갈 데는 어디겠습니까? 물을 것도 없이 경상도입니다. 순천에서는 김인배라는 김개남 부하가 양호 대접주라 자칭하며 지금 눈에 불을 켜고 군사를 모으고 군자금을 긁어들이고 있습니다. 그는 하동과 진주로 쳐들어갈 것이 뻔합니다. 며칠 전에 김개남은 만여 명 세력을 과시했습니다. 남쪽에서 김인배가 하동과 진주로 경상도를 쳐들어간다면 김개남이 김봉득을 앞세워 경상도로 쳐들어가는 북쪽 관문은 어디겠습니까? 당장 내일이라도 이리 몰려올지 모릅니다."

"그렇잖아도 그것이 걱정이오. 무슨 수가 없겠소?"

발발 떨고 있던 함안 군수는 박봉양 다리라도 안을 듯 다가앉으며 숨을 씨근거렸다.

"경상도 서쪽이 무사하려면 함안에서 막아야 하고 함안을 막으려면 운봉에 있는 농민군을 몰아내고 남원에서 운봉으로 넘어오는 여원재를 막아야 합니다. 여원재는 천혜의 요새입니다."

"잘 알고 있습니다. 여원재가 뚫리면 팔랑치는 평지나 마찬가지지요."

팔랑치는 운봉에서 함안으로 넘어가는 고개였다.

"여러 말씀할 것 없습니다. 상말로 코피 쏟아지는 데는 틀어막는 수밖에 없습니다. 제가 운봉 적도들을 몰아낼 테니 저를 지원해 주십시오."

박봉양이 잘라 말했다. 우선 무기부터 내놓으라고 하자 군수는 있는 대로 가져가라고 떠맡기듯 했다.

"알았습니다. 며칠 뒤에 무기를 가지러 오겠습니다."

박봉양은 그냥 돌아와 지난번에 앞장섰던 두령들을 앞세워 소작인들을 중심으로 농민들을 귀신도 모르게 하나하나 다시 묶어나가기 시작했다. 2천여 명이 되자 함안에 가서 무기를 가져다 단단히 무장을 시켰다. 2천 명을 묶도록 농민군 집강소에서는 아무것도 모르고 있었다.

“이제 됐다. 오늘 저녁이다.”

박봉양은 민보군 2천 명을 몰고 한밤중에 벼락같이 집강소로 쳐들어갔다. 박봉양이 움직임을 꿈에도 모르고 있던 농민군들은 바위 떨어진 웅덩이에 물방울 튀기듯 풍비박산이 되고 말았다.

“여원재부터 막아라!”

박봉양은 남원과 운봉 경계인 여원재를 중심으로 철통같은 방어선을 구축했다. 그는 식량을 있는 대로 풀어 군사들을 배불리 먹이고 군율을 엄하게 세워 군기를 대쪽같이 잡았다. 그는 한시도 제자리에 앉아 있지 않고 진을 순시하며 방어선에 바늘 끝 하나 들어올 틈을 주지 않았다.

박봉양은 어느 날 한밤중에 순시를 하다가 깜짝 놀랐다. 술을 마시고 주정하는 사람이 있었다. 잡아놓고 보니 자기 조카였다. 박봉양은 불같이 화를 내며 대번에 묶으라고 했다.

다음날 박봉양은 민보군을 모두 모았다. 조카를 끌어내오라 했다. 맹꽁이처럼 꽁꽁 묶여 끌려왔다.

“우리는 사직을 지키려고 일어난 민보군이다. 군율은 군대의 생명이다. 저놈은 사적으로는 내 조카이다. 그러나 난도들을 치려고 일어난 의군의 진중에 어찌 사가 있겠는가?”

박봉양이 서슬은 서릿발 같았다. 얼굴이 시뻘겋게 달아오르고 입술이 부들부들 떨렸다. 그는 참모를 불러 칼을 풀어주었다.

“저자는 군율을 어긴 자이다. 이 자리에서 당장 목을 치렷다.”

박봉양은 고함을 질렀다. 주변에 있던 두령들과 군사들은 입이

떡 벌어지고 말았다.

"어서 치지 못할까?"

박봉양은 참모를 향해 거듭 고함을 질렀다.

"장군님, 고정하십시오. 잠깐 실수를 가지고 목을 치는 것은 너무 과하신 처벌인 줄로 아룁니다."

칼을 받은 참모가 박봉양 앞에 굽실거리며 정중하게 아뢰었다.

"그 무슨 당찮은 소리인가? 제갈공명이 사랑하는 부하 마속의 목을 친 것은 군율에는 사가 없다는 모범을 보인 것이오. 바로 그렇게 군율을 세웠던 까닭에 그 간악한 조조한테 맞설 수 있었소. 지금 우리는 사직을 지키는 의군이오. 조카라고 사정을 두고 부하라고 사정을 두면 무엇으로 군율을 세우겠는가? 내 손으로 치겠소."

박봉양은 산이 쩌렁쩌렁 울리게 호령을 하며 칼을 달라고 손을 내밀었다. 설마 하고 있던 사람들은 모두 눈알이 튀어나올 것 같았다. 그때 곁에 섰던 참모 하나가 뛰어나갔다. 박봉양이 앞에 덜퍽 엎어졌다.

"장군님, 저 아이는 제 부하이옵고, 저 아이가 군율을 어긴 것은 제가 단속이 부실했던 탓이옵니다. 대신 제 목을 쳐주십시오."

작자는 사뭇 고개를 굽실거렸다.

"당찮은 소리 말라."

박봉양은 고함을 지르며 작자를 제치고 칼을 추켜올렸다.

"장군님!"

엎드렸던 참모가 퉁겨 일어나 박봉양이 팔을 잡고 늘어졌다. 박봉양은 놓지 못하느냐고 악을 썼다. 다른 부하들도 달려나와 자기들 목을 쳐달라고 빌었다. 박봉양은 버럭버럭 악을 쓰다가 겨우 참는다는 듯이 숨을 발라 쉬었다. 박봉양은 제가 무슨 천하를 호령하는 장수라도 된 듯 사직이 어떻고 군율이 어떻고 또 한참 악다구니를 썼다.

"여러분들 뜻이 그렇다니 특별히 용서하여 목을 베지는 않겠소. 그러나 그대로 둘 수는 없소. 곤장 15도를 치겠소."

박봉양은 조카를 형틀에 묶으라 했다.

"만약 헐장을 쳤다가는 살아남지 못하리라."

박봉양은 거듭 고함을 질렀다. 헐장을 하면 목을 베겠다고 거듭 으르자 제대로 쳤다. 조카는 기절을 했다가 깨어나기까지 했다.

이 사건이 있은 뒤부터 군율이 한층 더 대쪽 같았고, 사기도 충천했다. 그러나 박봉양은 한시도 마음을 놓지 않고 군사들을 독찰했다. 운봉은 난공불락의 요새가 되고 말았다.

김개남은 박봉양 때문에 지나새나 얼굴이 펴지지 않았다. 바로 코앞에 박봉양 같은 자를 두고 큰소리를 치자니 도무지 체면이 말이 아니었다. 정탐꾼과 첩자들을 수없이 보내 허점을 살폈으나 다녀온 사람마다 고개부터 내두르는 통에 쳐들어갈 엄두를 내지 못하고 있었다.

오권선은 나주는 영장 이원우 계략에 빠져 제대로 싸워보지도 못하고 참패를 했다는 것이다. 간사스런 작자를 하나 내세워 안에서 문을 열겠으니 쳐들어오라고 하는 바람에 오권선이 그 말만 믿고 쳐들어갔다가 참패를 한 것이다. 천하 만민이 모두 내 편이려니 하고 너무 쉽게 생각하다가 계교에 걸려들고 말았다. 누가 감히 우리를 치랴 하고 방만해 있다가 쫓겨난 운봉하고 다를 것이 없었다. 전봉준은 이런 방만한 태도를 어떻게 바로잡을 것인가, 요사이는 그 생각만이 머리를 꽉 메우고 있었다.

전봉준은 나주보다 운봉 소식에 마음이 무거웠다. 한쪽에서는 소작인들이 지주들을 험하게 닦달하고 있는데 한쪽에서는 소작인들이 지주를 도와 농민군한테 대적을 하고 있는 것이다. 대세가 조금만 기울면 어디서 또 다른 박봉양이 나타날지 모를 일이었다. 자칫하면 소작인과 소작인들이 싸우는 험한 꼴이 벌어질 판이었다.

"일본과 청나라 사이에 전쟁이 붙을 것이 분명하고 전쟁이 끝나면 어느 편이든 이긴 편은 총구를 농민군한테도 들이댈 것이 분명한데 우리끼리 싸우게 되면 강도 만난 집에서 집안 싸움하는 꼴밖에 더 되겠습니까?"

정익서가 말했다. 전봉준은 며칠 동안 운봉과 나주 일만 생각하다가 길 떠날 채비를 하라고 했다. 얼마간 쉬자 상처도 아물고 몸도 어지간히 회복이 되었다. 나주 민종렬을 설득하고 박봉양을 설득하려면 자기부터 감사하고 손을 잡아 관리와 양반, 부자들을 적으로 보지 않는다는 사실을 보여주어야 할 것 같았다. 감사하고 손을 잡더라도 어차피 감사는 맥을 추지 못할 것이므로 농민군이 주도하여 개혁을 해나가는 대세에는 영향을 줄 수 없을 것 같았다. 전봉준은 몇 고을을 돌아 형편을 살피고 두령들 의견도 널리 들은 다음 감사를 만날 참이었다.

전봉준이 길을 떠나려고 행리를 챙기고 있는데 김갑수와 이천석이 달려왔다.

"최경선 씨가 나주에 다시 보복전을 벌일 것 같다고 임두령께서 그 말씀을 전하라 해서 왔습니다."

"뭣이, 그 정신없는 사람들!"

전봉준은 벌컥 화를 냈다. 여기까지 같이 왔던 최경선이 며칠 전 광주로 갔는데 가자마자 일을 꾸민 것 같았다. 최경선은 광주 근처 동복이 외가인데 거기 오씨들 세력이 컸으므로 그 때문에 전부터 광주에 가서 손화중을 거들었다. 전봉준은 얼른 편지를 한 장 써서 김갑수한테 내밀었다.

"고되겠네마는 바로 이 길로 가서 최두령한테 전하게."

김갑수와 이천석은 편지를 가지고 선 자리에서 돌아섰다.

"언제 또 광주까지 가지? 오거무 그놈의 작자, 이번에 잡히면 반은 죽여야 해."

김갑수가 이를 악물었다.

"나는 아무래도 오거무가 이번에도 설마 그랬을까 싶잖아."

"무슨 소리야? 제 버릇 개 못 준다고 지금 어디서 그 돈으로 계집년 꿰차고 *해롱거리고 자빠졌을 거야."

오거무는 얼마 전에 김덕호가 돈 찾아오라고 강경으로 심부름을 보냈는데 그 돈을 찾아가지고 어디로 감쪽같이 사라져버린 것이다. 여러 날이 지났는데도 오지 않아 김갑수와 이천석이 강경으로 달려갔더니 객줏집에서는 돈을 찾아가지고 갔다는 것이었다.

"나는 좀 이상한 생각이 들어. 우리가 거기 갔을 때 강경 그 객줏집 통사란 작자 눈치가 이상했어. 지금도 그 작자한테 의심이 가시잖아."

이천석이 말했다.

"그럼 그 통사가 오거무를 해치고 돈을 빼앗았단 말이냐?"

"돈이 적잖으니까 얼마든지 그럴 수가 있지. 오거무는 남새밭에 한번 똥싼 개라 저 개 저 개 하는데 그게 아닐지도 몰라. 장통사 그 작자를 잡아다 어디 산으로 끌고 가서 야무지게 한번 불림을 받아보면 어쩔까 싶어."

"그러다가 사실이 아니면 어쩌게?"

김갑수가 눈을 흘겼다.

"하여간 무슨 수를 쓰든지 그 작자를 한번 닦달해 보고 싶어."

"그게 쉽잖을 걸."

김갑수가 고개를 저었다.

6월 21일 새벽. 한양 장안은 새벽잠에 홍건하게 빠져 있었다. 이따금 허투루 개 짖는 소리가 새벽의 고요 속을 흐르고, 잠든 한양 상공에 새벽달이 희미하게 걸려 있었다.

시커먼 그림자 수천 명이 경복궁景福宮 쪽으로 몰려가고 있었다. 군인들이었다. 달빛 아래 시커먼 군복을 입은 사람들은 마치 저승에서 온 사람들 같았고 총 끝에 꽂힌 칼은 새벽 달빛을 받아 싸늘하게 번쩍이고 있었다. 광화문 앞에 이르렀다. 지휘관의 구령에 따라 멈추었다. 뒤따르던 부대는 양쪽으로 길을 나눠 한 부대는 오른쪽으로, 한 부대는 왼쪽으로 갔다. 두 부대는 경복궁 담을 타고 양쪽으로 내달았다. 광화문은 단단하게 닫혀 있고 문밖에서 지키고 있던 병사들은 앞에총을 하고 보고만 있었다.

"저놈들이 밤에도 저 지랄이여."

병사들이 낮은 소리로 이죽거렸다. 요사이 일본 군대는 제 세상인 듯 한양 장안을 휘지르고 다녔으나 밤중에 이렇게 많은 군대가 움직인 일은 없었다. 얼마 전에는 종로 네거리에까지 포를 설치하는가 하면 보병들은 완전무장을 하고 날마다 행군이랍시고 군가를 부르고 칼을 철거덕거리며 한양 거리를 멋대로 휘지르고 다녔다. 지난번 남산 왜성대에다 경복궁을 향해 포를 설치할 때만 하더라도 이를 갈았던 조선 병사들은 요사이는 내놓은 얼간이 꼴로 그들 하는 짓만 구경할 뿐이었다. 일본군은 며칠 전부터 광화문 앞에서 군사훈련까지 했다. 오늘 낮에만 하더라도 광화문통에서 앞으로가, 뒤로돌아가, 한참 법석을 떨다가 나중에는 땅바닥에 납작 엎드려 총까지 빵빵 갈겨댔다.

지금 경복궁은 전라도에 내려가 농민군과 싸웠던 장위영병과 평양에서 온 기영병이 지키고 있었다. 기영병은 농민군과 화약을 맺기 전에 한양을 수비하라고 불러왔는데, 일본 군대가 들어오자 보내지 않고 대궐을 지키라고 그대로 붙잡아 두고 있었다. 광화문을 지키고 있는 병사들은 장위영병이고 기영병은 영추문 등 나머지 문을 지키고 있었다.

광화문 앞 조선군 장교가 조심조심 일본군 앞으로 갔다. 병사들 대여섯 명이 앞에총 자세로 따라갔다.

"웬일이오?"

장교가 조심스럽게 물었다.

"조정에 볼일이 있어서 왔소."

일본군 장교가 말을 하고 조선 사람 통사가 통역을 했다. 일본군 장교는 말을 해놓고 무슨 속셈인지 혼자 껄껄 웃었다. 조선군 장교는 무어라 더 묻지 못하고 그대로 보고만 있었다. 새벽달이 내려다보는 아래 양쪽 군대는 말없이 그대로 서 있었다. 두 군대 사이에 팽팽한 긴장이 흐르고 있었다.

"광화문 문짝은 얼마나 단단합니까?"

일본군 장교가 엉뚱한 소리를 했다. 통사가 통역을 했다. 조선군 장교는 멍청하게 일본군 장교만 보고 있었다.

"광화문 문짝이 얼마나 단단한가 묻지 않았소?"

일본군 장교가 다시 물으며 또 실없이 껄껄 웃었다. 조선군 장교는 넋 나간 사람처럼 그대로 서 있었다.

"저것들 걷어치워라!"

그때 갑자기 장교가 곁에 있는 병사에게 명령을 내렸다. 병사 여남은 명이 칼 꽂은 총을 앞세우고 성큼성큼 조선군 장교 앞으로 갔다. 새벽 달빛에 칼끝이 시퍼렇게 빛났다. 조선군 장교는 무춤무춤 뒤로 물러났다. 일본 병사들 칼이 조선군 장교 배를 푹 쑤셨다.

"아이고."

장교는 비명을 지르며 그대로 나동그라졌다. 나머지 병사들도 모두 비명을 지르며 나동그라졌다.

"총을 두 방 쏘아라."

—빵 빵.

순간 한쪽에 서 있던 일본군 병사 하나가 달려가 대문 앞에다 무얼 놓고 조작을 하고 있었다. 조작이 끝나자 뒤로 물러섰다. 일본군들은 모두 뒤로 한참 물러섰다.

— 빵.

땅이 무너지는 소리가 나며 광화문 대문짝이 날아갔다. 경복궁 사방 여러 문에서도 똑같은 폭발음이 났다.

"돌진!"

일본군들은 광화문으로 쏠려 들어갔다. 광화문 문도리가 미어지게 몰려 들어갔다.

— 빵빵빵.

총소리가 하늘을 찢었다. 조선군 군사들도 응사를 했다. 일본군은 회선포를 갈겨댔다. 일본군은 도망치는 조선 군사들을 좇아가며 마구 찔렀다. 조선 병사들은 모두 비슷한 소리로 비명을 지르며 땅에 쓰러져 버르적거렸다. 일본군이 조선 병사들을 한쪽 구석으로 몰아붙였다. 여기저기서 총소리는 계속 밤하늘을 찢었다.

"잘 지키라."

그때 일본 공사 오토리가 병사들 호위를 받으며 문짝이 박살나 입을 벌리고 있는 광화문으로 들어섰다.

"별전을 제대로 포위했는가?"

오토리가 별전을 가리키며 물었다.

"예, 명령대로 수행했습니다."

장교가 큰소리로 대답했다.

"요소는 모두 점령했는가?"

"모두 점령했습니다. 주력은 저쪽으로 몰아 저항 불능의 상태이나 여기저기서 산발적으로 저항을 하고 있습니다. 금방 진압될 것입니다."

장교는 한쪽을 가리키며 큰소리로 작전 상황을 보고했다. 오토리는 장교가 가리키는 쪽을 봤다. 담 한쪽 구석에 조선군 수백 명이 오물오물 몰려 있었다. 병사들은 궁지에 몰린 짐승들처럼 한데 엉겨 발발 떨고 있고 일본군 수십 명이 총을 겨누고 있었다. 총소리가 뜸해졌다.

"궁중을 발칵 뒤져 관리들도 전부 잡아서 한 군데 가두어라."

오토리가 영을 내렸다. 영을 받은 병사들은 족제비처럼 날렵하게 움직였다. 치밀하게 작전계획을 세우고 온 것 같았다.

오토리는 일본 군사들이 지키고 있는 마당을 큰길 가듯 거침없이 내달아 별전으로 갔다. 일본 군사들이 별전을 포위하고 있었다. 오토리는 병사들 여남은 명을 거느리고 별전으로 들어갔다. 임금을 지키는 위사나 시신이 하나쯤 있을 법했으나 아무도 없었다.

"웬 사람들이오?"

임금이 들었음직한 방문 앞에 상궁 서너 사람이 발발 떨고 있다가 앞을 막으며 물었다. 일본군 병사가 상궁 배를 걷어차 버렸다. 째지는 비명을 지르며 저만치 벌렁 뒤로 나자빠졌다. 다른 상궁들은 가슴에 개머리판을 맞고 역시 비명을 지르며 나가떨어졌다. 일본 병사들이 방문을 벌컥 열었다. 임금과 민비가 오들오들 떨고 있었다.

"임금 내외만 있단 말인가?"

오토리가 주변을 두리번거리며 혼잣소리처럼 중얼거렸다. 임금 내외는 일본말을 알아들을 리가 없으므로 눈알만 뒤룩거리며 벌벌 떨고 있었다. 오토리는 항상 통사를 달고 다녔는데 이번에는 어찌된 일인지 통사를 달고 오지 않았다.

"무슨 일이오?"

임금이 벌벌 떨며 물었다. 역관이 없어 말을 해도 양쪽이 다 벙어리 꼴이었다.

"방을 전부 뒤져라."

오토리가 소리를 질렀다. 혹시 군대라도 숨어 있다가 튀어나오지 않을까 싶은 모양이었다.

"흠흠."

방 안을 빙 둘러본 오토리가 묘한 소리로 웃으며 민비를 건너다봤다. 민비는 싸늘한 눈으로 오토리를 노려보고 있었다. 앙칼지게 독기를 뿜고 있었으나 그의 얼굴도 임금처럼 이미 사색이었다. 이 방 저 방에서 방문이 벼락 치는 소리가 나고 궁녀들 비명소리가 찢어졌다.

"시녀들뿐입니다. 한 방에다 몰아넣었습니다."

일본군 장교가 들어와서 차려 자세로 보고를 했다. 좀 만에 관리를 잡으러 갔던 장교가 달려왔다.

"관리들을 전부 잡아 한군데다 가둬놨습니다."

장교가 쪼개지게 거수경례를 붙이며 보고를 했다. 절도 있게 거수경례를 하며 보고를 하고 보고를 받는 일본군들 모습과, 내외만 달랑 남아 떨고 있는 임금 꼴은 너무나 대조적이었다.

"관리 중에 일어 역관이나 일본말 하는 놈이 있으면 데려오너라."

"옛!"

장교는 쪼개지게 경례를 붙이고 돌아섰다.

"너희들은 지금 이 나라 임금 내외가 이렇게 벌벌 떨고 있는 것을 어떻게 생각하느냐? 이런 것도 나라라고 생각하느냐?"

오토리가 임금 앞을 왔다갔다하며 문에 서 있는 장교에게 물었다. 그는 모멸에 가득 찬 웃음을 벙글거리며 뇌까리고 있었다.

"나라가 아니라고 생각합니다."

장교는 차려 자세로 소리를 질렀다.

"임금은?"

"임금도 임금이 아니라고 생각합니다."

역시 큰소리로 대답했다.

"바로 말했다. 이런 것은 나라도 아니고, 이런 임금은 임금도 아니다. 나라는 껍데기뿐이고 임금은 임금 옷을 걸친 허수아비이다."

오토리는 껄껄 웃었다. 그는 무엇이 우스운지 매양 껄껄거리며 임금 앞을 왔다갔다하고 있었다. 마치 맹수를 잡아 우리에 가둬놓고 놀리고 있는 가락이었다. 지금도 밖에서는 간혹 총소리가 났다. 그때 역관을 데리러 갔던 장교가 돌아왔다.

"역관은 없고 일본말 아는 관속이 하나 있습니다."

관복을 입은 사내가 들어왔다. 안경수安駉壽라는 전환국 *방판幇辦이었다. 그 뒤에 내시가 하나 따르고 있었다. 일찍 개화에 눈을 뜬 안경수는 8년 전 민영준이가 주일공사로 일본에 부임할 때 역관으로 따라갔다가 그 뒤 장위영 영관을 거치고 지금은 전환국에서 신식화폐 발행하는 일을 맡고 있었다. 그는 우연히 끌려온 것같이 꾸몄으나 실은 오토리와 미리 귀를 짜고 있었다. 오토리는 안경수에게 오늘 벌일 일을 이미 귀띔하며 사전 준비를 시작했던 것이다.

"상감마마."

안경수는 임금 앞에 엎드리며 흑흑 느꼈다.

"도대체 이게 어찌된 일이냐? 까닭을 물어보아라."

임금은 떨리는 소리로 말했다. 안경수는 자리에서 일어났다. 오토리를 향해 섰다.

"어찌된 일인지, 까닭을 물어보라 하시오. 무슨 까닭으로 궁궐에 침범을 했소?"

안경수가 눈알을 부라리며 제법 준엄하게 물었다.

"하하, 조선 조정에도 신하 같은 물건이 하나 있었구나. 그러나 잘난 체 말고 너는 역관 소임만 하도록 하라. 일본 칼은 사정이 없다."

오토리는 옆구리에 찬 칼을 쑥 뽑아들었다. 안경수보다 임금 내외가 더 놀라 상체를 뒤로 젖혔다.

"상감마마 앞에서 무엄하오."

안경수가 소리를 질렀다.

"한번 더 말한다. 역관의 소임만 하라고 했다. 내가 여기 온 까닭을 말할 테니 먼저 조선군 병사들에게 영을 내리라고 하여라. 지금 궁중에는 조선군 병사들이 여기저기 총을 들고 숨어 있는 것 같다. 병사들한테 무기를 버리고 전부 광화문 앞으로 가서 일본 군대 앞에 투항하라고 명령을 하라 하여라. 명령을 내리지 않으면 전부 소탕을 하겠다. 그렇게 되면 궁궐은 대번에 쑥대밭이 되고 만다."

오토리는 구렁이 같은 눈으로 임금을 쏘아보며 낮은 소리로 뇌까렸다. 안경수가 떨리는 소리로 통역을 했다. 임금은 멍청하게 오토리를 보고 있었다.

"제대로 통역을 했느냐?"

오토리가 고함을 버럭 지르며 안경수에게 칼을 겨누었다. 시퍼런 일본도가 안경수 목에 닿았다.

"알았다고 하여라."

임금은 힘없이 말하며 안경수를 따라온 내시에게 오토리가 말한 대로 영을 전하라고 했다. 영을 받은 내시가 처참한 표정으로 나갔다.

"이제 내가 여기 온 까닭을 말할 차례다. 똑똑히 말해라. 바로 엊그제 조선 조정은 조선이 청나라 속국이 아니고 독립국이라는 사실을 내외에 선포하고 내정개혁을 하라고 했으며 그러지 못하면 일본이 무력을 사용해서 집행하겠다고 통고했다. 그때 3일간의 기한을 주었다. 어제가 그 기한이었다. 기한이 되어도 조처가 없으니 어찌 되었는가 알아보러 왔다고 말해라."

오토리는 칼을 내리고 날카롭게 임금을 노려보며 말했다. 안경수가 떨리는 소리로 통역을 했다. 오토리 말은 사실이었다. 그는 3일 전인 6월 17일 일방적으로 그런 통고를 했던 것이다.

"의논을 하고 있는 중이라고 말하여라."

임금이 역시 떨리는 소리로 말했다. 안경수가 그대로 통역을 했다.

"내가 준 기한은 3일이었다. 조선 조정은 그만한 일을 할 능력이 없는 것으로 볼 수밖에 없다. 이제 우리 일본이 집행을 해주겠다고 해라."

안경수가 그대로 통역을 했다.

"국태공 홍선대원군이 아니면 이 난국을 타개할 사람이 없다. 지금 바로 홍선대원군을 궁중으로 맞아오라 하여라. 바로 지금이다."

오토리는 민비를 날카롭게 바라보며 말했다. 안경수도 통역을 하며 민비 눈치를 보았다. 민비 얼굴이 더 새파래지는 것 같았다. 임금은 경황 중에도 어이가 없는 듯 겁먹은 눈으로 오토리를 멍청하게 건너다보고 있었다.

"제대로 통역을 하였느냐? 빨리 대답을 하라 하여라."

오토리는 칼을 치켜들며 안경수에게 버럭 고함을 질렀다. 안경수는 그대로 통역을 했다.

"그렇게 하겠다고 하여라."

임금은 힘없는 소리로 대답했다.

"대신들도 불러들이라 해라. 곧바로 불러와야 한다."

오토리가 소리를 질렀다.

"그러겠다고 하여라."

임금은 마치 넋 나간 사람 같았다. 그저 오토리 말에 움직이는 허수아비 같았다. 말하는 허수아비일 뿐이었다.

"나는 잠시 나가 있겠다."

오토리는 말을 마치며 빼들었던 칼을 칼집에 철커덕 꽂고 방을 나섰다. 오토리를 따라 들어왔던 일본 병사들은 그대로 임금을 지키고 있었다. 날이 훤하게 밝아오고 있었다.

"저게 뭔가?"

궁전 뜰을 걸어나오던 오토리가 한쪽을 가리키며 물었다. 부러진 총이 서너 자루 나뒹굴고 있었다. 바위에 개머리판이 박살이 나 있었다.

"조선 병졸들이 부숴버리고 간 것입니다."

거기 섰던 장교가 대답했다.

"조선 놈들 가운데도 더러 쓸개 찬 놈들이 있기는 있구만."

오토리는 껄껄 웃었다. 임금의 투항 명령을 받은 조선 군사들은 분을 못 이겨 바위에다 총을 내리쳐서 깨뜨렸던 것이다. 그런 사람이 한둘이 아니었다. 오토리는 광화문 쪽으로 갔다. 조선 병사들은 온데간데없고 일본 병사들이 광화문을 지키고 있었다. 폭약에 대문짝이 날아간 광화문은 죽은 사람처럼 입을 벌리고 있었다.

"역관을 세워놓고 드나드는 사람들을 철저히 검색하라. 관속들은 들어오는 족족 잡아다 한군데다 가두어라. 그리고 이미 갇혀 있는 관속들은 잘 지키고 대궐 안을 다시 발칵 뒤져 궁녀고 누구고 쓰잘데없는 것들은 전부 궁중 밖으로 몰아내라."

오토리 영을 받은 병사들은 다시 대궐 구석구석을 뒤졌다. 관속 이외에는 모두 끌어내어 한군데다 모았다. 오들오들 떨고 있는 사람들 가운데서 내시와 상궁 몇 사람만 뽑아낸 다음 나머지는 모두 몰고 가서 궁중 밖으로 내쫓아버렸다.

오토리는 담을 따라 대궐 안을 한 바퀴 빙 둘러봤다. 마치 점령한 나라 궁궐을 둘러보는 승전군 장수 같았다. 대궐 안에는 여러 가지 희귀한 나무와 괴석들이 아침 햇빛을 받고 있고 경회루 아래 연못에는 잉어들이 한가롭게 노닐고 있었다.

"대원군이 왔습니다. 대신들도 오고 있습니다."

장교가 달려와 보고를 했다.

"임금더러 희정전으로 자리를 옮기라고 해라."

오토리가 장교한테 명령을 내렸다. 장교가 달려갔다. 또 장교 하나가 달려왔다. 대궐문을 지키고 있던 장교였다.

"조선 군대들이 몰려와서 대궐을 포위했습니다. 대포를 걸어놓고 전투 준비를 하고 있습니다."

"허허, 그런 허수아비 같은 것들도 군대라고 군대 구실을 하겠다는 것인가?"

오토리는 껄껄 웃으며 장교를 따라갔다. 광화문 앞에 여기저기 대포가 걸려 있었다.

"사방으로 포위를 하고 있습니다."

그때 광화문 저만치 앞에서 대포가 한 방 터졌다.

"놔둬라!"

오토리는 무슨 생각을 하는지 빙그레 웃으며 돌아섰다. 임금한테로 갔다. 일본 병사들은 이번에는 희정전을 포위하고 임금 곁에는 일본 장교들이 칼을 들고 둘러싸고 있었으며 그 속에서 대원군이 임금을 배알하고 있었다.

"지금 조선 군대가 부질없이 대포를 쏘고 있소. 만약 우리 군사가 한 명이라도 상하면 조선 군사는 한 명도 살아남지 못할 것이오. 경거망동하지 말라 하시오."

오토리는 시퍼렇게 임금을 쏘아보며 소리를 질렀다. 임금은 오토리를 멍하니 보고 있다가 입을 열었다.

"조선 군대들은 병기를 거두고 제자리에 가 있으라고 하여라."

임금이 맥살없이 영을 내렸다. 영을 받은 내시가 나간 뒤 오토리는 대원군을 향했다.

"나는 일본 공사 오토리 게이스케올시다. 청나라는 조선이 자기들 속국이라고 조선에 대하여 종주국 행세를 하고 있습니다. 그들은 우리나라를 비롯하여 다른 나라에 대해서도 조선에 대한 종주국 권리를 주장하고 있습니다. 이것은 조선의 국제적인 체면으로 보더라도 말이 아니며 조선과 선린 관계를 유지하고자 하는 우리나라로서도 아주 불쾌하고 용납할 수 없는 일입니다. 조선은 청나라와 그런 관계에서 벗어날 힘이 없는 까닭에 우리가 그 사슬을 벗겨주겠소."

대원군은 멍청하게 오토리만 보고 있었다. 오토리는 날카로운 눈으로 임금한테로 얼굴을 돌렸다.

"조선에는 그런 일에 앞장설 사람이 대원군밖에 없습니다. 대원군에게 나랏일을 맡기시오. 그 다음에 청나라 군대는 우리가 조선 땅에서 쓸어내 버리겠습니다."

오토리가 임금에게 명령을 했다. 임금은 멍청하게 오토리를 보고 있었고, 대원군도 오토리를 보고 있었다. 그러나 두 사람 다 입을 열지 못했다. 칼이 번뜩이고 있었고, 그 칼은 백 마디 말이 소용없다는 것을 말하고 있었다.

"어떻게 하겠소?"

오토리가 임금을 향해 다그쳤다. 임금은 힘없이 고개를 끄덕이며 그렇게 하겠다고 했다.

"대신들이 다 왔느냐?"

오토리는 방문 쪽을 보며 일본 장교에게 큰소리로 물었다. 장교가 다 왔다고 대답했다. 오토리는 쪽지를 하나 주며 여기 이름이 적힌 대신들만 들여보내라고 했다. 대신들은 조회를 기다릴 때 대기하는 조방朝房에서 발발 떨고 있다가 한 사람씩 불려 들어왔다. 김홍집, 김병시, 조병세, 정범조 등이 차례로 들어왔다.

"영의정 심순택이란 분이 들어오시겠다고 합니다."

장교가 말했다.

"그 사람은 부르지 않았다."

오토리가 호통을 쳤다.

"여러 대신들은 들으시오."

오토리는 대신들을 향해 아까 대원군한테 한 말을 되풀이한 다음 임금을 향했다.

"먼저 대원군 각하께 정권 일체를 위임한다는 전교를 내리시고, 김홍집을 수반으로 삼아……."

오토리는 김홍집을 수반으로 하여 개혁을 추진할 기구와 내각을 구성하라고 지시했다.

"누구를 막론하고 당분간 궁전 바깥출입을 할 수 없소. 대신들 임명 절차 등 모든 일을 신속히 처리하시오."

오토리는 대신들에게 명령을 내린 다음 일본인 조선말 역관과 장교들에게 감시를 하라고 한 다음 밖으로 나갔다. 오토리는 다시 궁궐을 돌았다. 이번에는 전각 문을 모두 열라고 하여 구석구석 살피기 시작했다. 점심때가 한참 지나서였다. 내시 하나가 대원군한테로 갔다.

"대궐 안에 있는 사람들을 모두 쫓아내버려 *반빗간도 텅텅 비었사옵니다. 수라를 어찌 하올지 아뢰옵나이다."

임금 내외는 아침은 물론 점심도 굶고 있었다.

"운현궁에서 *어선을 준비해 오도록 하여라."

한참만에 수라가 대궐문에 당도했다.

"이게 뭐야?"

대궐문을 지키고 있던 일본 장교가 다가왔다.

"수라요."

"임금의 밥이란 말이냐? 어디 벌려보아라."

내시들은 보자기를 들췄다.

"맛있겠구나. 임금 밥은 얼마나 맛이 있는가 맛을 한번 보자. 히히."

일본군 장교가 손가락으로 고기를 한 점 집어먹었다. 내시들은 기가 막힌 표정으로 멍청하게 건너다보고 있었다.

"맛있다. 너희들도 맛보아라."

장교가 병사들한테 말했다. 병사들이 너도 나도 한 점씩 집어먹었다. 작자들은 시시덕거리며 이놈 저놈 입이 미어지게 집어먹었다. 내시들은 발발 떨고만 있었다.

"히히, 맛이 좋구나."

작자들은 다투어 집어먹었다. 삽시간에 임금 수라는 개 핥은 죽사발이 되고 말았다. 장 종지에 장만 남았다.

"임금한테 갖다 주어라."

장교가 내시들한테 소리를 질렀다. 내시들은 발발 떨며 장교를 건너다보고만 있었다.

"가지고 가라는데 무엇을 꾸물거리고 있느냐?"

장교가 내시 엉덩짝을 사정없이 걷어찼다.

"밥에 독약이 들었는가 보려고 우리가 맛을 보았다고 일러라. 히히."

내시들은 처참한 표정으로 그릇을 싸서 들고 대궐문을 나가려 했다.

"어디로 가느냐?"

"수라를 다시 지어 와야 하지 않겠소?"

내시는 미치겠다는 표정으로 말했다.

"이놈아, 음식이 거기 남아 있지 않느냐? 그걸 가져다주어라. 너희 임금은 그런 것이나 먹어야 한다."

일본 병사들은 좋아 죽겠다는 듯이 낄낄거렸다. 내시가 다시 나가려 했다.

"어서 가져다주지 못하느냐?"

장교는 내시들을 거듭 걷어차며 소리를 질렀다. 내시들은 하는 수 없이 대궁상도 아니고 개밥도 아닌 빈 밥그릇을 들고 궁중으로 들어갔다. 대원군한테로 갔다. 대원군은 입술을 씰룩이며 잠시 내시를 보고 있다가 입을 열었다.

"다음부터는 너무 걸게 차리지 말라고 하여라."

대원군은 겨우 한마디 했다.

그사이 전각마다 문을 있는 대로 열어젖히며 휘지르고 다니던 오토리는 장교를 불렀다.

"지금부터 궁중에 있는 쓸 만한 물건은 모두 챙겨라. 무사 못난 것 겉치레만 하더라고 못난 것들이 귀한 보화는 많이도 가지고 있다. 이놈들은 이런 보화를 가질 자격이 없는 놈들이다. 궁중에 있는 가마를 있는 대로 갖다 놓고 쓸 만한 물건은 샅샅이 뒤져 가마 안에다 몽땅 챙기도록 하여라."

오토리가 명령을 내렸다. 병사들은 궁중 구석구석을 뒤져 궁중 보화들을 모두 가마에 쓸어 넣었다. 여기저기 걸린 그림이며 조각이며 제사 지내는 갖가지 법기, 각종 완구, 심지어는 종묘에 쓰는 술잔까지 몽땅 거둬다 가마에 재었다. 일본군들은 가마를 떠메고 인천으로 갔다. 가마 수십 채가 인천으로 줄을 이었다. 인천에 당도하자 가마째 그대로 모두 군함에다 실었다.

경복궁 사건으로 민씨들은 풍비박산이었다. 모두 쥐구멍을 찾아 도망치기에 정신이 없었다. 제일 험하게 설치던 민영준은 도붓장수 차림으로 솜 방울 단 패랭이에 허름한 도붓짐을 짊어지고 민병석을 찾아 평양으로 도망쳤다. 임진강 도선목에서는 하필 전에 벼슬 흥정하러 왔다가 돈이 적다고 퇴짜를 놨던 사람을 만나 안 죽을 만큼 얻어맞고 도붓짐 속에 짊어지고 가던 은자까지 몽땅 빼앗기고 얻어먹다 굶다 상거지 꼴로 평양으로 갔다.

병조판서, 예조판서 등 요직을 거치며 갖은 횡포를 다 부리던 민응식과 그 아들 민병승도 가마꾼 차림으로 남대문을 나가다가 백성한테 들통이 나서 몽둥이에 어깨뼈가 부러지고 돌멩이에 머리가 깨져 거의 죽을 뻔했다가 겨우 도망쳐 목숨을 건졌다.

춘천 유수로 있으면서 부사 때부터 돈 갈퀴질에만 눈이 뒤집혔던 민두호는 경황 중에도 가마 10여 채에다 보물과 식구들을 태우고 춘천을 빠져나가려다가 발각이 나서 돌멩이 벼락이 쏟아지자 가족들을 내던지고 길가에서 잠을 자며 한양 쪽으로 가다가 마침 그를 찾아 도망쳐오던 진령군을 만나 충주로 달아났다.

# 3. 전봉준, 선화당에

7월 6일. 전주 풍남문에는 영병들이 엄한 모습으로 기찰을 하고 있었다. 백마를 탄 전봉준이 호위병 3,40명을 거느리고 성문 앞으로 의젓하게 다가섰다. 전봉준은 평소에 입고 다니던 삼베옷에 흰 두건 행색 그대로였다.

"전봉준 장군님께서 순상 각하를 뵈러 오십니다."

김만수가 성문으로 가서 말했다. 기찰하던 영병들은 깜짝 놀라 저만치 오고 있는 전봉준 일행을 건너다봤다. 마치 벼락에 놀란 토끼들 같았다. 장교와 졸병들이 그대로 꼼짝 않고 서서 다가오는 행렬을 건너다보고 있었다. 갑자기 정신이 나가버리고 몸뚱이가 굳어버린 것 같았다. 행렬이 가까이 다가왔다.

"어, 얼른 감영에 가서 전, 봉준 장군님이 오, 오신다고 아뢰시오."

한참만에야 정신이 나는지 장교가 곁에 있는 장교한테 다급하게 소리를 질렀다. 장교 하나가 병졸 하나를 달고 벼락같이 감영으로 달려갔다. 거기 섰던 병거지들은 전봉준을 어떻게 맞아야 할지 몰라 *건둥거리다가 모두 제자리에 꼿꼿이 섰다.

"어서 오십시오, 장군님!"

장교가 전봉준을 향해 소리를 지르며 절을 했다. 모두 장교를 따라 코가 땅에 닿게 절을 했다. 호위 행렬은 전봉준을 따라 유유히 성문으로 들어섰다. 삼베옷에 흰 두건을 쓴 전봉준은 그 모습만 떼놓으면 그대로 시골 농부였다. 그런 평범한 시골 농부가 눈같이 하얀 백마를 타고 오자 바로 그 평범한 차림 때문에 백마를 탄 모습이 되레 신비롭게 느껴졌다.

전봉준은 동골을 떠난 지 여러 날 만에 전주에 오는 참이었다. 동골을 떠날 때는 몇 고을만 돌며 두령들 의견을 들어보고 바로 감사를 만나려 했으나 경복궁 사건에 이어 청일전쟁이 터지고 또 갑오개혁 소식을 뒤늦게 듣고 갈피를 잡을 수가 없었다. 전봉준은 그동안 원평에 머물면서 김덕호를 통해서 조정의 움직임을 들으며 두령들과 의논을 했다. 그 사이 손화중도 왔으나 그도 일본군의 힘으로 들어선 개화파 정권을 어떻게 보아야 할 것인지 판단이 서지 않는다는 것이다. 두령들 가운데는 손화중처럼 어정쩡한 사람들이 한둘이 아니었다. 민씨 일당이 몰락한 것을 아린 이빨 빠진 것만큼 시원해하면서도 일본은 믿을 수가 없다는 것이다. 청일전쟁에서 승리를 하면 대번에 더 험하게 제 본색을 나타낼 게 아니냐는 것이다. 대원군이 다시 대권을 잡은 셈이었으나 일본이 앞세운 대원군이 제대로 맥을 출 것 같지 않다는 데도 의견이 거의 일치했다. 대원군을 내세운 것은 조선 사람들을 안심시키기 위한 *웃덮기일 뿐 일본이 그에게 실권을 줄 리가 없다고 했다. 한 때 농민군들이 그를 이용하려 한 것과 다를 것이 없다는 것이다.

더구나 경복궁 사건 이틀 뒤인 6월 23일에는 청일전쟁이 벌어졌다. 김덕호한테서 청일전쟁 경위를 들은 전봉준은 얼굴이 더 굳어졌다. 일본군은 아산만 풍도에 정박하고 있는 청나라 함대를 포격하여 대번에 군함 두 척을 침몰시키고 군사 1천여 명을 죽였으며 육전에서도 청나라 군대를 궤멸시켜버렸다는 것이다. 청나라 나머지 함대는 여순으로 도망쳐버리고 육군은 평양으로 도망쳐 지금 일본군은 그들을 추격하고 있는 참이라고 했다.

해전도 해전이지만 육전에서 청나라가 무너진 꼴은 더 어이가 없었다. 청나라 함대가 허망하게 궤멸되자 아산만에 주둔하고 있던 섭지초는 육전에서 설욕을 하려고 군사 2천 명을 거느리고 충청도 성환으로 진을 옮겨 전투 준비를 하고 있었다. 일본군 대장 오시마가 일본군 1만여 명을 이끌고 아산으로 진격한다는 정보가 들어왔기 때문이었다. 25일 청나라 병사들이 저녁밥을 먹고 있는데 바로 밥 먹는 자리에 갑자기 포탄이 터졌다. 일본군이 벌써 당도하리라고는 생각도 못하고 있던 청나라 군대는 대번에 풍비박산이 되고 말았다. 비 오듯 퍼붓는 일본군 포격에 혼쭐이 난 청나라 군대는 청주를 거쳐 강원도로 돌아 평양으로 도망쳤다. 이 전투에서 우리나라 집 1백여 채가 부서지고 수많은 사람이 죽었다.

지금 일본군은 인천과 동래 두 곳으로 들어와서 청나라 군대를 추격하고 있었다. 일본군 기세는 어마어마했다. 일본군은 동래에서 한양으로 오는 연도에 참站을 48군데나 설치하고 참마다 군대가 주둔하여 병참로를 수비하며 군수물자를 수송하고 있었다. 그들은 우리나라 사람들을 사서 군수물자를 수송하고 있는데 군수물자를 싣고 가는 수레가 천 리에 이어진다는 소문이 날 지경이었다. 전봉준은 일본군 수와 군수물자의 양에 놀라지 않을 수 없었다. 6월 28일에는 김학진이 다시 전봉준한테 만나자는 글발을 보내왔으나 전봉준은 대답을 미뤄놓고 정세를 관망하고 있었다.

"군국기무처라는 개혁 추진 기구를 설치하여 개혁을 단행했다는 것 같습니다."

전주에서 돌아온 김덕호는 좀 상기된 표정으로 말했다. 김덕호는 적어온 쪽지를 보면서 대충 개혁 내용을 설명했다.

"임금의 권한을 의정부로 많이 넘기고 여러 가지 제도를 서양과 일본 제도를 본떠서 개혁하고 연호도 청나라 연호를 버리고 모든 공문서에 개국기년開國紀年을 사용하도록 했다 합니다."

6월 25일(양력 7월 27일). 지금까지 임금이 전단하던 통치체제를 개편, 궁중의 잡다한 부서들을 궁내부 산하로 통합하여 그 권한을 축소시키고, 지금까지 유명무실하던 의정부를 중앙통치기구의 중추기구로 만든 것이다.

"그리고 농민군이 지적한 여러 가지 폐단도 크게 개혁을 한 것 같습니다. 문벌과 반상제도를 혁파하고 문무 존비의 차별을 폐지하고, 공사노비법을 혁파했으며, 역졸과 광대 등 천인의 면천, 죄인 연좌제도 폐지, 조혼 금지, 과부의 개가 허용 등입니다. 전 같으면 생각도 못할 일입니다."

이런 사회개혁과 함께 경제적인 개혁도 실시했다. 우선 은본위 화폐제도를 채택하고 과거 여러 가지 병폐를 낳던 세금의 물납제를 바꾸어 금납제를 채택하기로 한 것 등이었다.

"군국기무처에서는 어떤 사람들이 일을 하고 있소?"

전봉준이 물었다.

"기무처 총재에는 김홍집, 그리고 의원은 박정양, 김윤식, 조희연, 김가진, 안경수, 김학우, 유길준 등 17명인데 이 사람들이 실권을 잡고 개혁을 하고 있습니다."

"일본하고 가까웠던 사람들이 많구먼요."

"나름대로는 나라를 바로잡으려고 개화를 해야 한다고 생각하던 사람들입니다. 일본이 경복궁을 짓밟고 강압을 해서 만들어진 기구라 문제가 있습니다마는 나라를 바로잡으려면 개화는 해야 하지 않겠습니까? 그런 점에서 이 사람들이 거기 들어간 것은 권력만 탐해서 일본에 업힌 것이라고 보아서는 안 될 것 같습니다."

김덕호는 조심스럽게 말했다.

"거기 김가진이라는 사람은 여기 감사를 천거했다는 사람이지요?"

"그렇습니다. 그이도 민씨들한테 빌붙지 않고 나름대로 나라를 생각하는 직심이 있었던 사람 같습니다."

"여기 감사가 병조판서 발령을 받았다는 소문인데 그것은 어떻게 된 것입니까?"

"그 말씀을 드리려던 참입니다. 개화파 내각을 짜면서 여기 감사를 병조판서로 임명을 한 모양인데 감사는 가지 않겠다고 한 모양입니다. 판서 발령 난 것이 경복궁 사건이 있었던 다음날인 지난 22일인데 그걸 마다하고 장군님한테 만나자는 글을 보낸 것이 28일이었습니다. 병조판서라면 보통 자리가 아닌데 그런 점에서 보면 김학진이에게는 깊은 뜻이 있는 것 같습니다."

"앞으로 청일전쟁 결과에 따라 정국이 어떻게 될는지 모르겠습니다마는 김학진이 그런 사람이라면 한번 만나서 이야기를 해보겠소. 오늘 전주로 가겠습니다."

전봉준이 온다는 말을 들은 감영에서는 모두 정신이 없었다. 마치 적군이 쳐들어오기라도 한 것같이 위아래가 어쩔 줄을 몰랐다. 감사 김학진부터 제정신이 아니었다.

"군사들을 얼마나 거느리고 왔느냐?"

"호위병 3,40명만 거느리고 백마를 타고 오십니다. 조금 있으면 이리 오실 것입니다."

"뭣이, 벌써 성문으로 들어와서 지금 이리 오고 있단 말이냐? 거느리고 온 군사들은 어디에 주둔하고 있느냐?"

"군사들은 거느리지 않고 호위병뿐입니다."

김학진은 멍청한 표정이었다. 신변 안전을 위해서 으레 군사들을 수천 명 거느리고 올 줄 알았다가 너무나 뜻밖이었다. 더구나 군사를 거느리고 오더라도 성문과 자기 군사들이 있는 중간쯤에서 만나자고 할 줄 알았는데, 기껏 군사 3,40명만 거느리고 들어온다니 도대체 어떻게 된 것인가 정신을 차릴 수 없는 것 같았다. 지금 전주에는 강화영병 2백 명만 남아 있었다. 조정은 청·일 양국에 물러가라는 여건을 만들려고 총제영병 5백 명을 5월 13일에 재빨리 한양으로 철수하고 5월 18일에는 순변사 이원회를, 그 다음날은 홍계훈을 철수

시키고 강화영병만 남겨놓은 것이다.

"지금 바로 이리 오고 있단 말이냐?"

금방 들어올 거라고 했다. 김학진은 머리에 쓴 관을 벗었다 새로 쓰고 위아래 매무시를 내려다보며 토방으로 내려섰다. 신을 돌려서 발에 꿰다. 신이 빗끌려 저만치 튕겼다. 병졸이 얼른 주워다 제자리에 놨다.

"옵니다."

얼른 신을 신고 마당으로 내려섰다. 그 사이 비장들은 군사들을 아문 문 앞에 두 줄로 주욱 도열을 시켰다. 감사는 빠른 걸음으로 아문을 향했다. 전봉준은 호위병들을 밖에다 둔 채 최경선만 거느리고 도열한 군사들 사이를 의젓하게 지나오고 있었다. 마치 이웃집에 놀러라도 오는 사람처럼 기탄없이 들어섰다. 김학진이 다급하게 쫓아갔다.

"어서 오십시오. 원로에 오시느라 고생하셨습니다."

"진즉 오지 못해 미안합니다."

김학진은 마치 시골 선비가 관리라도 맞듯 전봉준한테 굽실거렸다. 따지고 보면 감영은 적진이나 마찬가진데 너무도 천연스럽게 들어오는 전봉준 태도에 기가 죽은 것이다.

"올라가십시다."

김학진이 마루 밑에서 두 손을 내밀었다. 전봉준은 사양하지 않고 마루로 성큼 올라섰다. 대청마루에 마주보고 앉았다. 전봉준 곁에는 최경선이 앉고 김학진 곁에는 김성규가 앉았다. 김성규는 그동안 감영 총서總書로 임명되었다.

"이분은 농민군 영솔장 최경선 장군입니다."

전봉준이 최경선을 소개했다. 김학진도 김성규를 소개했다.

"이렇게 와주셔서 감사합니다. 그동안 보국안민의 기치를 내세운 장군님 뜻에 내심 경복하여 마지않았습니다. 오늘 이렇게 만나뵙게 되어 반갑기 그지없습니다. 하는 일 없이 국록만 축내고 있는 내 모습이 새삼스럽게 부끄럽습니다."

김학진은 정중하게 말했다. 최경선은 눈이 둥그레졌다. 조정의 관리가 농민봉기에 경복을 한다고 하다니 너무도 뜻밖이었다.

"지나친 겸사의 말씀이십니다. 견문이 좁아 근래에야 각하의 성망을 들었습니다. 발령이 나게 된 경위나 사폐 자리에서 편의종사를 받아내신 경위를 잘 들었습니다. 그 소문을 듣고부터 조정 관리들을 모두 싸잡아 불신했던 생각을 달리하게 되었습니다. 아무쪼록 백성의 고통을 통찰하시기 바랍니다."

전봉준 말소리는 카랑카랑했다.

"감사합니다. 두루 이끌어주시기 바랍니다. 조정의 영에 매여 있는 한낱 방백에 지나지 않으나, 장군께서 이끌어주시면 백성의 고통을 더는데 신명을 바칠 각오입니다. 이번에 편의종사를 간청했던 것도 나름대로 뜻이 있었기 때문입니다."

김학진의 태도는 너무나 겸손했고 말씨도 여간 진지하지 않았다. 단순히 이쪽 환심을 사기 위해서가 아니고 진정인 것 같았다. 마디마디에 그만큼 진실이 배어 있었다. 전봉준은 조정 관리들 가운데 이런 사람도 있었던가 새삼 놀라웠다. 조병갑이나 이용태, 그리고 김문현 같은 사람에 비하면 짐승과 사람의 차이였고, 인품으로 말하면 까마귀에 학이었다. 최경선은 멍청하게 김학진만 건너다보고 있었다. 김학진은 얼핏 서당 훈장같이 심약해 보이기도 했으나 *잇바디가 깎아 맞춰놓은 것같이 가지런하고 말마디에 힘이 있었다. 역시 임금 앞에 버티고 앉아 편의종사를 받아냈던 알심이 저거였던가 싶기도 했다. 그러나 민가들 세도 밑에서 지금까지 고관직을 유지해왔다면 밑도 너르기가 만만찮을 터였다.

"청일전쟁은 앞으로 어떻게 될 것 같습니까?"

전봉준이 물었다.

"청나라는 이빨 빠진 호랑이가 아니라 이미 죽어가는 호랑이입니다. 집안이 망하려면 사람부터 상하고 나라가 망하려면 관리부터 썩습니다. 청나라 관리들은 우리나라 관리들보다 더 썩어버렸습니다. 지난번 일본군이 한양에 진군하기 전에 일본 공사 오토리가 천진에 가서 이홍장한테 백금을 두 수레나 바치고 그를 매수했다는 소문이 있잖습니까? 일본 사람들이 요사이 그 소문을 일부러 퍼뜨리고 있는 것 같은데 그게 헛소문이 아니고 사실인 것 같습니다. 청나라가 겉으로는 큰소리를 치고 있지만 내막은 이홍장까지 이 꼴입니다."

"영국이나 미국, 아라사 같은 나라들은 가만히 있겠습니까?"

"그 나라들도 자기 나라 이익만 생각합니다. 우리 조정이 청·일 양국에 군대를 철수하라고 할 때 조정은 영국과 미국에 중재를 해달라고 간곡하게 요청했습니다. 그러나 영국은 아라사 세력이 조선으로 진출하는 것을 막는 데 일본과 이해관계가 일치하고, 미국은 무슨 속셈인지 우리 청을 들어주지 않았습니다."

미국에 대하여는 조선 정부뿐만 아니라 청나라 정부도 동시 철병의 중재를 부탁했다. 그러나 미국은 이미 일본의 조선정책에 간섭을 않겠다고 일본에 양해를 해주어버렸다. 우리 조정이나 청나라 조정은 그런 내막을 모르고 있을 뿐이었다.

조선 주재 미국공사 실(J. M. Sill)은 일본이 경복궁 사건을 일으키기 3일 전인 6월 18일, 자기 나라 국무장관에게 다음과 같은 보고를 했다.

> 오토리 공사 말에 따르면 조선에 대한 일본 출병은 거류민과 공사관 보호를 위함이라 하는바, 조선에 있는 일본인이 한양에 1천1백 명, 인천에 4천 명, 부산과 원산에 1천 명입니다. 10여 년 전 두 번에 걸쳐 일어났던 조선 변란에 희생된 일본 사람은 임오군란 때 40명 이상, 갑신정변 때 60명에 달한다는 사실을 생각하면 그 주장은 정당합니다.

이런 보고에 미국 국무부에서는 "조선과 조선 국민의 안녕에 대한 합중국의 우의적 관계로 보아 평화상태 존속을 위하여 가급적이면 모든 노력을 다하라"는 훈령을 내렸다. 겉으로는 번드레한 소리로 분식하고 있었으나, 일본의 출병이 정당하다고 생각하는 실 공사의 판단을 바탕으로 임무를 수행하라는 소리였다.

"이번에 내린 개혁조치에는 일본이 어느 정도 간여를 했습니까?"

전봉준이 가장 궁금하던 것을 물었다.

"일본은 경복궁을 험하게 짓밟고 강압을 해서 새 정권을 세운 약점이 있기 때문에 여러 나라의 움직임에 신경을 쓰고 있는 것 같습니다. 아라사를 비롯한 열국의 외교 내지 무력간섭을 우려하고 있습니다. 그래서 겉으로는 조선의 자발성을 내세우면서 간섭을 크게 하지는 않는 것 같습니다. 게다가 청일전쟁에 조선 조정과 일반 백성의 협조를 받아야 할 형편이라 상당히 조심을 하고 있는 것 같습니다."

"경복궁 사건을 들어보면 그자들은 사람 같지 않은 자들이던데 열국의 간섭을 두려워하는 자들이 그런 무지한 짓을 한단 말입니까?"

"경복궁 사건은 어디까지 믿어야 할지 저도 판단할 수가 없습니다마는 표리가 그렇게 다른 것이 일본 같습니다."

김학진은 조심스럽게 말했다.

"하여간 문제는 일본인 것 같습니다."

"바로 그렇습니다. 이 사람이 장군님을 뵙고 의논을 하려 하는 것도 바로 그 때문입니다. 나라 형편이 이렇게 위태로운 판에 농민군이 너무 기세를 올리면 일본에게 엉뚱한 빌미를 줄 것 같습니다. 지금 우리나라에 널려 있는 일본 상인들과 그 밑에서 일을 하는 조선 사람들은 모두 일본 첩자라고 보아야 합니다. 여기 전라도만 하더라도 각 포구에 점포를 내고 있는 일본 사람들은 내륙을 마음대로 돌아다니면서 농민군 움직임을 속속들이 보고 있습니다. 잘 아시다시피 지금 여러 고을에는 수령이 거의 쫓겨났거나, 있더라도 모두가 허수아비 꼴입니다. 결국 전라도 일대가 농민군 손에 들어간 셈인데, 지금도 양반과 부호들에 대한 보복이 그치지 않고 있으니 살얼음을 밟는 기분입니다."

김학진은 침통하게 말했다.

“각하께서도 잘 아시다시피 그동안 관리와 양반 부호배들이 백성을 얼마나 무지막지하게 늑탈을 하고 폭압을 했습니까? 그런 행패에 비하면 보복을 그 정도만 한 것은 오히려 다행이라 생각하셔야 합니다. 처음에는 사사로이 살인과 굴총을 했으나, 지금은 웬만한 일은 집강소에 원정을 하고 집강소에서는 그것을 공의에 부쳐 조처를 하고 있습니다. 이렇게 질서가 잡혀가면서 지금은 보복이 줄어들고 있습니다.”

전봉준은 담담하게 말했다.

“실은 이 사람도 사사로이는 못된 관리나 불량한 부호나 양반들은 이럴 때 한번 혼쭐이 나서 백성 무서운 줄을 알아야 한다고 생각하는 사람입니다. 다만 백성이 그런 일에 너무 매달리다가 더 큰 화를 부를까 그것이 염려될 뿐입니다. 오늘 장군님과 의논하고 싶은 것은 그런 일을 포함한 집강소 운영에 관한 일입니다. 집강소가 개혁을 하더라도 그 개혁이 합법이라는 모양을 갖출 필요가 있습니다. 무슨 말씀이냐 하면, 지금 집강소는 농민군들이 임의로 세운 기구인데 지금이라도 내가 집강소 설치를 공공연히 허락을 하고 수령들한테 집강소와 의논하여 폐정을 개혁하라는 관문을 보내면 집강소는 관에서 인정하는 기구가 되고, 똑같은 개혁을 하더라도 수령과 합의하는 절차를 거치면 개혁이 합법성을 띠게 됩니다. 수령과 합의를 한다고 해봤자 이판에 어느 수령이 무얼 간섭하겠습니까? 협의하는 모양만 갖추는 것입니다. 그러나 이런 모양을 갖춘다는 것은 안팎으로 중요한 의미를 갖습니다. 실은 그동안 나는 수령들에게 농민군과 충돌하지 말고 집강소 설치를 허락하라고 관문을 보내기는 했습니다마는 공식적으로 선포를 한 것은 아닙니다."

전봉준은 김학진을 똑바로 보고 있었다.

"지금 집강소를 설치하여 독단으로 하는 일은 법에 없는 일인 까닭에 법으로 따지자면 모두 난동이 되는 셈입니다. 그러나 관에서 집강소를 공공연히 인정하고 관과 협의하는 모양을 갖추면 농민군들이 설사 일을 거칠게 하더라도 그것은 난동이 아니고 개혁을 조금 심하게 하는 것이 될 뿐입니다. 그렇게 되면 조정은 일본에 대해서도 집강소는 관에서 인정을 한 기구이고 농민들은 지금 모든 일을 수령들과 의논해서 한다고 할 말이 있게 될 것입니다."

전봉준은 이내 고개를 끄덕이기 시작했다. 김학진은 계속했다.

"다시 말씀드리거니와, 지금 각 고을 실권은 농민군 두령들이 잡고 있고 수령들은 허수아비입니다. 허수아비 수령들 우두머리인 나도 똑같이 허수아비일 뿐이고 실권을 잡고 있는 집강들을 움직일 수 있는 분은 장군입니다. 지금 전라도를 호령할 실권은 장군한테 있습니다. 장군께서 오늘부터 여기 선화당宣化堂에 앉아 그 실권을 행사해 주십시오. 선화당을 장군께 비워드리고 이 사람은 다른 데로 나앉아 장군께서 하시는 일을 거들어드리겠습니다. 다만 바라는 것이 있다면, 관의 체통도 있고 농민군의 개혁이 합법의 모양을 갖추기 위해서 고을에 감결을 내릴 때는 이 사람 이름도 같이 써주시기를 바랄 뿐입니다."

전봉준은 멍한 표정으로 김학진을 건너다보았다. 너무나 양보를 하고 나왔기 때문이다. 그러나 김학진 말에는 조금도 가식이 없었다. 지금 김학진으로서는 그럴 수밖에 없는 형편이었다. 그는 그동안 도내 질서를 잡아보려고 농민군을 여러 가지로 회유를 했으나 전혀 먹혀들지 않았다. 각 고을 수령들이 맥을 추지 못하고 있으니 감사가 뭐라고 해보았자 허공에서 춤추는 꼴이었다. 김학진은 이런 현실을 인정하고 전봉준 주도 아래 전라도 일대에 일정한 질서를 유지할 수밖에 없다고 판단을 한 것이다. 이것은 질서를 유지해야 할 감사로서 불가피한 일이기도 했지만, 그보다는 조정이 일본을 상대할 때 꼬투리 잡힐 언턱거리를 줄여보자는 생각이었다.

"백성을 위하고 나라를 걱정하는 각하의 말씀에 감사를 드립니다. 내가 선화당을 차지하는 것은 사사로운 일이라면 사양을 하겠으나 농민군 두령들을 설득하려면 내가 선화당에서 일을 보는 것이 좋겠습니다. 지금 농민군 두령들 가운데는 각하하고 만나는 것마저 반대하는 사람들이 많습니다. 앞으로 조정에서 어떻게 나올지 모르겠으나 각하의 진심은 의심할 여지가 없으므로 여러 가지 문제를 각하와 의논하여 관민상화의 본을 보이도록 하지요."

전봉준이 점잖게 말했다. 김학진이 미리 알아서 대폭 양보를 하고 나왔으므로 전봉준은 더 따질 것도 없이 그대로 합의가 이루어졌다.

전봉준은 바로 다음날 각 고을 집강들에게 통문을 띄웠다. 자기는 감사와 만나 관민상화의 정신으로 감사와 모든 일을 협의하여 처리하기로 했으니 각 고을 집강들도 중요한 일은 고을 수령들과 협의하여 처리하라는 통문을 보내고 이어서 다음과 같은 통문도 보냈다.

> 우리가 일어난 것은 오로지 백성을 위해서이다. 그런데 요사이 간사한 부랑배들이 날뛰어 동네를 휩쓸고 다니며

백성을 괴롭히고 무슨 꼬투리만 있으면 지금도 보복을 일삼으니 이런 무리들은 우리의 뜻을 저버린 자들이다. 각 고을 집강들은 밝게 살펴서 다음 일을 시행하라.

1. 포와 창과 말은 공공 물건이므로 가지고 있는 사람 명부를 만들어 하나는 감영에 보내고 하나는 집강소에 두고 다음 영을 기다리라.
2. 상인들 말과 역마는 모두 돌려주라.
3. 이제부터 무기와 말은 더 거둬들이지 말고 돈과 곡식을 토색질하는 사람은 군율에 따라 처벌하고 감영에 보고하라.
4. 묏등을 파는 사람과 사채를 받는 사람은 시비를 가릴 것 없이 처벌하고 감영에 보고하라.

감사도 전봉준과 합의한 대로 집강소 설치를 공식적으로 허락한다는 관문을 각 고을 수령에게 보냈다. 이때부터 전라도 일대의 집강소가 공식화되고 각 고을 집강소 위에 전라도 전체의 도집강소가 생긴 셈이었다. 그러나 농민군들은 도집강소란 말은 쓰지 않고 전주도소 혹은 대도소라 했다. 전봉준은 선화당에 앉아 일을 보고, 김학진은 징청각澄淸閣이란 전각으로 나앉았다. 감사가 수령들한테 보내는 모든 관문은 전봉준이 결제를 받아 내보냈으므로 전봉준은 감사 위에 있는 셈이었다.

이런 사실이 알려지자 유생들은 팔팔 뛰었다. 그러지 않아도 상민들한테 기를 펴지 못하고 죽어지내는 판에 감사마저 이 꼴이 되자 모두 기가 막혔다. 구례 유생 황현은 "아침에는 김학진 목을 달아매고 저녁에는 전봉준 시체를 찢었으면 시원하겠다"고 분개했고, 그때부터 김학진한테는 '도인감사'라는 별명이 붙었다. 동학도 감사라는 소리였다.

선화당 대도소에는 김덕명이 같이 있기로 했으며 정읍 손여옥도 차치구한테 정읍 일을 맡기고 여기서 일을 보기로 했고 전주 최대봉과 강수환도 거들기로 했다. 지금까지 전봉준을 수행했던 송희옥과 정백현, 정익서, 그리고 달주, 정길남을 비롯해서 이싯뚜리와 전주 전여관, 고덕빈도 전봉준 곁에서 일을 거들었다. 임군한과 월공도 졸개와 스님들을 풀어 각 고을 사정을 알아보고 각지에 연락을 다녔다. 오거무는 지금까지 나타나지 않았다.

전주는 그동안 서영두와 허내원이 뒤로 물러서고 최대봉과 강수환이 나섰다. 서영두 등 두 사람은 지난번 농민군이 전주에 있는 동안 얼마나 고민이 많았던지 요사이는 만사가 싫다며 집 안에 박혀 있고 최대봉과 강수환이 앞에 나선 것이다.

전봉준은 그 사이 틈만 나면 김학진을 만났다. 특히 서양 견문이 있고 박식한 김성규를 따로 불러 이야기를 많이 나누었다.

"장성 김가란 사람이 자기 토지를 내놨다고 하는데 어찌된 것입니까?"

어느날 김학진이 전봉준에게 물었다.

"그 사람은 너무 죄가 많아서 목숨을 노리는 사람이 한둘이 아니라 그 길밖에는 살아날 방도가 없다고 생각한 모양입니다. 세상은 손발에 찬물 묻혀 일하는 사람들이 자기가 지을 만큼씩 농토를 가지고 사는 세상이 올바른 세상이 아니겠습니까?"

전봉준답지 않게 곧이곧대로 말했다.

"여전제나 정전법 같은 것을 구상해본 다산도 그만큼 고심이 많았던 것 같습니다. 저희 선친께서는 유독 전정田政에 대한 생각을 많이 하셨습니다. 선친께서도 경자유전耕者有田이라야 한다고 하셨지만 그게 어디 쉬운 일이겠습니까?"

총서 김성규가 받았다. 그는 역대 전제에 대한 이야기를 늘어놨다. 외교관으로 2년 가까이 구라파 문물에 접한 김성규는 견문도 넓었지만 특히 삼정 개혁에 대한 열정이 대단했던 자기 아버지 김병욱金炳昱의 영향을 받아 삼정에 대한 지식이 여간 해박하지 않았다.

"요사이 항간에 떠들썩하다는 다산비결이라는 게 정전제라지요?"

김학진이 전봉준한테 물었다.

"그렇습니다. 다산은 여전제와 정전제 같은 것을 구상한 것만 가지고도 만고에 존경을 받을 사람입니다. 내가 농민들 앞장을 선 것도 이 토지문제 때문이고 마지막 목표도 이 토지문제입니다."

전봉준이 이렇게 자기 본심을 솔직하게 털어놓은 적은 별로 없는 일이었다.

"하하, 그러고 보니 김성규 씨는 장군님 총서로 자리를 옮겨 앉아야겠구만."

김학진 말에 모두 웃었다.

"지금 항간에서는 다산비결로 떠들썩한데 각하께서는 토지문제를 어떻게 하는 것이 좋을 것 같습니까?"

전봉준은 한참 웃고 나서 김학진한테 물었다.

"나는 그 문제를 깊이 생각을 못 해보았습니다마는 들어보니 김 총서 생각이 합당한 것 같습니다."

김학진이 김성규를 돌아봤다.

"토지문제는 나라의 기틀이라 함부로 이야기할 수가 없습니다마는 며칠 전 순상 각하께서 그 문제를 물으시기에 제 소견을 말씀드린 일이 있습니다. 아까 장군님께서 말씀하신 손발에 찬물 묻혀 농사짓는 사람들이 경작 능력에 따라 토지를 차지해야 한다는 말씀은 토지에 대한 다산의 기본 이념과 합치하는 것 같습니다. 장군님께서 말씀하신 대로 그것이 올바른 세상이겠지요. 그러나 그것이 어디 쉬운 일이겠습니까? 제 생각에는 우선 도조만 사분의 일로 하되, 그 비율에 따라 토지마다 정액을 책정해서 해마다 똑같이 내도록 하고, 토지는 소작지를 고루 나누어서 버는 것이 어떨까 합니다. 궁토 같은 것은 한 사람이 1백여 마지기까지 버는 경우가 있습니다. 그러나 이 정도라도 시행을 하자면 이만저만 어렵지가 않을 것 같습니다."

김성규는 전봉준 눈치를 살피며 조심스럽게 말했다.

"소작지는 고루 나누어 벌고 도조는 사분의 일로 항정恒定한다는 말씀이지요?"

전봉준이 되새겼다.

"그렇습니다. 이번 가을이 되면 이 문제로 시끄러울 것 같은데, 미리 방침을 정해 두시는 것이 좋을 것 같습니다. 사실 지금 사채 문제만 하더라도 부자들은 속으로 끙끙 앓고 있을 것입니다."

김성규는 웃으며 말했다. 전봉준도 가볍게 따라 웃었다.

"소작지를 고르게 나누어서 벌도록 하는 것만도 지금 한창 말썽이 되고 있는 사채 문제보다 몇 배 어려운 일일 것입니다."

김학진이 말했다. 사채는 거의가 색갈이였다.

"나도 그 문제가 쉽지 않다는 것을 알고 있습니다."

전봉준이 감사 말에 동조했다. 토지문제에 대한 전봉준의 기본 이념은 '경작 능력에 따른 득전得田'이었으나 현실적 어려움 때문에 고민을 하고 있었다.

"이 문제는 두령들을 모아서 의논을 해야 할 때가 올지 모르겠습니다. 김총서가 여러 가지로 전고도 살피고 하여 잘 생각해 두시오."

전봉준이 말을 맺었다. 어느 땐가 두령들이 모여 의논을 할 때가 있을 것이라고 했으나 전봉준은 감사와 토지문제에 대한 잠정적인 합의를 한 셈이었다. 봉건제도의 핵심인 토지문제에 양측이 합의를 이루었다는 것은, 농민군과 개혁파가 개혁을 해나가는 데 있어서 연합과 합력·동맹 관계를 이룰 수 있는 가능성을 보여주었다. 비록 전봉준과 김학진 사이에서 이루어진 일이지만 이런 합의는 이런 개혁의 가능성이 바로 현실적으로 실재한다는 사실을 실증하는 일이기도 했다. 그때 멀리서 총소리가 나는 것 같았다.

"무슨 총소리지?"

모두 귀를 기울였다. 총소리가 요란스러웠다. 완산 쪽이었다. 김성규가 밖으로 나갔다. 좀 만에 총소리가 그쳤다.

다음날 아침 김덕호와 송희옥이 벙그렇게 웃으며 전봉준 방으로 들어왔다.

"일이 제대로 되었습니다. 1만 발에 덤으로 2천 발을 더 얻어 보냈습니다."

"잘 됐소? 또 한 번 구슬려 보시오. 돈은 아끼지 말고 달라는 대로 주시오."

전봉준이 벙그렇게 웃으며 말했다. 지금 완산에 주둔하고 있는 강화영 영관 황헌주를 구슬려 양총 실탄을 빼돌린 것이다. 어제 저녁 총소리는 그들이 실탄을 소모했다는 구실을 만들기 위한 전쟁놀이였다. 정체를 알 수 없는 농민군이 쳐들어가는 시늉을 하면 공격을 하기로 미리 짜고 전쟁놀이를 한 것이다. 송희옥이 여기 오자마자 생각한 술수였다. 김덕호가 같이 나서서 며칠간 황헌주를 구슬려 어렵게 성사를 시켰다.

"아가씨는 인자 가시면 은제 오실라요?"

모종순이 연엽 뒤를 따라가며 물었다.

"가봐야 알겠다."

모종순 뒤에는 청룡바우가 괴나리봇짐을 지고 말없이 따르고 있었다. 그들은 만석보 자리에 얼기설기 놓은 복찻다리를 건너고 있었다. 다리를 건넌 연엽이 잠시 뒤를 돌아보았다. 두승산과 천태산이 멀리 버티고 있고 그 사이로 천치재가 아스라했다. 연엽은 백산 쪽으로 눈을 돌렸다. 벼가 퍼렇게 자라고 있는 초여름 맑은 하늘 아래 백산이 조그맣게 웅크리고 있었다. 연엽이 조소리 쪽으로 눈을 돌렸다. 동네는 보이지 않고 동네 앞 솔밭만 보였다.

연엽은 이내 고개를 돌리고 발을 옮겼다. 연엽의 눈에서 눈물이 흘러내렸다. 두 줄기 눈물이 볼을 타고 하염없이 흘러내리고 있었다. 그는 고향으로 돌아가겠다고 경옥 집을 나선 것이다.

얼마 전에 전봉준 소식을 들은 뒤 연엽은 고부를 떠나기로 작정했다. 되도록이면 표가 나지 않게 떠나기로 했다. 이러쿵저러쿵 뒷말이 남아서는 안 될 것 같았다. 바로 며칠 전이었다.

"아가씨, 전봉준 장군님 새장개 드셨다는 소문 들었지라우? 그 동네로 딸을 여운다요."

모종순이 연엽한테 쫑알거렸다. 연엽은 느닷없는 소리에 잠시 멍청하게 모종순을 보고 있었다. 경옥은 잠시 자리를 비우고 없었다.

"나는 그런 소문 통 못 들었구만. 장군님이 어디로 장가들었대여?"

연엽은 마음을 진정하고 차근하게 물었다.

"오매, 아직 그 소문도 못 들었구만잉."

모종순은 어이없다는 표정이었다. 동네 사람들이 쉬쉬하고 있었으므로 연엽은 전봉준 소식을 까맣게 모르고 있었다.

"시방 그 딸이랑 아들이 피난 간 동네가라우, 전봉준 장군님이 젊었을 적에 살았던 동넨데라우, 처녀 적부터 맘에 두고 있던 과부한테로 이참에 새장개를 들었다요. 과부가 부잔데라우, 전봉준 장군님이 장개를 들어서 시방 그 집에서 산다요. 그라고 전봉준 장군님 큰딸도 그 네 총각한테로 금방 여운데라우, 그 여의살이 혼수도 그 과붓집에서 다 장만했다요."

모종순은 한참 신이 나서 쫑알거렸다. 그때 경옥이 들어오다가 모종순의 말을 들었다.

"너는 어디서 그런 분한빠진 소리를 듣고 왔냐?"

경옥이가 핀잔을 주었다. 경옥은 이미 강쇠네한테서 들어 알고 있는 일이었다. 강쇠네도 전봉준에 대한 연엽의 태도를 눈치 채고 있었으므로 경옥한테만 귓속말로 속삭였던 것이고 경옥도 연엽한테는 말을 하지 않고 있었다.

"두전 양반이 그 동네로 전봉준 장군님 만나러 가서 듣고 왔답니다. 전봉준 장군님이 총각 때 그 과부한테로 장개갈라고 죽자살자했는데라우, 그 과붓집서 다른 총각한테로 시집을 보내분께 전봉준 장군이 홧김에 오입을 나갔더라요. 그랬는데 그 과부 남편이 재작년에 죽어불고 지금은 과부가 되아갖고 혼자 살고 있은게 전봉준 장군이 이참에 그리 장개를 갔다요. 과부가 무지하게 부자라요."

모종순은 부자라는 소리를 두 번 세 번 했다. 두전 양반은 조망태였다. 경옥은 모종순 입을 막지 않았다. 입을 막기도 어설프고 연엽도 어차피 알아야 할 일 같아서였다. 전봉준이 오순녀 집에 머물게 되자 세상에는 전봉준이 그리 새장가를 간 것으로 소문이 나고 말았다.

연엽은 땀을 뜨고 있는 바늘이 제대로 보이지 않았다. 여태 딛고 있던 발판이 무너져 아득한 벼랑으로 떨어지는 기분이었다. 어렸을 때부터 그는 벼랑에서 떨어지는 꿈을 자주 꾸었다. 며칠 전에도 그런 꿈을 꾸다가 잠이 깨어 그게 꿈이었기 얼마나 다행이냐고 진저리를 쳤다. 그러나 이것은 꿈이 아니었다. 전봉준이 자식들을 그리 보냈던 것부터가 모두 까닭이 있었구나 싶었다. 그런 것을 까맣게 모르고 있었던 자신이 서글펐다.

"사람한테는 정말 사주팔자가 있을까요?"

경옥이 모종순을 쫓아버린 다음 침통한 표정으로 물었다.

"글쎄."

연엽이 건성으로 대답했다.

"나는 사주가 둘이구만요."

경옥이 엉뚱한 소리를 하며 허옇게 웃었다. 혼자 생각에 잠겼던 연엽은 경옥을 보며 눈을 씀벅였다.

"내 사주는 과부가 될 사주래요. 그래서 우리 집에서는 나를 정읍으로 시집보내려고 할 적에 사주를 꾸며서 가짜 사주를 보냈구만요."

경옥은 연신 웃으며 이야기를 했다. 너무 한가한 소리라 연엽 귀에는 제대로 엉겨오지 않았다. 그러나 입술을 깨물며 경옥의 말을 듣는 척하고 있었다.

"그런 *사주때움하는 옛날이야기 들어보면 지독하더만요. 옛날이야기에 그런 얘기 많지 않아요. 애먼 총각을 잡아다가 그런 처녀방에 넣어 첫날밤을 지나게 한 다음 보따리에 싸서 강물에 버렸다는 얘기 말이오. 우리 어머니가 천주학을 믿지 않았더라면 우리 집에서도 내 사주 때문에 애먼 총각 하나 험하게 죽였을지 모르지요."

연엽은 경옥의 이야기가 어디 아득한 데서 들려오는 것 같았다. 가슴이 답답하고 귀에서 무슨 소리가 나는 것 같았다.

"우리 아버님도 다행히 사주를 별로 준신하지 않아 그런 일은 하지 않고 사주를 고쳐 보냈지요."

경옥이 웃으며 연엽을 돌아봤다. 연엽은 건성으로 고개를 끄덕여 주었다.

"거기 사주는 어떻다던가요?"

경옥이 무슨 생각을 하는지 연엽에게 사주를 물었다.

"표 나게 존 것도 아니고 그저 그만하다는 것 같더만."

연엽이 힘없이 대답했다.

"요새 와서 나는 내 사주를 자주 생각하구만요. 내가 지난번에 일을 당한 것이 사주때움을 한 것이 아닌가 싶기도 하고, 하여간 옛적부터 모두 그렇게 극성스럽게 사주를 믿어오는 것을 보면 믿을 만한 구석이 있는 모양이지요?"

연엽이 고개를 끄덕여주었다.

"어른들이 사주팔자 이얘기를 하면 따분하더니만 우리 나이에 벌써 사주팔자 이얘기를 하고 있네요."

경옥이 씁쓸하게 웃었다. 연엽은 경옥이 굳이 이 자리에서 사주 이야기를 하는 속마음이 짚여왔다. 자기 이야기에 빗대어 이쪽을 위로하자는 생각인 것 같았다. 그러나 연엽은 도무지 이것이 사주팔자로 여겨지지가 않았다. 이제 자기 앞길은 시커먼 벼랑에 막혀버린 것만 같았다.

"나는 외가에나 한번 다녀오고 싶구만."

연엽이 바늘을 멈추고 경옥을 보았다.

"외가가 어디랬지요?"

"강경 담에 노성."

"그러세요. 다녀오세요. 청룡바우하고 모종순을 달려 드릴게요."

"그랬으면 나는 좋겠는데 둘이나 집을 비워도 괜찮겠어?"

"드난꾼들 많잖아요."

연엽은 하루라도 빨리 고부를 떠나고 싶었다.

"계룡산에 있는 암자가 대자암이라 했던가요?"

경옥이 물었다. 연엽은 깜짝 놀랐다. 실은 외가가 아니라 갑사 대자암에 가고 싶었던 것이다. 거기 가서 형편 보아 거월 스님한테 의탁하고 싶었다. 이제 자기가 갈 데는 그런 절간밖에 없을 것 같았기 때문이었다.

"간 김에 그 스님한테도 들러보고 싶구먼."

"나도 아버님만 괜찮으시다면 이렇게 동무 졸 때 그런 절 구경이나 한번 했으면 좋겠는데……."

경옥이 아쉬워했다. 연엽은 고부 떠날 채비를 서둘렀다. 채비랬자 별것도 없었다. 전봉준 여름옷을 한 벌 해놓고 또 한 벌을 하고 있는 참이었다. 그것만 끝내면 훌쩍 떠날 수 있었다. 연엽은 자꾸 눈물이 쏟아지려는 것을 이를 사리물고 부지런히 바느질을 했다. 아무리 마음을 도사려도 혼자 있으면 걷잡을 수 없이 눈물이 쏟아졌다.

이틀 동안 전봉준 옷을 다 끝냈다. 연엽이 보자기에 전봉준 옷을 챙겼다. 바지저고리 두 벌에 두루마기 한 벌과 버선 두 켤레, 곱게 접은 허리끈에 비단 주머니였다. 켜켜이 접어 보자기에 곱게 개켰다. 전해달라고 경옥한테 맡기고 갈 참이었다. 옷을 개킨 연엽은 보자기를 싸려다 말고 잠시 손을 멈추었다. 주머니를 들어냈다. 비단 주머니는 정표의 뜻이 있었기 때문이다. 연엽은 주머니를 들고 한참 망설이다가 그대로 같이 쌌다. 주머니도 버선처럼 옷 한 벌 구색이라 이렇게 *일습을 보낼 때는 굳이 정표로 드러날 것 같지 않겠다는 생각이었다.

보자기를 다시 싸던 연엽이 또다시 보자기를 풀었다. 먼저 했던 저고리를 들고 잠시 맵슬러봤다. 동정에 눈이 멈췄다. 마음에 들지 않았다. 화로에 인두를 꽂고 동정을 뜯었다. 동정감을 하나 꺼내 곱게 접었다. 밥풀을 칠하고 인두를 갖다 댔다. 인두에서 파삭 소리가 났다. 눈물이 인두에 떨어져 소리를 내며 반은 마르고 반은 흘러내려 동정에 조그맣게 자국을 냈다. 연엽이 옷고름으로 눈물을 수습했다. 동정을 다시 뜯고 새로 달까 하다가 그냥 두기로 했다. 눈물 자국이 얼른 눈에 띄지도 않았지만 굳이 지우고 싶지도 않았다. 새삼스럽게 가슴이 미어지며 다시 눈물을 걷잡을 수 없었다. 전봉준이 야속하기도 하고 자기가 너무 엉뚱한 생각을 하고 있었다고 뉘우쳐지기도 했다. 연엽은 인두를 다시 화로에 넣고 멍청하게 앉아 있었다. 머리를 깎고 회색 가사를 입은 자기 모습이 눈앞에 떠올랐다. 부처님 앞에 앉아 목탁을 치며 염불을 하고 있는 모습이 어른거렸다. 그러고 보니 그게 그렇게 되기로 되어 있던 원래 자기 모습 같기도 했다.

옷 보따리를 옆에 놓고 힘없이 허공에 눈길을 띄우고 있던 연엽이 깜짝 놀라 마당가 돌담 밑을 보았다. 수국 곁에 껑충하게 솟아오른 꽃대가 하나 있었다. *머윗대처럼 솟아오른 꽃대가 끝에 꽃망울을 달고 있었다. 상사화相思花였다. 상사화 꽃대가 서너 개 솟아 있었다. 옛날 자기 집 장광에 솟아올랐던 상사화를 보는 것 같았다. 언제 저렇게 솟아올랐을까? 그저께 저 곁에다 빨래를 널 때도 보이지 않았는데 어느새 꽃대가 거의 두 자나 솟아올라 꽃망울을 물고 있었다. 내일쯤이면 꽃망울을 터뜨릴 것 같았다. 지금 피는 상사화는 연분홍이고 추석이 가까울 무렵이면 붉은 상사화가 피었다. 이파리와 꽃이 서로 만나지 못해 상사화라 한다고 웃던 어머니 얼굴이 떠올랐다.

상사화는 이상한 꽃이었다. 같은 구근식물인 수선화 같은 꽃은

이른 봄에 꽃이 피었다 지고 이파리만 남아 여름 내내 뿌리에 영양을 저장해서 이듬해 다시 꽃이 피는데 상사화는 그게 아니었다. 꽃이 진 다음에야 육질의 이파리가 탐스럽게 돋아나 눈 속에서 겨울을 나고 봄이 되면 숱 좋은 여인네 머리처럼 치렁치렁 자랐다가 보리가 익을 무렵이면 또 언제 사그라졌는지도 모르게 흔적도 없이 사라져버렸다. 그러다가 까맣게 잊고 있는 한여름 어느 날 갑자기 머윗대 같은 줄기가 꽃망울을 물고 숨 가쁘게 치솟아올라 꽃망울을 터뜨렸다. 이파리는커녕 이파리가 시들었던 흔적마저 없는 맨땅에서 실오라기 하나 걸치지 않은 여인의 벗은 몸뚱이같이 부드럽고 연약한 꽃대만 하나 소리라도 지르듯 솟아올라 꽃망울을 터뜨리는 것이다. 만지기만 해도 으스러질 듯 연약하고 애잔한 꽃대가 햇볕이 쨍쨍 내리퍼붓는 한여름 뙤약볕 아래 학처럼 고개를 높이 치켜들고 적잖이 대엿새나 그 자세로 버티었다. 장대같이 내지르는 매미소리를 들으며 호박잎이 처지는 한낮에도 그대로 고개를 늘어뜨리고 며칠 동안 버티다가 기다림에 지친 듯 고개를 숙이고 폭삭 시들어버렸다. 탈기져 무너지듯 주저앉은 꽃대는 이파리가 그랬듯이 꽃대 역시 흔적도 없이 사라져버리고 그 자리는 그냥 또 맨땅이었다.

"겨울을 난 이파리는 봄에 사라져버리고 꽃은 여름에 피고, 이파리하고 꽃이 서로 만나지 못하고 서로 그려 상사화랴."

감나무 밑에서 머윗대를 다듬으며 이야기하던 어머니 목소리가 귓가에 들리는 것 같았다.

일행이 함열을 지날 때였다. 저쪽에서 스님 두 사람이 오고 있었다. *송낙을 쓴 것이 여승이었다. 연엽은 스님을 보자 한 동네 사람이라도 만난 듯 반가웠다. 연엽이 모종순과 청룡바우를 앞으로 보내놓고 스님들이 오기를 기다렸다.

"말씀 좀 묻겠습니다. 어느 절에 계시는지요?"

연엽은 두 여승 앞에 곱게 고개를 숙이며 물었다. 여승들이 발을 멈추고 연엽을 봤다.

"갑사 조그마한 암자에 있습니다."

"그러면 대자암에 계시던 거월 스님은 지금도 거기 계시는지요?"

"계시지요. 엊그제도 만나뵀습니다."

연엽이 감사하다며 여승들과 작별했다. 일행은 아까처럼 길을 걸었다.

"부처님 앞에서 돌이 될 때까지 장군님이 무사하시고 소원 성취하시기를……."

연엽이 혼자 뇌며 길을 걸었다. 거월 스님 곁에 잠시 있다가 금강산이나 묘향산, 이 세상에서 가장 깊숙한 암자를 찾아가고 싶었다. 인적이 없는 그런 깊은 암자에서 한시도 쉬지 않고 전봉준 장군을 위해서 공을 드리고 싶었다. 이제 그런 절간이 자기가 몸을 붙일 유일한 곳이고 전봉준을 위해 불공을 드리는 것만이 자기가 이 세상에서 해야 할 일인 것 같았다. 연엽의 마음이 차근하게 가라앉았다.

# 4. 불길은 팔도로

8월 10일경, 이방언이 전주 대도소에 들렀다가 한양으로 길을 떠나고 있었다. 김덕호도 동행이었다.

"잘 다녀오십시오."

전봉준이 이방언에게 말했다.

"알겠습니다. 나는 국태공 대감 만나는 일밖에 없으니 바로 *도다녀오겠습니다."

전봉준과 김덕명이 선화당 홍살문 앞에서 이방언과 김덕호에게 작별 인사를 했다. 그들은 지금 한양으로 대원군을 만나러 가는 길이었다. 전봉준은 조정 형편이 어떻게 돌아가고 있는지 깊은 내막을 알 수 없어 답답하던 판에 어제 이방언이 대원군을 만나러 가겠다고 올라온 것이다. 이방언은 대원군이 파락호 시절부터 잘 아는 터라 전봉준은 그러지 않아도 그가 한번 다녀왔으면 하던 참인데 그도 답답했던지 스스로 올라온 것이다. 이방언이 김덕호더러 동행하면 어떻겠느냐고 하자 김덕호는 기다렸다는 듯이 찬동을 했다.

"어쩌려고 가시렵니까?"

김덕호가 가겠다고 하자 임군한이 깜짝 놀라 말렸다.

"염려 말게. 내가 가서 여러 가지로 알아봐야 할 것 같네."

임군한이 여러 번 고개를 갸웃거리다가 졸개들을 6명이나 달고 따라 나섰다. 김덕호는 잡혔다 하면 살아날 길이 없는 터라 임군한은 바짝 긴장했다. 배행꾼은 임군한과 졸개 6명에 이방언이 장흥에서 데리고 온 이또실과 종 막동 등 9명이나 되었다. 임군한 졸개는 장호만, 이천석, 김만복, 그리고 김갑수와 대둔산 졸개 2명이었다. 김덕호는 인천을 떠난 뒤 이번 한양길이 7,8년 만이었다. 이방언은 갓양이 멍석만한 통영갓에 모시 도포가 양반 차림으로 의젓하고, 김덕호와 임군한은 방갓을 쓰고 상제 차림을 했다. 둘이 다 방갓을 쓰면 어색할 것 같아 처음부터 형제 상제가 나들이하는 것처럼 꾸미려고 옷과 방갓을 똑같이 했다.

"전봉준 장군은 대원위 대감을 별로 믿지 않는 것 같지요?"

이방언이 김덕호한테 물었다.

"그럴 수밖에 없지요. 겉으로 하는 말과 속살로 하는 말이 다른 것은 그렇다 치고 농민군 사정을 몰라도 한참 모르고 있으니 미덥지가 않겠지요."

김덕호 말에 이방언은 고개를 끄덕였다. 대원군은 얼마 전에는 호서지방에 들썩이는 농민군들한테는 '관리들 탐학을 반드시 다스리고 억울함을 꼭 풀어줄 것이니 해산하라'는 효유문을 내려놓고 전봉준한테는 개화파 정부를 뒤엎을 때는 바로 지금이 절호의 기회이니 급히 한양으로 진격하는 것이 좋겠다는 밀사를 보냈던 것이다. 박동진과 정인덕이라는 사람이었다.

"지금 한양으로 쳐들어가자고 모이라 하면 농민들이 모일 것 같습니까?"

전봉준이 웃으며 물었다.

"장군님 명령이라면 안 나올 사람이 누가 있겠습니까? 지금 일본 군대는 청일전쟁에 매여 꼼짝을 못합니다."

"농민들은 명령 하나에 움직이는 조정군과는 다릅니다."

전봉준은 가볍게 웃었다. 그들은 뭐라 한참 늘어놨으나 전봉준은 더 대꾸하지 않았다.

"그때 저도 그 자리에 같이 있었습니다마는 그 사람들 말은 도무지 씨가 먹히지 않았습니다. 정규 군대는 항상 한군데 모여 있어 명령 하나면 그 자리에서 뛰쳐나갈 수 있지만 농민군은 군대랄 것도 없는 사람들이 뿔뿔이 흩어져서 농사일을 하고 있는데, 아무리 전봉준 장군이라 한들 농사일에 잠겨 있던 농민들이 엿단쇠 소리에 동네 아이들 모이듯 쉽게 모여들겠습니까? 사정을 몰라도 너무 모르고 있지요."

김덕호 말에 이방언도 웃었다.

벼가 고개를 숙인 들판은 두꺼워가는 가을 햇볕을 받아 엷게 금빛을 띠고 있었다. 처서가 지나고 백로가 가까워오자 칙칙하던 밭두렁 덤불 밑도 훤해지고 과일도 잎사귀 사이로 발그레 *볼받은 얼굴을 수줍게 내놓기 시작했다.

"김개남 장군은 이번 개혁조치를 보고도 마찬가지라지요?"

"그분 성격에 그럴 수밖에 없지요. 더구나 대원군이라면 고개를 흔드는 사람이라 그런 정도 개혁은 눈감고 아웅이라 생각하는 것 같습니다."

김덕호는 웃으며 대답했다. 경복궁 사건 이후 전쟁 준비에 더 힘을 쏟고 있던 김개남은 개화파 정부의 개혁쯤 거들떠보지도 않았다. 그는 추석 쇠고 봉기한다는 방침을 정하고 봉기 준비에 정신이 없었다. 김개남이 봉기를 해버리면 전봉준은 같이 일어날 수도 없고 그대로 버티고 있을 수도 없는 난처한 처지에 빠질 수밖에 없었다. 그러나 지금 형편으로는 김개남을 설득시킬 방법이 없었다. 무엇보다 개화파 정부의 태도를 믿을 수가 없기 때문이었다.

"감사가 병조판서로 가지 않은 일은 뒤탈이 없었습니까?"

이방언이 물었다.

"김가진 씨가 뒤를 봐준 것 같습니다. 김가진 씨는 군국기무처에서 말발이 웬만큼 서는 것 같습니다."

"그런 일은 파격 중에서도 파격 아닙니까?"

"그렇습니다. 모가지가 날아가도 두엇 날아갈 일이지요. 김학진이는 그런 것을 보더라도 믿을 만한 사람 같습니다. 나주 민종렬을 닦달하는 것을 보거나 유생들 비난을 무릅쓰고 전봉준 장군을 돕고 있는 것을 보면 대단하다는 생각이 듭니다. 영달만 취하기로 한다면 벼슬로야 병조판서가 그게 어딥니까?"

이방언은 고개를 끄덕였다.

"그 바람에 여기 감사 발령을 받았던 박제순 꼴이 우습게 되어버렸지요."

두 사람은 한참 웃었다. 김학진의 병조판서 발령과 함께 전라 감사로 발령이 났던 박제순은 감사에 부임하려고 잔뜩 거들먹거리며 전주로 올라왔다. 그런데 김학진이 감사 자리를 내놓지 않고 버티고 있자 그는 화가 머리끝까지 치솟아 위봉산성으로 가서 7월 17일 조정에다 김학진을 규탄하는 상소를 올렸다. 김학진은 그동안 전봉준한테 벌벌 기며 농민군만 싸고 돌더니 마침내 '적을 끼고 임금을 협박한다挾賊要君'고 규탄을 했다. 박제순의 규탄에 조정에서는 김학진을 잡아 올려 죄를 물어야 한다고 여론이 들끓었다. 전임 발령을 받고 그 자리에 버티고 있는 것부터 오만한 태도였으므로 사태가 심각했으나 김가진이 힘을 써서 박제순을 충청 감사로 발령하고 김학진은 그 자리에 있도록 새로 발령을 냈다. 김가진의 비호도 비호였으나 조정에서도 농민군 동향이 너무 중대했기 때문에 김학진의 태도가 먹혀든 것이다.

그러나 이때부터 조정 상하 관속들과 유생들의 김학진에 대한 비난은 더욱 요란스러웠다. 농민군들이 무력을 강화한다는 보고는 하면서도 그들을 칠 계책은 진언하지 않으니 도대체 김학진의 본심이 뭐냐고 조정에서는 입방아가 요란스러웠고, 유생들은 유생들대로 김학진은 전봉준한테 발목을 붙잡혀 꼼짝을 못하고 있으니 장차 나라꼴이 무엇이 되겠느냐고 상소가 빗발쳤다. 김학진은 유약한 사람이라고 평판이 났으나 그는 그런 비난쯤 들은 척도 않고 농민군 움직임을 매양 축소해서 보고하고 있었다.

김학진 뒷배를 보아주고 있는 김가진은 주일본 판사대신을 지낸 사람인데 그는 농민봉기의 원인을 제대로 파악하고 전부터 민씨들을 비판해오고 있었다. 황룡강 전투가 있기 전에는 '전라도 반란민은 처음부터 지방 관리들의 학정에 견디지 못해서 일어난 것일 뿐'이라고 했으며 청나라 군대를 불러들이자는 음모가 드러났을 때는 농민봉기의 근원은 민씨 척족의 부정부패 때문인데 부패를 척결할 생각은 하지 않고 청나라 군대를 불러들이다니 이게 말이 되느냐고 규탄하기도 했다. 모가지를 걸지 않고는 할 수 없는 일이었다.

"가는 길에 강경 객줏집 통사 그놈 잡아다 작살을 내버리면 어쩔까?"

일행 맨 뒤에 처진 이천석이 눈을 밝히며 김갑수를 봤다.

"하필 이판에 그런 일을 벌이잔 말이냐, 더구나 짐작만 가지고?"

김갑수가 눈을 흘겼다.

"오거무 해친 놈은 그 자식이 틀림없어."

"점쟁이 하나 났구나."

김갑수가 핀잔을 주었다.

"두고 봐."

이천석은 자기 육감을 철저하게 믿는 것 같았다.

그때 선화당에 전주 최대봉이 다급하게 들어왔다.

"지금 경상도 예천에서는 엄청난 사건이 벌어진 것 같습니다."

최대봉은 지금 충청도 남부 지역 형편을 살피고 오는 참이었다. 최대봉은 전주 두령으로 전봉준 밑에서 일을 거들다가 요사이는 다른 도의 형편을 살피는 임무를 띠고 있었다.

"10여 개 고을 농민군들이 모여 예천, 안동 유생들하고 한판 붙을 것 같습니다."

"농민들이 유생들한테 밀리고 있다던데 어떻게 된 거요?"

송희옥이 다그쳤다.

"유생들은 농민들을 11명이나 강가 모래밭에다 파묻어버렸습니다. 그 때문에 지금 농민군 사이에 새로 불이 붙었습니다."

"유생들이 농민들을?"

전봉준이 놀라 물었다.

"그렇습니다. 유생들 집강소에서 농민들을 잡아다 족치면서 잘못했다고 하는 사람들은 놓아준 모양인데, 그 가운데 열한 명이 아무리 두들겨패도 잘못했다는 말을 하지 않고 끝까지 버티자 강가 모래밭에 파묻어서 죽여버렸답니다. 그 때문에 농민들이 다시 들고일어나는 모양입니다. 거기 접주 최맹순崔孟淳 씨가 다른 고을에까지 통문을 보냈습니다."

"그래요? 그러면 일판이 뜻밖에 커지지 않겠소?"

송희옥이 전봉준을 돌아보며 물었다.

"정길남이 하마 올 때가 됐는데?"

전봉준은 눈길이 안으로 잦아들며 말했다. 정길남 패가 경상도 북부 지방 형편을 살피러 간 지가 열흘이 넘었으므로 올 때가 되었다. 지금 최대봉은 소문만 듣고 와서 하는 이야기라 확실한 내막이 궁금했다.

예천은 경상도에서 제일 먼저 일어난 곳이라 농민군 세력도 만만찮았지만, 소문난 양반 고장이라 유생들 기세도 그에 못지않았다.

지금 예천에서 기세를 떨치고 있는 최맹순은 장판에 옹기도가를 내고 있는 옹기장수인데 지난 3월부터 동로면 소야리에 접소를 차리고 농민들을 규합하고 있었다. 그러다가 전라도에 집강소가 설치되자 부쩍 세력을 떨치기 시작하여 접소를 48개나 설치하고 수만 명이 가담하여 이제 우리 세상이 왔다고 기세를 올렸던 것이다. 전라도에서 양반과 부자들을 징치한다는 소문에 그들은 한층 거세졌다. 7월 초에는 농민들이 읍내로 몰려가 양반과 지주, 그리고 아전들 집을 마구잡이로 휩쓸고 다니며 닥치는 대로 을박지르고 재물을 빼앗고 읍내를 쑥대밭으로 만들어버렸다. 원한에 쌓인 농민들은 말할 수 없이 거칠었다.

농민들 한패가 한창 쓸고 다니는데 안동부사 행차가 다가오고 있었다. 그들은 할기시 사또 행차를 보고 있었다. 전 같으면 '물렀거라' 호령소리만 들어도 기겁을 하여 솔개 마당에 병아리 꼴로 줄행랑을 놓거나 미처 내빼지 못하면 길바닥에 빈대처럼 납작 엎드릴 사람들이었다. 전에는 그렇게 요란스럽던 사또 행차가 이번에는 호령소리는커녕 숨도 크게 쉬지 않고 기죽은 강아지처럼 다가왔다. 농민들은 그 꼴을 보자 되레 심통이 끓어올랐다. 술이 거나한 농민들은 가슴팍을 질지이심이 활등처럼 내밀고 가마 앞으로 다가갔다.

"오늘은 왜 호령소리가 없냐? 안에 사또가 안 타고 강아지 새끼가 탔냐?"

농민들은 벼락같이 악다구니를 썼다.

"이러지 마십시오."

"이러지 말라니 뭣을 이러지 말라는 게냐?"

앞장선 사내가 간사스럽게 웃는 앞 가마꾼 멱살을 잡고 귀싸대기부터 떡치듯이 후려갈겼다.

"이 무슨 무엄한 짓인고?"

그때 가마 안에서 호령소리가 벼락 쳤다.

"어라, 타기는 사람 새끼가 탔구나. 어디 부사 놈 낯짝 한번 보자."

농민들은 기다렸다는 듯이 가마 문을 젖히고 부사 덜미를 붙잡아 강아지처럼 길바닥으로 끌어내렸다. 관모를 벗겨 짓밟아버리고 볼따구니를 쥐어박았다. 부사는 하늘이 무섭지 않느냐고 고래고래 악을 썼다.

"이놈아, 하늘은 네놈 고지 먹은 줄 아냐?"

농민들은 부사를 맹꽁이처럼 꽁꽁 묶었다. 가마 멜빵을 몽땅 풀어다가 부사 몸뚱이를 위아래 사방으로 묶어 산골망태기처럼 똥그랗게 얽어버렸다. 걸쌈스러운 농민들은 부사 몸뚱이를 돼지 오줌통 굴리듯, 이리 굴리며 쥐어박고 저리 굴리며 짓이기고 아주 걸레를 만들어버렸다. 가마도 산산조각으로 부숴버렸다. 나중에는 몹쓸 물건짝 버리듯 부사도 무논에다 처박아버리고 낄낄거리며 돌아섰다.

이 사건이 터지자 유생들이 벌떼같이 일어났다. 그동안 이를 갈며 수염만 부들부들 떨고 있던 유생들이 똘똘 뭉쳐 읍내에다 집강소를 차렸다. 하인들과 소작인들을 욱대기고 달래서 자기편을 만들었다. 이웃 고을 안동과 의성 유생들도 마찬가지였다. 유생들이 눈에다 불을 켜고 나서자 삽시간에 엄청난 세력이 되었다. 유생들 서슬이 너무나 서릿발이 치는 바람에 농민들은 대번에 기가 죽고 말았다. 유생들은 전에 집을 들쑤시고 다녔던 농민들부터 잡아다가 무지막지하게 곤장을 쳤다. 곤장으로 파지를 만들다가 용서를 빌면 풀어 주었으나 빌지 않는 농민들은 옥에 가둬놓고 날마다 꺼내다가 뼈가 으스러져라 두들겨팼다. 그러나 끝까지 버티는 사람들이 있었다. 적잖이 11명이나 되었다. 화가 머리끝까지 치솟은 유생들은 11명을 한천 모래밭으로 끌고 가서 산 채로 파묻어버린 것이다.

이 소식이 퍼지자 예천 농민들은 다시 불같이 일어났다. 그러나 유생들은 안동과 의성 유생들까지 합세하고 있었으므로 예천 농민들만으로는 대항을 할 수가 없었다. 최맹순은 여러 고을에 통문을 보냈다. 이판에 결판을 내버리자고 최맹순은 경상도 여러 고을과 충청도, 강원도까지 통문을 띄운 것이다.

"만약 예천에서 농민과 양반들 사이에 싸움이 붙는다면 경상도 북부 지역에서는 일판이 크게 벌어질 것 같지요?"

전봉준이 최대봉한테 물었다.

"김천과 상주, 성주 농민들도 만만치 않습니다. 김천 편보언片輔彦 씨 세력만도 몇만 명이 넘습니다."

편보언은 8월 달에 들어서면서 김천 장터에다 집강소를 차리고 얼마 사이에 엄청난 세력을 규합하였다. 그가 도집강이 되어 완벽한 조직을 갖추고 포접을 거느리자 그 영향이 금방 성주와 상주에 미쳤다. 특히 성주에서는 얼마 전에 농민군 수천 명이 관아로 쳐들어가 불을 질러버리고 그 기세로 성주 읍내 아전과 양반이나 부자들 집에도 불을 질러 읍내가 불바다가 되고 말았다. 수천 채가 탄 것이다.

예천과 안동 등 경상도 북동부 지역도 중요했지만 김천과 상주, 성주 등 북부 지역은 더 중요했다. 바로 충청도와 접경이므로 영동 농민군과 연결이 되면 세력을 크게 떨칠 수 있기 때문이다. 경상도 지역은 부산에서 한양으로 이어지는 일본군 병참로를 근간으로 일본의 중요한 기지들이 설치되고 있었으므로 일본군에게 결정적인 타격을 줄 수 있는 곳이기도 했다. 전봉준은 손에 땀을 쥐고 정길남을 기다렸다.

지금 농민들은 전국적으로 들썩이고 있었다. 전국이 거의 농민군 세상이 되어버린 것 같았다. 충청도 지방은 경상도와 경계인 영동과 보은 지방을 정한준이 앞장서서 한창 기세를 올리고, 서해안 지방은 한산, 서천, 서산 지방이 이미 움직이고 있었다. 경기도 지방은 죽산과 안성이 들썩이고 있었으며, 강원도도 제천, 홍천 농민들이 꿈틀거리고 있었고, 황해도도 해주 근방 여러 고을을 중심으로 일어날 움직임이 무르익고 있다는 것이다. 특히 8월 달에 접어들면서 경상도 지방이 불같이 일어나고 있었다. 북부 지역은 예천과 안동을 비롯해서 상주와 성주, 김천에 불이 붙었고 동남부 지방은 진주와 곤양을 중심으로 지리산 근방이 활발하게 움직이고 있었다.

전봉준은 지금 각 지역에 사람들을 여남은 패나 보내 사정을 초조하게 알아보고 있었다. 정길남 등 자기 직속 별동대 대장들이며, 월공 등 스님들과 임군한의 졸개, 그리고 중요한 지역에는 두령급들을 보내놓았다.

농민들의 이런 움직임과 함께 청일전쟁은 일본군이 승승장구 전선이 평양으로 압축되고 있었다. 계속 밀린 청나라 군대는 평양성을 거점으로 일본군과 대치하여 잠시 소강상태를 유지하고 있었다. 이제 청일전쟁은 평양에서 결판이 나지 않을까 싶었다. 청나라는 아무리 기울어가는 나라라 하더라도 수천 년간 동양을 호령해오던 나라인데 그렇게 쉽게 무너질 것인가 모두 긴가민가하고 있었다. 이번에 이방언이 한양에 다녀오면 청일전쟁의 추이부터 웬만큼 예측할 수가 있을 것 같았다.

"시방 전봉준 장군이 김학진하고 죽이 잘 맞아돌어가는 것 같소마는 그 양반 또 속고 있소."

남원 변왈봉이 웃으며 핀잔조로 튀겼다. 순창 집강소 집사 이용술과 도성찰 오동호는 말없이 변왈봉 말만 듣고 있었다. 김경천의 여각이었다. 집강 이사문은 이 자리에 없었다.

"여러 말 할 것 없소."

담양 접주 남응삼이 말을 분지르며 갈마들었다.

"지금 김학진은 지난번 고부봉기 때 군수 박원명하고 똑같은 사람이라고 생각하면 틀림없소. 그때 박원명은 사람도 웬만하고 고부난리를 제대로 마무리 지으려는 것도 본심이었지라우. 그런데 조정에서는 박원명처럼 순한 양을 보내면서 뒤따라 이용태 같은 늑대를 보냈소. 이번에도 김학진 같은 웬만한 작자를 보내서 화해를 한답시고 다독거리고 있지만, 조정이 힘을 쓰게 되면 대번에 이용태 같은 늑대를 보냅니다. 이용태한테는 고부 한 고을만 쑥대밭이 되었습니다마는, 이번에는 전라도 전부가 이용태 밑에 고부 꼴이 된다 이 말이오." 남응삼은 마른 삭정이 끊듯 말을 툭툭 분질러 단정을 했다. 그는 담양 집강으로 김개남 부대에서는 운량관 임직을 맡고 있었다. 이용술과 오동호는 그저 덤덤한 표정으로 듣고 있었다. 두 사람은 그들이 여기 올 때부터 무슨 말을 하려고 왔는지 뻔히 알고 있었다. 찾아온 사람을 내칠 수가 없어 마지못해 맞았고 지금도 그런 태도로 듣고 있는 참이었다. 성질이 급한 오동호는 열 번도 더 들은 말이라 술이나 마시자는 소리가 목구멍까지 기어올라와 목젖이 간질간질 할 지경이었다. 그러나 집강 이사문이 한 당부 때문에 참고 있었다. 그저 예, 예 하고 술이나 잘 대접해서 보내라고 당부하던 이사문의 소리가 귀에서 앵앵거렸다. 이사문은 변왈봉과 남응삼의 성질을 잘 아는데다가 오동호 성질도 그들에 내리지 않아 자칫하면 좋지 않은 사단이 벌어질지 모르겠다고 생각했던지, 웃는 낯으로 대접해서 보내라는 소리를 두 번 세 번 다졌던 것이다. 밖에는 남원 호위병들과 순창 호위군들이 있었다. 순창 호위군들은 아무래도 무슨 일이 일어날 것만 같아 따라온 것이다. 양쪽 다 10여 명씩이었다.

“김개남 장군이 김학진하고 손을 안 잡은 까닭은 전라도가 옛날 고부 꼴이 되지 말자, 딱 이것 한 가지요. 김학진이 관민상화니 뭐니 이쁜 소리 잘잘 째고 자빠졌소마는 그것은 간 내려고 등 어르는 수작이오. 그놈 한다는 수작 들어본게 참새 얼러 굴레 씌울 놈입디다. 우리가 관가 놈들을 하루 이틀 겪어봤소. 관민상화라니 언제부터 그 놈들이 백성을 사람으로 봤관데 관민상화랍니까? 김개남 장군은 삼 년 묵은 호박에 도레송곳도 안 들어갈 그런 수작에는 반귀도 안 열고 군사 모으기에만 정신이 없소. 지금 김개남 장군 휘하에 들어온 고을치고 김개남 장군 발끝이 닿지 않은 동네가 없소. 낼 모레 추석 쇠고는 동원령을 내립니다. 그때 모이는 수가 얼마나 될 것 같소? 10만 명까지는 몰라도 8만 명은 너끈하요. 내가 동네마다 따라다니면서 두레꾼들 수를 치부해봐서 훤히 아요."

변왈봉은 입침을 튀겼다. 자신만만한 표정이었다. 김개남 쪽 사람들한테 신물이 나도록 들은 소리였다.

"순창도 김개남 장군 밑으로 들어오시오. 순창하고 한두 고을만 더 들어오면 10만 명에 귀가 찹니다. 10만 대군이오. 10만 대군이면 무서울 것이 없습니다. 아무리 관군이나 일본 놈들 신식 무기가 어쩐다고 하지마는 주먹이 여럿이면 눈이 반 보고, 모기도 천이 모이면 천둥소리를 내요."

변왈봉은 주먹을 휘두르며 두 사람을 번갈아 보았다. 그러나 이용술과 오동호는 *머루 먹은 곰처럼 눈만 멀뚱거리고 있었다.

"군사도 군사지만 돈도 바리로 몰려들고 있소. 양반이나 부자 놈들이 돈을 싸 짊어지고 앞문 뒷문으로 줄을 섭니다. 무기는 또 어쩌관대라우. 화승총만 1만 자루가 가깝소. 지금 세상인심은 *마파람 만난 아궁이에 삭정이불 쏠리듯 김개남 장군한테 쏠리고 있소."

남응삼이었다. 두 사람은 김개남 장군 자랑에 의논 좋은 어이며느리 쌍절구질이었다.

"추석 쇠고 동원령을 내린다고 하셨는데, 군대가 10만이든 20만이든 지금 싸우면 누구하고 싸운단 말이오?"

오동호가 변왈봉 잔에 술을 따르며 대수롭지 않게 물었다.

"그것이 시방 먼 소리요? 지금 일본 놈들이 들어앉힌 개화파 조정이 일본 놈 조정이지 우리 조정이오? 일본 놈들부터 싹 몰아내고 개화파 허수아비들을 쓸어내야지라우."

변왈봉이 소리를 질렀다.

"그랬으면 좋겠지만 그런 일이 얼음에 박 밀듯 쉬우께라우? 썩어 문드러진 홍계훈 군대도 전주를 쑥대밭을 만들었소."

"그러면 나라가 일본 놈들 아가리에 들어가는데 손 개얹고 앉아 있자 이 말이오?"

"손을 개얹고 있자는 것이 아니지라우. 기왕에 조정도 농민군한테 한발 물러서서 화약을 맺었고, 지금 백성이 집강소를 차려서 뜯어고칠 것은 방불하게 뜯어고치고 있은게, 일본 놈들을 쫓아내더라도 조정하고 손발을 맞추고 짬을 봐가면서 쫓아내야 하지 않으께라우?"

오동호가 차근하게 말했다.

"허허, 기껏 말을 한게 또 그 소리요? 화약이란 것이 간 낼라고 등어르는 수작이라 이 말이오. 일본 놈들이 대원군을 앉혔제마는 그것은 백성 속일라고 내세운 떡장수 웃덮기가 아니고 뭣이오? 여태 구들장이나 지고 있던 이빨 빠진 호랑이가 일본 놈들 앞에서 맥을 출 것 같소?"

변왈봉이 손바닥으로 방바닥을 탕탕 치며 소리를 질렀다.

"하여간 우리 힘은 뻔합니다. 지금 우리가 나주나 운봉 하나 못 치고 주먹질만 하고 있는 까닭을 생각해 보시오. 나주는 성곽이 단단하고 운봉은 산이 험하기 때문입니다. 양총이나 신식 대포는 그런 성곽이나 험산보다 백 배 천 배요."

"우리가 운봉을 치지 않는 것은 그런 쥐새끼 같은 놈하고 싸워서 힘을 허비할 필요가 없어서 두고 있는 거요."

변왈봉이 버럭 소리를 질렀다. 운봉 이야기가 나오자 변왈봉은 대번에 낯빛이 달라지며 턱없이 크게 소리를 질렀다. 지금 김개남군은 군사를 모으면서도 코앞에 버티고 있는 운봉 하나 치지 못하고 있는 것이 약점이라면 큰 약점이고, 수치라면 더할 수 없는 수치였다. 그래서 김개남 이하 남원 두령들은 운봉 이야기만 나오면 얼굴이 벌겋게 달아올랐다.

"바로 그것이오. 그런 쥐새끼 하나 치는 데도 그만큼 힘이 드는데, 대포하고 양총 가진 일본 군대하고 싸움이 되겠소?"

"당신들 말하는 것을 들어본게, 양반하고 부자 놈들 종살이에 일본 놈 종살이까지 겹겹으로 종살이를 하더라도 목숨 도모나 하자는 소리 같은데, 그렇다면 말 다 했소. 종살이로 천년만년 오래오래 사시오."

남웅삼이 소리를 지르며 벌떡 일어섰다.

"이놈아, 말조심해."

오동호가 벌떡 따라 일어서며 소리를 질렀다.

"말조심? 종살이나 할 놈들한테 말조심은 먼 얼어빠질 말조심이여?"

남웅삼 눈에서 불이 쏟아지고 있었다.

"이 자식아, 여기가 네놈 안방인 줄 아냐?"

오동호가 남웅삼 멱살을 틀어잡았다. 드잡이판이 벌어졌다. 변왈봉과 이용술이 뜯어말렸다. 두 사람은 코를 씩씩 불며 떨어졌다.

"두고 보자. 저런 놈들부터 싹 쓸어버려야 해."

남웅삼은 코를 씩씩 불며 방문을 박찼다. 그는 연방 악담을 퍼부으며 마당을 휑하게 가로질렀다. 그들을 호위하고 왔던 호위병들이 뒤따랐다. 한쪽에는 순창 호위군들이 남웅삼을 보고 있었다.

"뭣이여, 쓸다니 누구를 쓸어? 이놈, 거기 섰지 못하냐?"

오동호가 쫓아가며 고함을 질렀다. 그때 용배가 젊은이 두세 사람과 함께 들어오다 우뚝 걸음을 멈췄다.

"들어가시오. 들어가!"

남원 호위병들이 오동호를 가로막으며 소리를 질렀다. 오동호가 거듭 소리를 지르자 호위병들이 오동호를 거칠게 떼밀었다. 오동호가 뒤로 벌렁 나자빠지고 말았다. 오동호는 자리에서 벌떡 일어나며 댓바람에 호위병 뺨을 후려갈겼다.

"이런 젠장!"

뺨을 맞은 호위병이 오동호 양쪽 어깨를 잡고 흔들었다. 머리로 들이받을 기세였으나 차마 들이받지는 못했다.

"이놈, 누구한테 행패냐?"

오동호가 거듭 뺨을 후려갈겼다.

"이런, 제미."

뺨을 맞은 호위병이 머리로 오동호 가슴팍을 사정없이 들이받아 버렸다. 오동호가 뒤로 발랑 나가떨어졌다.

"야, 임마. 누구를 쳐?"

순창 호위군들이 그 젊은이한테로 우르르 달려들었다.

"가만있어!"

용배가 앞으로 나서며 소리를 질렀다. 순창 호위군들 주먹이 날려다 멈추었다. 남원 호위병들도 달려들려다 멈추었다. 일촉즉발의 순간이었다. 남원 호위병과 순창 호위군들이 숨을 씨근거리며 마주 보고 있었다. 용배의 만만찮은 서슬에 양쪽 두령들도 나서지 못하고 그대로 서 있었다.

"임마, 네가 잘못했어. 잘못했다고 해!"

용배가 침착한 소리로 남원 젊은이한테 말했다.

"내가 뭘 잘못했어, 임마!"

남원 젊은이가 용배를 노려보며 소리를 질렀다.

"이 자식이 좀 맞아야 정신이 나겠냐?"

용배가 소리를 질렀다.

"뭐야?"

그때 남원 호위병 속에서 느닷없이 젊은이 하나가 튀어나왔다. 용배를 향해 몸이 공중으로 붕 날며 발이 용배 머리로 들어왔다. 용배가 날렵하게 몸을 피했다. 젊은이 발이 공중에서 헛돌았다.

"이런 건방진 자식!"

젊은이는 또 발을 날렸다. 남원 젊은이는 발재간이 보통 가락수가 아니었다. 용배는 또 가볍게 피했다. 또 발이 헛돌며 자세가 흐트러졌다. 그는 잔뜩 겁먹은 표정으로 용배를 노려볼 뿐 더 대들지 못했다. 숨만 가쁘게 씨근거리며 서 있었다. 남원 젊은이들도 겁먹은 표정이었다.

"야, 임마. 그런 보릿대춤은 너희 동네 가서 추고 어서 꺼져라. 우리는 농민군이다. 농민군끼리 싸우면 무슨 꼴이 되겠냐?"

용배가 의젓하게 훈계를 했다. 모두 제자리에 말뚝이 박혀 용배만 보고 있었다. 저쪽에서 남응삼과 변왈봉도 둥그런 눈으로 용배를 보고 있었고, 이쪽 오동호와 이용술도 놀란 눈으로 용배를 보고 있었다.

"어서들 가!"

용배가 어서 가라고 거듭 채근하자 우거지상을 하고 있던 남응삼과 변왈봉부터 돌아섰다. 남원 젊은이들도 용배를 힐끔거리며 돌아섰다. 오동호와 이용술은 멍한 표정으로 서 있었다.

용배는 이 사건으로 순창에서 더 유명해지고 말았다. 붕붕 나는 태껸 솜씨를 손 하나 대지 않고 이긴 꼴이 되어버렸으니 며칠 동안 순창 바닥이 떠들썩했다. 항상 죽음을 앞뒤로 거느리고 다니며 단련된 용배의 배짱과 침착한 태도는 농사나 짓던 사람들과는 하늘과 땅 차이였다. 임군한과 임문한 밑에서 단련 받은 화적패 솜씨와 배짱이라 이런 데서는 빛이 날 수밖에 없었다.

용배는 그동안 집강소에서 열심히 일을 거들어 두령들 신망도 높았고 젊은이들 사이에서 우두머리로 군림하고 있었다. 그 때문에 덕을 본 것은 그 큰아버지였다. 그도 영락없이 지난번 남원에서 김경천한테 잡혀온 박가 꼴이 될 뻔했으나 용배 때문에 무사했다. 그는 지금 집 안에 꼼짝도 않고 틀어박혀 숨을 죽이고 있었다.

김개남은 전봉준이 감사와 손을 잡자 그때부터 농민군 규합에 한층 힘을 기울였다. 집강소를 통한 폐정개혁에 힘을 기울이는 전봉준과는 완전히 대조를 이루었다.

지금 김개남은 남원을 거점으로 진안, 장수, 무주, 금산, 담양, 보성 등 10여 고을 농민들을 거의 농민군으로 끌어들였다. 김개남은 호랑이처럼 찬바람을 일으키고 다니며 부자와 양반들을 철저하게 다스리면서 농민들을 끌어들이자 농민들은 두 손을 들어 환영을 하며 다투어 농민군에 지원을 했다. 김개남은 두레 조직을 철저하게 이용하여 두레를 기본 조직으로 마을 두레를 면 단위로 묶어 면 단위 두령을 두고 그것을 고을 단위로 묶어 고을 단위 두령을 두었다. 그리고 따로 재인접을 두어 사당패 등 재인들을 주축으로 종과 백정, 무당 등 천민들도 한 접으로 묶었다. 재인접만 하더라도 천여 명이 넘었다. 임진한 휘하의 지리산 포수들을 중심으로 특수부대도 한 접을 이루어 기세를 올리고 있었다. 변왈봉 말대로 지금까지 조직된 수가 벌써 10만 명에 육박하고 있었다.

김개남 기세에 겁을 먹은 부자와 양반들, 아전붙이들은 스스로 돈을 이고지고 몰려들어 집강소 문턱이 닳았다. 김개남은 그런 돈으로 전쟁 준비를 철저하게 하고 있었다. 무기와 화약을 모아들이고 포교나 나졸들이 입는 배자 모양의 덧옷까지 수천 벌 짓고, 처녀들한테 맡겨 '승전勝戰'이라는 글자를 손바닥만한 크기 바탕에 예쁘게 수로 놓고 있었다. 지난번 남원 농민군대회 때 이미 차고 나섰듯이 1차 봉기에 참여한 사람들이 찰 표지였다. 말하자면 계급장이나 훈장 비슷한 것이었다. 그리고 대, 판자, 삼, *겨릅대도 모으고 있었다. 대는 장태, 판자는 수레, 삼은 밧줄, 겨릅대는 화약 원료로 쓰기 위해서였다. 더구나 요사이는 추석 쇠고 바로 봉기한다는 결정을 내리고 버썩 서두르고 있었다.

같은 전라도였지만 김개남 영향권에 있는 고을과 다른 고을은 전혀 딴 세상 같았다. 다른 고을에서도 무기와 화약을 모으고 군자금을 마련하여 농민군 수를 늘리는 등 농민군을 강화하고 있기는 했으나 그런 고을들은 전쟁 준비보다는 폐정개혁에 더 힘을 썼다.

이방언 일행은 강경에 들어섰다. 강경은 여간 북적거리지가 않았다. 포구에는 크고 작은 배가 수십 척 떠 있고 거리에는 건어물전이며 농기구전이며 *시게전이 즐비하고 명태를 산더미처럼 실은 수레가 거리를 누비고 있었다. 이방언 일행은 한적한 뒷골목 주막으로 들어섰다. 김덕호는 점심을 시켜놓고 김갑수와 이천석한테 어음을 들려 그가 거래하는 객줏집으로 보냈다. 두 사람은 전에 두어 번 가본 집이라 스스럼없이 들어갔다.

"아이고, 왔는가? 김처사는 잘 계신가?"

주인은 반색을 했다. 그때 저쪽에 앉았던 장통사가 김갑수와 이천석을 보자 눈에서 빛이 번쩍했다. 이천석도 날카롭게 통사를 힐끔거렸다.

"처사님은 지금 한양 가시는 길입니다. 저쪽 주막에서 잠깐 뵙자고 하십니다."

주인은 그러냐고 다시 반색을 하며 김갑수가 내민 어음을 받아 문갑 속에 넣고 바삐 돈을 챙긴 다음 두 사람을 따라나섰다.

"통사 놈 눈빛 안 봤어? 수상하다구."

객줏집 주인을 따라나서며 이천석이 김갑수한테 속삭였다.

"더 두고 볼 일이야."

김갑수는 대수롭지 않게 받아넘겼다. 그들이 골목으로 사라진 다음 장통사가 눈을 밝히며 밖으로 나왔다. 이웃 주막으로 달려갔다. 지난번 김갑수와 이천석이 오거무 소식을 물으러 왔을 때는 이갑출을 못 찾아 그만 그들을 놓치고 말았던 것이다.

"마침 있었구만."

술잔을 앞에 놓고 불쾌한 얼굴로 노닥거리고 있던 이갑출이 장통사를 돌아봤다. 장통사가 이갑출한테 눈짓을 했다. 이갑출은 깜짝 놀라 밖으로 나왔다. 골목으로 들어갔다.

"그 작자가 왔어. 김필호란 자 말일세."

장통사가 귓속말로 속삭이자 이갑출 눈에서도 빛이 번쩍했다. 두 사람은 무어라 한참 속닥였다.

"그자가 지금 한양 가는 것 같네. 뒤를 재고 가서 한양서 붙잡세. 여기서 발고를 해노면 죽 쑤어 개 주네. 전에도 말했지만 관속붙이들 농간에 상금이 우리 차지는 반도 안 될 걸세. 마침 내일 한양으로 떠나는 배가 있네. 나는 그 배로 미리 제물포로 가서 일본 사람들하고 한강나루에서 목을 지키고 있겠네. 자네는 저 작자 뒤를 재고 가서 한강나루터에서 만나세."

이갑출은 알았다고 고개를 끄덕였다.

"실수 없도록 하게. 저 작자만 잡는 날에는 상금이 문제가 아닐세. 늘 하는 말이지만 앞으로 조선은 일본 사람들 세상이 되네. 이 일로 일본 사람들 신용만 얻어 보게. 줄포 객주들이 몽땅 자네 손안에 드는 것은 말할 것도 없고 고부 천지가 바로 자네 세상이 되네."

"알았소. 뒤 재는 것은 염려 마시고, 먼저 가셔서 한강나루터에 그물이나 빈틈없이 치고 계십시오."

"알았네. 자네만 믿겠네."

두 사람은 헤어졌다. 이갑출은 주막에 있던 똘마니 둘을 달고 그 옆 골목 여각으로 바삐 들어갔다. 여각 방으로 들어가 벽에 걸어논 옷가지 등 행리를 챙겼다. 시퍼런 단검을 뽑아 날을 한번 살펴보고 다시 허리춤에 찔렀다. 그들은 장통사가 가르쳐준 주막 근처 골목으로 몸을 숨겼다. 정신없이 나대는 이갑출의 걸음은 방울이라도 단 것 같았다.

이방언 일행은 주막에서 나왔다. 김덕호는 객줏집 주인과 대문 앞에서 작별을 했다. 일행은 오늘 저녁은 경천점 용배 집에 가서 자고, 내일 점심은 공주 사비정에서 먹을 참이었다. 이갑출 일행은 김덕호 일행을 바람만바람만 따라가고 있었다.

이갑출의 눈은 새벽하늘에 별빛처럼 번쩍거리고 있었다. 상금이나 줄포 객주들을 손안에 넣는 것이 문제가 아니었다. 일본 군대가 농민군을 쓸어버리면 이주호 재산은 어디로 갈 데가 없었다. 지난번에 풀었던 약초꾼들이 이상만 시체가 있는 곳도 알아내어 직접 자기 눈으로 확인을 했고, 이주호는 이제 죽는 일만 남은 것 같았다. 안 죽어도 사람 구실하기는 틀린 것 같았다. 이갑출은 이상만이 죽은 일이며 이주호가 얻어맞은 *언걸을 동네 사람들한테 뒤집어씌워 동네부터 쑥대밭을 만들어 버리고 그 서슬로 경옥도 달주하고 내통했다는 죄를 덮씌워 없애버린 다음 안방 사랑방 다 차지해버릴 작정이었다. 또 있었다. 이갑출은 말목에서 감영군 죽인 죄가 꺼림칙했는데 김필호만 잡아 바치면 그런 허물도 문제가 아닐 것 같았다. 쥐구멍에 볕 드는 소리가 천둥소리 같았다.

"청나라 군대가 지금 평양까지 쫓겨갔다지?"

"뭐라고 했소?"

뒤따라오던 똘마니 하나가 물었다.

"아냐, 혼잣소리야."

일본군이 청나라 군대를 쫓아내면 그 총부리가 어디로 향할 것인지는 장통사 말이 아니더라도 너무나 빤한 일이었다. 지난번 경복궁 사건 때 일본 군대가 궁중으로 쳐들어가서 임금을 종 부리듯 윽대겨 민가 일당을 쫓아내고 대원군과 김홍집을 들어앉혔다는 이야기를 들어보더라도 두말하면 잔소리였다. 어디서든 일본군을 본 사람들은 누구든지 입을 벌렸다. 제물포에서 온 *격졸들 말을 들어보면 더 실감이 갔다. 그들은 세상은 이미 일본 세상이 되어버린 것으로 치부하고 있었다. 일본군 무기 앞에 창이나 화승총 들고 설치는 농민군 꼴은 수레바퀴 앞에서 껍죽거리는 버마재비 꼴도 아니라고 낄낄거렸다. 똘마니들 앞장을 서서 가는 이갑출의 걸음걸이는 공중으로 둥둥 떠가는 것 같았다.

김덕호 일행이 경천점에 가까워지고 있을 때였다. 젊은이 여남은 명이 길가에서 삿대질을 하며 악을 쓰고 있었다. 일행이 가까이 가자 그들은 한층 크게 소리를 질렀다.

"야, 느그 쥔놈이 뭣이라고 했어? 다산비결이 헛소리라고? 이 자식아, 전라도에서는 부자덜이 도지논을 잭인덜한테 공짜로 몽땅 내놨다는 소리도 못 들었어? 느그 쥔놈은 집강소에 끌려가서 물고가 한번 나야 정신을 차릴 모양이구만."

젊은이는 이방언 일행 들으라는 듯이 더 크게 소리를 질렀다.

"그런 것이 말이라고 듣고 와서 함부로 씨부리고 다녀. 너 같은 놈부터 혼이 한번 나야 해!"

젊은이 하나가 주먹으로 볼따구니를 쥐어박았다. 여기저기서 발길질을 했다.

"왜들 이래."

김갑수가 뜯어말렸다. 얻어맞은 젊은이는 코피를 쏟고 있었다.

"시국이 불안해지니까 또 비결이 극성이구만."

이방언 일행은 웃으며 다시 길을 걸었다. 이갑출 패가 저만큼 뒤에 따라오고 있었으나 아무도 눈치를 채지 못하고 있었다.

요사이는 어디를 가나 다산비결이 기승을 부리고 있었다. 다산비결에 덩달아 다른 비결들도 새삼스럽게 요란스러웠다. 글줄이나 읽은 사람들은 문자 자랑을 하느라고 앉으면 비결 타령이었다. 전부터 나돌던 비결에다 요사이 새로 나타난 비결도 있었다.

> 곡식이 없는데도 풍년이니 첫 번째 모를 일이오
>
> 無穀豊年一不知.
>
> 글을 모르는데도 선비가 많으니 두 번째 모를 일이오
>
> 無文多士二不知.
>
> 임금이 없어도 나라가 태평하니 세 번째 모를 일이다
>
> 無君太平三不知.

'삼부지三不知'라는 비결이었다. 이 비결은 큰 가뭄이 들었던 6년 전 무자년에 나돌았던 것인데 그때는 무슨 말인지 몰랐으나 이제 보니 이 비결은 금년을 내다보고 낸 비결이라며 모두 무릎을 쳤다. 곡식이 없는데도 풍년이란 소리는 작년에 가뭄이 들어 전 같으면 굶는 사람이 많았을 텐데 굶는 사람이 없어 풍년이나 마찬가지이므로 맞는 말이고, 글을 모르는데도 선비가 많다는 소리는 동학도들이 서로

를 접장이라고 부르고 있으니 맞는 말이라는 것이다. 접이란 원래 과거 보러 가는 선비들 무리를 지칭하는 말이고, 접장이란 그 무리들이 서로를 높여 부르는 호칭이기 때문이었다. 임금이 없어도 나라가 태평했다는 소리는, 전라도는 지금 임금이 없는 것과 마찬가지지만 세상이 태평하니 이 또한 맞는 말이라는 것이다.

농민군이 전주를 점령했을 때 다가정이란 정자가 부서졌는데 그 대들보에서, 백 년 전 전라도 관찰사였던 이서구가 써서 넣어놨던 것이라며 나도는 비결도 있었고, 청주에서 옛 우물을 청소하다가 그 속에서 나온 돌에 쓰인 것이라며 나도는 비결도 있었다. 비결이란 게 원래 그렇듯 어려운 한자에다 파자까지 섞여 그 뜻이 아리송하기 짝이 없었으나, 그런 비결들은 농민들 세상이 온다는 내용이 태반이었다. 요사이 와서는 농민군은 결국 패하고 만다는 비결도 떠돌고 있었는데 그런 비결들은 유생들이 퍼뜨린 것 같았다.

그런 비결 가운데서 가장 기승을 부리는 비결이 다산비결이었다. 처음에는 다산의 저서 《경세유표經世遺表》에 나오는 정전법井田法이 나돌더니 요사이 와서는 세상 논밭은 모두 동네 두레가 차지한다는 여전제閭田制가 나돌기 시작했다. 토지제도에 대한 다산의 구상이 비결의 옷을 입고 마치 다산이 그런 세상이 올 것이라고 예언이라도 했던 것처럼 떠들썩했다. 더구나 폐정개혁 조항에 있는 공사채를 막론하고 빚을 갚지 말라는 조항과 토지는 분작分作한다는 소리 때문에 더 그랬다. 실제로 전봉준은 토지제도에 대해서는 입을 다물고 구체적인 말을 하지 않았으나 공사채 갚는 일만은 철저하게 단속을 했으므로 그런 철저한 태도를 보고 토지제도에도 으레 그럴 것이라고 지레 짐작을 하는 것 같았다.

이런 비결에 덩달아 요사이는 밑도 끝도 없는 엉뚱한 풍설이 나돌고 있었다. 지금까지 감옥에 갇혀 있는 김옥균 동생 김각균金珏均이 감옥에서 탈출, 농민군에 들어가서 전봉준을 돕고 있다는 것이다. 김각균은 그의 형에 못지않은 인물이라며 전봉준은 이제 날개를 단 것과 마찬가지라는 것이다. 김옥균 관계 풍설은 지난 봄 농민군들이 황토재 싸움과 황룡강 싸움에서 이겼을 때도 나돈 적이 있었다. 죽은 김옥균 혼이 농민군 속에 나타나 농민군을 지휘하고 있다는 것이다. 그때는 상해에서 암살당한 김옥균 시체를 국내로 들여와 양화진에서 능지처참한 다음 전국을 순회하며 효수를 하고 있을 때였다.

김덕호 일행은 그날 저녁은 경천점 용배 집에서 자고 다음날은 공주 사비정에 들러 점심을 먹었다. 군자란은 이방언 일행을 친정 일가 맞듯 반갑게 맞아 대접이 융숭했다.

"여기 감사 나리는 농민들을 닦달하지 못해 배가 아픈 것 같습니다. 심하게 설치는 놈들은 전부 치부를 하라고 고을 수령들한테 영을 내렸답니다마는 이판에 누가 그런 일을 하겠습니까?"

군자란이 웃었다.

"그런 자가 전라도 감사로 들어앉았더라면 큰일 날 뻔했구만."

김덕호가 웃었다.

"그런 사람들이야 아무리 나대봐야 횃대 밑에 주먹질이겠지만 청일전쟁이 끝나고 나면 누가 이기든 농민군들이 어렵잖겠습니까?"

군자란은 시국을 보는 눈이 어지간했다.

"돌아오실 때도 꼭 들러주십시오."

군자란이 골목까지 나와 배웅을 했다. 이갑출 일행은 *청개구리 뒤에 실뱀 따라다니듯 이방언 일행 뒤를 따르고 있었다. 어제저녁 용배 집에서 잘 때는 바로 곁에 있는 여각에 들었고 사비정으로 들어갈 때는 행여 놓칠세라 돌담에 족제비 나대듯 날렵하게 움직였다. 공주에서 나루를 건널 때는 맨 나중에 배에 올라 한쪽에 쭈그리고 앉아 이방언 일행의 눈을 피했다.

다음날 일행이 충청도 성환 가까이 신촌이란 동네를 지날 때였다. 사람들이 모여 왁자지껄 떠들고 있었다.

"내 말은유, 으째서 우리 집 모시베가유, 당신네 집 헛간에서 나오냐 이 말이에유."

늙수그레한 여자가 중년 사내한테 버럭버럭 악을 썼다.

"때국 놈들이 거기다 놔두고 내뺐은게로 거기 있겄지유. 때국 놈들이 우리 집 헛간에 숨었따가 일본 군대가 쫓아온게 정신없이 내뺐걸랑유?"

사내가 능청스럽게 대꾸했다.

"그러면 모시베가 여기 있다구, 주인이 있으면 찾아가라구, 이러구 말을 해야 할 게 아녀유, 안 그래유?"

여자 노인은 삿대질까지 하며 악을 썼다.

"그놈덜이 으디서 훔쳐왔는지 알아야 그런 말을 할게 아녀유? 그러면 나는 모시베 한 필을 들고 조선 팔도 동네마다 왜장을 치고 댕기란 말인감유?"

구경하던 사람들은 비슬비슬 웃고 있었다.

"아이구, 뻔뻔스런 낯짝하구는."

여자 노인은 잔뜩 비꼬는 소리로 쏘아붙였다.

"여기서는 청일전쟁이 동네 전쟁이 되었구만."

이방언이 웃으며 지나쳤다. 성환에서 점심을 먹은 다음 평택에 이르자 날이 저물었다. 여기서도 외지 손님들 관심은 청일전쟁이고, 여각 주인과 중노미는 청나라 군대 이야기에 정신이 없었다.

"그놈들은 사람도 아녀유. 한 놈은유, 독사를 잡아갖고유 껍질을 벗기더니만유, 허연 알독사를 손에 쥐구유 와삭와삭 씹어 먹잖겄이유. 내가 봤이유."

열댓 살짜리 중노미가 호들갑을 떨었다. 닭을 생으로 뜯어먹으며 갔다느니, 옷이라고 생긴 것은 빨랫줄에 걸어논 여자들 단속곳까지 걷어갔다느니, 맨 나중에 도망치던 놈들은 동네 사람들한테 몰매를 맞고 손이 발이 되게 빌고 겨우 살아서 도망쳤다느니 청나라 군대 *흉하적에 침이 밭았다.

"지가 본게유, 일본 군대도 밉지마는유, 그래도 일본 군대는 진짜 군대여유. 조선 사람들한테는 조금도 폐를 안 끼치고유, 우물에서 물 한 통을 길어갈래도 허락을 맡고 길어가유. 일본 군대는 걸어댕기는 것부터가 달라유."

중노미는 이번에는 일본 군대 칭찬이었다.

그때 대문 쪽을 보고 있던 장호만이 대문으로 달려갔다. 조심스럽게 길을 내다봤다. 이갑출이 똘마니를 달고 가고 있었다. 장호만은 건너편 골목으로 가서 그들을 보고 있었다. 그들은 이쪽 여각을 한번 돌아보고 길가 여각으로 들어갔다. 장호만이 골목에서 나와 여각으로 들어왔다. 그는 김갑수 등 패거리를 한쪽으로 데리고 갔다.

"우리 뒤를 재고 있는 놈들이 있는 것 같다. 금강나루를 건널 때 우리하고 한 배에 탔던 놈들이다. 그놈들이 우리 일행이 이 여각에 든 것을 보고 지금 저쪽 여각으로 갔다. 세 놈이다."

장호만이 낮은 소리로 말했다.

"우리 뒤를 재는 놈들이 있다고?"

김갑수 눈에 대번에 힘이 꼬였다.

"그 가운데 한 놈은 어디서 봤던 얼굴이다. 틀림없이 어디서 본 얼굴인데 아무리 생각해도 생각이 안 난다. 그놈들 동정을 살펴야겠다."

장호만이 이천석과 김만복한테 지시를 했다. 두 사람이 밖으로 나갔다. 그날 저녁 그들은 눈에 불을 켜고 지켰다. 이갑출이 밤에 이쪽 여각을 두어 번 둘러보았다.

"틀림없어. 여각을 기웃거리는 그놈 눈초리가 독사 눈초리 같더만."

"여기서는 그냥 가자. 가면서 더 따라오는가 보자. 한 놈은 틀림없이 어디서 본 놈인데 생각이 안 난단 말이야."

장호만이 고개를 갸웃거리며 길을 떠났다. 이갑출 일행은 역시 저만큼 따라오고 있었다. 오산 못 미쳤을 때였다.

"이제야 생각이 났다."

갑자기 장호만이 소리를 질렀다.

"고부봉기 때 봤던 놈이다. 줄포 건달이다. 감영군이 말목장터 도소를 습격하려고 할 때 장판에서 칼을 던져 감영군을 한 놈 잡은 작자 있지? 그놈이다."

"맞아, 그런 놈이 있었지."

이천석과 김만복도 깜짝 놀랐다. 이방언 등 두령들은 저만큼 앞서가고, 이갑출 일행은 산굽이에서 아직 나타나지 않고 있었다.

"가다가 다음 산굽이에서 해치우자."

장호만이 임군한한테로 달려갔다. 임군한한테 한참 속삭이다 돌아왔다. 산굽이를 하나 돌자 저만큼 주막이 나왔다.

"여기서 해치우자. 길 양쪽으로 붙어라."

장호만이 길가 양쪽을 가리켰다. 장호만 패는 길 위로 붙고 김갑수 패는 길 아래 언덕 밑으로 붙었다. 앞서 가던 이방언 등 일행은 주막으로 들어갔다. 이방언 배행꾼 가운데 이또실만 남기고 막동은 주막으로 보냈다. 모두 표창을 뽑아 들었다. 이또실도 김갑수 패에 붙어 표창을 꼬나들었다. 그도 표창 솜씨를 익혔다고 자랑을 했었다.

"이가란 놈 칼 던지는 솜씨는 보통이 아니다. 조심해야 한다."

장호만이 속삭였다. 한참만에 이갑출이 졸개들을 달고 저쪽 산굽이에 모습을 나타냈다. 가까이 왔다. 그들 앞을 지나갔다.

"틀림없이 그놈이다."

장호만이 슬그머니 일어섰다. 길로 훌쩍 내려섰다. 길 아래서 김갑수 패도 올라섰다.

"오랜만이오."

장호만이 이갑출 뒤에서 천연스럽게 수작을 걸었다. 이갑출은 깜짝 놀라 돌아봤다. 순간 이갑출 손이 허리께로 가려 했다.

"꼼짝 마라."

양쪽에서 표창을 겨누며 소리를 질렀다. 이갑출이 날카롭게 주변을 살폈다. 눈알 움직이는 것이 번개 같았다. 순간, 이갑출이 후닥닥 뛰었다. 허리를 잔뜩 숙이며 갈 지 자로 도망쳤다. 졸개들도 튀었다.

—슉.

표창이 날았다. 표창 7개가 한꺼번에 날았다. 이갑출과 졸개들은 우뚝 멈춰서며 앞가슴을 잔뜩 앞으로 벋질렀다. 이내 셋 다 무릎을 꿇었다. 이갑출한테는 두 개가 꽂히고 똘마니들한테도 하나씩 꽂혔다. 모두 가서 등과 목에 박힌 표창을 쑥쑥 뽑았다. 그들은 아픔을 참느라 오만상을 찌푸렸다.

"대가리에 박지 않은 것만도 고맙다고 해라."

졸개 하나는 표창이 등에 꽂히고 하나는 팔에 꽂혔다. 장호만과 김갑수가 졸개들을 하나씩 끌고 따로따로 숲 속으로 들어가고 다른 사람들은 이갑출을 끌고 저만큼 숲 속으로 들어갔다. 이천석이 단검으로 소나무를 하나 잘라 몽둥이를 만들었다.

"저놈 이름이 뭐지?"

표창이 팔에 꽂혔던 똘마니를 끌고 온 장호만이 수건으로 상처를 싸매주며 물었다.

"이갑출이오."

"음, 이갑출! 어째서 우리 뒤를 재지?"

"나는 아무 죄도 없소."

똘마니는 자기 발명부터 했다.

"묻는 말에만 대답해, 임마."

이천석이 몽둥이를 을러메며 소리를 질렀다. 그때 임군한이 왔다. 저쪽에서도 김갑수가 졸개를 닦달하고 있었다.

"강경 객줏집 장통사 심부름이오."

"뭐, 장통사?"

김갑수가 깜짝 놀라 뇌었다. 똘마니는 묻는 대로 대답했다. 자기들은 줄포에서 이갑출 밑에 노는 건달들로 일본 상인 구로다란 사람 가게 일을 주로 거든다는 것, 김덕호를 잡으려고 여태 노리고 있다가 그 사람이 강경에 나타나자 지금 그 뒤를 재고 있다는 것, 김덕호는 7,8년 전에 일본 사람을 죽이고 도망쳐 다니는 사람이었는데 그 내력은 장통사가 이갑출한테 가르쳐 준 것 같다는 것, 강경에서 바로 발고하지 않고 뒤를 재고 가는 것은 한양 가서 일본 사람들한테 발고를 하려고 그런다는 것 등을 모두 털어놨다. 김덕호 내력이 똘마니 입에서 나오는 순간, 장호만은 깜짝 놀라 임군한을 돌아봤으나 임군한은 아무 표정이 없었다.

"두어 달 전에 김덕호 씨 돈 찾으러 간 사람 해친 적 있지?"

이천석이 몽둥이로 으르며 갈마들었다.

"예, 키가 껑충하고 걸음 잘 걷는 사람이오."

똘마니 말에 모두 임군한을 봤다. 임군한은 눈이 튀어나올 것 같았다.

"어떻게 죽였느냐?"

임군한이 물었다.

"그 사람이 김덕호 씨 어음을 가지고 와서 돈을 찾아가지고 가길래 뒤따라갔소. 그런데 그 사람 걸음이 어찌나 빠르든지 우리는 달려가도 못 따라가겠습디다. 그래서 거기 서라고 소리를 질렀지라."

오거무는 뭔가 심상찮은 낌새를 챘는지 주변부터 휘둘러보더라는 것이다. 패거리 셋이 오거무를 붙잡았다. 김덕호가 무엇하는 사람인가 물었다. 전주에 사는 황화도가 주인이라 하더라고 했다. 가봐서 거짓말이면 죽여버리겠다고 하자 가보면 알 게 아니냐고 가자고 하더라는 것이다. 가보자고 세 사람은 오거무를 앞세우고 따라나섰다. 조금 가던 오거무가 산으로 후닥닥 튀었다. 이갑출 손에서 단검이 날았다.

"단검이 하필 목덜미를 찢고 나갔어요. 피가 무지하게 흐르데요. 손을 쓸 수가 없었어요."

똘마니는 겁먹은 표정으로 대답했다.

"시체는 어쨌느냐?"

"그대로 두고 왔소."

임군한은 오거무를 죽였다는 데를 자세히 물은 다음 똘마니를 데리고 이갑출이 있는 데로 갔다. 이갑출은 상처를 처매고 웃옷을 한쪽만 걸치고 있었다.

"장통사란 작자하고는 언제부터 알았느냐?"

임군한이 차근한 목소리로 물었다.

"상인들 심부름으로 강경을 자주 드나드는 사이 작년부터 알게 됐소."

"그 작자가 거기 가는 이 내력은 언제 말했느냐?"

"지난번 이용태가 고부 와서 분탕질을 칠 때 저도 목숨이 위험해서 강경으로 피해 있었는데……."

이갑출은 떠듬떠듬 대답했다.

"지금 장통사는 어디 있느냐?"

"강경에 있습니다."

임군한이 이갑출을 빤히 보고 있다가 이내 돌아섰다. 장호만이 따라갔다.

"모두 없애버려라."

임군한이 턱으로 파묘 구덩이를 가리켰다. 장호만이 졸개들을 불러 속삭였다. 이천석과 다른 졸개들이 수건을 북북 찢어 이갑출과 똘마니들 입에 재갈을 물리고 손을 뒤로 돌려 결박을 지웠다. 이갑출과 똘마니들은 얼굴이 새파래졌다.

"가만히 있는 놈들 죽여보기는 또 첨이네."

이천석이 이죽거리며 몽둥이를 들고 세 사람 곁으로 갔다. 몽둥이를 휘둘렀다. 이갑출이 맥살없이 고꾸라졌다.

"저게 뭐야?"

그때 저쪽 산굽이 쪽에서 느닷없이 아우성 소리가 났다. 모두 깜짝 놀라 그쪽을 봤다. 사람들이 몰려오고 있었다. 두 사람이 쫓겨오고 뒤에는 2,30명이 몽둥이를 들고 소리를 지르며 쫓아오고 있었다. 쫓기는 사람들이 이쪽 숲 속으로 뛰어들었다.

"뻗었다. 빨리 묻어. 빨리!"

이천석이 소리를 질렀다. 졸개들은 이갑출과 똘마니들 몸뚱이를 얼른 파묘 구덩이로 굴려넣었다. 몽둥이도 같이 던져넣고 손으로 바삐 흙을 퍼넣었다. 쫓기던 사람들이 임군한 일행을 보더니 기겁을 하고 다시 길 쪽으로 도망쳤다. 그들은 아까 내빼던 길로 도망쳤다. 도망치는 사람들은 옷이 깨끗했다. 뒤따르는 사람들은 농민들 같았다. 쫓기고 쫓는 사람들 간격이 점점 좁혀지고 있었다.

임군한은 김갑수와 이천석을 한쪽으로 따냈다.

"너희들은 지금 강경으로 가서 그 장통사란 자도 없애버려라. 실수가 없어야 한다."

임군한이 주머니에서 은자 스무남은 닢을 꺼내 김갑수한테 건넸다. 임군한은 김갑수한테 몇 가지 주의를 주면서 길 아래로 내려섰다. 두 사람은 임군한한테 꾸벅 절을 하고 오던 길을 되짚었다.

저쪽으로 쫓기던 사람들이 주막 앞에서 농민들한테 붙잡혔다.

"이놈들은 강물을 거꾸로 돌리려는 놈들이구만유. 농민군을 치려고 민보군을 모으는 놈덜이유. 예끼, 이 때려 쥑일 놈덜."

나이 지긋한 사내가 주먹으로 한 사람 볼따구니를 사정없이 쥐어박았다. 잡힌 사람들은 상투가 풀어지고 옷섶이 찢기고 꼴이 말이 아니었다. 그들은 두 사람을 결박 지어 끌고 의기양양하게 오던 길로 돌아섰다.

# 5. 나주성

전봉준은 이방언 일행이 한양으로 떠난 이삼일 뒤 광주로 해서 몇 고을 다녀오자며 길을 떠났다. 송희옥과 달주가 배행을 하고 김만수가 호위병 예닐곱 명을 거느리고 따랐다. 달주와 김만수까지 네 사람이 말을 타고 호위병들은 그냥 걸었다.

전봉준은 세모시 고의적삼에 두루마기를 입고 떠났다. 연엽이 해 보낸 옷이었다. 얼마 전에 김도삼이 도소 일을 의논하러 전주에 왔을 때 같이 왔던 조망태가 전해준 것이었다. 전봉준은 그때 옷 보따리를 풀어 켜켜이 곱게 접힌 옷을 하나하나 들춰보며 입이 함지박으로 벙그러졌다. 마치 명절빔 받은 어린애처럼 옷을 입어보고 버선도 만져보고 비단 주머니도 만져본 다음 다시 곱게 싸서 간수해두는 것 같더니 오늘 비로소 입고 나선 것이다. 두루마기까지 하얀 모시옷으로 일습을 갈아입고 말에 올라앉자 날아갈 듯 시원해 보였다.

성문을 벗어나자 매미 소리가 장대처럼 하늘을 찔렀다. 논에 키대로 자란 벼들도 따가운 한여름 햇볕을 받아 소리라도 지르듯 자라고 있었다. 여기저기 누렇게 익은 올벼논에서는 아이들 참새 쫓는 소리가 한가했다. 사내아이들은 *때기를 치고, 계집아이들은 쪽박을 두들기며 참새를 쫓았다. 올벼논에는 벼를 베어낸 자리들이 곶감 빼먹은 자리처럼 맨논바닥을 드러내고 있었다. 엊그제 도소에서도 *올벼신미를 했다. 근처 농민들이 여남은 집에서나 햅쌀을 가져와 농민들 정성에 감복하며 기분 좋게 햅쌀밥을 먹었다.

"지금까지 하고많은 농민들이 전곡을 지고 와서 관가에 바쳤을 것입니다마는, 농민들이 이렇게 정성을 들여서 제 사날로 곡식을 바친 일은 단군 이래 몇 번이나 있었는가 모르겠습니다. 어사 덕분에 비장 나리 호사하더라고 나도 농민군 덕분에 목에 얹히지 않는 밥 한번 먹어보았소."

김학진이 껄껄 웃으며 말했다.

"덕담 치고는 너무 과하십니다."

전봉준이 웃으며 받았다.

"비장에까지 빗대시다니 그런 말씀이 조정에 들어가면 대신들 성화에 대궐 반자가 온전하지 못할 것 같습니다."

송희옥 말에 또 웃었다.

"사실이 사실인데 대궐 반자 걱정까지 할 게 있겠습니까?"

김학진 말에 웃음소리가 한결 호들갑스러웠다. 농민군 두령들과 감영 관속들은 기분 좋게 술잔을 기울이고 밥을 먹었다.

대처에 있을 때는 모르겠더니 들판에 나와 보니 바뀌어가는 계절을 실감할 수 있었다. 얼마 뒤면 추석이니 그럴 법도 했다.

달주는 뒤를 따르면서도 전봉준이 출발하면서 한 말이 마음에 걸렸다. 광주로 해서 몇 고을 다녀오자고 했는데 그 몇 고을이 마음이 쓰였다. 혹시 나주에 가는 것이 아닌가 싶어서였다. 요사이 전봉준은 나주羅州 때문에 앉으나 서나 매양 그 생각뿐인 것 같았다. 며칠 전 최경선이 왔을 때 앞으로는 절대로 무력으로 섣부르게 대들지 말라며 기회 보아서 자기가 직접 나주 목사 민종렬을 만나 담판을 짓겠다고 했던 것이다. 그때 달주는 전봉준이 민종렬을 만나면 어떻게 만나겠다는 것인가 고개를 갸웃거렸었는데, 그러고 보니 지금 그 호랑이굴에 들어가는 것이 아닌가 겁이 났다. 지난번 감사를 만나러 전주에 올 때도 주변 사람들은 군사를 이끌고 가되 만나도 성 밖에서 만나야 한다고 했으나 전봉준은 들은 척도 않고 배행꾼 몇 사람만 데리고 자기 집 들어가듯 천연스럽게 들어갔던 것이다. 민종렬은 김학진하고는 달랐다. 오권선과 최경선이 두 번이나 군사를 모아 공격을 했으므로 지금 민종렬은 사냥꾼한테 쫓기는 맹수처럼 눈에 핏발을 세우고 있을 터였다. 그러나 달주는 지금 나주에 가는 게 아니냐고 묻기도 주제넘고, 답답하기만 했다. 광주에 가면 손화중과 의논할 테니 우선 광주까지 따라가 볼 수밖에 없었다.

전봉준이 그런 마지막 수단을 쓰려고 하는 심정을 이해하지 못하는 건 아니었다. 얼마 전에 최경선이 김개남한테 다녀왔을 때 나주 문제를 심각하게 의논했던 것이다.

"김개남 장군 태도는 바늘 끝 들어갈 틈도 없습니다. 추석 쇠고는 틀림없이 *기포를 할 것 같습니다. 청일전쟁에서 어느 나라가 이기든 우리 조정은 이긴 나라 손아귀에 들어가고 그 나라 총부리는 우리 농민군한테로 향할 것이므로 우리가 조정을 뒤엎을 기회는 청·일 두 나라가 싸우고 있는 바로 지금이라는 것입니다. 더구나 지금 전황을 들어보면 일본이 승리할 것 같으니 더 그렇다는 것입니다."

최경선은 침통한 표정으로 말했다.

"김개남 장군이 일어나면 관민상화의 국면은 그날로 작살이 날 판인데 그때는 어찌하시겠습니까?"

최경선이 물었다.

"김장군을 말린다는 것은 바위더러 돌아앉으라기보다 어려운 일입니다. 그때는 싫든 좋든 감사하고 잡았던 손을 놓고 우리도 일어날 수밖에 없지 않겠소?"

전봉준은 무거운 목소리로 말했다.

"그렇게 되면 개화파들은 두말할 것도 없이 일본 군대한테 구원을 요청할 것이고, 그때 우리는 조정군과 일본군을 상대로 싸움을 해야 할 판인데 승산이 있겠습니까?"

"걱정은 일본 군사뿐이 아닙니다. 더 큰 적은 지금 안에 있습니다. 농민군이 조정군과 싸움이 붙으면 당장 운봉 박봉양과 나주 민종렬이 뒤통수를 치고 나올 것이고, 그 기세에 덩달아 여태까지 농민군들한테 당한 양반과 부호들이 얼씨구나 하고 들고일어날 것입니다. 그들 눈에는 강아지보다 못한 *불상놈들한테 재산 빼앗기고 얻어맞고 원한이 뼛속에 사무쳐 있습니다. 우리가 일어나려면 양반과 부호들 발호에 대비하여 농민군 반은 고을에 남겨서 집안 단속을 해야 할 판입니다."

"손화중 장군께서도 그것을 걱정하고 계십니다. 양반이나 부자들도 문제지마는 지금 제멋대로 설치고 있는 고을 집강들도 문제입니다. 몇 고을 집강소 임직들은 지금도 잿밥에만 눈을 번득이고 있습니다. 그런 사람들일수록 겉으로는 폐정개혁을 소리치고 있지만 실제로는 제물 빼앗는 데만 핏발이 서 있습니다. 미워하면서도 배우더라고 조병갑 같은 관속배들 행티를 그대로 닮아가고 있습니다. 그런 사람들은 지난번 전쟁 때 비슬비슬 눈치 보며 맨 꼬리에 붙어 어정거리던 자들이거나 아예 나오지도 않았던 작자들입니다."

최경선이 입침을 튀겼다. 지난번에 이방언이 하던 소리였다.

"그 사람들은 자기 고을 양반과 부호들 발호만 제대로 대처해 주어도 다행입니다. 심지어 장흥 같은 데만 하더라도 강진 김한섭이 이방언 장군에 맞서서 지금 큰소리치고 있습니다."

"큰일입니다. 충청도는 더 말이 아닌 것 같습니다."

충청도나 경기도 지방은 전라도와는 또 다르게 질서가 없었다. 최시형이 집강소 설치 자체를 허락하지 않고 있기 때문에 밑에서 농민들이 접주들을 치받아 집강소를 세우고 있는 터라 열기만 거셌지 제대로 통제가 되지 않아 아직도 사사로운 원한풀이에서 벗어나지 못하고 있었다. 조정에서 농민군을 난도들로 몰아칠 언턱거리만 만들고 있는 꼴이었다.

"무엇보다 나주 민종렬하고 운봉 박봉양이 제일 골칫거립니다. 그 사람들이 저렇게 버티고 있으면 그 위력은 그 고을에만 미치는 것이 아닙니다. 전쟁이 벌어졌을 때 민심에 주는 영향이 엄청날 것입니다. 이때 그자들부터 쳐야 할 것 같습니다."

최경선이 조심스럽게 말했다.

"내가 감사하고 손을 잡고 있는 마당에 어떻게 무력으로야 닦달을 하겠습니까? 앞으로는 절대로 무력으로 나설 생각은 마시오. 틈이 나면 내가 한번 가서 그 사람을 만나겠소."

"민종렬을 만나신다니 어떻게 만나신단 말씀입니까?"

최경선이 깜짝 놀랐다.

"나한테 생각이 있으니 그리 아시고 섣불리 건드리지 마시오."

전봉준은 단호하게 말했다. 그의 단호한 목소리에는 지난번에 나주를 치다가 실패한 일에 대한 문책까지 들어 있는 것 같았다. 최경선은 전봉준 영을 어기고 쳐들어갔다가 실패했던 허물이 있는 터라 더 대거리를 하지 못했다. 오권선이 쳐들어갔을 때 패했다는 소식을 들은 전봉준은 더는 무력으로 대항하지 말라고 엄하게 영을 내렸는데도 두 사람이 또 쳐들어갔다가 패했던 것이다.

나주성은 성채부터가 전라도에서는 첫째 둘째 손가락에 꼽힐 정도로 단단한데다가 뒤로는 금성산이 솟아 있고, 앞으로 영산강이 흐르고 있어 전술적으로 천연의 요새를 이루고 있었다. 더구나 목사 민종렬이 여간내기가 아닌데다 영장 이원우도 지략이 뛰어났다. 이원우의 계략에 빠져 어이없이 패한 오권선은 화가 머리끝까지 치솟아 한달음에 짓밟아버릴 기세로 최경선이 거느린 광주 농민군까지 합쳐 3천 명이 쳐들어갔으나 어림도 없었다. 그러는 사이 애꿎은 성 근처 사람들만 피해가 이만저만이 아니었다. 민종렬은 농민군한테 협력했다고 잿등에 있는 백정 마을가지 불을 질러버렸다. 김일두 집을 비롯해서 백정 동네가 하루아침에 잿더미가 되고 말았다.

그 뒤 김학진까지 나서서 집강소 설치를 허락하라고 영을 내렸지만 민종렬은 코똥만 퉁겼다. 참다못한 김학진은 조정에다 민종렬과 이원우 파직을 상신하기까지 했으나, 어느 개가 짖느냐는 본새로 꿈쩍도 안 했다.

전봉준이 그런 소굴에 들어가려는 것 같아 달주는 같이 발아 올랐다. 들어가자마자 잘 왔다고 잡아 가두면 어떻게 할 것인가? 그렇게 되는 날에는 전라도 농민군이 모두 들고일어난다 하더라도 전봉준 목숨을 볼모로 버티면 속수무책일 터였다. 더구나 대번에 전봉준 목을 베어버리거나 감쪽같이 한양으로 압송을 해버릴 수도 있었다.

"누군가 청 한번 좋네."

달주와 나란히 말을 타고 가던 김만수가 산자락 쪽을 봤다. 저만큼 산 속에서 판소리 가락이 구슬프게 흘러왔다. 여자 목소리였다. 앞서 가던 전봉준과 송희옥도 그쪽을 돌아봤다.

"소리하는 여잔가?"

김만수가 거듭 뇌었다. 가락이 보통 솜씨가 아니었다.

서방님 듣조시오. 내일 본관 사또 생신일에…….

《춘향가》가운데서 〈옥중상봉가〉가 흐드러졌다.

"가만있자."

달주가 말고삐를 잡아당겼다.

"왜?"

김만수도 멈춰 섰다.

"정판쇠 뭣등이 저기 어디랬지?"

"정말 그렇구나. 그 처녀 목소리구만."

김만수가 깜짝 놀랐다. 길례가 틀림없었다. 두 사람은 잠시 그대로 서 있었다.

"한번 가볼까?"

"글세. 가보기도 그렇고."

달주가 고개를 갸웃거렸다. 두 사람은 한참 서성거리고 있다가 가던 길로 말을 몰았다. 두 사람은 연방 산속을 기웃거리며 갔다.

"저기 보인다."

김만수가 소리를 질렀다. 뭣등 앞에 소복을 한 여인이 앉아 소리를 뽑고 있었다.

"정분이란 게 저런 것인가?"

달주가 이죽거리며 다시 말을 몰았다. 지금 박성삼은 고향에서 집강소 도성찰을 맡아 집강소 일에 밤낮이 없었다. 얼마 전에는 황방호와 함께 전주를 다녀가기도 했다. 황방호는 집사 일을 맡고 있다고 했다.

원평에 이르렀다. 지나가던 사람들이 전봉준을 알아보고 이 사람 저 사람이 인사를 하며 반겼다. 대구댁 주막 앞에 이르렀을 때는 사람들이 20여 명이나 몰려들며 전봉준 장군 만세를 불렀다.

"아이고마, 전봉준 장군 아니신가요?"

대구댁이 술청에서 뛰어나오며 반색을 했다. 대구댁은 춤을 추듯이 활개를 활짝 벌리고 소리를 질렀다. 원래 활달한 여자였다.

"장군님, 장군님요, 우리 집에서 술 한잔만 드시고 가이소."

대구댁이 호들갑을 떨었다. 송희옥이 전봉준을 돌아보며 웃었다. 전봉준은 웃으며 말에서 내렸다.

"천지개벽, 천지개벽카더니마 천지개벽이 따로 없네예. 백성 기펴고 사는 것이 천지개벽이제 천지개벽이 따로 있겠는기요?"

대구댁은 전봉준 잔에 술을 철철 따르며 너스레가 흐드러졌다.

"많이 드씨요잉."

허드렛일 하는 여자도 술국을 넘치게 떠왔다.

"아이고매."

허드렛일 하는 여자가 너무 덤벙거리다가 술국을 목로에 엎지르고 말았다. 전봉준은 얼른 몸을 비켰으나 술국이 소매에 튀겼다.

"아이고, 이 웬수!"

여인은 어쩔 줄을 모르며 걸레를 들고 설쳤다.

"이리 비키이소. 고운때도 안 묻은 옷에 이게 뭐꼬?"

대구댁이 머리에 썼던 수건을 얼른 벗어 물을 묻혀가지고 왔다. 옷자락을 잡고 곱게 썰어냈다. 전봉준은 괜찮다며 술잔을 들었다. 그사이 주막 앞에는 구경꾼들로 장이 서고 말았다. 전봉준은 막걸리를 쭉 들이켜고 고맙다며 자리에서 일어섰다. 대구댁은 잘 가시라고 인사가 또 요란스러웠다. 구경꾼들이 서로 전봉준을 가까이 보려고 야단법석이었다.

"손이나 한번 잡아봅시다."

*파파 늙은 할머니가 덥석 전봉준 손을 잡았다.

"오매 오매, 내가 이런 활인불 보고 죽을라고 그 모진 시상을 이

나이까지 살아왔구만."

할머니는 전봉준 손을 잡고 만지며 눈물을 줄줄 흘렸다.

"오래 오래 사십시오."

전봉준은 할머니의 갈퀴 같은 손을 쓸며 웃어주었다. 주막 앞에 몰려있는 사람들한테 손을 흔들어주고 길을 재촉했다. 전봉준은 주막에서 멀어지자 소매를 내려다보았다. 그는 소탈한 성격이었으나 연엽이 해 보낸 옷이라 술국에 마음이 쓰이는 것 같았다. 한참 가다가 또 소매를 내려다봤다. 달주는 혼자 웃었다.

고부 쪽으로 길이 갈리는 삼거리에 가까워졌다. 전봉준이 고부 쪽으로 고개를 돌렸다. 맑게 개인 하늘 아래 천태산과 두승산이 부르면 대답할 듯 가깝게 보였다. 달주는 갑자기 얼굴이 굳어졌다. 전봉준이 혹시 고부를 들렀다 가자고 하지 않을까 싶어서였다. 전봉준은 연엽한테서 옷을 받은 뒤로 고부에 한번 가야겠다는 소리를 서너 번이나 했던 것이다. 고부로 길이 갈리는 갈림길이 가까워오자 달주는 가슴이 옥죄었다. 전봉준은 어디 가든지 미리 행선지를 자세하게 말하는 법이 없었다. 옷을 전하면서도 조망태는 연엽이 고부를 떠났다는 말은 하지 않았고 그 뒤 누구도 연엽 소식을 전봉준한테 말하지 않았다. 조망태는 그때 달주부터 만났다. 달주는 연엽이 고향으로 갔다는 소리를 듣고 깜짝 놀랐다.

"떠난 지가 한 보름 되었네. 들어본게 이제 전라도에는 안 올 것 같더만. 동네서는 그 처자가 전봉준 장군님이 새장가 들었다는 소문 듣고 떠났다고들 숙덕이네."

달주는 조망태 얼굴만 보고 있었다.

"그 처자가 동네를 떠나기 전날 여기저기 전에 발 닿았던 데를 한 바퀴 돌고 가더라네. 읍내 농민군들이 장막 쳤던 자리도 둘러보고, 불에 타서 없어진 장군님 집터도 가보고, 그런 데 갈 때마다 눈물을 비 오듯 쏟더라지 않는가? 고향으로 가는 길에 말목을 지날 때나 예동 앞을 지날 때도 눈물 주체를 못 하더라네. 감역 댁 모종순이란 년한테 우리 집사람이 듣고 하는 이얘기구만."

달주는 연엽 얼굴이 떠오르며 가슴속에서 얼음장이 휘젓고 돌아다니는 것 같았다.

"가면 어디로 갔다던가요?"

달주는 가슴이 미어질 것 같아 말없이 듣고만 있다가 겨우 한마디 물었다.

"자기 집으로 가제 어디로 가겠는가? 청룡바우하고 모종순이 데려다주고 온 모양이여."

"자기 집에까지 데려다줬다고 하던가요?"

달주가 눈을 밝히며 물었다.

"자기 집에까지는 안 가고 충청도 강경 다음에 노성 어디까지 데려다주고 왔다더만."

달주는 눈길이 안으로 잦아들며 고개를 갸웃거렸다. 자기 집은 이미 풍비박산이 되어버렸으니 그리 갔을 리는 없고, 그의 성격에 친척집으로 갔을 리도 없었다.

"경옥 집은 지금 말이 아니네. 경옥이 혼자 집을 지키고 있으니 곁에서 보기에도 이만저만 딱하지 않네. 역졸들한테 경옥도 당했다는 헛소문까지 나서 안암팎으로 말이 아니구만. 그런다고 나는 안 당했소 하고 왜장치고 댕길 수도 없는 일이고……."

조망태는 벙거지 시울 만지는 소리로 혼잣말처럼 이죽거리며 달주 눈치를 살폈다.

"이용태가 고부에 있을 때 감역댁이 이용태한테 가서 경옥 칼에 찔린 역졸을 잡아내라고 다그친 일이 있었던 모양이네. 그 소문을 듣고 우리는 딸이 당한 일을 가지고 어사한테까지 가서 왜장을 치다니 모를 일이다 했등마는 듣고 본게 그만한 까닭이 있었더만. 경옥이 그날 저녁에 역졸한테 당했다고 소문이 났지마는, 사실은 칼로 겁을 주어서 모면을 했다는 거여. 그런데도 경옥이 모친이 그 역졸을 잡아내라고 한 것은 사주에 상부살喪夫煞이 끼여서 그 액땜을 하자고 그랬을 거라고 하더구만."

달주는 조망태 말에 어리둥절했다.

"경옥이가 당한 것은 아니제마는 그 역졸을 잡아 죽여야 상부살을 때울 수 있잖겠는가? 그놈들은 경옥을 범하지 못했제마는 그날 저녁 한 짓거리를 보면 그렇게 죽어도 싸지."

달주는 잠시 혼란에 빠지고 말았다. 상부살 땜을 하려고 그 역졸을 잡아 죽이려고 그랬다면 경옥이 실제로 그 역졸한테 당했어야 말이 되기 때문이다. 그러나 달주는 그걸 따질 계제가 아니어서 뭐라 대꾸하지 않았다.

"동네 사람들은 모두 자네가 경옥이하고 혼사를 치렀으면 하는 눈치들이네. *도둑때는 벗어도 비늘때는 못 벗는 법인데 그렇게 소문이 나버린 처지에 어디로 별바르게 시집을 가겠는가? 이럴 때 자네가 대범하게 싸안아버리면 당장 자네 작은집 식구들부터 한시름 놀 게 아닌가?"

조망태는 말을 마치고 곰방대를 빨고 있었다. 달주는 입을 꾹 다물고 침묵을 견디고 있었다. 지난번 꿈에 보았던 역졸 아이가 눈앞에서 방실방실 웃고 있었다.

"지금 고부에는 김덩실 소문이 쫙 퍼져서 김덩실은 부처님이 되어 버렸네. 가는 데마다 이리 앉으시소. 내 술 한잔 드시오. 사람이 마음 한번 크게 쓴게 칙사가 따로 없소. 이럴 때는 너나없이 사내들이 한풀 크게 접고 나서야 할 것 같아."

조망태는 마지막 한마디를 남기고 자리에서 일어섰다. 달주는 조망태 마지막 말이 가슴을 쾅 쳤다. 달주는 지난번 집에 갔을 때 김덩실이 양찬오 딸을 며느리 삼기로 했다는 말을 듣고 그 뒤로 경옥을 생각을 할 때마다 사촌누이 얼굴이 떠오르고 김덩실 얼굴이 떠오르고 꿈속의 역졸 아이가 떠오르고 작은아버지 내외의 어두운 얼굴과 양찬오 얼굴이 지나갔다. 달주는 두 어깨가 내려앉을 것같이 무거웠다.

갈림길에 이르렀다. 전봉준은 고부 쪽을 한번 보고 나서 곧장 길을 걸었다. 달주는 가슴이 툭 내려갔다.

달주는 정읍 지경에 들어서자 새로 가슴을 누르는 것이 있었다. 전쟁 때 김진사 아들이 죽은 일이었다. 모두 입을 다물고 있었으나 알 만한 사람들은 틀림없이 오기창 짓이라고 생각하고 있었다. 그러나 그 집에서는 그 일에 자기가 간여했을 것이라고 넘겨짚을 것만 같아 달주는 그 생각만 하면 시궁창물이라도 뒤집어쓴 것같이 기분이 지저분했다.

일행은 그날 정읍에서 자고 다음날 장성에 이르렀다. 장성 집강소에서는 그동안 모아놓은 무기 자랑이 시퍼렜다. 전봉준은 무기를 하나하나 살폈다. 무기가 예상보다 많았고 손질도 웬만큼 되어 있어 거의가 방불하게 성능을 발휘할 것 같았다. 그러나 화승총이니 천보총이니 구닥다리 총이 아무리 많아도 양총과 신식 대포에 비기면 환도에 송곳도 아니었다. 무기를 둘러본 다음 가볍게 스치는 전봉준의 한숨소리를 들으며 달주는 황룡강전투와 전주에서 들었던 그 무지막지한 대포 소리와 회선포 소리가 귀에서 앵앵거리는 것 같았다.

소작논을 소작인들한테 내놓기로 한 김가는 그 뒤 다른 소리를 않고 있다고 했다. 그는 지금 심하게 앓고 있는데 논을 내놨는데도 이를 갈고 있는 농민들이 한둘이 아니어서 집강소 호위군들이 그 집 사랑방에 죽치고 살며 지키고 있다는 것이다.

광주에 가자 손화중은 예나 다름없이 잔잔한 표정으로 전봉준을 맞았다. 그러나 최경선은 굳은 표정이었다. 마침 화순과 동복 등 이웃 고을 집강들이 예닐곱 명이나 와 있었다. 그 가운데는 전봉준이 처음 보는 사람도 있었다. 전봉준은 인사를 하고 나서 고을 형편을 물었다. 화제가 금방 개화파 내각의 움직임과 청일전쟁으로 돌아갔다.

"청일전쟁에서 일본이 이길 경우 국내 정세는 어떻게 되겠습니까?"

화순 집강이 물었다.

"청일전쟁에서 일본이 이길 경우 국내 정세는 두 가닥으로 볼 수가 있을 것입니다."

첫째는 일본은 지금 개화파 정부를 앞세워 내정개혁을 했는데 일본이 여러 가지 경제적 이익만을 도모하고 내정간섭은 그 수준에서 멈추는 경우이고, 둘째는 서양 여러 나라가 약한 나라를 집어삼키듯이 우리나라를 자기 식민지로 차지하려는 야심을 드러내는 경우였다. 전봉준은 일본이 당장 두 번째의 야심을 드러내기는 어려울 것이라고 했다. 그렇게 나올 경우 아라사 등 서양의 열강들이 손 개얹고 앉아 있지 않을 것이라는 국제적 압력을 그 이유로 꼽았다.

"여기서 우리 농민군 태도가 중요합니다. 늘 하는 소립니다마는, 지금처럼 모두가 제멋대로 날뛰면 일본 군대 총부리가 당장 우리를 향할 것은 불을 보듯 훤합니다. 개화파 조정이 겁을 먹고 민영준처럼 일본 군대한테 농민군 토벌을 위탁할 수도 있고, 일본 스스로가 비도들을 소탕해 주겠다는 명분으로 나설 수도 있습니다. 우리 농민군만 쳐버리면 일본 사람들은 이제 거칠 것이 없습니다. 지금 우리는 개화파 정부나 대원군이 아무리 마음에 들지 않더라도 일본군을 내보낼 때까지는 조정하고 손을 잡아야 합니다."

전봉준이 힘을 주어 말했다.

"일본이 전쟁을 하고 있을 때 개화파를 몰아내버려야지 않겠습니까?"

동복 집강이 말을 부질렀다. 손호중이 나섰다.

"그게 쉬운 일입니까? 지금 최선의 길은 전장군께서 말씀하신 길뿐입니다. 우선 우리 농민군이 일어나면 일본군은 군대를 바로 우리한테로 돌립니다. 그 사람들은 한양에도 군대가 있지만 병참로를 지키는 군대도 만만찮습니다. 우리가 일본군하고 붙으면 솔직히 말해서 우리 농민군 수가 아무리 많다고 하더라도 대창이나 화승총 가지고는 일본 군대 하루아침 해장거리밖에 되지 않을 것입니다."

"그렇습니다."

송희옥이 손화중 말이 떨어지기가 바쁘게 맞장구를 쳤다. 손화중 말은 그만큼 중대한 의미를 지니고 있었다. 여태 조정과 손을 잡은 전봉준의 소위 관민상화에 대하여 이렇다 저렇다 태도를 밝히지 않던 손화중이 태도를 바꾸어 전봉준을 지지하고 나오는 소리였기 때문이다. 송희옥이 계속했다.

"지난번 성환에서 일본 군대가 청나라 군대 공격했다는 이야기를 들어보면 지금 시대가 얼마나 바뀌었는지 알 수 있습니다. 지금은 총칼로 전쟁을 하는 시대가 아니라 대포로 전쟁을 하는 시대입니다. 일본군은 어디에 있는지 모습도 안 보이는데 청나라 군대 진영에 대포가 펑펑 떨어져 청나라 군대는 완전히 풍비박산이 되었습니다. 우리가 전주성에 있을 때도 그랬지 않습니까?"

"지금 나는 나주로 민종렬을 만나러 가려고 합니다. 가서 나라 형편을 말하고 같이 손을 잡자고 설득을 하겠습니다."

"민종렬을 설득하러 가신다니 그게 무슨 말씀입니까?"

손화중이 놀라 물었다. 다른 두령들도 모두 눈이 둥그레졌다.

"민종렬은 지금까지 저만큼 버텼으면 어느 파가 득세하든 자리보전을 할 만큼은 공을 세운 셈이고, 그 사람도 우리하고 똑같은 조선 사람인데 나라 형편을 말하면 말이 통하지 않을 리가 있겠습니까?"

전봉준이 대수롭지 않게 말했다.

"지금 민씨들 가운데서 관직에 있는 사람은 평양감사 민병석하고 여기 민종렬 두 사람뿐입니다. 듣자니 조정에서는 평양 감사도 김만식으로 갈아치웠다 하는데 민병석이 자리를 내주지 않고 버티고 있다 합니다. 민병석은 청나라 이홍장이 그대로 버티고 있으라고 했다는 것 같습니다. 그래서 세상 사람들은 민병석은 청나라 감사고, 김만식은 왜놈 감사라고 한다는 것입니다. 나주 민종렬까지 청나라하고 손이 닿았다고 볼 수는 없으나 그 사람도 감사의 영을 거부하고 있다는 점에서는 조정의 발령을 거부하고 있는 민병석하고 똑같습니다. 그러나 민종렬 처지는 민병석과는 전혀 다릅니다. 평양 민병석은 청나라가 지면 끝장이지만, 나주 민종렬은 청나라가 지든 일본이 지든 아무 상관이 없고 나중에 이긴 나라가 우리를 칠 때 그는 우리 배후를 쳐서 공을 세울 수 있는 아주 좋은 처지에 있습니다. 자기 자리보전은 두말할 것도 없고 크게 출세를 할 수 있는 기막힌 처지입니다. 자기들 안위와 영달밖에 안 보이는 자가 이런 좋은 처지를 버리고 호락호락 우리 말을 듣겠습니까?"

손화중이 고개를 절레절레 저었다.

"바로 그 때문에 무슨 수를 쓰든지 써야 합니다. 나주 민종렬은 운봉 박봉양하고는 또 다릅니다. 내가 가서 회유와 위협을 겸해서 설득을 하겠습니다. 지금 조정의 태도는 관민이 상화를 하라는 것이 기본 방침인 까닭에 감사의 영을 거역하고 있는 그는 속으로는 겁을 먹고 있을지도 모릅니다."

손화중과 최경선 등 모두가 거기 갔다가는 큰일 난다고 말렸으나 전봉준은 듣지 않았다. 전봉준은 다음날 아침 일찍 나주를 향해 길을 떠났다. 손화중과 최경선이 멀리까지 따라오면서 다시 생각해 보라고 말렸으나 전봉준은 염려 말라는 말만 되풀이했다. 손화중의 표정은 몹시 굳어 있었고 최경선의 표정은 거의 죽은 상이었다.

일행은 말없이 나주를 향해 걸었다. 광주 효천 지경에 이르자 달주가 전봉준 곁으로 말을 몰았다. 전봉준이 돌아봤다.

"민종렬은 틀림없이 장군님을 해칠 것입니다."

달주가 단호하게 말했다. 미리 준비해 왔던 말이었다. 달주가 지금까지 전봉준 앞에서 이렇게 당돌하게 말을 해본 것은 처음이었다.

"염려 마라. 나도 생각이 있다."

전봉준이 가볍게 웃었다.

"무슨 생각이신지는 모르겠습니다마는 나주성이 장군님 목숨을 걸 만큼 중요하지는 않습니다. 장군님 목숨은 혼자 목숨이 아니라 농민군 전부의 목숨입니다."

달주는 다시 침착하게 말했다. 이것 역시 준비해 놓고 몇 번이나 입속으로 뇌어 다듬은 말이었다.

"목숨을 거는 것이 아니다. 가보면 알 것이다. 깊이 생각하고 결행하는 일이니 내가 하는 대로 따라라."

전봉준은 차근한 목소리로 달래듯 말했다. 전봉준의 태도는 바늘 끝도 들어갈 틈이 없었다. 달주는 더 대거리를 하지 못했다.

광주에서 나주는 70여 리였다. 나주에는 저녁 새참 때쯤 당도했다. 전봉준은 송희옥과 달주, 김만수 세 사람만 데리고 들어갔다. 나머지는 성문 밖 주막에서 기다리라 했다. 성문은 경계가 삼엄했다. 송희옥이 말을 내려 파수 선 장교 앞으로 갔다. 전봉준 장군이 목사를 만나러 왔다고 하자 장교는 몽둥이 맞은 사람처럼 전봉준을 건너다봤다. 그는 한참 있더니 잠깐 기다리라 해놓고 안으로 달려갔다. 한참만에 다시 달려왔다.

"듭시라 하십니다."

전봉준 일행은 홍살문 앞에서 말을 내려 걸어갔다. 민종렬이 나왔다.

"원로에 오시느라 고생하셨습니다."

민종렬이 정중하게 고개를 숙이며 맞았다.

"감사합니다."

목사는 말이 떨렸으나 전봉준은 스스럼이 없었다. 달주와 김만수는 밖에서 기다리라 하고 송희옥만 데리고 안으로 들어갔다. 전봉준과 민종렬은 동헌에 마주보고 앉았다. 두 사람 곁에는 송희옥과 나주 영장 이원우가 앉았다.

"선통도 없이 갑자기 찾아와서 미안합니다. 목사께서 나주성을 지키고 계시는 것도 나라를 위하는 일이요, 우리 농민군이 조정과 화약을 맺고 순상 각하와 손을 잡은 것도 나라를 위하는 일입니다. 이 사람이 오늘 여기 온 것은 피차 소회를 기탄없이 한번 이야기하고자 해서입니다."

전봉준이 카랑카랑한 목소리로 말했다.

"잘 오셨습니다. 이 사람도 고견을 경청하고자 합니다."

민종렬이 고개를 끄덕이며 정중하게 받았다. 전봉준은 청일전쟁에서부터 이야기를 시작해서 조선을 둘러싸고 있는 열강들의 야욕을 죽 늘어놨다.

"집안에서 형제끼리 싸우다가도 밖에서 도적이 쳐들어오면 싸움을 그치고 도적을 몰아내는 것이 인간의 상정이올시다. 우리가 전주에서 화약을 맺고 물러선 것은 바로 그 때문입니다. 지금 우리는 위로는 조정 대신들로부터 아래로는 부엌일을 하는 계집아이까지 힘을 합쳐 나라를 지켜야 할 때입니다. 이것이 조정에서 내세우신 관민상화의 뜻입니다. 우리 농민군 사이에도 이견이 있습니다마는, 내 생각도 이 길만이 나라를 건지는 길이라는 생각입니다."

이가 마지막 말에 힘을 주며 말을 맺었다.

"그러나 지금 농민들이 하는 짓을 보면 그것을 어떻게 관민상화랄 수 있습니까? 수령의 목을 베고……."

민종렬은 농민군의 행패를 들어 농민군을 비난했다. 그런 사례를 하나하나 들어 이야기하는 사이 제물에 목소리가 높아졌다. 그때 술상이 들어왔다. 민종렬이 술을 들면서 이야기하자며 전봉준 잔부터 술을 따랐다.

"자, 듭시다."

민종렬이 잔을 들어 먼저 마셨다. 그가 잔을 비우고 서로 술잔이 오갔다.

"저도 한 말씀 하겠습니다."

이원우가 나서며 주로 김개남을 집중적으로 비난했다. 일부 지역에서 집강소 임직들이 사복을 채우는 일까지 낱낱이 말한 다음 특히 양반들 징치 대목에 와서는 민종렬처럼 입침을 튀겼다.

"만약 농민군이 더 득세를 한다면 이 세상은 짐승의 세상이 되고 말 것입니다."

상놈들이 양반을 몰라본다는 소리였다.

"두 분께서 하신 말씀 모두가 사실입니다. 그러나 이 점을 이해하셔야겠습니다. 조그마한 동네 사람들 몇이 모여 회의를 하더라도 가닥이 잡히지 않아 중구난방으로 싸우는 경우가 허다합니다. 농민들도 마찬가집니다. 농민들은 그동안 원한이 너무 많이 쌓였던 까닭에 승리감에 도취되어 한때 원한풀이를 한 것이 사실입니다. 그러나 이래서는 안 되겠다는 사람들이 나오게 되고 사리를 따져 의논을 하게 되자 차츰 질서가 잡혀가기 시작했습니다. 아직도 어떤 고을은 자기들끼리 위계도 제대로 서 있지 않습니다. 그렇지만 처음에 그렇게 날뛰던 사람들이 제 사날로 질서를 잡아 지금은 상당히 안정되었습니다. 불과 석 달 사이입니다. 바로 이 점을 헤아려주셔야 합니다. 백성은 원래 순박하기 때문에 이만큼이라도 질서가 잡힌 것이며 바로 여기에 이 나라의 밝은 장래가 있다고 나는 생각합니다. 대대로 쌓인 원한으로 말하면 한 고을에서 살인이 수없이 났겠지만, 처음에 몇 곳에서만 살인이 있었지 지금은 그런 일은 거의 없습니다. 다시 말씀드리지만 불과 석 달 사이에 이만큼 질서가 잡혔고, 지금도 질서가 굳어가고 있는 중입니다."

전봉준은 조금도 말이 막히지 않고 조금도 꾸밈이 없었다. 두 사람은 전봉준 말에 귀를 기울이고 있었다.

"지금 백성 사이에서는 이렇게 질서가 잡혀가고 있으며 또 외국의 위협에서 나라를 지키자는 기운도 무섭게 솟아오르고 있습니다. 이 사람은 새로 잡혀가는 질서와 외국의 위협에서 나라를 지키자는 이 기운을 아주 귀하게 생각하고 있습니다. 백성이 자각을 해서 제 사날로 세워나가는 이런 질서야말로 진정으로 세상을 바로 세울 질서이며 우리 힘으로 나라를 지키자고 스스로 나서는 그런 기운 또한 진정으로 나라를 지킬 수 있는 기운입니다. 이런 귀한 힘을 헛되게 해서는 안 될 것입니다. 관과 민의 힘을 각각 하나라고 친다면 그것을 합칠 때는 둘이 아니라 셋이나 넷이 될 수도 있지만 관과 민이 싸우면 그 귀하고 아까운 힘은 하나도 남지 않고 허망하게 사라져버립니다. '도인과 정부 사이에 숙혐을 탕척하고 서정을 협력한다'는 것이 폐정개혁 첫 조목입니다. 지금부터 관과 민이 힘을 합쳐 나라를 건지고 나면 그때는 진정으로 관민 화합이 될 것이고 그때부터 나라에는 탄탄한 앞날이 열릴 것입니다."

전봉준의 말은 마디마디 진실이 배어 있었고 그만큼 힘이 있었다. 두 사람은 숙연한 표정으로 듣고 있었다.

"내가 여기 온다고 하자 만나는 사람마다 말렸습니다. 그런 만류를 뿌리치고 여기 온 것은 내가 겁이 없어서가 아닙니다. 이 나라 백성으로서 나라를 걱정하지 않는 사람은 없을 것이고 두 분께서는 누구보다 그런 걱정이 앞설 것이라 확신했던 까닭에 그것 하나를 믿고 이 자리에 왔습니다. 같이 손을 잡고 일을 합시다. 두 분이 우리와 손을 잡으면 전라도 전체에 관민상화의 물결이 흘러넘칠 것이고 그 물결이 팔도에 번져 강물처럼 도도하게 흘러갈 것입니다."

전봉준이 아퀴를 지었다.

"장군님 말씀은 구구절절 옳으신 말씀입니다. 더구나 단신으로 여기까지 오신 장군님의 진심에 경의를 표하는 바입니다. 그러나 우리도 갑자기 장군님을 만나 말씀을 듣게 되었으니 우리대로 의논을 한 다음에 내일 아침 다시 만나도록 하시지요. 객사에 모시겠으니 편히 쉬시고 내일 아침에 다시 뵙도록 합시다."

민종렬이 말했다. 전봉준은 감사하다며 자리에서 일어섰다. 이원우가 객사까지 안내를 했다. 이원우는 객사 하인들한테 잘 모시라고 이른 다음 편히 쉬라며 돌아갔다.

"여기서 주무신단 말씀입니까?"

달주가 놀라 물었다.

"내 말을 듣고 자기들도 의논을 하겠다고 내일 아침에 다시 만나자고 했다."

전봉준이 대답했다.

"하실 말씀을 다 하셨으면 그 대답은 나중에 인편으로 들으면 그만인데 무엇 때문에 여기서 주무십니까? 의논해서 알려 드리겠다고 하지 않고 여기서 주무시라는 것부터가 수상합니다."

달주 말에 송희옥도 얼굴이 어두워졌다.

"너무 걱정 말아라. 사람을 믿을 때는 믿어야 하는 것이다."

전봉준은 천하태평이었다. 그러나 이제는 달리 어떻게 할 방도가 없을 것 같았다. 달주는 방으로 들어가는 전봉준 모습을 빤히 건너다 보고 있었다. 달주는 고개를 갸웃거리며 김만수와 함께 객사를 한 바퀴 돌아본 다음 방으로 들어갔다. 전봉준과 송희옥이 든 바로 옆방이었다. 방에 들어선 두 사람은 썰렁한 눈으로 실없이 방 안을 한 바퀴 둘러봤다. 달주는 엽전뭉치를 양쪽 소매 속에 서너 개씩 챙겼다. 김만수도 단검을 뽑아 손끝으로 날을 벌러보고 허리춤에 찔렀다.

밥은 전봉준 방에 가서 먹었다. 달주는 반주 맛도 먼저 보고 국 맛도 먼저 보았다. 날이 어두워지자 달주와 김만수는 옆방에서 창문 곁에 고슴도치처럼 귀를 쫑그리고 앉아 바깥 동정을 살폈다. 관군 수천 명이 둘러싸고 있는 성 안에서 엽전뭉치와 단검을 들고 벼르고 있는 꼴은 낫 들고 고목에 용쓰는 꼴이었으나 두 사람은 한밤중까지 눈에 날을 세우고 지키고 있었다.

밖에서 사람 소리가 났다. 달주가 눈을 떴다. 창문이 훤했다. 달주는 소스라치게 놀랐다. 밤중 무렵에 곯아떨어져버린 것 같았다.

"기침하셨습니까?"

바로 달주 방문 앞에서 소리가 났다. 달주는 벽에 등을 기대고 코를 골고 있는 김만수를 흔들었다. 김만수가 소스라쳤다. 소스라치는 순간 그의 손은 품속 칼자루로 갔다. 달주가 문을 열었다. 객사 경비를 맡은 장교가 굳은 표정으로 서 있었다. 그는 두 사람에게 조용히 하라는 시늉을 했다.

"얼른 장군님을 깨우시오."

장교는 주변을 살핀 다음 마루로 올라섰다. 무슨 일이냐고 하자 급한 일이라고만 했다. 그때 저쪽 방문이 열리며 송희옥이 내다봤다. 벌써 깨어 있었던 것 같았다. 장교는 거침없이 방으로 들어갔다. 전봉준과 송희옥은 벌써 옷을 단정하게 입고 있었다.

"장군님, 큰일 났습니다. 저는 비록 관문에 목구멍을 의탁하고 있는 자이오나 평소에 장군님을 하늘같이 존경해온 사람이옵니다. 지금 장군님 신변이 위험하옵기에 알려드리려고 왔습니다."

장교가 다급하게 말했다.

"무슨 소린가?"

전봉준이 차근하게 물었다.

"그쪽에서 수직을 했던 제 친구가 금방 전하고 간 말이온데 사또 나리께서 장군님을 붙잡을 것 같다고 얼른 피하시라 하옵니다. 사또 나리하고 영장이 속삭이는 소리를 들었답니다."

장교는 다급하게 말했다.

"그럴 리가 없을 텐데."

전봉준이 고개를 갸웃거렸다.

"아니올시다. 그 친구 말이 틀림없을 것입니다. 어제저녁 목사 이하 관속들은 밤이 늦도록 무슨 의논을 했사옵고, 조정으로 전보도 오갔다 하옵니다. 어서 여기를 빠져나가십시오. 도포를 입지 마시고 아침 산책을 하는 것처럼 가벼운 차림으로 말을 타고 나서십시오. 제가 산책 안내를 하는 것처럼 따라나서겠습니다."

장교가 다급하게 주워섬겼다.

"그런 계략이 있다면 성문 경계가 삼엄할 텐데 어떻게 성을 빠져나갈 수 있단 말인가?"

"그러기에 제가 나서기로 작정을 한 것입니다. 성문에 파수 선 장교는 엊그제까지 제 밑에 있던 자들입니다."

모두 숨을 죽이고 장교를 뚫어지게 건너다보고 있었다. 무거운 침묵이 흘렀다. 전봉준은 다시 고개를 갸웃거렸다. 방 안의 침묵은 금방 펑 소리라도 내며 터질 것 같았다.

"가십시다."

송희옥이 이내 입을 열었다. 그러나 전봉준은 고개만 갸웃거릴 뿐 움직일 생각을 하지 않았다. 송희옥이 거듭 채근하자 전봉준은 이내 긴가민가하는 표정으로 무겁게 자리에서 일어섰다. 밖으로 나갔다. 전봉준과 송희옥은 도포를 입지 않았고 달주와 김만수도 괴나리봇짐을 지지 않았다.

"장군님께서 산책을 하신다. 말을 꺼내오너라."

장교가 관노들한테 말하자 관노들은 부리나케 말을 꺼내왔다. 네 사람은 말을 타고 나섰다. 장교는 천연스럽게 따라가며 금성산이 어떻고 영산강이 어떻고 전봉준한테 이야기를 했다. 장교와 병사들이 지나가며 일행을 힐끔거렸다. 달주와 김만수도 여기저기 태연스럽게 둘러보면서도 눈알은 칼날처럼 날카롭게 움직였다.

"우리를 내보낸 다음에 자네는 어떻게 할 참인가?"

전봉준이 장교한테 물었다.

"저는 염려 마십시오. 어제저녁 번을 서고 오늘은 난번이라 지금 집으로 나가는 참입니다. 집에 가는 길인데 마침 장군님께서 산책을 나서길래 동행을 했다고 둘러대겠습니다."

성문이 가까워지고 있었다. 성문 파수병은 네댓 명이었다. 달주는 간에서 빠직빠직 금가는 소리가 나는 것 같았다.

"저리 돌아서 객사로 돌아가세."

전봉준이 엉뚱한 쪽을 가리켰다. 너무 엉뚱한 소리에 모두 벼락 맞은 꼴이었다.

"아니 무슨 말씀이십니까?"

송희옥이 놀라 물었다.

"염려 말고 객사로 갑시다."

전봉준은 말머리를 돌려 저쪽으로 갔다.

"아니, 장군님!"

장교가 놀라 잔뜩 속힘이 꼬인 소리로 불렀다.

"고맙소. 염려 마시고 집에 가서 쉬시오."

전봉준이 장교를 돌아보며 천연스럽게 말을 몰았다. 모두 제자리에 그대로 서 있었다. 하는 수 없이 세 사람도 전봉준을 따라갔다.

"어쩌려고 저러실까? 어서 말려서 나가십시다."

장교는 애달은 소리로 발을 굴렀다. 그러나 전봉준이 너무 태연했으므로 일행은 아무 말도 못했다.

"염려할 것 없어."

전봉준은 성안을 돌아서 객사로 들어갔다. 장교는 성문에서 지금까지 이쪽을 보고 있었다. 일행이 돌아온 뒤 한참만에 아침상이 들어왔다. 달주는 밥을 떠넣었으나 밥이 제대로 넘어가지 않았다. 밖에서 조그마한 소리만 나도 깜짝 놀라 귀를 쫑그렸다. 모두 제정신이 아니었으나 전봉준은 반주까지 두어 잔이나 하고 제일 먼저 밥그릇을 비웠다. 상을 물리고 나자 이원우가 왔다.

"잠자리는 불편하지 않으셨습니까?"

이원우는 천연스럽게 인사를 했다.

"아주 편하게 잘 잤습니다."

"하온데 죄송한 말씀을 전해 드리려고 왔습니다. 어제 저녁 밤늦게까지 의논을 했사오나 결말을 보지 못했사옵니다. 사또께서는 앓으시던 감기가 심해서 대신 제가 와서 전해 올립니다."

이원우가 정중하게 말했다.

"그렇습니까? 더 깊이들 의논하셔서 결과를 전해 주시기 바랍니다. 그럼 우리는 가보겠습니다."

전봉준은 자리에서 일어섰다. 일행은 이원우의 배웅을 받으며 성문을 나섰다.

"모두들 저기 나와 있구나."

김만수가 말했다. 호위병들이었다. 호위병들은 일행이 어제저녁 성안에서 나오지 않자 어찌된 일인가 저녁 내내 애를 태우고 있다가 아침 일찍 성문 앞으로 나온 것 같았다.

"장군님께서는 어떻게 장교 말이 사실이 아니라는 걸 아셨습니까?"

성문이 멀어지자 송희옥이 물었다.

"허허, 그런 계략을 꾸미는 사람들이 그런 말이 새나가게 꾸미겠소? 그런 말이 그 장교 귀에까지 들어갔다면 다른 장교들한테도 벌써 퍼졌을 것인데 곁으로 지나가는 장교나 병사들 얼굴에는 그런 낌새가 조금도 보이지 않았소. 더구나 그런 계략을 꾸미고 있다면 성문 파수한테는 잘 지키라는 영을 내렸을 법한데 그들도 마찬가지였소."

전봉준이 웃으며 말했다.

"저는 제정신이 아니어서 그런 것 유심히 볼 경황이 없었습니다. 그러면 그때 객사에서 나오신 것도 그런 낌새를 보려고 나오셨던가요?"

"호랑이에게 열두 번 물려가도 어쩐다는 소리는 이런 데도 맞는 말이오."

전봉준은 껄껄 웃었다.

"그럼 그 장교란 작자는 어떻게 된 것입니까?"

송희옥이 연신 어리둥절한 표정으로 물었다.

"아직도 정신이 돌아오지 않은 모양이구려. 그야 뻔하지 않소. 이원우란 자가 꾸민 잔졸한 계략 아니겠소? 그자는 지난번 오권선 씨한테도 그런 잔꾀를 부려서 재미를 본 사람이오."

"그러고 보니 정말 그렇네. 허허. 그런 잔꾀에 넘어가서 허겁지겁 도망을 쳤더라면 장군님 꼴이 뭐가 될 뻔했지요? 그 때려죽일 작자."

송희옥이 허탈하게 웃었다.

"그들은 내 말에 따를 수는 없고 나를 해치면 부담이 너무 클 것 같아 그런 계략을 꾸몄던 것 같소. 계젯김에 나를 천하의 웃음거리나 만들어버리자는 수작이었지요."

전봉준은 껄껄 웃었다.

"허허, 그 작자들 수작에 넘어갔더라면 정말 큰일 날 뻔했습니다. 그 때려죽일 작자들."

송희옥이 이를 악물며 뒤를 돌아봤다.

그들이 그런 수작을 부린 속셈은 얼마 뒤에 사실로 드러났다. 그들은 전봉준이 그 계략에 넘어가 말을 타고 허겁지겁 도망쳤다고 소문을 퍼뜨린 것이다. 그 소문은 여러 갈래였다. 신변의 위협을 느낀 전봉준이 옷을 벗어 빨아달라고 맡긴 다음 며칠 뒤에 오겠다고 둘러대고 성문을 빠져나가 도망쳤다거니, 민종렬이 너무도 이로정연하게 따지는 바람에 말이 감긴 전봉준은 쩔쩔매고 앉았다가 내일 이야기하자며 뒤를 남겨놓고 아침 일찍 도망쳐버렸다거니 하는 따위였다. 이런 소리들이 농민들한테는 전혀 씨가 먹히지 않았으나 양반들 사이에서는 그럴듯하게 먹혀들고 있었다. 그런 황당한 이야기에 신이 난 양반들은 그런 소리를 적어 후세에 남기기도 했다.

# 6. 대원군

이방언 일행은 마지막 밤을 과천 여각에서 자고 아침 일찍 한양을 향해 길을 떠났다. 임군한은 이갑출을 처치한 뒤로는 경계의 눈초리가 총소리에 놀란 호랑이 같았다.

임군한은 오늘도 새벽같이 일어나서 한강나루터 형편을 살펴보겠다며 장호만을 달고 먼저 길을 떠났다. 나루터 풍경은 그가 10여 년 전 한양에서 지내던 때와 다름없었다. 포교들이 험한 *쌍통으로 기찰을 하고 있는 광경도 예나 다름없고 엿장수, 들병장수, 떡장수 등 먹을거리 장수들도 예나 마찬가지로 북적거렸다. 임군한은 천연스럽게 나루터 근처 주막이며 도선목 주변을 한 바퀴 빙 둘러봤다. 미심쩍은 낌새는 느껴지지 않았다.

이방언과 김덕호가 나머지 배행꾼들을 달고 왔다. 임군한이 새삼스럽게 두 사람 행색을 살폈다. 이방언은 갓양이 멍석만한 '통영갓을 쓰고 낭창한 도포 차림이 양반 행색에 흠잡을 데가 없이 의젓했고, 어깨까지 내려온 방갓으로 얼굴을 가린 김덕호와 임군한은 상제 차림이 영락없었다. 졸개들도 마찬가지였다. 나룻배로 사람들이 오르기 시작했다. 기찰 순서를 기다리는 줄이 길었다. 일행은 앞으로 썩 나섰다.

"수고들하시오. 청주에서 오시는 행차요."

김갑수가 이방언과 김덕호 호패를 장교 앞에 내보였다. 장교는 건성으로 두 사람을 보더니 가라는 고갯짓을 했다. 일행은 나룻배로 올라 이물 짬에 자리를 잡아 앉았다. 임군한은 나룻배에 탄 다음에도 경계의 눈초리를 늦추지 않고 사람들을 날카롭게 훑어봤다. 고물 쪽에 타고 있는 젊은이 두 사람한테 자꾸 눈이 갔다. 맨상투에 동저고리 바람으로 얼핏 수더분하게 보였으나 눈길이 날카로웠고 둘이 다 말이 없는 게 수상쩍었다. 그들은 임군한의 눈길이 자기들한테 쏠리고 있다는 것을 느끼는 것 같았다. 건너편 도선목에 당도했다. 그 젊은이들은 배에서 내리자 잠시 서성거리는 것 같더니 이내 저쪽 주막 있는 데로 사라져버렸다. 그들이 사라지는 것을 보고 나서 일행은 도선목을 떠났다.

그때 저 건너 도선목에서 조그마한 거룻배 한 척이 건너오고 있었다. 돈 있는 사람 아니면 관속들이 따로 세를 내서 타고 오는 것 같았다. 배가 다다르자 여남은 명이 내렸다. 아까 주막 쪽으로 갔던 젊은이들이 달려왔다 이방언 일행이 저만큼 멀어진 다음이었다. 그들은 한참 숙덕이더니 서너 패로 나누어 이방언 일행 뒤를 재기 시작했다.

이방언 일행은 남대문을 지나 성안으로 들어섰다. 임군한은 천연스럽게 걸으면서도 주변을 날카롭게 살폈다. 임군한과 김덕호는 한양 거리가 손바닥 보듯 환했으므로 길을 묻지 않고 운현궁까지 갔다. 이방언은 태연하게 안으로 들어갔다. 그는 지난 복합상소 때도 와서 대원군을 만났던 터라 운현궁 권속들과 얼굴이 익었다.

"아이고, 장흥 이처사님 아니십니까?"

서사인 듯한 사람이 반갑게 이방언을 맞았다.

"그동안 대감께서도 별고 없으시고 자네도 잘 있었는가?"

"예, 어서 저리 드십시오. 대감께서는 평양에 가셨습니다."

"평양?"

"예, 삼사일 뒤면 오실 것 같습니다."

서사는 어서 행장부터 풀라며 일행한테 널찍한 방을 두 개나 내주었다. 이방언이 옷을 벗는 사이 서사는 대원군大院君이 평양에 간 까닭을 말했다. 평양 감사 민병석이 감사 자리를 내놓지 않고 버티고 있으므로 일본군 작전 수행이 이만저만 어렵지 않아 그를 설득시켜 달라고 일본군이 불렀다는 것이다. 대원군이 돌아올 때까지 기다릴 수밖에 없었다.

개화파들은 조각을 하자마자 평양 감사 민병석을 해임하고 김만식으로 바꾸었으나 민병석은 자리를 내놓지 않고 버티고 있었다. 청나라 이홍장이 민병석한테 감사 자리를 지키고 있으라는 전보를 쳤던 것이다. 그러니까 그는 조선 조정이 아니라 이홍장의 지시를 따르고 있었다.

민병석한테 보낸 이홍장의 전보는 상당히 길었다. 일본군이 왕을 협박하여 왕은 허수아비이고 모든 왕명은 일본군들이 왕명을 빌려 보낸 일본군 명령이니 그에 따르는 것은 일본군 명령에 따르는 것이다. 나는 앞으로 군사를 증파하여 조선을 구할 것인즉 그사이 민감사는 우리 청나라 군사들을 적극 도울 것이며 모든 일은 우리 군사들과 의논하여 처리하라. 조정에서 감사를 새로 임명하더라도 자리를 내주지 말고 그대로 지키고 있으면 차후 모든 일은 본인이 잘 처리해 줄 것이다. 조금도 두려워하지 말고 우리와 협력하여 나라를 구하도록 하라. 대충 이런 내용이었다.

민병석은 이판사판 청나라에 기댈 수밖에 없었다. 지금 민가들은 *날 샌 올빼미 신세인데다 민병석 자신이 지은 죄만도 모가지가 열 손가락이라도 부족할 판이었다. 한양에서 도망쳐온 민가 패거리도 민영준 등 여러 명이 민병석한테 목숨을 기대고 있었다. 민영준은 용케 한양을 빠져나와 겨우 목숨만 붙어 거지꼴로 찾아들었다.

평양 감사 자리는 갑술환국 이후 민영위, 민응식, 민영준 등 민가들이 내리 20여 년간을 갈마들이로 해먹던 자리라 세상 사람들은 '평양 선화당은 민가들 사랑방'이라고 비웃었는데 이번에는 민영준까지 도망쳐왔으니 평양 선화당은 꼴이 우습게 되고 말았다.

평양감사 발령을 받고 온 김만식은 평양 부윤 서병수와 함께 지금 정방산성에서 일본군 작전을 거드는 한편, 그리 몰려든 평양 아전들한테서 민병석의 죄목을 하나하나 치부하여 조정에 장계를 올렸다. 지난번 김학진이 전주에 버티고 있을 때 박제순 꼴과 비슷했다. '김만식은 일본 감사고 민병석은 청나라 감사'라는 백성 소리가 그냥 우스갯소리가 아니었다.

이방언 일행이 운현궁에 온 지 나흘째 되는 날이었다. 서사가 헐레벌떡 달려왔다.

"대감께서 오신다는 기별이 왔습니다. 오늘 해거름에는 당도하실 것 같습니다."

"아이고, 다행입니다."

임군한이 살았다는 듯이 활짝 웃었다. 그때 김갑수가 상판을 으등그리며 다가왔다. 대둔산 졸개 둘이 보이지 않는다고 했다. 대문 파수꾼한테 물었더니 잠깐 거리 구경을 나간 것 같다고 한다는 것이다.

"뭣이?"

임군한이 버럭 소리를 질렀다. 점심 먹고 나갔다는 놈들이 해거름이 되어도 돌아오지 않는다니 도대체 말이 안 되는 일이었다. 두령들 영이라면 바늘 끝 들어갈 용납도 없는 화적들로서는 상상도 할 수 없는 일이었다. 임군한은 이방언 신분이 드러났으므로 누구든지 한 발짝도 밖에 나가서는 안 된다고 여기 온 날부터 졸개들을 단단히 단속했던 것이다. 임군한은 화적 생활이 몸에 배어 어디를 가나 주변 경계가 예사 사람들하고는 달랐는데 더욱이 한양 복판에 들어앉자 들에 나온 산짐승처럼 날카롭게 눈을 굴려오고 있었다. 더구나 이갑출을 처치한 뒤로 강경에 간 장호만이 아직 오지 않고 있으므로, 그 일이 어떻게 되었는지 몰라 임군한은 대문 소리가 날 때마다 내다볼 지경이었다.

모두 바지직바지직 애를 태우고 있는 참인데 느닷없이 강경 갔던 장호만과 이천석이 들이닥쳤다.

"모두 무사했습니다그려."

장호만은 엉뚱한 소리를 하며 마루에 풀썩 주저앉았다. 마치 무엇에 잔뜩 놀라 자지러지는 꼴이었다.

"웬일이냐?"

"강경에 가보니 장통사는 바로 다음날 배를 타고 인천으로 떠났다잖습니까? 틀림없이 그 작자가 앞질러 가서 한강나루에서 전부 붙잡아버린 줄 알았습니다."

장호만은 지금도 숨을 헐떡거리며 뇌었다. 모두 깜짝 놀라 서로를 봤다.

"그럼, 여기서 나간 우리 애들은?"

임군한이 새삼스럽게 놀랐다. 김덕호도 얼굴이 굳어졌다. 임군한은 눈살이 좁게 모아지며 눈길이 잔득 안으로 쏠려들었다. 김덕호도 마찬가지였다.

"틀림없이 그자들이 한강나루에서 여기까지 우리 뒤를 재고 왔다가 오늘 우리 애들을 채간 것 같습니다. 지금 당장이라도 일본 사람들이 포교들을 앞세우고 들이닥칠지 모르겠습니다. 졸개들 입에서 벌써 말을 다 뽑아냈을 것입니다."

임군한이 다급하게 눈알을 굴리며 말했다. 장통사가 배를 타고 앞질렀다면 엊그제 한강나루터에서부터 그자들이 일행의 뒤를 재고 있었고, 일행이 이리 들어온 줄도 환히 알고 있을 것이라는 이야기였다. 이방언 일행이 한강나루터에 나타났을 때 이갑출이 나타나지 않자 이상하게 생각하며 여기까지 일행 뒤를 재고 왔다가 대원군 집이라 손을 쓰지 못하고 동정만 살피던 판에 졸개들이 나타나자 그들을 납치한 것이 분명했다. 그렇다면 졸개들 입에서 이갑출과 그

똘마니들 없애버린 사실을 뽑아내는 것은 시간 문제였다. 촌각을 다투는 일이었다.

"김처사와 저는 신분이 드러나면 국태공께서 나서주셔도 보호를 받을 길이 없습니다. 더구나 이갑출 일당까지 없애버렸습니다. 상대가 일본 사람들입니다."

"그럼 어찌하면 좋겠는가?"

임군한의 말에 김덕호가 다급하게 물었다.

"당장 빠져나가는 것밖에는 길이 없습니다. 잡아간 아이들 문초가 끝나면 당장 일본 영사관을 통해서 포교들을 끌고 들이닥칠 것입니다. 국태공께서 오시면 골치 아플 테니까 오시기 전에 붙잡자고 서두를지 모릅니다. 시가 급합니다."

임군한이 다급하게 주워섬겼다.

"그러면, 벌써 이 집도 겹겹이 둘러싸고 있잖겠어?"

이방언이 놀라 물었다.

"그렇다고 보아야 합니다. 이장군께서는 여기 계십시오. 우리는 바로 빠져나가겠습니다. 저자들 눈을 속이려면 장군님께서는 이 집 서사 조력을 좀 얻어주셔야겠습니다. 이 집에서 하인들을 내어 우리를 좀 거들어달라고 하십시오."

임군한이 계책을 설명했다. 이방언 일행은 여기 남고 김덕호와 임군한은 졸개들을 달고 먼저 이 집을 떠나는 것처럼 저 사람들 눈을 속이자고 했다. 김덕호와 임군한은 방갓을 쓰고 왔으므로 이 집 하인 두 사람이 김덕호와 임군한 차림으로 방갓을 쓰고 다른 하인들을 졸개들처럼 달고 이 집을 나간다는 것이다. 방갓으로 얼굴을 가린 가짜 김덕호와 임군한이 졸개들을 달고 대문을 나갈 때 이방언은 대문 밖에까지 나가서 작별 인사를 하는 것처럼 한참 수작을 부리다 들어오면 정말 김덕호와 임군한이 떠나는 줄 알 게 아니냐는 것이다. 그러면 이 집 근처에 매복하고 있던 자들이 모두 그 일행을 따라갈 것이라고 했다.

"이 집 근처에 매복하고 있는 자들을 그렇게 따돌린 다음 우리는 저쪽 담을 넘어서 피하는 것입니다."

임군한이 다급하게 설명하자 모두 좋다고 했다. 이방언이 훌쩍 일어섰다. 벌써 해가 지고 있었다. 김덕호가 잠깐 기다리라며 자기 봇짐을 풀었다.

"서사한테 건네십시오."

불룩한 주머니를 하나 이방언한테 넘겼다. 이방언은 주머니를 받아들고 나갔다. 임군한이 졸개들을 방으로 불러들여 다시 계책을 자세하게 설명했다. 그때 밖이 떠들썩했다. 임군한이 깜짝 놀라 문을 열었다.

"대감께서 오십니다."

집안이 발칵 뒤집혔다. 좀 만에 대원군 행차가 대문으로 들어섰다. 대원군이 가마에서 내리자 이방언이 가까이 갔다. 대원군은 사람들 속에서 이방언을 발견하고 깜짝 반색을 하며 손을 잡았다. 곁에서 수많은 사람들이 인사를 했으나 그 사람들 인사는 건성으로 받고 대원군은 이방언만 데리고 방으로 들어갔다. 대원군에게 인사를 하려고 몰려들었던 사람들은 어리둥절했다. 가족들까지도 멍청하게 두 사람 뒷모습만 보고 있었다. 임군한과 김덕호도 말뚝처럼 그

자리에 서 있었다.

"이 일을 어쩌지요?"

임군한은 김덕호한테 다급하게 속삭였다. 그는 불같은 성질이었으나 위기에 처하면 되레 얼음장처럼 냉정하고 침착해지는데 이번에는 그게 아니었다. 대문 쪽을 두리번거리며 어쩔 줄을 몰랐다.

"하는 수 없네. 들어가세."

김덕호가 차근하게 말하며 임군한을 데리고 자기들 방으로 들어갔다.

"하늘이 무너져도 솟아날 구멍이 있는 법일세."

김덕호가 애써 태연한 표정을 지으며 말했다.

"아닙니다. 상대가 일본 사람들입니다. 법을 앞세우고 나오면 국태공께서도 도리가 없습니다."

임군한이 다급하게 말했다. 그때 하인이 달려왔다. 김덕호더러 오란다는 것이다. 김덕호는 기다렸다는 듯이 자리에서 훌쩍 일어서며 임군한한테 너무 걱정 말라는 말을 남기고 방을 나갔다. 김덕호는 대원군 앞에 너부죽이 절을 했다.

"말씀 들었소. 농민군을 크게 돕고 있다니 수고가 많으시오."

대원군은 일흔다섯이었으나 아직도 정정했다. 먼 길을 왔는데도 전혀 피로한 기색을 보이지 않았다.

"평양은 일본군 손에 떨어졌습니다. 청일전쟁은 일본 승리로 끝이 나지 않을까 싶소."

이미 듣고 있던 소리였다. 지난 8월 17일 함락된 것이다.

"이제 믿을 데라고는 농민군들밖에 없소."

대원군은 침통한 표정으로 말했다. 두 사람은 대원군 얼굴만 보고 있었다.

"농민군은 전라도에서도 전봉준 장군하고 따로 노는 사람이 많다던데 그게 사실이오?"

대원군은 전봉준을 장군이라고 했다.

"그렇습니다. 크게 보면 전봉준 장군을 따르는 사람들하고 김개남 장군을 따르는 사람들하고 나눠진 셈입니다. 그리고 어느 파에도 들지 않는 두령들도 있습니다. 그렇지만 북접하고는 달리 폐정을 개혁하고 외국 세력을 몰아내자는 데는 누구나 똑같습니다."

이방언이 간단하게 말했다.

"지금 일본군을 몰아내자고 한다면 전라도 농민군들이 몇 명이나 일어나겠소?"

"조정이 농민군과 힘을 합쳐서 일본군을 몰아내자고 한다면 몇십만 명도 일어날 것입니다마는 거꾸로 조정이 일본군과 한통이 되어 농민군을 친다면 3,4만 명도 어렵지 않을까 싶습니다."

그때 술상이 들어왔다.

"지금 시국 돌아가는 것이 바람개비 돌듯 합니다. 이제 조정은 일본 조정이나 마찬가집니다. 조정 대신들은 그동안 전세가 일본군 쪽으로 기울어가면 꼭 그만큼씩 일본 쪽으로 기울어졌습니다. 이제 아주 기울어버릴 것입니다."

대원군은 잔을 비우고 이방언한테 넘기며 씁쓸하게 웃었다. 두 사람은 숨을 죽이고 듣고 있었다.

"나는 이제 그런 조정에 더 있어야 할 까닭도 없겠소, 더 있고자 해도 있을 수가 없게 되었소."

대원군은 무슨 생각을 하는지 갑자기 껄껄 웃었다. 자조가 섞인 웃음이었다. 웃음소리가 소름이 끼칠 만큼 허탈하고 공허했다.

"평양에서 내가 청나라 진영에 편지를 보냈소. 이제 진정으로 나라를 건지는 길은 그 길밖에 없을 것 같아 청나라 군사하고 농민군하고 힘을 합쳐 일본을 치도록 하자는 편지였습니다. 그런데 내 운수가 다한 것인지 나라 운수가 그런 것인지, 그 편지가 그만 일본군 손에 들어가버렸다는 것입니다."

두 사람은 몽둥이 맞은 꼴로 대원군을 보고 있었다. 이방언과 김덕호는 대원군 말을 듣는 순간 가슴속에서 와크르 돌담 무너지는 소리가 났다. 일본군이 노획한 청나라 문서철 속에서 그 편지가 나와버렸다는 것이다. 전봉준과 김개남한테 보낸 편지 사본도 같이 보냈는데 그것도 같이 발각이 되었다고 했다.

"앞으로 어떻게 해야 할지 아뜩하옵니다."

"그러나 아직도 한 가지 길은 있습니다. 그리고 때는 바로 지금입니다. 지금 청나라 군사가 거의 궤멸이 되었으나 아직 청일전쟁이 끝난 것은 아닙니다. 압록강이 바로 청나라 국경이라 청나라가 어떻게 나올지 모르는 까닭에 일본군은 군대를 뒤로 돌릴 수가 없습니다. 이때 농민군이 일어나 친일정권을 뒤집고 새 정권을 세우기만 하면 일본군을 몰아낼 수 있습니다. 정권이란 한번 세우면 민가들이 세우든 농민군이 세우든, 그것은 조선의 내정 문제라 외국이 간섭할 수가 없습니다. 일본이 펄펄 뛰겠지만 서양 여러 나라가 있는 까닭에 무기만 가지고 날뛰지는 못합니다."

대원군은 국제관계를 간단히 설명한 다음 지난번 경복궁 사건으로 민씨 정권이 무너지고 김홍집 정권이 들어선 것은 그 자체는 불법이지만, 형식상으로는 임금이 그렇게 내각을 짠 것이므로 합법성을 띤다고 했다. 그때 이방언이 김덕호를 돌아봤다. 여태 한마디도 하지 않고 있던 김덕호가 조용히 입을 열었다.

"죄송하오나 한 가지 여쭙고자 합니다. 지금 김홍집 이하 모든 대신들이 일본 손아귀에서 벗어날 힘이 없는 것이온지, 벗어날 생각조차 없는 것이온지 궁금하옵니다."

김덕호가 정중하게 물었다. 밖에 있는 임군한은 몇 번이나 대문쪽을 보면서 사랑방을 기웃거리며 설사 난 사람 바장이듯 그쪽으로 왔다갔다했다.

"벗어날 생각도 없고, 벗어날 힘도 없습니다. 나도 권좌에 앉아보았으니 말이지만, 권좌라는 것은 아편 같은 것입니다. 권좌에 한번 오르면 권좌를 지킬 생각밖에 없습니다. 나라가 어쩌고 임금이 어쩌고 하는 소리는 백에 아흔아홉은 제 권좌를 지키자는 명분에 불과한 소리입니다. 김홍집 이하 거의가 그런 유혹을 물리칠 위인들이 못됩니다."

대원군은 단정을 했다.

"농민군은 폐정을 개혁하여 보국안민을 하자고 썩은 조정을 상대로 전쟁을 일으켰습니다. 그러다가 외국 군대가 들어오자 집안싸움을 그치고 조정과 화약을 맺었고 바로 그런 정신으로 지금 전봉준 장군은 전라 감사하고 손을 잡고 있습니다. 아까 이장군께서 말씀하셨듯이 조정하고 손을 잡고 외국 군대를 쫓아내자고 하면 백성이 몇

십만 명도 모이겠지만 조정을 뒤엎자면 몇만 명도 어렵습니다. 상감을 거역하고 대적하는 꼴이 되기 때문입니다. 상감을 생각하는 백성의 실상이 바로 이렇습니다. 그런데 김홍집 정권이 일본의 손아귀에 아주 들어가버린다면, 농민군 봉기를 변란으로 규정하고 군사를 동원할 것이고 민씨 정권이 그랬듯이 일본군한테 지원을 요청하지 않겠습니까? 이제 농민군은 조정군과 일본군을 상대로 싸움을 해야 할 판입니다."

김덕호가 차근하게 말했다.

"그저 부끄러울 뿐이오. 나라가 이 꼴이 되니, 자기들이 나라 주인인 듯 큰소리 떵떵 치던 관속, 부호, 양반 들은 온데간데없고, 그자들 늑탈에 헐벗고 굶주려 새 옷 한번 못 입어보고 배불리 밥 한번 먹어보기가 평생소원이던 그 무지렁이들이 그 연약한 어깨로 나라를 떠맡고 나오는구려."

대원군은 탄식을 했다. 입술이 파르르 떨렸다. 파란만장한 영욕의 세월을 살아온 노정객의 얼굴에 만감이 뒤섞이고 있었다. 한때 산천초목이 벌벌 떨던 그 호기는 간데없고 벌거벗은 한 인간의 진솔한 모습이 드러나는 것 같았다.

"평양서 오는 길에 젊었을 때 일을 생각하다가 이방언 씨도 생각을 했더니 이렇게 만나는구려. 그때 우리가 술을 마셨던 데가 장흥 부춘점이었지요?"

대원군은 갑자기 한가한 소리를 하며 가볍게 웃었다. 웃음이 그지없이 쓸쓸했다. 그의 눈길에는 어느덧 회고의 감회가 그윽하게 서려 있었다. 임군한은 지금도 대원군 방을 보며 왔다갔다 바장이며 대문을 힐끔거리고 있었다.

"내가 옛날이야기를 달래 한 것이 아니오. 옛날 파락호 시절에 충청도 어느 시골 가난한 농가에서 하루 저녁 묵다가 겪은 일입니다. 저녁 밥상을 물리고 주인과 이야기를 하다가 까무룩 잠이 들었는가 하는데 옆방에서 아이들 소리가 났소. 이놈들이 제 소원을 한 가지씩 말하는데, 한 놈은 쌀밥을 배가 터지도록 한번 먹어보기가 소원이라 했고, 또 한 놈은 새 옷을 한 벌 입어보는 것이 소원이라 했소. 그 아이놈들이 하도 간절하게 말을 하는 바람에 나는 너무 가슴이 아파 잠을 설쳤습니다. 그러다가 새벽녘에 변소에를 가는데 이번에는 뒤뜰에서 또 무슨 소리가 나잖겠소. 무슨 소린가 하고 귀를 기울였더니 그 집 할머니가 뒤뜰 장독대에다 정화수를 떠놓고 축수를 하고 있었소."

대원군은 차근하게 이야기를 늘어놓았다. 두 사람은 한마디도 놓치지 않겠다는 듯이 귀를 기울이고 있었다.

"이 할머니 축수하는 소리가 지금도 귀에 쟁쟁합니다. 이 할머니는 축수를 하되 천지신명이나 부처님한테 하는 것이 아니고 나라님한테다 축수를 했습니다. 나라님, 나라님, 하늘같으신 나라님, 생대같이 어린 새끼들 제발 배 안 곯리게 곡수도 반만 걷어가시고 군포도 반만 걷어가 주십시오. 할머니는 매양 이 소리만 되풀이하며 빌고 절을 하고, 또 빌고 절을 하는 것이었습니다. 비는 소리가 어찌나 간절하든지 내 애간장이 녹는 것 같았습니다. 나는 그때 내가 정권을 잡으면 기어코 이 어린애들과 할머니들 소원을 풀어드리겠다고 결심을 했습니다. 그러나 정작 권좌에 앉게 되자 나는 그 일을 까맣게 잊어버리고 근래까지 잊은 채 살아왔습니다. 그러다가 작년에 농민군들이 '척양척왜' 깃발을 들고 나올 때야 비로소 믿을 것이라고는 백성밖에 없다는 생각이 들며, 옛날 그 어린애들하고 할머니가 떠올랐습니다. 바로 지금 척양척왜를 외치는 백성 속에는 그때 그 아이들도 장정이 되어 끼여 있겠구나 생각하니 나라를 위한다고 천방지축 나대던 내가 세상을 헛살았다는 후회가 뼈를 깎았습니다. 그런데 나는 이제 남의 나이를 다섯 살이나 먹어버렸소. 환갑에 철든다더니 남의 나이를 먹어서야 철든 꼴이 되었소그려."

대원군은 먼지 날리는 소리로 허탈하게 웃었다. 잠시 말없이 술잔만 오갔다. 임군한은 연방 대문과 대원군 방을 희번덕거리며 밑을 졸밋거리고 있었다. 김덕호도 자주 밖에다 귀를 쫑그리는 것 같았다.

"저는 농민도 아니고 배를 곯아본 적도 없이 살아온 사람이오나, 우연히 중민들 속에 뛰어들어 그들하고 함께 고통을 나누는 사이 그들이 관속과 양반, 부호들한테 당하는 고통이 너무도 무지막지하다는 것을 알고 새삼스럽게 놀랐습니다. 그러나 그렇게 천대받고 고통받던 바로 그 사람들이 목숨을 내놓고 전쟁을 하는 것을 보고 저도 대감처럼 이 나라의 진정한 임자는 바로 그 사람들이라는 사실을 절감했습니다. 관속과 양반, 부호들한테 원한이 뼈에 사무쳤으면서도 이러다가는 나라가 외국에 먹히겠다고 전쟁을 그치자니까 전쟁을 그쳤고, 전쟁을 그치고 나서는 외적을 쫓아내려면 양반과 부호들도 적으로 만들어서는 안 된다니까 보복을 그쳤습니다. 저는 곁에서 구경만 하고 있습니다마는 백성의 그런 슬기에 살이 떨리고 뼈가 저미는 것 같사옵니다."

김덕호 말에 대원군은 힘없이 고개를 끄덕였다.

"농민들은 나라를 위해서 외국 군대와 싸우자는 조정의 영이 떨어진다면 언제든지 일어나 기꺼이 목숨을 바칠 것입니다. 그러하오나 조정 군대하고 싸운다면 아까 말씀드렸듯이 그 수가 열에 하나로 줄어들 것입니다. 거기다가 일본 군대가 나선다면 제가 보기에는 백에 하나도 승산이 없사옵니다. 무기 때문입니다. 우리끼리 양쪽의 전력을 비교해본 적이 있사온데 신식무기로 무장한 조정 군대하고 농민군 전력은 100대 1, 일본군하고는 200대 1쯤으로 잡았습니다. 조선 정규군 1천 명을 상대하려면 농민군은 10만 명이 나서야 하고, 일본군 1천 명에는 20만 명이 나서야 한다는 계산입니다."

김덕호는 상인 출신답게 숫자로 설명했다. 대원군은 침통한 표정으로 듣고 있었다.

"황토재전투와 황룡강전투에서 이겼습니다마는, 특히 황룡강전투에서 이긴 것은 행운 가운데서도 행운이었습니다. 그리고 전주에서도 다행히 화약을 맺어 물러났사오나, 그대로 전주에 버티고 있었더라면 90여 년 전 평안도 정주성에서 옥쇄한 홍경래 꼴이 되었을지도 모릅니다."

"듣고 보니 아뜩하구려."

대원군은 거푸 한숨을 쉬며 술잔을 기울였다.

"하오나, 조정이 일본 군대 손에 들어간다면 농민군은 이판사판 일어날 수밖에 없지 않겠습니까? 농민군은 지는 싸움인지 뻔히 알면서도 일어날 수밖에 없습니다. 지는 싸움은 하지 말라는 소리는 손자병법에도 없습니다. 너무나 당연한 일이기 때문입니다. 그런데도 농민군은 지는 싸움을 할 수밖에 없습니다. 이용태 밑에 고부 꼴을 보았으니 고부 사람들처럼 그대로 죽을 수는 없기 때문입니다. 황룡강전투를 하기 전에 대감을 추대하라는 소리를 했던 것은 농민군들이 스스로 자기들 힘을 알고 대감의 정치력에 한 가닥 희망을 걸었기 때문입니다. 그런데 이제 그 희망마저 사라졌습니다."

김덕호는 침통하게 말했다.

"길이 있다면 지금 조정이 외국 군대를 우리 땅에서 몰아내자고 일어나는 길밖에 없습니다. 그러면 팔도 농민들이 벌떼같이 일어날 것입니다. 임진왜란 때 일본군을 몰아낸 것은 의병이었습니다. 청나라 군대는 패색이 짙은 것 같습니다마는 아무리 시들어가는 나라라 하더라도 청나라는 대국이라 그렇게 만만찮을 것입니다. 말씀하셨듯이 전선이 압록강이 되면 전쟁 국면이 크게 달라질 수도 있지 않을까 싶기도 합니다."

이방언이 말했다.

"조금 더 두고 봅시다."

대원군은 가볍게 한숨을 쉬며 뒤를 남겼다. 이야기가 더 오갔으나 이야기는 거기서 맴돌았다.

"피로하신데 쉬시지요. 김처사는 오늘 떠나고 저는 내일 아침 새벽에 떠날까 합니다."

그때 대원군이 서사를 불렀다. 이방언이 김덕호를 돌아봤다. 김덕호는 고개를 저었다. 자기 처지를 대원군에게 이야기해 보았자 뾰족한 수가 없으리라 생각한 모양이었다. 서사가 오자 대원군은 이방언 일행을 전주까지 호위해 주라고 했다. 두 사람은 작별인사를 하고 방을 나왔다.

"지금은 너무 늦었고 내일 아침 첫닭이 울면 떠납시다."

방으로 들어온 임군한이 다급하게 말했다. 서사는 그렇게 일찍은 성문이 열리지 않는다고 했다.

"아참, 그렇구만. 하여간 일찍 서둘러야 합니다."

이방언은 이제 자기도 위험하므로 이 댁에서 전주까지 바래다주기로 했다고 했다.

"대감께서 오셨으니 오늘 저녁은 괜찮을 것도 같습니다. 그럼 날이 새자마자 아까 세웠던 계책대로 하는 것입니다."

임군한이 말했다.

"우리를 좀 거들어주십시오. 무슨 말씀이냐 하면……."

임군한은 서사한테 그럴 수밖에 없는 자기들 처지를 그럴싸하게 둘러댄 다음 아까 말했던 계책을 설명했다.

"아까하고 다른 점은 이번에는 이장군께서 대문에서 작별하고 들어오시는 것이 아니라 그냥 같이 가신다는 점입니다."

그러니까 김덕호와 임군한 일행만 남고 이방언은 가짜로 꾸민 김덕호, 임군한 일행과 함께 이 집을 나간다는 것이다.

"그러면 우리는 이장군 일행이 이 댁을 떠나신 바로 뒤에 나가서 동대문으로 성을 빠져나가겠습니다. 과천에서 만납시다."

김덕호가 말했다.

"기찰을 당하실 때 우리하고 관계를 물으시면 뭐라 대답하시겠습니까? 우리 아이들이 잡혀갔으니 우리하고 관계를 생판 잡아떼실 수는 없으실 것입니다."

"전부터 안면만 있는 사이인데 서로 다른 일로 한양 올 일이 있어 전주 도소에서 일행이 되어 한양까지 같이 왔다. 기왕 한양 온 김에 국태공 대감께 인사나 드리라고 내가 데리고 갔다. 이렇게 둘러대는 게 어떻겠는가?"

이방언 말에 모두 그게 좋겠다고 했다. 서사는 계책대로 준비를 하고 기다리겠다며 방을 나갔다. 일행은 자리에 누웠으나 잠이 오지 않았다. 앞으로 농민군 일도 아득했지만, 당장 자기들이 닥친 위험에 가슴이 졸여 모두 누운 채 눈만 말똥거리고 있었다. 이방언은 대원군이 다시 권좌에서 물러나게 된다 생각하니 운현궁 큰 저택이 파장 헛가게처럼 쓸쓸하게 느껴졌다. 당장 이 집에 왔던 자기 신변이 위태로울 지경이니 권력무상이 새삼스럽게 쓰디쓴 감회로 아프게 씹혔다.

임군한이 두 번이나 나갔다 들어왔다. 첫닭이 울었다. 뜬눈으로 긴 밤을 샌 임군한이 먼저 자리에서 일어났다. 김덕호도 잠을 이루지 못했던지 따라 일어났다. 모두 길 떠날 채비를 했다. 닭이 세 홰를 치자 서사가 왔다. 약속한 대로 모두 그럴싸하게 꾸미고 나왔다.

"조심들 하십시오."

이방언은 작별을 했다. 김덕호와 임군한 손을 잡아 흔든 다음 졸개들도 일일이 등을 두드려주고 대문을 나섰다.

그들이 한참 가자 영락없이 일행 뒤로 따라붙는 사람들이 있었다. 그 가운데는 평복을 한 사람도 있었다. 그들은 무작정 붙잡지 않고 뒤를 따르기만 했다. 이미 그물에 든 고기라 여유가 있는 것 같았다. 한참 따라오더니 이내 포교들이 일행을 둘러쌌다.

"웬 사람들이오? 방갓을 벗으시오."

포교 하나가 앞으로 나서며 소리를 질렀다. 평복을 한 사람들이 포교 곁에 서서 일행을 보고 있었다. 한 사람은 장통사였다.

"웬 놈들인데 어느 존전에서 설치는고? 나는 운현궁 가속이고, 이이는 국태공 대감이 모신 어른이다. 네놈들은 누구인가?"

운현궁 서사가 버럭 고함을 질렀다.

"죄송하옵니다. 저는 좌포청 포교이옵니다."

포교가 공손하게 허리를 굽히며 말했다.

"죄송하오나 방갓 쓰신 두 분이 어떤 분들인지 알고자 하옵니다."

"모두 운현궁 권속이야."

서사가 크게 소리를 질렀다.

"하오나 우리는 우리 소임이 있사온즉 얼굴을 보고자 하옵니다."

장교가 고개를 숙이며 정중하게 말했다. 서사는 잠시 당황하는 표정이었다. 장통사와 평복을 한 다른 사람들은 날카롭게 서사와 방갓쟁이들을 번갈아 보고 있었다.

"방갓을 벗어 보이게나."

하는 수 없이 서사가 말했다. 두 사람이 방갓을 벗었다.

"김필호가 아니구만."

평복을 한 사람들이 소스라치게 놀랐다.

"김덕호는 어디 갔소?"

평복한 사람이 큰소리로 다그쳤다.

"누구한테 무얼 묻고 있는 게야?"

서사가 턱없이 큰소리로 악을 썼다.

"김덕호란 변명을 쓰고 있는 김필호란 사람을 찾고 있는 중이옵니다. 김필호는 일본 사람을 죽인 살범이옵니다."

포교는 다시 정중하게 말했다.

"그렇다면 내가 말하리다."

이방언이 앞으로 나섰다.

"나는 장흥 농민군 두령 이방언이란 사람일세."

이방언은 어제 저녁 말했던 대로 둘러댄 다음 말을 이었다.

"나는 그 사람들이 무슨 일을 저질렀는지 모르는 사람이고 나는 길이 바빠 이렇게 먼저 길을 나섰네."

이방언이 의젓하게 말했다.

"그럼 그 사람들은 지금 운현궁에 있습니까?"

곁에 있던 장통사가 다급하게 물었다.

"이놈, 건방지게 누구한테 무얼 묻는 게야?"

서사가 시퍼렇게 호령을 했다.

"죄송하옵니다. 원체 중대한 일이오라……."

포교가 거듭 굽실거렸다.

"중대한 일이건 사소한 일이건 그 사람들이 운현궁에 있는지 없는지 가보면 알 게 아닌가?"

서사는 간 떨어질 소리로 호령을 했다. 포교는 고개를 굽실거렸다.

"어서 길을 내지 못할까?"

서사 위세는 서릿발 같았다. *쇠 먹은 뒤라 한층 요란스럽게 날을 세우는 것 같았다. 포교와 평복한 사람들은 바람같이 운현궁 쪽으로 내달았다.

이방언 일행이 나간 뒤 운현궁을 나온 김덕호 일행은 샛길만 골라 동대문 쪽으로 길을 잡아 섰다. 누가 뒤따르는 것 같지 않았다. 날이 밝아오고 있었다. 이따금 행인들이 지나갈 뿐 뒤에는 아무도 따르지 않았다. 순라군들도 한패 지나갔으나 날이 새서 그런지 신칙을 하지 않았다. 동대문이 가까워지고 있었다.

"먼저 가서 성문 형편을 살피고 오너라."

임군한이 김갑수한테 지시를 했다. 김갑수가 김만복을 달고 횡허케 앞으로 갔다. 일행은 앞뒤를 돌아보며 천천히 걸었다. 좀 만에 김갑수 일행이 달려왔다.

"좀 이상합니다. 성문 근처에 벙거지들이 여남은 명 따로 서성거리고 있습니다."

김갑수가 다급하게 말했다.

"그럼 여기서 하루쯤 묵으면서 형편을 살폈다 가는 게 어쩌겠는가? 광교에 있는 전에 그 집이면 안전할 걸세."

김덕호가 침착하게 말했다.

"그게 좋겠습니다."

임군한이 고개를 끄덕였다. 일행은 광교 쪽으로 방향을 바꾸었다. 광교에는 김덕호 옛날 심복이 하나 장사를 하고 있었다. 지난번 복합상소 때 김덕호가 와서 잠시 묵었던 집이었다. 임군한이 그때 들러봐서 그 집을 알고 있었다.

# 7. 김개남 봉기령

추석을 지난 들판에는 이삭을 빼문 벼가 따가운 초가을 햇살을 받아 고개를 숙여가고 있었다. 핏엿처럼 두터운 초가을 햇살에는 기름기가 흐르고, 벼이삭은 그 기름기를 빨아 여물로 채워가고 있는 것 같았다. 벼가 익어가기 시작하자 계절은 달음질을 치듯 빨랐다.

8월 20일. 드디어 김개남이 봉기령을 내렸다. 8월 25일 남원으로 집결하라고 각 고을에 통문을 돌린 것이다. 전봉준은 아차 했다. 미리 김개남한테 가서 설득을 하려고 했던 것인데 그만 한발 늦은 것이다. 이방언이 오면 한양 소식을 듣고 가려다가 때를 놓치고 말았다. 다음날 해거름에 정읍 갔던 손여옥이 달려왔다.

"김개남 장군이 봉기령을 내렸다는 소식 들으셨습니까?"

손여옥이 바삐 들어오며 물었다. 들었다고 했다.

"10만 명은 모일 것이라고 자신한다던데 이렇게 되면 우리는 어떻게 해야 합니까?"

"김개남 장군이 봉기령은 내려도 당장 치고 올라갈 수는 없는 일입니다. 김개남 장군 의중은 다른 두령들에게 결단을 촉구하자는 것입니다. 지금 치고 올라간다면 우선 이 가파른 나락고개에 군량을 어떻게 감당하겠습니까?"

전봉준은 뜻밖에 태연했다.

"내가 미리 가서 만난다는 게 한발 늦었습니다마는 이제라도 만나야겠습니다. 같이 갑시다."

다음날 전봉준은 손여옥과 송희옥 등 몇 사람과 함께 길을 떠났다. 전주에서 남원은 140여 리 길이었다. 김만수가 부하 20여 명을 거느리고 배행을 했다. 들판에는 벼가 고개를 숙이고 있었으나 산자락 음달에는 벼이삭이 아직도 반고개밖에 숙이지 않고 있었다.

"가뭄이 여기가 더 심한 것 같지요? 비가 와야 할 텐데 큰일이구만."

송희옥이 산자락을 지나며 구름 낀 하늘을 쳐다보았다. 7월부터 비가 오지 않아 산자락 봉천지기는 벼가 타들어가고 있었다.

"운봉이 문제야."

"뭐라 하셨습니까?"

전봉준이 중얼거리자 송희옥이 물었다.

"아니오."

전봉준이 고개를 저었다.

"저이가?"

송희옥도 혼자 중얼거렸다. 운봉 어쩌고 하는 게 남원에 갔다가 또 엉뚱하게 운봉으로 박봉양을 만나러 가자고 하지 않을까 싶었다. 이따금 느닷없는 짓을 잘하는 사람이라 자라 보고 놀란 가슴 솥뚜껑 보고 놀라더라고 송희옥은 지레 겁이 났다. 지난번에 나주 가서 혼쭐난 일을 생각하면 그런 일이 꿈에라도 더 있을까 싶었다. 송희옥은 맹수라도 보듯 전봉준을 힐끔거리며 길을 걸었다.

전봉준 일행은 다음날 점심참에 남원에 당도했다. 김개남은 전봉준을 반갑게 맞았다. 오늘 따라 김개남의 다부진 몸매가 더 다부지게 보이고 자신감이 흘러넘쳤다. 마침 손화중도 와 있었다. 소식을 듣고 광주에서 출발한 것이 아니고 오다가 소식을 들었다고 했다. 그도 방금 당도했다며 땀을 들이고 있는 참이었다.

"얼마나 모이겠습니까?"

손화중이 지나가는 이야기처럼 가볍게 물었다.

"7,8만 명은 모일 것입니다. 총 가진 사람이 8천여 명은 됩니다."

"바로 진군하실 것입니까?"

"진군 날짜는 정하지 않았습니다마는 시국 돌아가는 것이 시가 급하지 않습니까?"

"10여 고을에서 7,8만 명이라면 젊은 사람들은 거의 나오는 셈인데 지금은 손이 좀 뜰 때라 그렇지만, *상강(9월 25일)이 지나면 죽은 중도 꿈적인다는 가을걷이가 시작됩니다. 지난번 전주에서 보리가을 닥칠 때 농사일 걱정에 도망친 사람들 보십시오. 도망치는 사람이 생기기 시작하면 산사태 무너지듯 할 텐데 그걸 어느 장사가 막습니까?"

"이런 일을 강압이 없이 어떻게 합니까? 촌사람들이라고 그렇게

만 보지 마십시오. 왜놈들을 몰아내고 나라를 건져야 한다는 생각은 웬만한 사람은 다 하고 있습니다. 어정쩡한 사람들도 나와놓고 보면 생각이 굳어지게 마련입니다. 가을걷이는 보리타작이나 모내기하고는 다릅니다. 다 지어놓은 농사인데 곡식을 논밭에서 썩히겠습니까? 개화파들은 벌써 틀렸습니다. 처음에는 개혁을 하는 것같이 흉내를 내더니 벌써 뒷걸음질을 치고 있지 않습니까? 그자들부터 하루빨리 몰아내야 합니다."

개화파 정부는 6월 28일의 개혁조치를 벌써 희석시키고 있었다. '문벌과 반상제도를 벽파劈破'한다던 조항을 '관리 등용에서 귀천을 가리지 않는다'로 환골탈태했고, '공사노비 제도를 혁파革罷'한다는 조치를 '양민을 노비로 만들어 대대로 부리는 것을 금한다'로 역시 뒷걸음질을 쳐도 한참 쳐버렸다. 새로 노비를 만들어서 대물림하는 것만 금한다는 것이다. 노비제도는 그대로 둔다는 소리였다.

"그러나 우리 힘이 아직은 역불급입니다. 지금 팔도가 전라도를 본떠 한창 집강소를 세워 개혁을 하고 있습니다. 조정이 개혁을 해줄 것을 기다릴 것이 아니라 전에도 말씀드렸지만 백성 스스로가 깨우쳐서 개혁을 하고 개혁을 하면서 깨우쳐나가야 합니다. 집강소가 퍼져나가는 것은 깨우친 사람들이 앞장서서 개혁을 해나가는 것이고 그러는 사이 백성이 깨우칩니다. 지금은 그런 기운이 한창 퍼져나가고 있는 중입니다. 백성의 역량이 더 자랄 때까지 조정의 뜻에 따르는 척하면서 백성의 역량을 키워가고 보전해야 합니다."

전봉준이 조용히 말했다.

"그 말씀 모르는 바가 아닙니다. 그러나 일은 때가 있는 것입니다."

김개남이 자신 있게 말했다.

"일본을 만만하게 보아서는 안 됩니다. 그들은 지금 한양에도 주둔군이 있고 병참로 지키는 군사만도 엄청납니다. 그런 군사를 우리한테로 돌린다면 당장 그 군사를 당하기도 어렵지마는, 설사 우리가 그들을 물리치고 조정을 뒤엎는다 하더라도 일본이 청일전쟁에서 이긴다면 그 군사들 총부리가 어디로 향하겠습니까? 그것은 청나라가 이겨도 마찬가집니다. 다행히 우리는 집강소를 쥐고 있으니 지금은 우리 역량을 보전하고 키우면서 시국의 추이를 더 지켜보아야 합니다."

전봉준은 지금까지 여러 군데서 해오던 말을 다시 되풀이했다.

"그것은 그렇다 치고 몇 가지 다른 쪽으로 생각해봅시다."

손화중이 나섰다.

"이번 싸움은 지난번과 달리 천하 백성이 다 나서야 합니다. 그런데 지금 집강소 두령 중에는 뚝심만 믿고 재물이나 탈취하며 턱없이 설치기만 하는 거들충이들이 많습니다. 못된 양반과 부호들은 기왕 척이 져버렸지만 그 때문에 뜻있는 선비들이나 식자들 지지도 거의 얻지 못하고 있습니다. 백성 신망이 높은 이런 사람들이 등을 돌려 가지고는 일이 안됩니다. 아까 전장군께서는 백성이 깨치는 것을 중시했는데 양심 있는 식자들이나 선비들 지지를 얻는 것도 그에 못지않게 중요합니다. 그러자면 한참 시일이 걸립니다. 또 한 가지는 당장 7,8만 명이 모일 것이라 했는데 이 가파른 나락고개에서 7,8만 명 군량은 어떻게 대시렵니까? 오늘이 추분입니다. 벼가 이제야 *뜨물이 들고 있습니다. 상강이 가까워져야 벼에 겨우 낫을 댈 수 있을 텐데 상강이 한 달도 더 남았습니다."

손화중이 절레절레 고개를 저었다. 손화중이 동석을 한 바람에 전봉준은 크게 짐을 덜었다.

"알고 있습니다. 지금 모인다고 당장 우리만 치고 올라가겠다는 것은 아닙니다. 싸움은 이미 받아논 밥상이기 때문에 언제든지 치고 올라갈 수 있는 태세를 갖추어놓자는 것입니다. 집에 돌아가서 일을 하더라도 벼락같이 모여 벼락같이 치고 올라가려면 미리 준비를 해두어야 합니다. 그 많은 사람들을 일이 닥쳐서야 모이라고 하면 이틀 사흘 꾸물댈 것입니다."

"그렇다면 우선 안심입니다마는 그렇더라도 군사를 7,8만 명이나 모아 봉기를 선포하면 이미 선전포고를 하는 것이나 마찬가진데 그렇게 되면 조정에서는 그때부터 화약이 깨진 것으로 보고 대비를 하지 않겠습니까? 개화파들이 기댈 데라고는 일본밖에 없으니 일본군을 동원해달라고 애걸을 할 것이고, 그때부터 조정은 완전히 일본 손아귀에 들어가고 말겠지요."

손화중은 조용하게 말했다.

"조정 쪽만 생각하실 것이 아니라 농민들 쪽도 생각해야 합니다. 우리가 일어났다 하면 팔도가 훨씬 거세게 들썩입니다."

김개남은 태도가 확고했다. 언젠가 전봉준이 말했듯이 김개남 생각을 돌리는 것은 바위더러 돌아앉으라 하는 것보다 더 어려운 일이었다. 더구나 지금은 봉기령이 떨어진 다음이었다. 밤늦게까지 이야기를 했으나 같은 말만 오갈 뿐이었다. 김개남이 당장 치고 올라가지 않는 것만도 다행이라고 할 수밖에 없었다. 두 사람은 객사에서

자고 다음날 김개남과 작별했다.

"나는 다녀갈 데가 있습니다."

전봉준은 객사 앞에서 손화중과 작별을 했다. 손화중의 발걸음은 돌멩이라도 매단 것같이 무거워 보였다. 손여옥도 손화중과 동행이 되어 정읍으로 갔다.

"운봉을 좀 다녀갑시다."

"운봉이오?"

송희옥이 깜짝 놀라 걸음을 멈추었다. 수행원들도 넋 나간 꼴이었다.

"박봉양 씨를 만나야겠소."

"어떻게 거기를 또 가신단 말씀입니까?"

송희옥은 맹수라도 보듯 전봉준을 보며 뒷걸음질을 쳤다. 여차하면 도망이라도 칠 자세 같았다.

"염려 마시오. 그 사람은 대대로 재산을 지켜온 집안 사람이라 밑이 넓습니다. 쓸데없이 단기를 부릴 사람이 아니오."

전봉준은 웃으며 차근하게 말했다. 그러나 모두 정신이 나간 꼴로 전봉준을 건너다보고 있었다.

"운봉은 나주와는 다릅니다. 바로 경계가 경상도 함안입니다."

박봉양이 당신을 잡아가지고 경상도로 날아버리면 그만이라는 소리 같았다.

"믿는 구석이 있소. 염려 마시오."

전봉준은 거듭 염려 말라며 발걸음을 옮겼다. 송희옥과 김만수는 한참 동안 그 자리에 서 있었다. 두 사람은 하는 수 없이 걸음을 옮겼다. 그들은 따라가기는 했으나 빈총 맞은 사람들처럼 제정신이 아니었다. 남원에서 운봉은 가파른 여원재를 넘어 70리가 빠듯했다.

여원재에 올라서자 병사들이 누구냐고 벼락같이 고함을 지르며 총을 들이댔다.

"나는 전주 대도소 전봉준일세. 박두령을 만나러 왔네."

전봉준이 말에 병사들은 잠시 넋 나간 꼴이었다. 그러나 일행을 보는 박봉양 군사들 눈초리가 칼날 같았다. 이내 그들은 바람같이 움직였다.

"역시 다르구만."

전봉준은 군사들 안내를 받아 읍내로 들어서며 혼자 중얼거렸다. 병사들은 여느 정규군 못지않게 기율이 반듯하고 눈빛이 살아 있었다. 운봉은 지리산 발치에 형성된 고원지대라 재를 조금 넘어가자 언제 그렇게 높이 올라왔냐는 듯 널찍한 들판이 펼쳐졌다.

"어서 오십시오. 이런 누지를 오시다니 영광입니다."

박봉양은 흔연스럽게 전봉준을 맞았다. 역시 이만한 고을을 차지하고 버틸 만한 국량이다 싶었다. 박봉양은 태도가 이만저만 정중하지 않았다. 금방 술상이 나오고 *부산나게 움직였다.

"갑자기 이렇게 와서 미안합니다. 궁금하실 테니 내가 여기 온 까닭부터 말씀드리지요. 우리가 똑같이 군사를 거느리고 있습니다마는 군사를 거느린 목적은 당신과 우리가 서로 다릅니다. 김개남 장군이나 나는 백성 고통 때문이고 당신은 당신 재산 때문입니다. 내가 오늘 여기 온 것은 바로 이 점에 경계를 긋고 서로 이 경계를 넘나들지 말자는 소리를 하려고 왔습니다."

"무슨 말씀인지 대충 짐작을 하겠습니다."

박봉양은 정중하게 고개를 숙였다.

"김개남 장군께서도 같은 생각이신지 궁금합니다."

박봉양은 고개를 숙이고 나서 침착하게 물었다.

"아시다시피 김개남 장군은 오늘 군사를 일으킵니다. 나는 여기를 전에도 여러 번 와봤습니다마는 오늘 오면서 산세를 자세히 보니 성질이 불같은 김장군이 여기를 치지 못한 까닭을 새삼스럽게 알겠습니다. 내가 김개남 장군하고 무슨 의논을 하고 온 것은 아닙니다마는 김개남 장군은 여기를 치지 않을 것입니다."

박봉양은 잠시 어리둥절한 표정이었다.

"전에 한번 실패한 일이 있고 경계가 이렇게 단단하다는 사실을 누구보다 잘 알고 있을 터인데 한양을 넘보고 군사를 일으킨 사람이 이런 데서 모험을 할 까닭이 없지요. 만약 실패하면 군사 7,8만 군사를 거느린 김개남 장군 체면이 무엇이 되겠으며 농민군 사기에 주는 영향은 어떠하겠습니까?"

전봉준은 조용하게 말했다.

"잘 알겠습니다."

박봉양은 깊숙이 고개를 숙였다. 두 사람은 권커니 잣거니 옛날 친구라도 만난 듯이 스스럼없이 잔이 오갔다. 전봉준은 해가 설핏하여 자리에서 일어섰다. 박봉양은 여원재까지 전봉준을 배웅했다.

"오늘 장군님을 뵈니 만감이 뒤얽힙니다. 저도 재산과 가문에 눌리지 않았다면 장군님을 따라나섰을 것 같습니다. 이것은 그저 성의로 드리는 것이오니 받아주십시오."

박봉양이 조그마한 보자기를 하나 내밀었다. 돈주머니를 싼 것 같았다. 전봉준은 잠시 멈칫했다가 보자기를 받았다. 뭉청했다. 나중에 펴보니 큼직한 주머니에 일화 은자가 가득 담겨 있었다.

8월 25일. 남원에는 농민들이 엄청나게 몰려들었다. 장날이라 장꾼까지 합쳐 남원으로 들어오는 길을 가득 메웠다. 노랑 수건에 창과 총을 멘 농민군들이 옆구리에는 밥그릇, 국그릇을 수건에 싸서 차고 깃발을 수없이 나부끼고 풍물을 치며 몰려들고 있었다. 지난번처럼 왼쪽 가슴에 '승전' 표지를 찬 사람도 있었다. '농자천하지대본' 농기와 영기에다 '보국안민' '척양척왜' 등 창의기가 맑은 가을 하늘을 색색으로 뒤덮어버렸다. 마치 세상이 찬란한 깃발에 휩싸여버린 것 같았다. 지난번 1차 봉기하고 다른 점은 4,50명씩 모여 모두 농기와 영기를 앞세우고 나오는 점이었다. 여러 고을 두레가 몽땅 나선 것 같았다. 영기와 농기를 앞세우고 풍물을 치고 나오는 광경은 마치 두레꾼들이 농사일을 하러 나오는 것 같았다.

이번에도 읍내 동북쪽 강가가 집결지였다. 지난 6월에 모였던 강가 5리 가까이가 사람으로 가득 차버렸다. 7월 달에 들어서면서부터 비가 오지 않아 강이 바닥을 드러냈으므로 강변은 그만큼 넓었다. 허옇게 말라붙은 강바닥은 백태가 낀 것 같았다. 짐꾼이며 마바리가 사람 틈을 부산스럽게 비집고 다녔고 냇가에는 지난번처럼 차일이 수백 채 들어찼다. 잠은 모두 근처 동네서 자기로 했으므로 장막은

치지 않았다. 점심때가 되자 7만 명이 넘을 것 같았다.

집강과 두레 영좌 등 대소 두령들은 따로 동헌으로 모였다. 동헌 마당이 가득 차버렸다. 5백여 명이 넘었다. 남주송이 정리를 했다. 한참만에 김개남이 두령들을 거느리고 토방으로 나왔다. 모두 조용해졌다.

"김개남 장군님께서 인사 말씀이 있으시겠습니다."

김개남이 앞으로 나섰다.

"오시느라 고생들이 많으셨습니다. 드디어 우리는 오늘 일어섭니다. 이제 전라도뿐만 아니라 조선 팔도가 우리를 따라 일어설 것입니다. 우리는 일본의 앞잡이 개화파들과 일본을 몰아내려고 이 나라에서 맨 먼저 일어선 의군입니다. 우리는 맨 먼저 일어선 의군이라는 사실을 가슴에 아로새기고 앞으로 무슨 일을 하든지 다른 농민군들 모범이 되어야 합니다. 싸울 때는 가장 용맹스럽게 싸우고, 규칙도 가장 본때 있게 지키며, 어려운 일과 궂은일은 우리가 맨 앞장을 서서 해야 합니다. 우리는 오늘 이 시각부터 농민이 아니라 농민군입니다. 우리 한 사람 한 사람은 어제까지는 농민이었지만 이제부터는 농민군 군사들입니다. 군사가 무엇입니까? 상관의 명령에 따라 움직이는 것이 군사입니다. 상관의 명령이라면 불속으로 들어가라 해도 들어가고 물속으로 들어가라고 해도 들어가야 합니다. 어제까지는 무슨 일이든지 자기가 하고 싶은 대로 했지마는 오늘부터는 무슨 일이든지 상관의 명령에 따라서 해야 합니다. 지난번에 말씀하신 대로 일반 군사들은 오늘 저녁만 여기서 자고 내일부터는 집으로 돌아가서 다시 모이라고 할 때까지 그대로 농사일을 합니다. 그러나 집에 가서 일을 하더라도 어제와는 다릅니다. 어제까지는 농민으로 일을 했지만 내일부터는 농민군 군사로서 잠시 집에 가서 일을 하는 것입니다. 다시 이리 모이라고 할 때는 벼락같이 모여야 합니다. 집결하라는 영이 떨어지면 벼를 베던 사람들은 그 자리에 낫을 내던지고 대창과 총을 들고 달려와야 하고, 밥을 먹다가도 영이 떨어지면 숟가락을 내던지고 창과 총을 들고 달려와야 하며 잠을 자다가도 달려와야 합니다. 바로 이것이 어제의 여러분과 오늘의 여러분이 다른 점입니다. 일반 농민군에게 그 사실을 철저하게 말씀을 드려주십시오."

김개남은 주먹에 힘을 주어 위아래로 움직이며 말을 했다. 마치 방아라도 찧듯 말을 다졌다.

"오늘 할 일은 아까 내가 한 말씀을 철저히 다지는 일입니다. 오늘 저녁에 잘 동네는 모두 미리 정해 두었습니다. 그 집을 잘 알아두고 주인들과 얼굴을 익혀 이다음에 모일 때 허덕이는 일이 없도록 하십시오. 그때 혹시 밤늦게 당도하더라도 자기가 잘 집으로 곧바로 찾아가서 자기 부대를 만나야 합니다. 오늘 할 일을 다시 말씀드리면, 첫째 모든 병사들한테 오늘부터는 농민이 아니라 농민군 군사라는 사실을 가슴속에 아로새겨 주십시오. 내일 집에 돌아가지만 농민으로 돌아가는 것이 아니라 농민군 군사로서 잠시 집에 가서 농사일을 한다는 사실을 아까 내가 말씀드린 대로 똑똑히 알려주어야 합니다. 둘째는 자기 부대에서 자기가 할 일을 잘 알아두고 잠을 잘 동네와 집을 익혀두는 것입니다. 셋째는 내일부터는 일을 하면서도 동네별로 틈틈이 창던지기 같은 조련을 해야 하는데 어떻게 할 것인가 오늘 저녁에 동네별로 의논을 하는 일입니다. 이때 내가 두령들하고 각 부대를 순행하면서 아무나 지적해서 물어보겠습니다. 잘 일러주시기 바랍니다."

김개남이 말을 마치고 내려왔다. 남주송이 다시 앞에 섰다.

"지금부터 돌아가서 방금 장군님께서 하신 말씀을 두 번 세 번 똑똑히 일러주시기 바랍니다. 장군님께서 순행을 하시면서 아무나 지적해서 물으실 테니 그때 모르거나 머뭇거리는 사람이 있어서는 안 되겠습니다."

냇가에는 솥이 수백 개 걸려 김을 피워올리고 있었다. 가까운 동네서 솥을 가져다 국을 끓이고 있었다. 밥은 이 근처 여러 동네서 해오기로 했으므로 국만 끓이고 있었다. 솥은 근처 동네서 가져오고 국거리와 나무는 각 두레별로 자기 동네서 가져왔다. 점심참이 되자 큰길에 밥 바구니가 뜨기 시작했다. 이고 지고 오는 게 꼭 모 심을 때 못밥 내오는 꼴이었다.

"어느 고을 밥이오?"

"임실이오."

"저 사람 따라가시오."

들머리에 각 고을 젊은이들이 나와 있다가 데리고 갔다. 김개남이 두령을 여남은 명 달고 돌아다니고 있었다. 부대마다 앞에 고을기를 세워놨으므로 어느 고을 부대인지 금방 알 수가 있었다. 풍물이 기승을 부리고 강가가 온통 난장판 같았으나 우왕좌왕하는 사람은 없었다. 여남은 고을 두레가 거의 나왔으니 풍물패도 그 동네 수만큼 많았다. 서로 솜씨를 시새워 정신없이 두들겨댔다. 밥이 오는 대로 먹기 시작했다. 모두 들놀이라도 나온 사람들처럼 즐겁게 먹어 댔다.

"아이구, 그 동네 국 냄새 한번 구수합니다."

김개남이 지나다가 참견을 했다.

"장군님, 우리 동네 국 한번 맛보십시오. 우리는 임실 사람들인데라우 우리 동네 여자들이 국거리를 솜씨껏 장만해서 맛이 그만이오."

나이 지긋한 사내가 너스레를 떨었다.

"어디 맛 한번 봅시다."

김개남이 웃으며 다가섰다. 국을 퍼주던 사람이 국을 듬뿍 떠서 내밀었다.

"그렇게 많이 드리면 어떻게 식혀 자시겄어?"

다른 사내가 국을 반쯤 지우고 내밀었다. 김개남이 숟가락으로 국을 떠서 후후 불어 맛을 보았다.

"맛 좋다. 잘못하다가는 혓바닥까지 넘어가겠소. 조심들 하시오."

김개남 말에 모두 와크르 웃었다. 김개남을 따르던 남응삼도 국 맛을 보고 맛이 좋다고 치사가 흐드러졌다.

"가만 있자 국 맛 좋겠다, 우리도 여기서 점심을 때웁시다."

김개남이 두령들을 돌아봤다.

"저쪽에다 차려놨는데요."

"거기는 당신들이나 가시오. 남두령하고 우리 둘이는 여기서 먹읍시다."

김개남이 자리를 잡고 앉았다. 두령들은 잠시 당황했다.

"아이고, 우리 동네서 장군님을 모시다니 동네 돌아가면 당장 동네 앞에다 비석 세우세."

동네 사람들은 제정신이 아니었다. 김개남은 나머지 두령들을 보내고 남응삼하고 둘이 남아서 그 동네 사람들하고 같이 밥을 먹었다.

"국 맛 본게 이 동네 아주머니들 솜씨 한번 알아모셔야겠구만. 가만 있자, 임실 어느 동네라 했소. 나중에 그 동네로 아들 여울라요."

"우리 동네 이쁜 큰애기들 많소."

김개남의 호들갑에 동네 사람들은 웃음소리가 요란스러웠다. 김개남은 동네 사람들과 즐겁게 점심을 먹었다.

"소나기라도 한 줄기 쏟아지려나?"

"구름발 퍼지는 것이 한바탕 쏟아질 것도 같네마는."

밥을 먹고 담배를 피워 문 사람들이 하늘을 쳐다봤다. 요사이 너무 가물었다.

—징 징 징.

"모이시오."

남주송이 소리를 질렀다. 농민군들은 강 양쪽으로 강 쪽을 향해서 줄을 지어 섰다.

"김개남 장군이 순행을 하시면서 면별로 점검을 받습니다. 장군님께서 우리 면 앞으로 오시면 큰소리로 만세를 부릅니다. 그 다음에는 장군님이 아무나 지적해서 아까 내가 말한 것을 물으실 것입니다. 그때는 똑똑히 대답해야 합니다."

면 두령들은 점검받는 요령을 낱낱이 설명했다. 김개남이 두령들을 거느리고 강 아래쪽으로 내려갔다. 남주송, 김중화, 남응삼, 변왈봉, 임문한 등 두령들 20여 명이 따르고 있었다. 임문한은 포수 부대를 끌고 나섰으나 부대 인솔은 다른 사람이 하고 요사이는 도소에서 김개남을 거들고 있었다. 강둑에는 사람들이 허옇게 몰려 구경을 하고 있었다. 장꾼들이 몰려와서 강둑이 가득 차버렸다.

—징 징 징.

"지금부터 장군님께서 수행을 하시면서 점검을 하십니다."

남주송이 크게 소리를 질렀다. 김개남이 맨 아래쪽에 서 있는 담양 농민군 쪽으로 갔다.

"우리는 김개남 장군 휘하 담양 월산면 농민군입니다. 김개남 장군 만세!"

면 두령이 만세를 선창했다.

"김개남 장군 만세!"

농민군들이 대창과 총을 추어올리며 만세를 불렀다. 풍물이 기승을 부리고 농기와 창의기가 하늘을 휘저었다. 세 번 만세를 불렀다.

"우리는 오늘부터 썩은 조정을 뒤엎고 왜적을 몰아내려고 일어선 농민군입니다. 신명을 바쳐 싸웁시다."

김개남이 큰소리로 말했다.

"김개남 장군 만세!"

다시 만세 소리가 쏟아졌다.

"여러분, 우리는 어제까지는 농민이었습니다. 오늘부터는 그냥 농민입니까, 농민군입니까?"

김개남이 큰소리로 물었다.

"농민군이오!"

월산면 농민군은 목이 찢어져라 악을 썼다.

"그렇습니다. 우리는 어제까지는 그냥 농민이었지만 오늘부터는 농민군입니다. 월산면 농민군은 대단히 훌륭하십니다."

김개남은 다음 부대 앞으로 갔다. 그 면 두령도 월산면 두령과 똑같은 소리를 하고 김개남 장군 만세를 불렀다.

"우리는 내일부터 다시 모이라고 할 때까지 잠시 집에 가서 농사일을 합니다. 농민으로 농사일을 합니까, 농민군으로 일을 합니까? 당신 대답해 보시오."

김개남이 한 사람을 가리켰다.

"농민군으로 일을 합니다."

목청껏 소리를 질렀다.

"그렇습니다. 내일부터는 집에 가서 일을 하더라도 그것은 농민군으로 일을 하는 것입니다."

김개남은 계속 비슷한 소리를 물으며 갔다.

"여러분, 우리는 오늘부터 농민군 군사들입니다. 어제까지는 자기 멋대로 했지마는 오늘부터는 모든 일을 명령에 따라서 해야 합니다. 누구 명령에 따라서 해야 합니까? 당신 대답해 보시오."

김개남이 제일 앞에 선 사람을 지적해서 물었다.

"장군님 명령에 따라서 해야 합니다."

큰소리로 소리를 질렀다.

"동네서는 누구 명령에 따라야 합니까? 당신 말해 보시오."

김개남은 다음 사람을 지적했다.

"동네서라우? 동네서는 누구 명령에 따르까?"

작자는 뚤렴한 눈으로 옆 사람을 돌아봤다.

"영좌 명령에 따르제, 누구 명령에 따라?"

뒤에서 소리를 질렀다.

"영좌도 대장인가?"

모두 비슬비슬 웃었다.

"동네서 영좌는 대장입니까, 아닙니까?"

김개남이 전체를 향해 크게 물었다.

"대장입니다."

모두 큰소리로 대답했다.

"대장 명령이라면 대장이 지위가 높든 낮든 절대로 복종해야 합니까, 복종 안 해도 됩니까? 당신 대답해 보시오."

"절대로 복종해야 합니다."

"대장 명령이라면 불에 들어가라면 불에도 들어가고 물에 들어가라면 물에도 들어가야 합니다. 당신 대답해 보시오. 대장이 불에 들어가라면 들어가겠소?"

김개남이 키가 껑충한 사내를 지적했다.

"아이고, 물에는 들어가겄소마는 불에는 못 들어가겄소."

모두 와 웃었다.

"불에 들어가라고 명령할 대장은 없겠지만 대장 명령에는 절대 복종해야 한다는 소립니다. 알겠소?"

김개남이 소리를 질렀다.

"예."

점검은 포수 부대와 재인 부대를 마지막으로 끝이 났다. 포수 부대는 3백여 명이었고 재인 부대는 적잖이 1천여 명이나 되었다. 점검이 끝나자 빗방울이 듣기 시작했다. 제법 굵은 빗방울이었다.

"한바탕 팍 쏟아져버려라."

농민군들은 하늘을 쳐다보며 소리를 질렀다.

—징 징 징.

"모두 오늘 저녁에 잘 동네로 발진하시오."

남주송이 소리를 질렀다. 모두 풍물을 치며 오늘 저녁 자기로 되어 있는 동네로 향했다. 빗줄기가 눈앞을 내리긋기 시작했다.

"쏟아질라면 왕창 쏟아져라."

"봇둑을 뭉개부러라."

농민군들은 하늘을 쳐다보며 소리를 질렀다. 북재비와 장고재비들은 웃통을 벗어 북과 장고를 싸며 길가 집으로 뛰어들었다.

"북, 장고 오그라들어도 상관없은게 왕창 쏟아져라."

농민군들은 비를 그대로 맞으면서도 좋아서 악을 썼다.

"이럴 때 보면 틀림없이 하늘이 있단 말이여. 우리가 일어난게 하늘도 내려다보고 비를 쏟아놓잖어."

농민군들은 비를 흠뻑 맞으며 너털웃음이 쏟아졌다.

한양 갔던 이방언이 왔다.

"김덕호 씨하고 임군한 씨 소식 없습니까?"

이방언은 전봉준을 보자마자 두 사람 소식부터 물었다. 느닷없는 소리에 전봉준이 머쓱해졌다.

"이거 일이 벌어졌구만."

이방언은 입술을 빨았다. 이방언은 이갑출을 처치한 일부터 사건

전말을 단숨에 늘어논 다음 김덕호 일행은 운현궁을 떠날 때 헤어지고 소식이 없다고 했다. 과천에서 사흘이나 기다렸지만 소식이 없어 그냥 왔다는 것이다.

"호락호락한 사람들이 아니기는 합니다만."

전봉준이 어정쩡하게 말했다.

"아닙니다. 서슬이 이만저만 시퍼렇지가 않았습니다."

이방언은 고개를 절레절레 저었다.

"만약 김덕호 씨가 잡혔으면 살아날 길이 없는데 큰일입니다."

이방언은 거듭 입술을 빨았다.

"좀 더 기다려봅시다. 국태공 만나신 일은 어떻게 되었습니까? 평양이 지난 17일 일본군한테 떨어졌다는 소식은 여기 감사한테서 들었소."

전봉준이 말머리를 돌렸다.

"사태는 두루 갈 데로 가고 있는 것 같습니다. 이미 국태공은 힘이 없습니다. 대감께서 이번에 평양에 가셔서 청나라 진영에 농민군하고 합세하여 일본군을 치자는 편지를 보냈던 모양인데 그것이 일본군 손에 들어갔다지 않습니까? 얼마 전에 장군님과 김개남 장군께 보낸 편지도 사본을 같이 보냈던 모양인데 그것까지 일본군 손에 들어갔답니다."

전봉준은 깜짝 놀랐다.

"일본이 대감을 내세웠던 것은 우리가 짐작했듯이 그분 얼굴을 잠시 웃덮기로 이용하자는 속셈이었고 국태공께서도 그들 속셈을 빤히 알면서 들어가셨던 모양입니다. 그런데 이번에 편지가 들통이

나는 바람에 그나마 스스로 명을 재촉한 꼴이 되고 말았습니다. 개화파 조정은 일본 손아귀에서 놀고 있는 허수아비라며, 이제 농민군밖에 믿을 데가 없다고 하십니다. 청나라가 지금 밀리고 있지만 호락호락 손을 들지는 않을 게 아니냐고 했더니 거기에다 아직 한 가닥 희망을 걸고 계신 듯합니다. 그리고 전쟁터가 압록강이 될 판이라 일본군이 당장 군사를 뒤로 빼돌리기는 어려울 것 같기는 합니다."

"이제 개화파 조정에 대한 미련을 버릴 때가 된 것 같습니다."

전봉준이 무겁게 말했다.

"봉기를 하신단 말씀입니까?"

"어차피 일어날 것 우리도 뜻을 밝혀야 할 것 같습니다. 김개남 장군이 일어났는데 우리가 가만있으면 충청도나 경상도 농민들은 우리가 두 동강이 난 줄 알고 혼란이 일어날 것입니다. 지금 그쪽이 한창 불이 붙고 있으니 그 기세를 살려주려면 우리부터 행동을 통일해야 합니다. 이제 나라는 농민군 어깨에 통째로 얹히고 말았습니다. 우리 앞에는 조정군에 일본군에 첩첩 태산이고 우리 뒤에 버티고 있는 유생과 부자들도 한 짐입니다. 우리는 한 어깨에 짐이 두 짐 세 짐입니다. 나주 민종렬이 중심이 되어 뒤를 지고 나오면 우리는 총부리를 사방팔방으로 휘둘러야 할 판입니다."

전봉준은 침통하게 말하며 지난번에 나주성에 갔던 이야기를 했다.

"민종렬은 끝까지 그 성 하나만 지키고 있으면 청나라 군대가 이겨도 좋고, 일본군이 이겨도 좋다는 배짱인 것 같습니다. 자기 영달밖에 보이지 않는 자들이라 물때 짐작만 하고 때를 기다리고 있습니다. 각 고을 유생들이나 부자들도 마찬가집니다."

"나는 당장 전쟁이 터지면 친구하고 서로 총부리를 겨누어야 할 판입니다."

"김한섭이라는 이는 그렇게 답답한 사람입니까?"

전봉준이 물었다.

"글이라는 것이 얼마나 무서운 것인지 그 사람을 보고 알았습니다. 한번 머리에 박혀노니 철판도 그런 철판이 없습니다. 그 사람 세상사 개탄하기로는 나도 따를 수가 없습니다마는 상하와 반상을 가리는 것은 그런 개탄하고는 또 다릅니다. 자기 동네에 손주 하나를 데리고 혼자 살며 굶다 먹다 하는 할머니가 있었는데 그 할머니가 며칠 굶고 있다는 소리를 듣고 자기 집 부엌에 걸린 점심 바구니를 떼어다 주었더랍니다. 그 할머니가 얼마 뒤에 죽었는데 죽으면서 그 은혜를 못 잊겠다고 자기 이름을 몇 번이나 뇌며 죽었다는 것입니다. 그 소리를 듣고 그는 그 할머니가 저승에서 자기를 데려갈까 싶어 여남은 살 먹을 때까지 밤에 변소에도 못 갔다는 것입니다. 이런 사람인데 바로 그 굶다 먹다 하던 백성이 일어나는 것을 보는 눈은 예사 유생들보다 더 가혹합니다. 나라를 바로잡더라도 양반들이 나서야지 상것들이 나라를 바로잡으면 그 세상이 무슨 세상이 되겠느냐고 고함입니다."

이 근래만 하더라도 그가 또 이방언을 찾아와 술상까지 엎고 야단이 났다는 것이다.

"김한섭 같은 사람도 그 지경인데 직접 모욕을 당한 양반들 원한은 어쩌겠습니까? 재산 빼앗기고 딸 빼앗긴 부호들하고는 또 다릅니다. 성은 피가라도 옥관자 맛으로 큰기침하더라고, 당장 끼니 안칠 쌀 한 톨이 없어 배에서 고르륵 돌담 무너지는 소리가 나도 빈 굴뚝에 연기 피워올리면서 상투 빗어올리고 수염 만지면서 큰기침하던 사람들입니다. 그 사람들한테 남은 것이라고는 상투하고 수염뿐인데 바로 그 상투하고 수염을 건드린 것입니다. 눈 아래 천리만리 상것도 흉악한 불상것들한테 상투를 잡혀 개처럼 끌려다니며 수염까지 뽑혔으니 물불 가리겠습니까? 모두들 내 세상 만난 듯이 설쳤던 앙얼이 이제 눈앞에 엄청난 짐으로 태산같이 부풀고 있습니다. 장흥, 강진은 보복이 거의 없었습니다마는 전쟁이 터지면 나부터 유생들 때문에 뒤가 한 짐입니다."

이방언은 허옇게 웃었다. 그는 양반들 심사를 누구보다 잘 알고 있었다. 부자들은 곤장 소리만 들어도 지레 발발 떨며 동학에 다투어 입도를 하고 재산도 내놓고 딸도 내놓고 심지어는 자기가 부리던 종하고 양존을 하는 사람까지 있었다. 그러나 명색 양반이라는 사람들은 동학에 입도하는 사람도 거의 없었고, 종한테 양존은커녕 면천도 시킬 수 없다고 주릿대에 뼈가 으스러졌던 것이다.

"장흥, 강진은 그들보다 거기 있는 전라병영이 더 문제가 아니겠습니까?"

전봉준이 물었다.

"그렇습니다. 장흥에서 병영은 삼십 리인데 군사들이 1천여 명입니다. 더구나 일본군은 당장 청나라 해군을 거의 궤멸시켜버렸으니 그들이 만약 남해안에 상륙을 해서 밀고 오면 그것도 큰일 아니겠습니까?"

이방언 말에 전봉준이 고개를 끄덕였다.

"손화중 장군께서도 나주 민종렬 때문에 군사를 많이 나누어 보낼 수가 없을 것이고, 그렇게 되면 남도 지역에서 올라올 군사가 거의 없다고 해도 과언이 아니잖습니까?"

손여옥은 눈이 더욱 커졌다.

"기왕에 관군이나 일본군은 그렇다 치더라도 운봉 같은 데가 큰 문제입니다. 나주하고는 또 달리 박봉양 밑에서 기세를 올리고 있는 것은 바로 소작인들입니다. 농민군과 조정군 사이에 싸움이 벌어지면 새로운 박봉양이 몇 명이나 나올지 모릅니다. 그렇게 되면 소작인들끼리 싸움이 되지 않겠습니까?"

이방언이 입술을 빨며 말했다.

"박봉양은 크게 염려할 것이 없습니다. 가서 만나보았습니다."

"뭐요, 운봉 가서 박봉양을 만났단 말씀입니까?"

이방언이 소스라치게 놀랐다.

"만나보니 이쪽에서 건드리지만 않으면 크게 말썽을 부릴 것 같지는 않습니다."

이방언은 아직도 실감이 안 가는지 멍하게 전봉준을 보고 있었다.

"뭐라던가요?"

이방언이 한참만에 물었다.

"떠보기만 했습니다마는 그 사람은 재산을 지키자는 사람입니다."

전봉준은 자세한 이야기는 하지 않았다. 이런 이야기가 소문이 나면 과장되기 쉬운 법이라 이야기가 잘못 퍼져 박봉양한테로 들어가 그의 심통을 건드릴지 모른다고 생각하는 것 같았다.

다음날 아침 전봉준과 송희옥이 이방언을 성문 밖까지 바래다주고 돌아오자, 젊은이 두 사람이 헐레벌떡 뛰어들었다. 경상도 북부 지방 형편을 살피러 갔던 정길남의 부하들이었다.

"우리더러 먼저 가서 소식을 전하라고 해서 왔습니다. 지금 예천에서는 농민군하고 유생들 사이에 금방 전쟁이 붙을 것 같습니다."

젊은이들은 땀을 닦으며 다급하게 말했다.

"13개 고을 접주들이 예천에 모여서 농민들 생매장한 사람들을 잡아 보내지 않으면 읍내로 쳐들어가서 유생들 집강소를 쑥대밭으로 만든다고 통문을 보냈답니다."

"13개 고을 접주들이 모여?"

전봉준은 깜짝 놀라 물었다. 그렇다고 했다. 엊그제 예천 근방 13개 고을 접주들이 예천에 모여 유생들 집강소에 최후통첩을 보냈다는 것이다.

"13개 고을 접주들이 전부 경상도 접주들이라고 하더냐?"

"충청도하고 강원도에서 온 것 같다고 합니다."

"농민군들은 몇 명이나 모였느냐?"

"지금 모여들고 있는 참인데 만 명은 넘을 것이라고 합니다. 유생들도 기를 쓰고 군사들을 모아들이고 있답니다."

"13개 고을 농민군 두령들이 모였다면 이만저만 중요한 일이 아닙니다. 거기는 제가 한번 다녀오겠습니다."

최대봉이 대번에 흥분했다.

"유생들이 모은 민보군은 얼마나 될 것 같더냐?"

전봉준은 차근하게 물었다. 전봉준도 적잖이 흥분한 표정이었다.

"많아야 2,3천 명일 것이라고 합니다. 농민군은 지금 한창 모여들고 있는데 몇만 명이 될지 모른답니다."

"일은 제대로 되는 것 같습니다. 제가 한번 다녀오겠습니다."

최대봉이 방방 떴다.

"다녀오시오. 편지를 한 장 써드리리다."

전봉준이 저쪽 방으로 갔다. 계기야 무엇이건 경상도와 충청도 13개 고을 접주들이 모여 연합을 했다면 이것은 이만저만 중대한 일이 아니었다. 그들은 북접의 노선을 벗어나고 있는 접주들이 틀림없으며, 이번 싸움에서 이기면 그들은 연합을 그대로 유지하며 법소 휘하에서 떠날 가능성이 컸다. 그렇게 되면 전국의 판세에 미치는 영향이 이만저만 크지 않을 것 같았다. 더구나 경상도에서 그런 일이 벌어지고 있다니 더 그랬다. 그 불길은 충청도와 경기도는 두말할 것도 없고 황해도와 강원도까지 거세게 치달을 판이었다.

"다녀오십시오. 이쪽에서 김개남 장군이 이미 봉기를 했다는 사실과 우리도 금방 봉기한다는 사실을 알리고 앞으로 우리하고 어떻게 연합할 것인가 두루 의논을 하고 오십시오."

전봉준이 최대봉한테 편지를 넘기며 말했다.

"드디어 동쪽에서 서광이 비치는 것 같습니다."

송희옥은 북문까지 나와 최대봉 손을 잡고 흔들며 말했다. 최대봉은 거기서 온 젊은이들을 달고 바삐 내달았다.

"경상도에서 붙었다면 이제 일판은 제대로 되어가는 것 같습니다."

"그 사람들이 나섰다면 일은 정말 제대로 됩니다. 화끈하기로야 경상도 사람 따를 사람들이 없지요. 그 사람들은 한번 성질이 났다 하면 물불 안 가리는 사람들입니다."

"그려. 나도 경상도 사람 하나 만나본 적이 있는데, 말하는 것부터가 마디마디가 똑똑 마른 삭정이 끊는 소리가 나더만."

최대봉이 나간 뒤 두령들은 경상도 사람들 치사에 침이 밭았다. 예천 소식에 한창 들떠 있는 판인데 또 느닷없는 사람이 왔다.

"이게 누구요?"

전봉준이 벌떡 일어났다. 서장옥 심복 황하일이었다. 옛날에 전봉준을 서장옥한테 소개하고 전봉준에게 동학 입도를 권했던 사람이었다. 그는 요사이 법소 최시형 밑에서 일을 보고 있었다.

"일해 선생은 어디 계십니까?"

전봉준은 일해 서장옥 소식부터 물었다. 서장옥은 고부봉기 때 백산에 한번 나타난 뒤로 지금까지 아무 소식이 없었다. 황하일도 그동안 이쪽에는 안면을 싹 가리고 있었다.

"잘 계십니다. 대충 짐작하고 계시겠지만 나는 법소에 있으면서 그쪽 사람들 생각을 돌려보려고 무진 애를 썼으나 허사였습니다."

황하일은 땀을 닦으며 계속했다.

"김개남 장군이 봉기를 하셨는데 장군님께서는 어찌하실 생각입니까?"

황하일은 당장 그것부터 알고 싶은지 화제를 돌렸다.

"우리도 일어날 수밖에 없습니다. 일해 선생은 어떻게 생각하고 계십니까?"

"일해 선생도 같은 생각입니다. 이제 법소를 설득하기는 틀렸고,

지난번 삼례집회 때처럼 끌고 갈 수밖에 없다는 생각이십니다."

황하일이 웃으며 말했다.

"따라나설까요?"

"지금 법소 사람들은 만약 남접이 봉기하면 북접이 일어나서 남접을 쳐야 한다는 기세입니다. 동학교문을 지키는 길은 그 길뿐이라는 것입니다. 장군께서 일어나시면 법소에서는 그날로 틀림없이 남벌기南伐旗가 오를 것입니다."

"허허, 도대체 그 사람들은 머리가 어떻게 생겨먹은 사람들입니까?"

송희옥이 흥분했다.

"북접에서 남벌기가 오른다면 우리 적은 전후좌우에다 공중에까지 있는 셈입니다그려."

송희옥이 먼지 날리는 소리로 웃었다.

"일해 선생과 저는 그에 대비해서 벌써부터 준비를 해왔습니다. 장군께서 일어나실 때 법소에서 남접을 치자고 나오면 일해 선생과 저는 충청도 북부 지역에서 법소 뒤통수를 치겠습니다."

황하일 말에 모두 눈이 둥그레졌다.

"충주 허문숙이라는 이하고 전부터 준비해오던 일입니다. 같은 충청도지만 북부 지역은 남부 지역과는 또 다릅니다. 2,3만 명은 모일 것입니다."

"2,3만이오? 허문숙이라는 사람은 어떤 분이오?"

전봉준이 눈을 크게 뜨며 물었다.

"허문숙 씨는 전부터 일해 선생을 존경해오던 사람인데 휘하에 거느리고 있는 사람들은 없으나 그 근방 백성한테 신망이 여간 높지 않은 명망가입니다. 경상도 북부 지역도 크게 들썩이는 것 같으니 그렇게 되면 법소는 공중에 뜨고 말 것입니다."

"예천 소식은 방금 들었습니다마는 그 근방 13개 고을 두령들이 모였다는데 자세한 소식을 알고 계시오?"

전봉준이 물었다.

"나도 오다가 금산에서 들었습니다. 기세가 만만찮을 것 같습니다. 거기 모였다는 13명 가운데 몇 사람은 일해 선생 입김을 쐬었을 것입니다. 그 사람들은 일해 선생을 만났어도 그들이 만난 분이 일해 선생인 줄을 몰랐을 것입니다. 그동안 선생은 충청도하고 경상도를 바쁘게 다니신 것 같습니다."

전봉준은 빙그레 웃었다. 서장옥은 항상 잠행을 할 뿐만 아니라 자기 신분을 거의 드러내지 않았다. 그를 만난 사람들은 대부분 그를 만날 때는 그가 누구인지 모르다가 나중에 서로 인상을 말하는 사이 비로소 그가 일해인 줄 알고 더 감복을 했다. 일해가 사람을 만나는 방식은 매양 이런 식이었다.

"일해 선생은 지금 어디 계시오?"

"강원도로 어디로 이리저리 바삐 다니십니다. 법소에서는 일해 선생 이야기만 나오면 상판이 우거지상들입니다. 요새 나도는 비결도 모두 일해 선생 수작이라며 죽여야 하느니 살려야 하느니 야단들입니다."

황하일은 가볍게 웃었다.

"아, 요사이 비결이 그렇습니까?"

송희옥이 놀라 물었다.

"그야 알 수 있나요? 비결들이 너무나 그럴 듯하고 그 위력이 엄청나기 때문에 법소에서는 그렇게라도 말을 해서 김을 빼야겠지요."

두령들은 모두 알 수 없다는 표정들이었다.

"도대체 법소에서는 왜 그럽니까?"

송희옥이 다시 따지고 나왔다.

"알고 계신 대롭니다. 우선 조정에 대하여 우리 북접은 남접하고 다르다는 것을 보여 북접이라도 살아남아 교단을 보전하자는 생각입니다. 법헌 말씀을 들어보면 나무랄 수만은 없는 구석도 있습니다. 교단의 보존도 보존이지만 아직 때가 되지 않았다는 것이지요. 그 까닭을 조목조목 따져서 말은 않으시지만 당신 나름대로 깊이 느끼시는 것이 있다고 보아야 합니다. 그렇다고 이제 와서 새삼스럽게 법헌 뜻을 곱새기고 앉았을 때는 아닙니다. 밀어붙일 수밖에 없습니다."

황하일은 시원시원하게 말했다.

"허문숙 씨하고 내가 움직이는 것은 어디까지나 북접을 견제하자는 것이므로 전봉준 장군께서 봉기를 선언하시면 바로 그때 일어나는 것이 좋을 것 같은데 어떠십니까? 그 점 이쪽하고 호흡이 잘 맞아야 할 것 같습니다."

"그때가 좋겠습니다."

전봉준이 고개를 끄덕였다.

"그러면 황두령께서는 법소하고 의절을 하시는 것입니까?"

송희옥이 물었다.

"내가 법소에 들어갔던 것이 그 사람들 뜻에 동조해서 들어간 것이 아니고 그 사람들을 설득시키자는 것이었으니 의절이라기보다 설득에 실패한 것이지요."

황하일은 가볍게 웃었다.

"고맙습니다. 큰 짐을 하나 덜었습니다."

전봉준은 여기 소식을 자주 알리겠다고 했다. 황하일은 알겠다며 자기가 여기 다녀간 사실이 소문나서는 안 되겠다는 말을 남기고 바로 돌아갔다.

김개남이 봉기령을 내리자 선화당에는 각 고을 두령들 발길이 끊이지 않았다. 우리는 어떻게 할 것인가 궁금해서 달려오는 것이다. 충청도 등 외지에서도 여러 사람이 찾아왔다. 노성 장억쇠와 경천점 박성호가 다녀갔으며, 이인 이지택과 공주 사비정 한중식도 함께 다녀갔다. 한중식은 공주 장준환이 대리로 보낸 것이다. 모두 전봉준과 맥을 통하고 있던 사람들로 앞으로 어떻게 되는지 궁금해서 다녀간 것이다. 유구 최한규도 왔다. 그는 그쪽 사정을 이야기한 다음 전봉준을 따로 만나자고 했다. 옆방으로 갔다.

"우리는 지금 불랑기를 가지고 있습니다. 12문입니다."

최한규가 느닷없는 소리를 했다.

"불랑기라니? 불랑국 대포 말이오?"

"그렇습니다. 지난번 강화도 군사들이 홍계훈이 원군을 나갈 때부터 안면도 사람들이 노리고 있다가 얼마 전에 빼앗아다 숨겨놨습니다."

"포탄도 가져왔습니까?"

전봉준이 다급하게 물었다.

"포탄도 백오십 발쯤 가져왔습니다. 포탄 백 발과 포 다섯 문을 이리 보낼까 합니다. 포탄이 많지 않으니 포는 다섯 문도 많습니다. 포수도 같이 보내겠습니다. 포수들은 전에 거기 영병을 살면서 손수 포를 만지던 사람들이라 포 쏘는 솜씨도 출중합니다."

"정말 고맙습니다."

전봉준은 낮은 소리로 속삭였다. 얼마 전에 충청도 농민군들이 강화도에서 불랑기를 훔쳤다는 소문이 나돌았으나 하도 허황한 소문이 많기 때문에 믿지 않았는데 그게 사실이라니 놀라지 않을 수 없었다.

"강화영은 바다에 익숙한 섬사람들을 병사로 많이 쓰는 까닭에 안면도 사람들은 거기 영병을 산 사람들이 많습니다."

그러니까 아는 놈이 도둑질하더라고 그 내막을 잘 아는 그들이 앞장서서 탈취한 것 같았다.

"안면도는 섬이지만 거기 사람들 기세는 전라도 못지않습니다. 같은 충청도래도 거기 사람들은 육지 사람들하고는 전혀 다릅니다. 전쟁이 벌어지면 거기 사람들은 백에 아흔아홉은 나설 것입니다."

전봉준은 놀라는 표정이었다.

"전쟁이 터지면 바로 보내겠습니다. 배에 실어 강경으로 보낼 테니 그때 가서 보낼 날짜를 미리 알려주십시오."

전봉준은 마치 도깨비굴에 들어가서 보물을 훔쳐왔다는 옛날이야기라도 듣는 것 같았다.

"알겠습니다. 불랑기를 가지고 있다는 소문이 나서는 안 되겠습니다. 그것을 잘 단속하고 계시오."

최한규는 알았다며 돌아갔다. 다음날은 또 엉뚱한 사람이 하나 찾아왔다.

"저는 죽산부 장교 장을동張乙東이라는 사람이옵니다. 죽산 부사 영을 받고 이쪽 농민군 형편을 정탐하러 왔사온데 저는 비록 관가의 녹으로 입에 풀칠을 하고 있사오나 그동안 멀리서 장군님을 하늘처럼 우러러보고 있었사옵니다."

전봉준 이하 두령들은 깜짝 놀라 장을동을 보고 있었다. 죽산은 안성과 함께 경기도에서 농민들이 제일 거세게 들썩이고 있는 곳이었다.

"저도 관복을 벗고 농민군에 뛰어들고 싶은 생각이 간절하던 차에 전라도 형편을 살피고 오라는 부사 나리 영을 받고 하늘이 내린 기회라 여기고 달려왔사옵니다."

장을동은 태도도 의젓했지만 말하는 것도 듬직했다. 두령들은 모두 눈이 둥그레졌다.

"고맙소. 관속들 가운데도 당신 같은 사람들이 많아 늘 감동을 하고 있습니다."

"용납만 해주신다면 장군님 휘하에 들어가서 싸우고 싶습니다. 재주는 없사오나 신명을 바쳐 싸우겠사옵니다."

"고맙소."

전봉준은 죽산 등 그 근처 고을 형편을 물었다.

"죽산은 농민들 기세가 드세기는 하오나 모두가 거추없이 설치기만 할 뿐 상하 위계도 없고 도무지 질서가 없사옵니다. 실은 때를 기다리다가 거기 농민군 속에 들어갈까도 생각해 보았으나 그 사람들은 도무지 미덥지가 않습니다."

송희옥이며 두령들은 모두 날카로운 눈으로 그를 보고 있었다. 그러나 말마디가 믿음직한 게 달리 의심할 구석은 보이지 않았다.

"지금 내 밑에 들어오는 것보다 그대로 거기 계십시오. 거기 농민군들 걱정은 할 것 없습니다. 어디든지 처음 일어나는 곳은 질서가 없습니다. 시일이 지나면 제절로 질서도 잡히고 위계도 섭니다. 당신은 그대로 관복을 입은 채 때를 기다리십시오. 그대로 계시면 앞으로 큰 몫을 할 때가 있을 것입니다."

전봉준 말에 장을동은 고개를 끄덕였다.

"그렇습니다. 그대로 계셔야 크게 일을 할 수 있습니다. 한창 싸울 때 대마루판에서 관군 대장들 몇 놈을 쏴죽이고 내뺄 수도 있잖겠소?"

송희옥이 거들었다. 장을동 눈에서 빛이 번쩍했다.

"그런 일말고도 할 일이 많습니다. 우선 당신하고 같은 뜻을 지닌 사람들을 찾아 통을 짤 수 있으면 통을 짜십시오."

장을동은 잘 알았다며 두 번 세 번 고개를 끄덕였다. 송희옥은 그날 저녁 장을동하고 같이 자면서 여러 가지로 떠보았으나 장을동은 말수가 적고 듬직했다. 다음날 송희옥이 장을동과 작별하며 여기서 가끔 사람을 보내겠다고 했다. 사람을 보낼 때는 자기 이름 가운데서 희 자를 빼고 송옥이가 보냈다고 하라 할 테니 그런 사람이 가면 그런 줄 알라고 암호까지 약속을 했다.

며칠 동안 금구에 가 있던 김덕명이 돌아왔다. 그동안 있었던 여러 가지 이야기를 하고 있는 참인데 달주가 낯선 젊은이 하나를 달고 다급하게 뛰어들었다.

"큰일 났습니다. 담양 접주 남응삼이 순창접으로 쳐들어와서 싸우고 있답니다."

"뭣이라고?"

전봉준이 깜짝 놀라 젊은이를 보았다.

"어제 아침에 느닷없이 남응삼 씨가 수천 명을 몰고 쳐들어와서 집강소를 짓부쉈습니다. 그래서 순창 사람들도 전부 모여서 싸웠습니다. 어제저녁 나절 몰아내기는 했습니다마는 다음에 보자고 물러갔습니다."

젊은이는 땀을 닦으며 바삐 주워섬겼다.

"그 사람이 어째서 쳐들어왔다던가?"

전봉준이 물었다. 젊은이는 지난번 남응삼과 변왈봉이 찾아와서 오동호, 이용술 등과 티격이 붙은 이야기를 했다. 그 앙심으로 쳐들어온 것 같다는 것이다.

"양쪽이 많이 다쳤는가? 죽은 사람은 없고?"

전봉준이 거푸 물었다.

"죽은 사람은 없지마는 머리가 터지고 어깨가 부러지고 여남은 명이 크게 다쳤습니다."

전봉준은 절레절레 고개를 저었다.

"도대체 이게 무슨 꼴입니까? 적을 앞뒤 사방에다 두고 우리끼리 싸우자는 것입니까?"

두령들은 흥분했다.

"이거 이만저만 심각한 일이 아닌데 어떻게 해야지요?"

김덕명이 눈살을 찌푸리며 전봉준을 봤다.

"우리도 하루 빨리 봉기를 선포해야겠습니다. 이 소문이 퍼지면 김개남 장군하고 우리 사이를 온 천하에 광고하는 꼴이 될 판입니다. 그 소문을 죽이는 방도는 한시바삐 봉기를 선포하는 수밖에 없습니다. 어차피 봉기를 해야 할 테니 하루라도 빨리 합시다."

전봉준이 조용히 말했다.

"글피쯤 모두 원평으로 모여서 의논을 하는 것이 어떻겠습니까?"

전봉준이 김덕명한테 물었다. 글피면 9월 4일이었다.

"좋습니다."

김덕명이 동의했다. 김개남이 봉기한 뒤 전주 대도소에 온 두령들은 거의가 봉기를 하자는 의견이었다. 이제 봉기는 기정사실이 된 셈이었으나 농사일 때문에 시기가 문제일 뿐이었다. 그러나 더 미루고 있을 수 없었다. 김개남과 분열되었다는 소문이 퍼져 모두 갈피를 잡지 못하고 있는 판인데 순창 사건까지 터져버린 것이다.

"통문을 띄우시오."

전봉준이 송희옥한테 지시했다.

"앞으로 감사하고 관계를 어떻게 유지하느냐 하는 것도 문제입니다. 통문 띄운 것부터 알리는 것이 우선 예의가 아니겠습니까?"

김덕명이 말했다.

"그렇습니다. 저녁에 같이 술이나 한잔 하면서 이야기를 하지요."

전봉준은 정백현을 불렀다. 오늘 저녁에 술이나 한잔 하자고 감사한테 그를 보냈다. 전봉준이 봉기를 선포하면 누구보다 난처한 처지에 빠질 사람은 김학진이었다. 그러지 않아도 지난번 병조판서를 거절할 때부터 입방아에 올라 지금 목이 간들간들한 판이었다. 군국기무처에서 상당한 실권을 쥐고 있는 김가진이 감싸주어 겨우 자리를 유지하고 있었다. 전봉준은 그동안 김학진하고 무슨 일이든 터놓고 의논하며 지냈던 일이 마치 추억처럼 아련하게 느껴졌다.

저녁참이 되자 김학진이 총서 김성규를 거느리고 왔다. 금방 술상이 들어왔다. 이쪽에서는 송희옥까지 세 사람이었다.

"요사이 바쁘셨지요?"

전봉준이 술을 따르자 김학진이 술을 받으며 물었다.

"예, 좀 바빴습니다."

모두 잔에 술이 찼다. 죽 들이켰다.

"이제 선화당을 각하께 물려줄 때가 온 것 같습니다. 글피 두령들이 모여서 봉기를 결의하기로 했습니다. 두령들을 모이라 해놓고 보니 감회가 착잡해서 술이나 한잔 하자고 했습니다."

전봉준이 잔을 넘기며 말했다.

"대충 짐작하고 있습니다마는 이 가시방석을 어째서 이렇게 일찍 넘겨주려 하십니까?"

"가시밭으로 갈 길이 바쁘기 때문입니다."

좌중은 걸쭉하게 웃었다.

"내 생각에도 조정은 더 믿을 수가 없을 듯합니다. 며칠간 전보 한 장이 없는 것을 보니 김가진 대감도 심기가 편하지 않은 것 같습니다. 나는 요사이 자꾸 임진왜란을 생각합니다. 그때 상감은 의주까지 몽진을 했지만 관민들은 한 덩어리가 되어 왜적하고 싸웠으니 그때 사람들은 얼마나 마음 편한 싸움을 했습니까?"

김학진이 침통한 표정으로 말했다.

"나도 그런 공상을 더러 했습니다. 임진왜란 때하고 사정이 같기만 하다면 각하하고 이 사람 둘이 힘만 합쳐도 왜적을 전부 몰아낼 것 같은 기분입니다."

"나는 그런 전쟁 뒷바라지라면 맨발로 뛰어다니라 해도 기꺼이 뛰어다니며 뒷바라지를 하겠습니다."

김학진 말에 전봉준은 씁쓸하게 웃으며 김성규한테 잔을 넘겼다. 김성규는 무릎을 꿇고 공손하게 잔을 받았다.

"농민군은 지금 적을 앞뒤로 맞을 판인데 어떻게 대처하실 생각이십니까?"

김성규는 술잔에 술을 받아들고 무릎을 꿇은 채 정중하게 물었다.

"특별한 대책이 없습니다."

전봉준은 솔직하게 말했다.

"임진왜란 말씀을 하셨습니다마는 백성은 크게는 슬기롭지만 한 사람씩 떼어놓고 보면 어리석은 사람이 많습니다. 지주를 따라나서서 싸우고 있는 운봉을 보십시오."

"그렇습니다."

김덕명이 고개를 끄덕였다.

"우리한테 운봉은 살아있는 교훈이었습니다마는 모두 그것을 교훈으로 새겨서 보지 못했습니다. 땅에 얽매여 있는 가난한 백성이란 사실은 이렇다고 손에 쥐어주듯 가르쳐준 교훈인데 그걸 아직도 제대로 보지 못하고 있습니다."

전봉준과 김학진의 생각은 처음 만났을 때하고 조금도 다르지 않았다. 두 사람이 시국을 보는 태도도 같았지만 두 사람 사이에 쌓인 인간적 신뢰도 그대로였다. 술자리는 밤이 깊어갈수록 정담으로 무르익었다. 그러나 이 자리는 앞으로 사태의 진전에 따라 서로 총부리를 겨누어야 할지도 모르는 결별의 자리였다.

"장군님, 유생들 사이에서 내 별명이 무엇인 줄 아시지요? 도인감사올시다. 이 도인 감사는 임진왜란 꿈에서 깨어나고 싶지가 않소. 농민군이 패하는 날 이 도인 감사도 목이 날아갈 게요. 내 목도 이 전쟁의 승패에 달렸습니다. 잘 싸우시오."

술이 거나해진 김학진은 호탕하게 웃으며 말했다.

"감사합니다."

술자리는 밤이 이슥해서 끝이 났다.

# 8. 남북접 대립

다음날 예천 갔던 최대봉이 왔다. 전봉준은 자리에서 벌떡 일어섰다. 정길남과 함께 온 최대봉이 웬일인지 모두 돌멩이처럼 굳은 얼굴이었다.

"예천 농민군은 감영군하고 일본군한테 풍비박산이 되고 말았답니다."

최대봉은 땀을 닦으며 힘없이 말했다. 최대봉은 가다가 정길남을 만난 것이었다.

"뭣이, 일본군?"

전봉준은 소스라치게 놀랐다.

"저희들도 같이 있다가 겨우 피해서 목숨을 건졌습니다. 일본군은 병참로 지키는 대구 주둔 부대랍니다."

정길남은 전쟁판에 끼였던 흥분이 아직도 가시지 않은 것 같았다.

"일본군하고 관군이 몇 명이나 나섰소?"

"일본군은 50명이고 감영군은 240명이랍니다."

전봉준은 멍청하게 최대봉과 정길남을 보고 있었다. 크게 기대를 걸고 있던 예천이 풍비박산이 되었다는 것도 충격이었지만 일본 군대가 나섰다는 것은 더 큰 충격이었다. 정길남이 땀을 닦으며 전투 경위를 이야기했다.

13개 고을 접주들이 모여 예천 유림 집강소에 생매장사건 책임자를 잡아 보내지 않으면 당장 짓밟아버리겠다는 통문을 보냈으나 그들은 아무 대답도 하지 않고 다음날부터 전투 준비를 한다는 소식이 들어왔다. 소작인들을 끌어모으는 한편 안동과 의성 유림 집강소에 구원을 요청했다는 것이다.

"안동하고 의성부터 짓밟아버립시다."

두령들은 화가 머리끝까지 치솟았다.

다음날 당장 안동과 의성을 짓밟아버리라고 농민군을 보냈다.

"책상물림들 이번에 한번 죽어봐라. 뚝머슴 장작 패듯 다 패 죽여."

농민군들은 기세 좋게 몰려갔다.

— 빵 빵.

"어라!"

마음 푹 놓고 가던 농민군 선발대는 깜짝 놀랐다.

느닷없는 곳에서 총을 갈겨댔다. 민보군이었다. 수가 엄청나게 많았다. 유림 집강소쯤 식은 죽 먹기라고 생각하고 허랑한 꼴로 몰려가던 농민군들은 총 한 방 제대로 쏘아보지 못하고 쫓기고 말았다. 민보군들은 계속 총을 갈기며 쫓아왔다. 농민군은 너무도 어이없이 무너지고 말았다. 모두 물에 빠졌던 사람들처럼 추레한 꼴로 돌아오는 참이었다.

"저게 누구야, 일본 놈들 아녀?"

맥살없이 돌아오던 농민군들은 눈에서 불이 번쩍했다. 두 사람이었다. 일본군 대위와 졸병 하나였다.

"저 쪽발이들이 무슨 취미로 이런 데까지 얼씬거리지?"

"첩자가 틀림없다."

농민군과 민보군이 싸우는 것을 정탐하러 온 것 같았다. 농민군들은 홧김에 일본군 대위와 졸병을 죽여버렸다.

이 소식을 들은 경상도 감영에서는 펄쩍 뛰었다. 영병 240명을 예천으로 급파했다. 일본군 50명도 합세했다. 그들은 예천 읍내로 들어왔다. 일본군과 영병이 출동했다는 소식을 들은 예천 농민군들은 안동과 의성 농민군 1만여 명과 합세하여 예천 읍내를 포위했다.

농민군은 28일 오후부터 읍내를 공격했다. 일본군이 지휘를 하고 있었으므로 방어 태세가 철통같았고 더구나 양총 위력은 무시무시했다. 농민군들은 모두가 대창이고 화승총을 가진 사람은 30명에 하나 꼴도 되지 않았다. 전투 경험이 없는 농민군들은 무모하게 공격을 하다가 수없이 죽었다. 농민군들은 시체를 뛰어넘으며 다음날 새벽까지 싸웠다. 날이 새자 총에 맞은 사람들이 즐비하게 누워 있었다. 양총에 머리가 박살이 나고 턱이 떨어져나간 꼴을 본 농민군들은 진저리를 쳤다. 일본군과 관군은 날이 새자 더 거세게 공격을 했다. 겁을 먹은 농민군들은 한쪽에서 도망치기 시작했다. 한쪽이 무너지자 농민군들은 돌담 무너지듯 했다. 관군과 일본군들은 추격을 하며 쏘아댔다. 농민군 두령들은 도망치지 말라고 고래고래 악을 썼으나 도무지 수습할 길이 없었다.

"최맹순 씨는 어떻게 되었느냐?"

전봉준이가 물었다.

"빠져나갔을 것입니다. 강원도와 충청도 접주들하고 같이 있었으니 그런 사람들하고 같이 피했을 것 같습니다."

"일본 군대가 나선 것은 까닭이 있기는 합니다마는 그렇더라도 일본 군대가 직접 나서다니 이건 이만저만 큰 문제가 아니잖습니까?"

송희옥이 전봉준을 보며 말했다. 전봉준은 입을 꾹 다물고 있었다. 맥이 풀리는 것 같았다. 당장 전국에 미칠 영향이 문제였다.

"예천 일로 보더라도 일찍 봉기를 선포해야 할 것 같습니다. 자칫하면 다른 지역 유생들도 설치고 나올지 모르겠습니다."

김덕명이 말했다. 순창사건도 그렇지만 예천에서 패한 것은 전국에 미칠 영향이 그만큼 클 것이므로 그런 기세를 누르자면 하루빨리 봉기를 선포하는 길밖에 없겠다고 했다.

그때 정석모라는 사람이 전봉준을 만나잔다고 했다.

"대원위 대감 심부름을 왔습니다."

정석모는 다소곳이 절을 하고 정중하게 말했다.

"대감께서 보내신 효유문이옵니다."

정석모는 보자기를 전봉준이 앞에 풀어놨다. 전봉준이 편지봉투를 뜯었다. 김덕명 등 두령들은 편지 읽는 전봉준의 표정을 살피고 있었다. 전봉준은 편지를 다 읽고 나서 김덕명한테 넘겼다.

지금 개혁을 계속해서 추진하고 있으니 농민들은 가벼이 움직이지 말고 조정에서 개혁하는 것을 지켜보라는 내용이었다.

"알았다더라고 전하시오."

전봉준은 짤막하게 한마디 했다.

"대감께서도 백성 고통을 덜려고 노심초사하고 계십니다."

정석모는 전봉준 앞에 머리를 조아리며 말했다.

"알고 있소."

전봉준은 더 대꾸하지 않았다. 김덕명과 함께 편지를 읽고 난 두령들은 전봉준과 정석모를 번갈아 보았다. 전봉준은 그대로 입을 다물고 있었다. 무거운 침묵이 흘렀다.

"저는 남원 가서 김개남 장군을 뵙겠습니다. 이만 물러가겠습니다."

전봉준은 마루로 나가 정석모를 배웅했다. 정석모는 머퉁이 맞은 아이처럼 전봉준을 힐끔거리며 돌아섰다.

"저 사람이 언제 대원군한테 붙었나?"

최대봉이 가볍게 핀잔을 주었다. 정석모는 전주 출신으로 몇년 전에 진사 복시에 합격한 사람이었다.

"대원군이 왜 이런 것을 보냈을까요?"

김덕명이 물었다.

"마음 쓸 것 없습니다."

전봉준은 가볍게 넘겨버렸다.

9월 4일. 원평에는 근처 10여 고을 두령 20여 명이 모였다. 전주 최대봉·강수환, 고창 임천서·임형로, 태인 최경선, 금구 조준구·김봉덕, 함열 유한필, 무장 송경찬·송문수, 정읍 손여옥·차치구, 김제 김봉년, 고부 정익서·김도삼, 삼례 송희옥, 순창 이사문, 원평 송태섭, 진안 문계팔 부안 김석원, 홍덕 고영숙·이싯뚜리 등이었다.

전봉준은 김덕명과 나란히 앉아 회의를 주재했다. 손화중은 최경선 대리로 참석했다. 여기 나온 두령들은 거의가 1차 봉기 때 나섰던 사람들이었으나 새로운 얼굴들도 많았다. 그동안 각 고을 사정을 그대로 보여주고 있었다.

전주만 하더라도 1차 봉기 때는 서영두와 허내원이 앞장을 섰으나 지금은 최대봉과 강수환이었다. 특히 서영두는 전주 함락 때 참상을 보고 전쟁이라면 진저리를 치며 그 뒤부터는 아예 얼굴을 내놓지 않았다. 진안 문계팔은 진안에서 김개남 군에 들어가지 않은 사람들을 모아 전봉준 밑으로 들어오겠다는 것이다. 태인이나 삼례는 내세울 만한 두령들이 아직 드러나지 않아 명목상으로 최경선과 송희옥이 임시로 맡고 있었다. 특히 함열 유한필은 거기 다른 두령들 반대를 무릅쓰고 스스로 기포하기로 작정한 사람이었다. 지금 각 고을 형편은 그만큼 복잡했다. 진안처럼 김개남 지지파와 전봉준 지지파로 갈리는 데도 있고, 전주처럼 두령들이 전부 바뀐 데도 있었으며, 금구 같은 데는 김개남 지지파에 전봉준 파에 북접파까지 세 갈래 네 갈래였다.

"이렇게 와주셔서 감사합니다. 여기 오신 분들은 그동안 따로 여러 번 만나 의논들을 했으므로 이 자리에서 굳이 우리가 봉기해야 할 명분이나 사정은 새삼스럽게 말씀드릴 필요가 없을 것 같습니다. 지금 전국 각지에서는 김개남 장군이 봉기했다는 말을 듣고 모두들

들썩이고 있습니다. 그런데 우리는 봉기한다는 말이 없으니 혼란이 일어나고 있습니다. 어떻게 대처를 해야 할 것인지 의논을 하자고 모이라 했습니다."

전봉준이 좌중을 둘러보며 말했다.

"그보다 먼저 순창사건부터 짚고 넘어갑시다. 도대체 저 사람들은 어쩌자는 것입니까? 지금 이판에 우리끼리 싸우자는 것입니까? 우리가 자기들하고 원숩니까?"

무장 강경중이 대번에 열을 받았다.

"순창사건은 보통 일이 아닙니다. 우리끼리 싸우면 좋아할 사람이 누굽니까?"

금구 조준구였다.

"그렇게 크게 생각할 것은 없습니다. 사감이 많이 낀 것 같습니다."

전봉준은 대수롭지 않게 말했다. 순창 이사문은 듣고만 있었다.

"그 소문을 듣고 이제 농민군도 믿을 수가 없다고들 야단입니다."

"알고 있습니다. 오늘 우리는 그런 일까지 염두에 두고 한 단계 높은데서 대책을 의논합시다."

전봉준 말에 두령들은 더 달고 나서지 않았다.

"김개남 장군께서는 지난번에 봉기를 선언한 다음 농민들을 모두 집으로 돌려보내놓고 있는데 그럼 남원 농민군은 언제 치고 올라간다는 것입니까?"

무장 송문수였다.

"김개남 장군이 농민들을 모아 봉기를 선언한 것은 첫째는 이미 사태는 더 희망이 없는 까닭에 다른 고을도 봉기를 준비하라고 촉구

하자는 것이고, 둘째는 진군 날짜가 결정되면 금방 집결해서 발 빠르게 치고 올라갈 수 있도록 농민군 진용을 미리 갖춰놓자는 것 같습니다."

전봉준이 말했다.

"요사이 이상한 소문이 떠돌고 있는데 그것은 무엇입니까? 남원에서 봉기한 다음 49일 동안 남원에 머물렀다가 움직이라는 지리산 도사의 참언에 따라 미리 군사를 일으켰다는 말이 있습니다. 뜬소문인 줄 알았는데 그쪽 두령들 말을 들어보니 그게 아닌 것 같습니다."

최대봉이 정색을 하고 말했다.

"요사이 비결이나 참언이 오죽 많습니까?"

전봉준은 가볍게 받았다.

"그게 아닙니다. 거기 두령들이 그런 소리를 하는 것을 저도 들었습니다. 봉기한 날부터 49일이라면 10월 14일이라며 자기들은 그날 제대로 일어난다는 것입니다."

진안 문계팔이었다.

"그런 소리는 괘념할 것이 못됩니다."

전봉준은 대수롭지 않게 넘겼으나 두령들은 고개를 갸웃거렸다. 요사이는 오나가나 그 이야기들이었다. 문계팔 말마따나 거기 두령들한테 물어보면 그렇다고 순순히 대답했다. 도대체 알 수 없는 일이었다.

"우리도 하루쯤 농민군을 전부 모아 봉기를 선언하는 것이 좋을 것 같습니다. 그렇게 봉기를 선언한 다음에 남원처럼 집으로 돌아가서 일을 하도록 하다가 진격 날짜가 잡혀 모이라는 영이 떨어지면 바로 나오도록 하는 것입니다."

금구 조준구였다.

"그것도 좋은 방법이기는 합니다마는 그날 모이는 수가 문제될 것 같습니다. 남원은 7만 명이 모였습니다. 우리는 얼마나 모일 것 같습니까?"

정읍 차치구였다. 전봉준이 우려하던 점이었다. 두령들은 모두 전봉준을 봤다.

"그게 문젭니다. 경상도나 충청도 사람들은 지금 전라도는 한군데서만도 7만 명이라는 사실이 무엇보다 든든한 것입니다. 남원 7만 명은 조정이나 일반 농민들에게 농민군 잠재력을 그만큼 과시하고 있는 숫자인데 여기서 모인 수가 1만 명도 못 된다면 남원 7만 명의 효과에 김을 빼는 일밖에 되지 않을 것입니다. 그렇다고 무리하게 모아들일 수도 없는 일이고 무리를 한다고 될 일도 아닙니다."

두령들은 고개를 끄덕였다.

"좋은 방법이 없습니까?"

전봉준은 두령들을 둘러봤다. 잠시 침묵이 흘렀다. 아무도 뚜렷한 방법이 떠오르지 않는 것 같았다.

"이렇게 하면 어떻겠습니까? 장군님은 농민군 총대장이십니다. 총대장 이름으로 통문을 띄워 봉기를 선포해버리는 것입니다. 지금 나라 형편은 우리가 다시 나서지 않을 수가 없다. 모든 농민군은 준비를 하고 있다가 집결하라는 영이 떨어지면 바로 모이라. 언제든지 집결하라는 영이 떨어지면 즉시 털고 나올 수 있도록 각 고을에서는 준비를 철저히 하라. 이렇게 각 고을에 통문을 띄우고 방도 여러 장붙여 널리 알리는 것입니다. 그러니까 농민군 총대장으로서 남원까지 싸잡아서 전라도 53개 고을 집강소에 영을 내리는 것입니다."

김제 김봉년이었다.

"탁견입니다."

최경선이 대번에 감탄을 했다. 김봉년은 1차 봉기 때는 활약이 별로 없었으나 요사이는 누구보다 열심이었다.

"남원이 모였다고 해서 우리도 남원하고 같은 모양으로 모이면 전봉준 장군은 김개남 장군하고 같은 급이 되어버리고 이쪽에서 수가 적게 모이면 전봉준 장군 세가 그만큼 약하다는 소리가 되어버릴 것입니다. 김개남 장군이 남원에서 7만 명을 모았든, 진도 어느 두령이 7백 명을 모았든 그것은 어디까지나 전봉준 장군 휘하에 있는 전라도 농민군 두령 가운데 어느 부대가 모인 것뿐이고 그 맨 위에는 총대장 전봉준 장군이 있는 것입니다."

"정말 그렇습니다. 김두령 말씀이 퉁겨논 먹줄입니다."

두령들은 모두 얼굴이 환해지며 웅성거렸다. 모두 그 문제로 그만큼 고심을 한 것 같았다.

"좋은 의견을 내노셨습니다."

김덕명도 찬동을 했다.

"새삼스런 말씀 같습니다마는 이번 봉기에도 농민군 총대장은 그대로 장군님이지요?"

전주 최대봉이 좌중을 둘러보며 물었다.

"두말할 것도 없습니다. 우리 전라도 농민군들은 지난 봄 무장에서 봉기하여 전쟁을 하다가 전주에서 화약을 맺고 잠시 물러났으나,

화약을 맺었을 뿐 농민군을 해산했던 것은 아닙니다. 총을 놓고 해산을 했다가 이제 새로 일어난 것이 아니고 그대로 총을 들고 집강소를 운영하다가 다시 집결하는 것입니다. 모두가 그때 그대로입니다. 더구나 장군님께서는 그동안 전주 대도소에 계시면서 각 고을 집강소에 영을 내리셨습니다. 그런데 장군님이나 우리나 거기를 대집강소라 부르지 않고 대도소라고 불렀으며 장군님을 도집강이라 부르지 않고 항상 장군님이라고 불렀습니다. 다시 말씀드리면 지난 3월에 일어나서 장군님을 총대장으로 추대하고 전쟁을 하다가 잠시 멈추고 집강소를 벌여 개혁을 하다가 다시 전쟁으로 들어가는 것입니다."

최경선이 가닥을 추렸다. 농민군 총대장의 정통성을 역설한 셈이었다. 김개남이 승복을 하든 하지 않든 전봉준이 농민군 총대장으로서 정통성을 지니는 것은 너무도 당연한 일이었다. 그러니까 김봉년이 제안한 봉기 방식은 농민군의 정통성을 바탕으로 농민군 조직과 지휘체계를 확인시킨다는 점에서도 중요한 의미가 있었다.

"바로 그렇습니다."

모두 고개를 끄덕이며 얼굴이 환해졌다. 그때 유한필이 나섰다.

"그 말씀에 저도 동감입니다. 지금 이 자리에는 북도 접주들만 몇 사람 모였는데 전라도 두령들을 전부 모아서 의논을 한번 거친 다음에 그런 영을 내리는 것이 어떻겠습니까? 봉기를 할 것인가 어쩔 것인가 의논을 하겠으니 전부 모이라고 총대장으로서 통문을 내려서 회의 소집을 하는 것입니다. 그 회의에 나오지 않는 사람도 많겠지만 나오지 않는 사람이 있더라도 그때 결정한 것은 전라도 두령회의 결정이 됩니다. 그래야 그 명령에 무게가 실릴 것 같습니다. 전에 전쟁을 할 때도 모두 의논을 했으니 더구나 이런 큰 영을 내릴 때는 더 그래야 할 것 같습니다."

"그렇습니다."

전봉준이 크게 고개를 끄덕였다. 이것은 대단히 중요한 점이었다. 각 고을 두령들은 각자 자기 고을 농민군을 거느리고 있었고, 전봉준도 다른 두령들처럼 자기 휘하 농민군을 거느리고 있었다. 조정군하고는 그 점이 달랐다. 임금이 임명한 조정군 총대장은 분명한 계서적 지휘체계의 맨 위에서 부하들에게 명령을 내릴 수 있는 권한이 있고 부하들은 그 명령에 절대 복종해야 하지만 농민군 총대장은 그게 아니었다. 농민군은 총대장이라고 했지만 사실상 두령들 협의기구의 의장 정도라고 할 수 있었다. 결국 자발적으로 얼마나 많은 두령들이 휘하로 들어와 주느냐가 문제였다. 김개남처럼 따로 군대를 모아 떨어져나간다 하더라도 규제할 방법이 없었다. 김개남은 벌써 10여 개 고을 농민군을 거느렸으므로 현실적으로 전봉준만큼 막강한 세력을 형성해버린 것이다. 전봉준이 전라도 농민군 총대장이라는 정통성을 확보한다 하더라도 밑으로 들어오는 사람이 없으면 그것은 껍데기일 뿐이었다. 순창사건도 그런 점에서 세력을 확대하려는 노골적인 기도였다. 그러나 현재로서는 전라도 전 지역에서 전봉준을 지지하는 두령들이 훨씬 많았으므로 두령회의를 거치는 것은 실세를 확인하여 제대로 정통성을 확보하는 절차라고 할 수 있었다.

"유두령 말씀이 옳습니다마는 그러자면 시일이 너무 걸립니다. 짧게 잡아도 남도 먼데까지 통문이 가고 사람이 오려면 오가는 데

사흘씩만 잡아도 6일은 걸리지 않겠습니까? 김봉년 두령 말씀대로 총대장 이름으로 봉기는 먼저 선포해버리고 앞으로 할 일을 의논한다고 두령들을 모이라 하여 두령회의를 소집해도 마찬가지일 것 같습니다. 지금 하루가 급합니다."

모두 그렇겠다고 했다.

"호남 농민군 총대장 명의로 봉기를 선포하고, 두령회의를 소집하자는 의견입니다. 다른 의견 없습니까?"

전봉준이 추슬렀다. 없다고 했다.

"그러면 두령회의 장소는 삼례로 통지하고 대도소는 곧바로 전주에서 삼례로 옮기는 것이 어떻겠습니까?"

모두 좋다고 했다. 두령회의 날짜는 9월 14일로 하기로 했다. 봉기를 먼저 선포하기로 했으므로 두령회의는 무리를 해서 서둘 필요가 없었다.

"도소를 삼례로 옮기면 거기에는 군사들이 방불하게 있어야 할 것 같습니다. 2,3백 명은 있어야 하지 않겠습니까?"

최대봉 제안에 역시 찬성이었다. 각 고을에서 젊은이들이 4,50명씩 나와 며칠씩 대거리를 하자고 했다. 어떤 방식으로 봉기를 선포할 것이냐는 까다로운 문제가 풀리자 다른 문제는 의논하고 말 것도 없었다.

그때 누가 찾아왔다고 했다. 낯모르는 사람이었다.

"이건영李建永이라 하옵니다. 조용히 드릴 말씀이 있어 왔습니다."

이건영이 주변을 둘러봤다. 전봉준이 이건영을 데리고 옆방으로 갔다.

"대원위 대감께서 보내서 왔습니다."

이건영은 전에 승지를 지낸 일이 있는 사람이었다. 그는 고관을 지낸 사람답게 풍채며 말씨가 여간 드레지지 않았다. 전봉준은 이건영 소문을 듣고 있었다. 요사이 유생들 사이에서 이건영을 전라도 감사로 삼고 순창 군수 이성렬을 전라도 영장으로 삼으면 전라도가 조용할 것이라고 한다는 사람이었다.

"며칠 전에 정석모 씨가 장군님을 뵈었을 것입니다. 그 때문에 대감께서 저를 뒤따라 내려보냈습니다."

전봉준은 그대로 이건영 얼굴만 보고 있었다.

"장군님과 김개남 장군님께 그런 효유문을 보내신 것은 일본군 눈초리가 대감께 하도 날카롭게 쏠리고 있는 바람에 일본 사람들 눈을 그으려고 그런 것입니다. 대감께서는 지금 그럴 수밖에 없는 난처한 처지에 빠졌습니다. 알고 계시겠습니다마는 청나라 섭지초한테 보낸 대감 편지가 일본 사람 손에 들어간 뒤로 대감 처지는 이만저만 곤혹스런 게 아닙니다. 그 점 깊이 양해해달라는 말씀부터 전하시라 하셨습니다."

이건영은 말씨가 여간 또렷또렷하지 않았다.

"실은 대감께서 지난 29일 오토리를 만나 담판을 하셨습니다. 나하고 청나라 사람들하고 어떤 사이인지 당신들이 누구보다 잘 알지 않느냐? 내 편지가 청나라 사람들 문서철에서 나왔다고 하는데 그것은 민가들의 간교하기 짝이 없는 조작이다. 그때 평양에는 민가들 패거리이자 이홍장 수족 민병석이 감사로 청나라를 도우면서 버티고 있었다. 평양전투가 패색이 짙어지자 그런 수작을 부려 나와 일본을 이간시키려 한 것이다. 내가 전봉준한테 보냈다는 편지도 마찬가지다. 이렇게 말씀하신 것 같습니다. 그런 말씀을 하시면서 앞으로 내가 하는 것을 보면 알 것이라고 뒤를 눌러놓고 오신 다음 장군님과 김개남 장군께 정석모 씨를 보낸 것입니다."

이건영은 말을 마치고 전봉준을 보았다.

"그런 사정은 대충 짐작하고 있었습니다."

전봉준은 무겁게 입을 뗐다.

"감사합니다. 대감께서 저를 보내실 때 두 가지 임무를 주셨습니다. 첫째는 정석모 씨한테 보낸 효유문은 일본 눈을 속이려는 것이었다는 말씀을 전하라는 것이고, 두 번째는 조정을 뒤엎을 때는 지금이라는 말씀을 전해 올리라는 것입니다."

이건영이 조심스럽게 말하며 전봉준을 보았다.

"알고 있습니다. 그렇지만 이 전쟁은 예사 전쟁하고는 다릅니다. 예사 전쟁은 전쟁을 할 때만 군사들이 죽습니다마는 이 전쟁은 농민들이 지면 농민들이 정말로 죽는 것은 전쟁이 끝나고 난 다음부터입니다. 관군이 이겼다고 생각해 보십시오. 전쟁에 나간 사람들을 가만두겠습니까? 이 잡듯이 잡아 죽일 것이고 가족들까지도 죽입니다. 어쩌십니까? 당신도 관속을 지낸 사람이니 관속배들 행티를 누구보다 잘 알 것입니다. 그런 전쟁에 군사를 일으키라 하시려면 승산을 말씀하셨을 줄 아는데 그게 무엇입니까?"

전봉준이가 조용하게 말하며 이건영을 보았다.

"그야 두 분 장군님들 능력을 믿고 하시는 말씀일 것입니다."

이건영은 몹시 당황하는 표정으로 얼버무렸다.

"다시 말씀드리거니와 예사 전쟁은 전쟁에 지면 그 책임이 조정에 있는 까닭에 병사들은 그때부터 승패 간에 발을 뻗고 잠을 잡니다. 그런데 이 전쟁에서 농민군이 지면 누가 책임을 집니까? 대감이 지겠습니까, 우리 두령들이 지겠습니까? 이런 전쟁에 승산을 말하지 않고 무작정 치고 올라오라고만 하시다니 그런 무책임한 말씀이 어디 있습니까? 그 양반은 지금도 저 위 아득히 높은 자리에 앉아서 백성 목숨이나 사정쯤 바람에 나무 잎새 흔들리는 것만큼이나 쉽게 여기는 분입니다. 이방언 씨한테서 여러 가지 말씀 들었습니다마는 아직도 그런 생각에는 변함이 없습니다. 백성 한 사람 한 사람 목숨도 대감 목숨이나 당신 목숨하고 똑같이 소중합니다. 헐벗고 못 먹고 천대받던 사람들이라 한세상 나왔다가 죽는 설움은 더 뼈가 저립니다. 앞으로 우리한테 무슨 말씀을 하시려면 우리가 모르고 있는 사정이나 알려달라고 하십시오. 결정은 우리가 내리겠습니다."

전봉준은 낮으나 단호하게 말했다. 이건영은 머쓱해지고 말았다.

"장군님의 고충을 잘 알겠습니다."

이건영은 깊숙이 고개를 숙였다. 그는 뭐라 더 말을 하지 못했고 전봉준도 더 말을 하지 않았다.

"저는 그럼 이만 물러가겠습니다. 장군님 말씀 잘 알겠습니다마는 제 소임이 있는 까닭에 김개남 장군께도 가지 않을 수가 없습니다."

이건영은 거듭 고개를 숙이고 물러갔다. 이건영이 대문을 나간 바로 뒤였다.

"이게 누구야?"

임군한 졸개 김갑수와 이천석이었다.

"어떻게 된 것인가?"

"두 분 다 무사합니다. 지금 한양에 계십니다. 그 뒤로 사대문 기찰이 어찌나 서릿발이 치든지 꼼짝을 못하고 계십니다. 차분히 눌러 계시다가 움직이겠다고 하십니다."

"걱정을 크게 했더니 다행일세. 장흥 이방언 장군에게도 기별을 해야겠네."

전봉준은 한시름 놓은 것 같았다.

"김확실 두령님 안 오셨습니까?"

"안 왔네. 왜?"

"모두 모아야겠습니다."

이런 일이 벌어졌으니 모여 있어야 하지 않겠느냐고 했다.

"부안 어디 있는 것 같았는데?"

송희옥은 고개를 갸웃거렸다. 고부 김도삼이 거기를 지나다가 김확실이 있는 집에 들러봤다고 했다. 그는 옛날 머슴 살던 집에서 주인한테 빼앗겼던 처녀를 되찾아 아내로 데리고 살면서 주인을 종놈 부리듯 하고 지내더라며 웃은 일이 있었다.

김갑수는 자기들은 지금 남원을 다녀오겠다며 김확실한테 이리 오도록 기별을 좀 해달라고 했다. 남원 임문한과 임진한한테도 알리러 가는 것 같았다.

전봉준은 김갑수가 간 다음 이싯뚜리와 달주를 불러 며칠간 다녀올 데가 있다며 길 떠날 준비를 하라고 했다. 송희옥한테 전주 도소를 삼례 여각으로 옮기라는 지시를 내린 다음 전봉준은 달랑 두 사람만 달고 원평을 떠났다. 무슨 일인지 이번에는 말을 타지 않고 방갓만 쓰고 나섰다.

"공주까지 좀 다녀오세."

"공주요?"

이싯뚜리가 깜짝 놀라 발을 멈췄다.

"앞으로 우리가 한양으로 치고 올라갈 때는 삼례 다음에는 공주가 거점이 되네. 관군들도 거기를 대단히 중시할 것이니 거기서 크게 싸움이 벌어질지도 모르네."

"그렇지만 장군님 얼굴 아는 사람이 많지 않겠습니까?"

달주가 말했다.

"구데기 무서워 장 못 담겠냐? 전에 몇 번 가보았다마는 그것 가지고는 안 되겠다."

두 사람은 아직도 어리둥절한 표정으로 따라갔다.

일행은 강경과 논산을 거쳐 이틀 만에 이인에 당도했다. 이인은 공주에서 부여와 논산으로 빠지는 30리 지점에 있는 역말이었다. 이인 접주 이지택 집에 들렀다. 이지택은 공주 장준환과 함께 농민들 신망이 높은 사람이었다.

"지난번에도 말씀드렸습니다마는 여기는 이유상이라는 유생이 이만저만 골칫거리가 아닙니다. 박식하고 백성 신망이 높은 사람인데, 이 사람이 벌써 민보군을 모으고 있습니다. 전에는 장준환 씨나 저하고 막역한 사이였습니다마는 요사이는 원수가 되어버렸습니다."

"장흥 이방언 씨하고 형편이 비슷하구려. 너무 적대시 말고 틈만 있으면 만나서 우리 생각을 성심껏 이야기하십시오."

전봉준은 밤늦게까지 이지택하고 이야기하다가 다음날 아침 일찍 길을 나섰다. 전봉준은 근처 지형을 자세히 설명하며 공주 감영 뒤쪽 가장 높은 봉우리인 두리봉으로 올라갔다.

"공주는 배 형국이네. 바로 저 아래 산줄기 너머가 감영이고 저기가 곰나루, 저쪽 금강 곁에 저기가 쌍수산성, 바로 저 건너 저 산이 봉수대네."

전봉준은 두 사람에게 공주 주변 산세를 설명했다.

"위로는 금강이 막고 있고 사방이 천연의 요새라 백제가 여기에 도읍을 했고, 그 뒤로도 여기서 숱한 싸움이 벌어졌어."

금강이 곰나루에서 방향을 꺾어 곧장 강경 쪽으로 내려갔다. 달주는 전에 용배하고 여기를 지났던 기억이 났다. 저 멀리 사비정이 아스라이 보이고 서북쪽으로 곰나루가 보였다. 껌껌한 밤에 용배, 연엽과 함께 배를 타고 가슴을 졸이며 빠져나갔던 금강이 눈앞에 그린 듯이 펼쳐졌다. 금강에는 나룻배와 고기잡이배가 한가롭게 떠 있었다.

곰나루 건너 서북쪽으로 빠지는 저 길이 유구로 빠지는 길, 저기 북문 나루를 건너 북쪽으로 곧장 빠지면 차령산맥을 넘어 천안, 저기 쌍수산성 뒤에 있는 장기대나루를 건너 동북쪽 길로 빠지면 조치원, 전봉준은 이 근방 지리를 손바닥에다 놓고 보듯 했다. 그는 원평에서부터 여기까지 오는 사이 산이면 산, 동네면 동네 하나하나 이름을 대며 저 산 너머는 어디고 저 동네는 무슨 성씨가 살고, 모르는 산이 없고 모르는 동네가 없었다.

"저 쌍수산성 너머가 장기대나루구나."

달주는 혼자 뇌었다. 장기대나루는 그때 배를 탔던 곳이었다. 이

따 갈 때는 거기를 지날 테니 재작년에 자기들을 강경까지 태워다 준 연엽의 외삼촌 장한주를 만나봐야겠다고 생각했다. 여기 오면서부터 마음먹었던 일이었다. 그를 만나면 연엽 소식을 알 수 있을 법했다. 일행은 곰나루 쪽으로 내려갔다.

"금강에 떠 있는 배가 몇 척이나 되는가 한번 세어봐라."

두 사람은 배를 세었다. 눈에 보이는 배만 나룻배까지 열두서너 척이었다. 전봉준은 도선목 주막으로 들어갔다. 나룻배가 금방 떠난 뒤라 주막에는 사람이 없었다. 점심은 사비정에 가서 먹자며 막걸리만 한잔씩 시켰다.

"너희들도 줄포에서 서양 기선은 구경했을 것이다. 모선에서 종선을 내리지 않더냐? 그 종선 노 젓는 것 보았느냐?"

전봉준이 막걸리 잔을 들고 강에 떠 있는 배를 보며 물었다. 두 사람 다 보았다고 대답했다. 강가에는 조그마한 배들이 한가하게 노를 젓고 다녔다.

"그 사람들 노질하는 모양이 우리 노질하는 것하고 크게 다르지 않더냐?"

전봉준은 빙긋이 웃으며 물었다. 두 사람은 덩둘한 얼굴로 전봉준을 보았다. 그 사람들은 우리하고 노질하는 것이 전혀 달랐다. 그 사람들은 배 한가운데 앉아서 양쪽에다 노를 걸고 노깃으로 물을 뒤로 밀어냈다. 두 사람은 그 사람들 노질하는 것을 떠올리며 전봉준이 무엇 때문에 그런 걸 묻는지 어리둥절했다. 아까 강에 떠 있는 배를 세어보라고 한 것은 전쟁이 벌어지면 여기 있는 배로 군사들 실어 나를 것을 생각하며 세어보라 한 것 같았는데 이 이야기는 무엇 때문인지 얼른 가늠이 잡히지 않았다.

"그 사람들 노질하는 것을 보면 그 사람들은 노를 젓는 것이 아니라 노로 물을 억지로 밀어내더구나. 우선 앉기부터 배가 나가는 방향하고 거꾸로 앉는다. 그것부터 얼마나 답답한 일이냐?"

전봉준은 웃으며 말했다. 두 사람은 고개를 돌리고 막걸리 잔을 기울이고 나서 전봉준 말에 건성으로 고개를 끄덕였다.

"우리는 저렇게 노를 배 뒤에다 천연스럽게 늘어뜨리고 노깃으로 물을 슬슬 젓는데 그 사람들은 억지로 물을 밀어낸다. 그러니까 그 사람들은 노로 물을 밀어내지 우리처럼 젓는 것이 아녀. 노질하는 모양새부터가 앉음새하며 얼마나 멋대가리가 없느냐?"

전봉준은 역시 웃으며 말했다. 두 사람도 따라 웃었다. 전봉준 말을 듣고 보니 그 사람들 노질하는 것은 정말 멋대가리가 없었다.

"저기 저 사람들 노 젓고 가는 것 봐라. 우리는 배 옆구리가 아니라 배 꽁무니에다 노를 걸어 물에다 척 늘어뜨리고 할랑할랑 얼마나 천연스러우냐? 저 사람은 지금 옆에 앉아 있는 사람하고 이야기까지 하면서 젓고 가는구나. 배 밑바닥에 쭈그려 앉아서 고개를 잔뜩 외오틀고 무작정 끌어당기기만 하는 서양 사람들한테 비하면 저것은 무슨 놀이라도 하는 것 같지 않냐? 바빠서 힘껏 저을 때도 그렇지. 발 하나를 뱃전에다 척 버티고 그때는 꼭 홍겹게 춤이라도 추는 꼴이다. 노 하나에 둘이 붙기도 하지. 그렇게 세게 저을 때는 제절로 홍이 나서 노래까지 나온다. 몸놀림이 춤추는 꼴이니 제절로 노래가 엮힐 수밖에."

전봉준은 무슨 말을 하려는 것인지 한가한 소리만 늘어놓고 있었다.

"저쪽에 저 사람은 주낙을 놓고 있구만. 저 사람 봐라. 한 손으로는 슬슬 노를 젓고 한 손으로는 주낙을 한 가닥씩 천천히 내리고 있다. 우리는 저렇게 다른 일을 하면서도 노를 젓는다."

건너편 강가에서 주낙을 놓고 있었다.

"담배를 피우고 싶으면 한 손으로는 대통을 쥐고 한가하게 담배를 피우면서 한 손으로는 노를 할랑거리고 가거든. 파도를 탈 때는 더 신통하지. 웬만한 파도는 나뭇잎이 파도를 타듯 슬슬 타고 넘어가는구만."

전봉준은 연방 웃으며 우리 노질 찬양에 신명이 났다.

"그런데 노를 저렇게 물속에다 늘어뜨리고 할랑할랑 물을 젓기만 하는데 배가 앞으로 나가거든. 나는 배를 탈 때마다 그것이 신기해서 유심히 노깃을 내려다본다마는 배가 앞으로 나가는 이치를 지금도 잘 모르겠더라."

전봉준은 껄껄 웃었다.

"노깃 아래쪽이 도도록하고 저을 때 조금 재껴서 젓는 것이 비결인 듯한데 하여간 우리 조상들은 신통한 사람들이야. 저런 것까지도 물 흘러가듯 슬슬 젓지 어거지로 구슬려서 마구잡이로 밀어내지 않는단 말이야."

전봉준은 이번에는 우리 조상들 지혜에 감탄을 했다. 달주와 이싯뚜리는 전봉준 말이 그럴듯하기는 했으나 그게 그렇게까지 신통한 것인지 아리송했다.

"우리 노질은 할랑할랑 활개를 치며 천연스럽게 걸어가는 것 같고, 서양 사람들은 기를 쓰고 뒷걸음질로 어거지를 쓰는 꼴이거든.

사람들이 사는 모양새는 그 사람들 생각을 그대로 드러내기 마련인데 하나를 보면 열을 알더라고 노 젓는 것 하나만 보아도 서양 사람들은 알 만하지 않느냐? 사람이 배를 만들어서 타기 시작한 것은 사람이 처음 생겨나서부터 수천 수만 년일 테니 더구나 그렇지. 그 수천 수만 년 동안 배를 몰고 가는 모양새가 그렇게 거스르고 억지를 쓰는 꼴이라면 그 사람들 생각하는 바탕이 그렇다는 것이 아니고 무엇이겠느냐? 배에 짐을 싣고 가든 사람이 혼자 타고 가든 배를 몰고 가는 것은 사람이니 몰고 가는 사람이 우선 편하게 몰고 가야 할 것인데 그 사람들은 몰고 가는 것만 생각했지 사람은 생각하지 않은 것이다. 우리는 배하고 사람이 하나가 되어서 오죽이나 천연스러우냐? 저렇게 춤추듯이 저으니까 노를 저으면 제절로 노래까지 나오지만 고개를 외오틀고 무작정 잡아당기기만 하는 서양 사람들 입에서 어떻게 노래가 나오겠느냐? 나온다면 끙끙 앓는 소리나 나오겠지."

전봉준은 껄껄 웃었다. 달주와 이싯뚜리도 따라 웃으며 비로소 고개를 끄덕였다. 전봉준 말을 듣고 보니 강 위에 노를 젓고 다니는 모습이 너무도 천연스럽고 한가로워 보였다.

"서양 사람들이 지금 여러 가지로 앞선 것 같다마는 길게 보면 거스르고 억지를 부려서는 위태로운 법이야. 사람 사는 것이 매사가 다 그렇지."

전봉준은 말을 마쳤다. 일행은 주막을 나섰다. 산자락을 돌고 고개를 넘어 우금고개로 나왔다. 전봉준 말이 그럴듯해서 두 사람은 자꾸 뒤를 돌아보며 노 젓는 모습을 보았다.

우금고개에 올라서자 달주는 용배가 전에 돈을 감춰 뒀던 바위가 생각났다. 달주는 일행을 잠깐 기다리라 해놓고 그 바위 밑으로 갔다. 바위 밑이 깊이 헤집혀 있었다.

"자식이 언제 다 파가버렸구나."

달주는 멋쩍게 웃으며 돌아왔다. 우금고개에서 주미산으로 붙어 금학동 뒷산 줄기를 타고 능티고개를 지나 봉수대로 올라갔다. 계룡산 쪽 제일 높은 봉우리였다.

"인생이란 것도 그렇지만 유독 산은 먼데서 보는 것하고 속에 들어가서 보는 것하고 크게 다르다. 달라도 너무 다르지. 우리가 지나온 숲이 그렇게 험했지만 여기서 내려다보니 아무것도 아니잖냐? 또 저기서 보는 것하고 여기서 보는 것도 이렇게 다르거든."

전봉준은 차근하게 말했다.

"사정거리가 긴 양총하고 사정거리가 짧은 화승총하고 싸우려면 우리는 산에서 싸울 수밖에 없다. 산줄기나 바위 뒤에 몸을 숨기면 양총이 아무리 멀리 나가도 보이지 않으면 쏠 수가 없지. 우리는 한사코 산으로만 붙어야 한다. 들로 나가면 죽고 산으로 붙어야 산다. 사냥꾼한테는 경치가 보이지 않는 법이고 산삼 캐는 심메마니한테는 짐승이 보이지 않는 법이다. 이제 우리는 산에서 싸움을 할 테니 산을 전쟁터로 보아라. 전하고는 달리 보일 것이다. 그런 눈으로 산세 하나하나를 잘 봐두어야 한다."

두 사람은 고개를 끄덕였다.

"또 하나 명심할 것은 산은 생김새가 무궁무진하다. 보지 않고 짐작을 해서는 안 된다. 저 너머가 어떻게 생겼으려니 짐작하고 부하들을 몰아서는 절대로 안 된다. 가보지 않은 곳으로 진격을 할 때는 반드시 대장이 앞장을 서야 한다."

일행은 방금 지났던 능티고개로 내려와 물안주골로 빠져 공주 부내로 들어갔다. 점심때가 겨워 곧장 사비정으로 갔다. 전봉준이 나타나자 한중식과 군자란은 제정신이 아니었다. 한중식은 한참 덤벙거리다가 장준환 씨를 모시고 올 거냐고 물었다. 그러라고 했다.

"지난번에는 정말 고마웠습니다. 돈도 요긴하게 잘 썼습니다마는 봉기를 하고 나서 그렇게 뿌듯한 보람을 느낀 적도 드물었습니다."

전봉준은 군자란한테 저번에 돈 보내준 것에 대한 치사를 했다.

"목숨을 걸고 싸우시는 분들도 계시는데 너무 과찬이십니다."

군자란은 정중하게 고개를 숙였다. 달주는 군자란의 얼굴과 말하는 품을 새삼스럽게 유심히 보았다. 두루 드레지기가 역시 여걸이다 싶었다. 장준환이 왔다. 모두 십년지기라도 만난 듯이 자리가 훈훈하게 무르익었다.

"이유상 씨란 분 때문에 걱정이 많다는 말씀 들었습니다."

전봉준은 이번에 봉기를 선포하게 된 배경을 소상히 설명하고 싸움이 벌어지면 여기 공주가 중요한 거점이 될지 모르겠다는 등 여러 가지 이야기를 했다.

전봉준은 아쉬워하는 두 사람과 작별 인사를 하고 사비정을 나왔다. 감영이며 여기저기 부내를 살핀 다음 쌍수산성을 둘러보고 경천점 쪽으로 길을 잡아 섰다. 장기대나루에 가까워졌다. 달주는 전봉준과 이싯뚜리를 저만큼 보내놓고 도선목으로 갔다. 장한주가 배에서 돛을 손보고 있었다. 곁에 다섯바우가 앉아 있었다.

"그간 잘 계셨습니까?"

달주가 벙그렇게 웃으며 배 곁으로 다가섰다. 수염이 텁수룩한 장한주는 눈을 씀벅였다.

"아이고, 저게 누구예유?"

다섯바우가 먼저 알아보고 벌떡 일어섰다. 달주가 배로 올라섰다. 다섯바우가 장한주한테 재작년 이야기를 했다.

"아이고, 그렇구나."

장한주도 반색을 했다. 그는 너털웃음을 터뜨리며 솥뚜껑 같은 손으로 달주 손을 덥석 잡았다. 노질에 단련된 앞가슴이 유독 우람했다.

"이 근래 연엽 아가씨 여기 안 들렀습니까?"

달주가 속삭이듯 물었다.

"들르기는 들렀네마는 집도 절도 없으니……."

장한주는 말끝을 흐렸다.

"지금 어디 있습니까?"

"알 것 없네. 절로 간다고 했으니 벌써 머리를 깎았을 거네."

장한주는 힘없이 말하며 한숨을 쉬었다. 달주는 가슴에서 쿵 소리가 났다. 장한주는 연엽이 달주하고 무슨 사연이 있었던 게 아닌가 짐작하는 것 같았다.

"여기 지나다가 안부가 궁금해서 묻습니다."

"갑사 대자암에 있을 것이네마는 그런 줄이나 알게. 그렇게도 심성 곱고 착한 사람들이 세상 하나 잘못 만나노니……."

장한주는 다시 한숨을 내쉬었다. 달주는 몇 마디 더 이야기를 하다가 다섯바우한테 옛날에 고마웠다며 요긴한 데 쓰라고 엽전 여남은 닢을 쥐어주고 돌아섰다. 달주는 머리 깎고 가사를 입은 연엽 모습이 눈앞에 어른거렸다. 성큼한 키에 모란꽃같이 예쁜 얼굴로 다소곳이 무릎을 꿇고 앉아 합장을 하며 부처님을 쳐다보고 있을 별빛처럼 초롱초롱한 연엽의 눈이 떠올랐다.

"영산홍!"

공주 수정옥에서부터 고부를 거쳐 부처님 앞에 앉게 되기까지 몇 년간 연엽 모습이 눈앞을 스쳐갔다. 전봉준은 이싯뚜리한테 이 산 저 산을 가리키며 저만큼 가고 있었다. 전봉준은 이번에도 연엽이 해 보낸 옷을 입고 나섰다. 전봉준은 연엽이 아직도 고부에 있는 줄만 알고 연엽 이야기를 할 때면 고부 어쩌고 고부에 빗대어 연엽의 안부를 물었다. 그때마다 달주는 적당히 얼버무렸다.

전봉준 일행은 그날 밤은 용배 양부모집에서 잤다. 전봉준이 나타나자 박성호 내외 역시 제정신이 아니었다. 과천댁은 닭을 잡아라, 사랑방에 불을 지펴라 수선을 피웠다. 폰개도 덩달아 신이 나서 날파람나게 돌아갔다.

전봉준은 내려오면서는 주막 봉노나 여각에서 자면서 민심의 동향을 면밀하게 살폈다. 호남창의소 전봉준 이름으로 내건 방문이 여기저기 붙어 있고 가는 데마다 봉기 이야기였다. 민심은 가을 들판에 벼 익어가듯 익어가고 있었다.

참요와 참언이 한층 기승을 부리고 있었다. 〈가보세 가보세〉 참요가 요사이는 어린애들만 부르는 노래가 아니었다. 봉기한다는 방이 나붙자 가보세 노래는 엄청난 호소력을 발휘하고 있었다. 〈칼노래〉도 새삼스럽게 요란을 떨었으며, 사람들이 모였다 하면 식자깨나 들었다는 사람들은 갖가지 비결풀이에 신명이 났다. '천리연송' 비결, '삼부지'비결, '궁궁을을'비결, 웬만한 사람들은 비결을 푸느라 문자 자랑이 공자왈 맹자왈 빰을 쳤다.

"난리란 게 따로 없구만. 참언이 경서經書를 누르는 세상이니 이것이 난리가 아니고 무엇인가?"

정말 그랬다. 그동안 상민과 천민들이 양반과 부자들을 떡치듯 깔고 앉아버렸듯이 비결과 참언이 사서삼경을 종놈 뭉개듯 짓뭉개고 있는 꼴이었다.

만경 집강소 호위군들이 대창을 들고 집강소 마당으로 몰려들었다. 3백여 명이었다. 호위군 대장을 비롯해서 대표 10여 명이 집강소로 들어갔다.

"우리 젊은이들은 이번에 봉기를 하기로 결정을 했습니다. 이제 집강소에서 할 일은 전쟁에 나갈 채비를 하는 일입니다. 전쟁에 나가지 않을 분들은 오늘부터 집강소를 우리한테 내주십시오."

호위군 대장이 당당하게 말했다. 집강 김공선 이하 임직들이 멍청하게 젊은이들을 건너다보았다. 호위군 젊은이들은 기세가 만만찮았다.

"집강소를 내주라니 그게 무슨 소린가?"

사태를 알아차린 김공선이 똥그란 눈으로 젊은이들을 훑어보았다.

"1차 봉기 때 여러 어르신들 말씀 듣다가 우리 고을 사람들은 몽땅 병신이 되고 말았습니다. 한번 병신된 것도 억울한데 또 병신이 될 수는 없습니다. 이번에 일어나지 않을 분들은 뒤로 물러앉으시라는 말씀입니다."

호위군 대장은 차근하게 말했다. 만경 집강소는 집강 이하 임직을 거의 동학도들이 차지하고 있었으며 모두 법소 지시를 따르는 소위 북접파들이었다. 농민들 열기에 밀려 하는 수 없이 폐정개혁을 하고 있었으나 항상 법소 눈치만 보느라고 폐정개혁도 그저 시늉뿐이어서 그사이 젊은이들 불만이 이만저만이 아니었다. 더구나 이 근래는 전쟁 준비를 해야 한다거니, 집강소 임무는 폐정개혁이지 전쟁 준비가 아니라거니 날카롭게 맞서오던 참이었다.

"봉기하고 집강소하고 무슨 상관이 있다고 물러나라 마라야?"

곁에서 소리를 지르고 나왔다.

"이 집강소가 뉘 힘으로 생긴 장소입니까? 농민군들이 싸워서 세운 집강소입니다."

"그러면 자네들이 싸워서 세웠단 말인가?"

"우리도 안 싸웠습니다. 어르신들 말 듣다가 우리도 가만히 앉아서 남의 불에 게 잡았습니다. 이제부터 우리도 다른 고을 농민들처럼 싸우러 나설 참입니다."

"전쟁에 안 나갈 분네들은 모두 집에 가셔서 주문이나 외우시고 매듭이나 보시오."

젊은이 하나가 말을 꼭꼭 씹어뱉었다.

"뭣이, 그것이 어디서 배워먹은 말버릇이냐? 네놈들 눈에는 나이도 안 뵈느냐?"

한 사람이 책상을 치며 고함을 질렀다.

"봬요. 당신은 몇 살이나 자셨길래 나이 타령이오. 당신은 당신

형님이랑 아버님 나이까지 몽땅 당신이 자셔버렸소?"

젊은이는 앞가슴을 벌리고 대들었다. 안면을 바꾸기로 작정을 한 것 같았다.

"이놈, 너는 아비어미도 없냐?"

곁에서 나이 지긋한 노인이 소리를 질렀다.

"아비 어미가 있소. 그래서 여태까지 많이 대접해 드렸소. 그렇지만 이제부터는 더 대접 못 하요. 아무나 아비어미 대접만 하고 있다가는 나라가 왜놈들 발바닥에 작살이 납니다. 곱게들 물러나시오."

"뭣이, 곱게 물러나? 이런 후레자식!"

나이 지긋한 사내가 벌떡 일어나며 빰을 후려갈겼다.

"왜 치요?"

젊은이들이 악을 쓰며 우르르 몰려갔다.

"가만있지 못해!"

호위군 대장이 소리를 질렀다. 호위군들이 무춤했다.

"나이 대접삼아 한 대는 맞아 드리겠습니다. 그렇지만 두 대는 맞지 않습니다. 어서 결단을 내리시오."

호위군 대장이 집강 김공선을 보며 차근하게 말했다. 임직들은 얼굴이 새파래졌다. 젊은이들은 숨을 씨근거리며 눈에 불을 켜고 있었다.

"잠깐 내 말 듣게. 다른 고을 사람들하고 의논을 할 테니 며칠만 기다려주게."

집강 김공선이 타협조로 나왔다. 젊은이들은 서로 돌아봤다.

"좋습니다. 사흘 동안만 말미를 드리겠습니다."

호위군 대장이 결단을 내렸다.

"안 돼, 지금도 늦었어."

뺨 맞은 젊은이가 악을 썼다.

"잠깐 나가자."

호위군 대장이 젊은이들을 데리고 밖으로 나갔다.

"우리도 한번은 참아주어야 한다. 사흘만 말미를 주자."

호위군 대장이 설득을 했다. 일촉즉발의 험악한 분위기가 누그러졌다. 이런 일은 만경뿐만이 아니었다. 주로 전라도 북부 지역인 함열, 익산, 옥구, 임피, 부안, 여산, 고산, 무주, 임실 등이었다. 그런 고을들일수록 동학 접주들은 신망이 높아 그동안 젊은이들이 그만큼 눌려 지내고 있었다. 고을에 따라서는 지난번에 몇십 명씩 전쟁에 나가기도 했으나 전쟁에 나갔던 사람 수가 적은데다가 과격한 행동을 말리는 대도소 지시 때문에 그동안 맥을 추지 못했다. 함열 같은 데는 2,3백 명씩이나 나갔으나 그런 고을도 봉기했던 사람들이 거의 젊은이들이라 중요한 임직은 맡지 못하고 동몽이나 호위군으로 집강소 일을 거들고 있었다.

그런데 봉기한다는 전봉준 통문이 방으로 나붙자 사태가 손바닥 뒤집히듯 바뀌고 말았다. 심한 데는 벌써 임직들을 전부 몰아내버리고 봉기파들이 집강소를 차지해버렸다. 북접파 집에는 돌멩이가 날아들기까지 했다.

"야, 병신들아, 주문이나 외고 자빠졌다가 일본 놈 종노릇이나 해라."

돌멩이에 장광이 박살이 나고 그런 집은 개들도 동네 아이들 발길에 꼬리를 사리고 도망칠 지경이었다.

이런 고을들은 젊은이들 중심으로 독자적으로 봉기를 준비했다. 동학 임직들의 방해에 대비해서 젊은이들은 지레 몽둥이를 끌고 다니며 방해만 하면 패 죽인다고 을러멨다. 동학을 믿는 젊은이들은 체면 때문에 뒤로 처지고 처음부터 동학도가 아닌 젊은이들이 앞장을 섰다. 동학이란 게 어디다 쓰자는 하눌타리냐고 눈에 핏발을 세웠다. 그들은 새삼스럽게 풍물을 잡히고 깃발을 휘날리며 고을을 쓸고 다녔다. 머슴들이나 종들은 주인네 집에서 아주 튀어나와 기세를 부렸다. 무당, 백정 등 손수 농사를 짓지 않는 사람들도 마찬가지였다. 북접파 두령들은 도무지 죽을 맛이었다. 나중에는 잠도 집에서 자지 못하고 피해 다닐 지경이었다.

김개남에 이어 전봉준이 일어선다는 소문은 경상도와 충청도, 경기도, 강원도까지 폭풍 같은 기세로 휘몰아쳤다. 특히 하동에서는 9월 4일 광양 농민군이 쳐들어가서 그곳 농민군과 합세하여 민보군을 일으켰던 양반들과 부호들을 잡아다가 주리를 틀어 *반주검을 시키고 민보군에 가입했던 농민들도 잡아다가 개 패듯 두들겨팼다. 한때 기가 죽었던 하동 농민들이 불같이 일어나 다시 집강소를 세우고 기세를 올렸다. 30년 전 임술봉기 때 기세가 다시 살아난 것 같았다. 여기 쳐들어간 광양 사람들은 순천에 영호대도소를 차리고 있는 김인배의 지시에 따른 것이었다. 김인배는 스스로 영호대접주라고 자칭했듯이 그의 목표는 전라도 세력을 바탕으로 경상도 남부 지역으로 세력을 확장하는 일이었다. 김개남은 처음 김인배를 순천에 보낼 때부터 지리산을 중심으로 영호남 세력을 결합시키려는 전략을 세우고 있었으므로 지금 김인배는 전주로 쳐들어가려고 기회를 노리고 있었다.

충청도 일대는 거의 모든 고을이 들썩거렸다. 특히 정현준이 주도하고 있던 충청도 남부 영동, 옥천은 수천 명이 대창과 깃발을 들고 풍물을 치며 온 고을을 쓸고 다녔다. 서부 지역 유구 지방에서는 최한규가 영동, 옥천에 못지않게 기세를 올렸으며 경기도 죽산과 안성에서도 수천 명이 일어나 기세를 올리며 전라도 농민군이 올라오면 모두 나서자고 결의를 했다. 강원도 홍천과 강릉에서는 관군들이 맞섰으나 농민군들이 관군과 일전을 벌여 한달음에 관군을 물리쳐버리고 기세를 올렸다.

그런 데서도 으레껏 깃발이 휘날리고 풍물이 고을을 쓸었다. 세상이 풍물 소리에 떠서 금방 뒤집히는 것 같았다. 종이나 백정 등 천하 불상것들이 그렇게 기세를 올리고 다녀도 관속들은 감히 신칙할 엄두를 내지 못했다. 전라도 관속들이 얼마나 혼뜨검이 났는가 험한 소문을 귀가 시리도록 들었기 때문이다. 임자 없는 것이 소문이라 입을 하나씩 건널 때마다 살이 붙고 뿔이 돋아 전라도 소문이 충청도나 경기도까지 올라가는 사이 절간 사천왕 꼴이 되어버렸다. 관속이나 양반과 부자들은 그런 소문을 들을 때마다 불알 밑에서는 노상 *뱀 물린 개구리 소리가 났다.

전봉준 일행이 공주에서 돌아오자 송희옥은 삼례 여각을 하나 잡아 대도소 간판을 내붙이고 일을 보고 있었다. 선화당에 있던 사람들이 모두 이리 온 것이다. 각 고을에서 젊은이들이 와서 3,4백 명이 북적거리고 있었다.

전봉준 일행이 땀을 들이기도 전이었다.

"법소에서 사람이 왔습니다."

법소에서 왔다는 젊은이가 편지를 한 장 내밀었다. 남북접 두령들이 모여 교단 일을 의논하자는 제의였다. 9월 12일 법소 두령들이 삼례로 오겠다고 했다. 남북접회의를 하자는 제안이었다. 12일이라면 바로 글피였다.

"허허, 백성 성화에 못 배기겠는 모양이지요?"

송희옥이 전봉준을 보며 웃었다. 농민들 극성에 견디다 못한 법소에서 무슨 절충안을 내려는 것이 아닌가 싶었다. 그동안 각 고을 북접파 두령들이 법소로 몰려가서 아우성이라는 소문을 듣고 있었다. 이번에 일어나지 않으면 앞으로 접주 구실은커녕 맞아죽겠다고 다그쳤다는 것이다. 충청도나 경기도, 경상도 접주들보다 전라도 북부 지역 접주들이 더 거세게 대들고 있다는 소문이었다.

전봉준은 김개남한테 이 사실을 알리고 거기서도 이 회의에 참석하고 싶으면 사람을 보내라고 기별을 했다.

남북접회의 소문이 퍼지자 세상 사람들 관심은 삼례로 쏠렸다. 1차 봉기 때부터 남접을 나라의 역적이고 교단의 난적이라고까지 비난하며 조정 못지않게 적의를 보이던 북접이 어떻게 나올 것인지 누구든지 궁금하지 않을 수 없었다. 법소가 농민들한테 원체 험하게 몰리고 있으므로 굽히고 나올 것도 같지만 그렇다고 자기들도 같이 봉기를 할 것 같지는 않고, 도대체 무슨 이야기를 하자는 것인가 모두 고개를 갸웃거렸다.

삼례에는 여러 고을에서 젊은이들이 와서 북적거리고 있었다. 배농지기가 50여 명을 거느리고 왔고, 고부에서는 장진호가 백여 명을 거느리고 왔으며, 영광 고달근과 김만돌도 50여 명을 거느리고 왔다. 지금 영광 젊은이들은 무장 젊은이들과 함께 광주 손화중한테로 갔으나 두 사람은 따로 이리 온 것이다. 장성 을식도 장성 젊은이 30여 명을 거느리고 왔다. 그는 장성이 객지였으나 거기 젊은이들 사이에서 말발이 대단했으므로 그사이 호위군에 들어가 젊은이들을 쥐락펴락하고 있었다. 바쁜 가을철이라 지금 온 사람들은 내내 여기 주둔하는 것이 아니고 대엿새 있다가 다른 고을 젊은이들하고 대거리를 하기로 되어 있었다.

오랜만에 만난 젊은이들은 서로 얼싸안고 반겼다. 설만두도 오고 김판돌과 하학동 강쇠도 와서 병신들은 병신들끼리 반기며 낄낄거렸다. 농민군들이 모이자 삼례는 대번에 활기를 띠었다. 곰보할미 주막도 북적거렸다. 수다스런 곰보할미는 자기 집 잔치라도 벌어진 듯 술시중을 들면서 한시도 입을 재워두지 않고 설레발이 흐드러졌다.

9월 12일. 점심참이 되자 북접 두령들이 온다고 했다. 전봉준과 김덕명은 두령 여남은 명과 함께 곰올 뒷잔등까지 나가 맞았다. 김연국, 손천민 두 사람이 배행꾼 여남은 명을 거느리고 왔다.

"어서 오십시오. 원로에 오시느라 고생하셨습니다."

전봉준과 김덕명이 반갑게 맞았다. 그러나 김연국을 본 김덕명은 대번에 얼굴이 굳어버렸다. 김연국은 북접 두령들 가운데서도 제일 강경한 사람이라 그가 대표로 왔다면 이야기는 빤하다는 생각인 것 같았다. 북접 두령들은 총을 들고 몰려 있는 농민군들을 보자 얼굴이 굳어버렸다.

"우리는 삼례하고 연이 있는 것 같습니다. 재작년에 여기서 만나고 또 여기서 만나는구먼요."

전봉준이 웃으며 말했다.

"삼례합장을 하는 곳이라서 삼례라지요?"

손천민이 웃으며 말했다.

"백제 시대 이 근처에 큰절이 많아 여기서부터 합장을 했대서 삼례라 한다는 것 같습니다. 우리도 합장으로 두 분을 환영합니다."

"군사들을 보니 합장치고는 너무 살벌합니다."

김연국이 툭 쏘았다.

"아니올시다. 저 군사들도 모두가 합장하는 심정입니다."

전봉준이 웃으며 받았다. 전봉준은 도소 옆에 있는 여각으로 두 사람을 맞아들였다. 대청에 자리를 잡아 앉았다. 여각 중노미들이 냉수를 떠오고 한참 부산을 떨었다.

"어쩝니까? 지금 일어나서 싸우면 승산이 있습니까?"

손천민이 단도직입적으로 물었다. 그는 김연국에 비해서 성격이 활달한 편이었다.

"승산은 팔도 백성이 얼마나 일어나느냐에 달렸습니다."

"팔도 백성이 얼마나 일어날 것 같습니까? 더구나 지금 유생들까지 농민들한테 이를 갈고 있습니다. 그 사람들은 농민들 뒤통수를 치고 나올 것입니다."

"그 사람들은 그럴 수밖에 없는 사람들입니다. 농민들은 처음 일어날 때부터 관속들 다음에는 불량한 유림과 부호들을 치자고 했습니다. 양심 있는 선비들이나 식자들 동향이 문제입니다."

"그러면 유림들이나 부호들도 쓸어버리자는 생각입니까?"

"쓸어버리는 것이 아니라 우리가 애초에 일어났던 것은 그 사람들이 농민들을 더 짓밟고 더 빼앗지 못하게 하자는 것입니다."

"적의 힘을 알고 내 힘을 알아야 합니다. 순박한 백성한테 헛꿈을 심어주어서는 안됩니다. 더 두고 때를 기다려야 합니다."

"더 기다릴 수가 없습니다. 지금도 때가 늦었습니다."

손천민과 전봉준의 태도는 진지했고 말은 마치 법담 하듯 간단간단하게 오갔다.

"조금 당하더라도 지금 당하고 마는 것이 낫습니다. 불집을 키워노면 키워논 만큼 사람만 많이 상합니다. 지는 싸움은 말아야 합니다."

"지금 대세는 이미 화살이 시위를 떠났습니다."

전봉준은 가볍게 받았다.

"제가 한 말씀 드리겠습니다."

최경선이 나섰다.

"법소에서 동원령을 내리면 팔도가 일어납니다. 임진왜란 때도 팔도가 일어나서 일본군을 몰아냈습니다."

"그때하고는 다릅니다. 지난번 성환 싸움 때 우연히 내가 거기를 지나다가 일본군 무기를 보았습니다. 여러분들은 전주에서 이미 보지 않았습니까? 우리 무기는 3백 년 전 임란 때하고 별로 차이가 없는데 그 사람들 무기는 그때하고 하늘과 땅 차입니다."

그때 여태 말이 없던 김연국이 입을 열었다.

"지금 겉으로 보면 세상이 깜깜하기만 합니다마는 그 깜깜한 가운데서도 무극대도無極大道는 마치 산에 나무가 자라고 논밭에 곡식이 자라듯 촌분을 쉬지 않고 어김없이 운행을 하고 있습니다. 꽃이 필 시기가 있고 열매 맺을 시기가 있습니다. 무극대도의 운행은 개벽開闢의 꽃과 열매를 향해서 쉴 사이 없이 가고 있습니다. 수심정기守心正氣는 한 사람 한 사람이 나무나 곡식처럼 스스로 그 열매를 여물리는 일입니다. 동학이 30여 년간 이 땅에 일궈온 무극대도의 기운은 이 나라 수천수만 사람의 가슴에 퍼져 지금 들판에서 벼가 자라 익어가듯 익어가고 있습니다. 지금 무기를 들고 일어나서 전쟁을 벌이면 30년간 일궈온 그 들판을 휘저어 쑥대밭을 만들어버리는 꼴이 됩니다. 익지 않은 열매를 따는 일이요, 익지 않은 전답에 낫을 들고 덤비는 일입니다. 법헌께서 말씀하시는 시기상조는 바로 이 점을 지적하신 것입니다."

김연국은 조용한 목소리로 진지하게 말했다.

"나는 달리 생각합니다."

전봉준이 차근하게 말머리를 잡았다.

"사람은 하늘이라는 선사의 가르침과 사람을 하늘처럼 섬기라는 법헌의 가르침을 나는 가장 귀하게 생각하고 있습니다. 무극대도라면 이것이야말로 무극대도라 생각하며 그것은 우주의 운행으로 이루어지는 것이 아니라 사람이 스스로 이루어내야 한다고 생각하며 바로 그것을 이루어내는 것이 개벽이라 생각합니다. 그것은 전쟁 한 번으로 대번에 다 이루어낼 수도 없고 우리 당대에 다 이루어낼 수도 없을 것입니다. 그때그때 힘에 맞는 만큼씩 이루어나가야 합니다. 나는 백성 속에서 그것을 이루어낼 수 있는 힘을 보고 있습니다. 지금 백성 사이에서 열화같이 일어나고 있는 이 무서운 기운이야말로 바로 그것을 이루어낼 수 있는 동력입니다. 나는 백성 마음 밭에 자라는 그 기운은 틀림없이 개벽을 이루어낼 수 있다고 확신하고 있습니다."

전봉준은 이번에는 손천민을 보며 계속했다.

"손두령께서 이 전쟁에 승산이 있느냐고 하셨는데, 아까도 말씀드렸듯이 승산은 팔도 백성이 얼마나 일어나느냐에 달려 있습니다. 조금 당하더라도 지금 그치면 덜 당한다고 하셨습니다마는 그것은 일본의 종살이로 목숨을 부지하자는 소리고 썩은 정치에 그대로 눌려 짐승으로 목숨을 이어가자는 소리밖에 안됩니다. 싸움은 사람의 목숨이 죽고 사는 것만으로 승패가 나는 것이 아닙니다. 목숨은 죽지만 이기는 싸움이 있고 목숨은 살지만 지는 싸움이 있습니다. 우리가 이 싸움에 질 것이라고 지레 벌벌 떨고 가만히 있으면 목숨도 죽고 우리 마음속에 자라고 있는 개벽의 기운까지 죽습니다. 그러나 싸우다가 죽으면 목숨은 죽지만 그 기운은 살리는 죽음이고 그래서 이기는 싸움입니다. 이번 집강소 기간 동안 관속배와 부호배 양반들은 눈 아래 천길 만길 내려다보던 무지렁이들한테 그들 스스로 말했듯이 단군 이래 가장 험하게 당했고 그래서 비로소 백성 무서운 줄을 알았습니다. 전에는 위협하면 수그러졌지만 이제는 죽으면서도 끝까지 수그러지지 않습니다. 당장 경상도 예천에서만 하더라도 농민들 11명이 양반들한테 잡혀가서 끝까지 버티다가 모래밭에 생매장을 당해 죽었습니다. 너무 거세게 버티자 겁이 난 양반들은 잘못했다는 소리 한마디만 하면 살려준다고 사정을 하다시피 했지만 그들은 끝내 잘못했다는 소리를 하지 않고 죽음을 택했습니다. 양반들은 그들을 죽이기는 했지만 이기지는 못했고 그들은 비록 목숨은 죽었지만 지지는 않았습니다. 양반들은 그 사람들을 죽이고 나서도 치를 떨었을 것이고 지금 겁을 먹고 있을 것입니다. 그들은 죽었지만 사람으로 죽었습니다. 그들은 사람으로 죽는 것이 종이나 짐승으로 목숨을 부지하는 것보다 낫다고 생각했기 때문입니다. 이번에 나선 사람들은 거개가 그렇게 싸우다가 죽을 사람들입니다. 이번 전쟁에서 비록 우리가 패하더라도 관속배들과 부호배와 양반들은 그만큼 백성을 무서워할 것이고 그 무서워하는 만큼 세상은 개벽에 가까워질 것입니다. 우리의 죽음은 그래서 헛죽음이 아니고 이기는 죽음입니다. 우리 자손들은 거기서 자신을 얻고 교훈을 얻어 또 그렇게 싸우다 죽을 것입니다. 개벽을 향한 이 전쟁은 그래서 이제 시작입니다. 사람은 모두 하늘이다, 누구든지 사람을 하늘같이 섬겨라, 다시 말씀드리거니와 지금 백성 사이에서 열화같이 일어나는 기운은 바로 이것을 이루어낼 기운입니다. 이제 백성은 한 인간으로 비로소 눈을 뜬 것이고, 모두가 한 사람 한 사람으로 하늘이 될 때까지 그 기운은 식지 않을 것이며 그동안 무수히 죽을 것입니다. 나는 무극대도란 바로 이것이라 생각합니다."

전봉준이 입에서는 물이 흘러가듯 거침없이 말이 쏟아져나왔다. 마디마디 힘이 있고 확신에 차 있었다. 그는 그동안 가슴에 쌓여온 응어리라도 풀듯 말을 폭포처럼 쏟아놨다.

"허허, 그러고 보니 당신은 동학을 신봉하는 동학도가 아니라 전봉준교를 창시한 전봉준교 교주였구려."

김연국이 맥살없이 웃었다.

"그러면 한 가지 물어봅시다."

손천민이 갈마들었다.

"백성 속에서 그런 기운이 있다면 지금 운봉에서 박봉양을 따라 일어난 2천 명이나 되는 농민들은 어떤 농민들이고 그런 사람들한테는 그런 기운이 없었단 말이오?"

"중요한 부분을 지적하셨습니다. 내가 말씀드린 기운의 근본 바탕은 백성이 자기들 삶의 터전인 땅을 차지하고 사람답게 살라는 비원입니다. 그 사람들이 박봉양을 따르는 것은 자기들이 뿌리를 내리고 사는 땅에서 뿌리가 뽑히지 않으려는 것입니다. 박봉양은 겉으로 화려한 명분을 내세우고 있지만 그를 따르는 농민들은 그런 명분에다 목숨을 건 것이 아니라 자기들이 뿌리박은 땅에다 목숨을 건 것입니다. 그들의 비원이 대도로 이어지는 길이 박봉양한테서 막혀버렸을 뿐입니다. 시냇물도 잠시 막을 수는 있지만 강물이라는 대도로 향하려는 본성을 바꾸지는 못합니다."

전봉준은 확신에 찬 소리로 말했다.

"당신은 전봉준교 교주가 틀림없구려."

김연국이 거듭 힘없이 웃었다.

"전봉준교가 아니라 천하의 가장 확실한 이치입니다. 한 가지만 더 확실한 사실을 말씀드리겠습니다. 지난번 1차 전쟁으로 이미 화살은 시위를 떠났고, 이제 조정은 일본군의 힘을 빌려 우리를 치러 나설 것입니다. 그때는 남접과 북접을 가리지 않고 다 칩니다. 조정 관속들 눈에는 남북접이 따로 없습니다."

"여보시오. 바로 그것이오. 어째서 당신이 동학교단을 다 말아먹는 게요?"

김연국이 방바닥을 꽝 치며 악을 썼다.

"바로 그것이 보국안민과 광제창생, 개벽의 길이기 때문입니다. 이제부터라도 손을 맞잡고 보국안민의 대도로 나서십시오. 북접 두령들 가운데는 북접이 일어나서 우리를 치자는 주장이 있는 모양입니다마는 당신들이 영을 내린다고 북접 농민들이 당신들 뜻대로 우리한테 총부리를 겨누지 않습니다. 우리는 백성 마음속에 무르익고 있는 기운에 따라 대도를 가고 있기 때문입니다. 그 사람들을 무리하게 다그치면 그 총부리가 되레 당신들을 향할지도 모릅니다. 죽을 자리에서 살려고 하다가 죽으면 죽어도 추하게 죽습니다. 두 번 죽음이지요."

전봉준은 오만할 정도로 태연자약하게 말했다. 전봉준이 이렇게 과격한 말을 한 적은 거의 없었다.

"뭐요, 우리한테 총을 겨눠?"

김연국은 얼굴이 새파래졌다.

"그렇습니다. 백성은 누가 진정으로 백성을 위하는 사람인 줄 누구보다 더 잘 압니다."

전봉준은 눈도 끔쩍하지 않고 김연국을 바라보고 있었다.

"두고 봅시다. 30여 년간 피눈물을 흘리며 키워온 교단이오. 호락호락 당신한테 제물로 바치지 않을 것이오. 갑시다."

김연국은 악을 쓰며 자리에서 벌떡 일어섰다. 숨을 씨근거리며 신을 꿰고 휭허케 마당을 가로질렀다. 손천민이 잠시 멍청하게 앉아 있다가 힘없이 자리에서 일어섰다.

"여기까지 오셨는데 대접이 아닙니다마는 이럴 때일수록 서로 간에 뜻을 확실하게 말씀을 드리는 것이 서로를 위하는 일이라 생각합니다."

전봉준은 손천민을 따라나가며 말했다. 이미 김연국은 대문을 나서고 있었다. 밖에 있던 양쪽 호위병들이 놀란 눈으로 두령들을 번갈아 보았다. 전봉준 등 두령들은 손천민을 따라 모두 대문 밖으로 나갔다.

"잘들 계십시오."

손천민은 가볍게 고개를 숙이고 돌아섰다. 두령들은 멀어지는 김연국과 손천민을 말없이 보고 있었다. 김연국 발에서는 불이 나는 것 같았으나 손천민의 발걸음은 천근이나 무거워 보였다.

# 9. 다시 삼례로

9월 14일. 두령들이 삼례로 모였다. 이번에는 광주 손화중도 왔다. 지난번에 모였던 두령들을 비롯해서 30여 고을 4,50명이 모였다. 몇 고을 두령들은 젊은이들을 데리고 왔다. 지금 와 있는 젊은이들과 대거리를 하도록 하려는 것이다.

김확실 등 임군한 졸개들도 10여 명이 모여 눈알을 번득이고 있었다. 김확실은 임군한 소식을 듣자 바람같이 달려왔다.

김갑수하고 이천석은 남원에 가서 소식을 전하고 도로 한양으로 가고, 김확실을 비롯한 졸개들은 삼례에 모여 집 나온 아이들처럼 눈알만 굴리고 있었다.

전봉준은 회의가 시작되자 북접과 담판이 깨진 경위부터 이야기하고 충청도와 경상도, 강원도, 황해도 움직임 등 전국 형편을 소상히 설명했다.

"지금 일본군은 압록강을 넘어 만주로 들어가 요동 방면을 압박하고 있습니다. 청나라는 자기 국토에서도 줄곧 밀리고 있습니다. 모르긴 합니다마는 청일전쟁은 얼른 끝나지 않을 것 같습니다."

전봉준은 이야기를 마친 다음 국내외 정세에 대한 몇 가지 질문을 받고 말을 이었다.

"오늘 의논할 일을 말씀드리겠습니다. 오늘 의논할 일은 첫째 앞으로 북접에 어떻게 대처해야 할 것인가 하는 문제하고, 둘째는 언제쯤 북진을 할 것이냐 하는 것이고, 셋째는 북진을 할 때 후방은 어떻게 할 것이냐, 이 세 가지 문제가 가장 중요한 의제입니다. 이 세 가지를 의논한 다음에 다른 문제는 여러분들 제의를 받아서 의논하겠습니다."

전봉준은 의제를 정리했다.

"북접에 대한 대응 문제는 그동안 몇 사람과 의논한 바가 있으니 전주 최대봉 두령이 말씀해 주십시오."

전봉준이 최대봉을 지적했다.

"장군님께서 아까 말씀하신 바와 같이 북접 두령들한테 장군님의 시국에 대한 근본 태도를 확실하게 밝혔고 그런 태도는 피차에 의논할 여지가 없는 문제라 이야기는 거기서 끝나버렸습니다. 그러나 우리는 앞으로 북접을 적대감을 가지고 대할 것이 아니라 계속 설득을 해야 할 것 같습니다. 문을 활짝 열어놓고, 그 사람들을 여러 가지로 성심껏 설득하자는 이야깁니다. 북접 농민들은 앞으로 더 거세게 법소를 밀어붙일 테니 법소는 밀릴 수밖에 없습니다. 북접 두령들한테 물러설 핑계를 만들어주고 물러설 길을 내주어야 합니다. 그래서 우선 익산 오지영 씨 같은 사람을 한번 보내서 설득을 하면 어떨까 싶습니다. 그분은 법헌의 신망이 두텁고 북접 두령들하고도 사이가 원만한 사람입니다."

오지영은 재작년 선운사 미륵비결 사건 때 참여했다가 옥에 갇혀 죽을 뻔했던 사람이다. 그는 손화중과 전봉준 등 남접 두령들과 시국에 대한 생각도 같고 사이도 가까웠으나 최시형에 대한 의리 때문에 1차 봉기 때도 일어나지 않았고 지금도 중도적인 태도를 취하고 있었다. 요사이만 하더라도 전주에 와서 전봉준과 시국에 대한 논의를 하기도 했고 그동안 자기 사날로 법헌과 김연국, 손병희 등 북접 두령들에게 남접의 태도를 대변해오고 있었다. 그는 지금 함열 접을 맡고 있다. 함열은 충청도 접경이라 그만큼 중요한 곳인데 지금 이 자리에 나와 있는 유한필과 배농지기 등 봉기하자는 세력이 거셌기 때문에 법소에서는 오지영을 그리 보냈던 것이다.

"북접은 이렇게 설득을 하는 한편 북접 두령들 가운데서 봉기에 동조하는 사람들을 한 사람씩 우리 편으로 끌어들여 우리와 연합을 하는 것입니다. 지금까지 우리는 법소의 태도를 존중하는 뜻에서 북접 두령들을 낮 내놓고 한 사람씩 상대해서 끌어들이지는 않았으나 이번 담판으로 그런 짐을 벗어버린 셈입니다. 그런 점에서 이번 남북접 담판은 깨졌지만 의미가 있다면 있다고 할 수 있습니다."

북접을 설득하면서 한편으로는 그들 세력을 잠식해 들어가자는 것이다. 그동안 크게 기대를 걸었던 예천 기세가 꺾인 다음이라 그쪽 세력을 적극적으로 끌어들여야 할 것 같다고 했다. 전봉준은 7월부터 충청도와 경상도에 사람을 수없이 보내 그쪽 사정을 소상히 알아보고 있었으므로 여러 고을이 봉기에 동조할 것이라는 사실을 알고 있었다. 충청도만 하더라도 이미 동부는 영동과 옥천의 정현준, 서부는 유구 최한규, 남부는 공주 장준환, 이지택 또 북부는 황하일과 허문숙이 버티고 있었다.

"좋은 생각입니다. 법소 사람들은 교단만 지키려고 발버둥을 치고 있는데 밑바닥 교도들 기세에 더 버틸래야 버티지 못할 것입니다. 지금 전라도 접주들 집에도 돌멩이가 날아드는데 거기 농민들이라고 가만있겠습니까? 북접 농민들이 우리를 따라 일어서버리면 법소 두령들은 법소 간판만 붙안고 공중에 떠버릴 판인데 그 사람들인들 그걸 모를 리가 없지요."

손화중이 말했다. 달리 이견이 없었다.

"그러면 북접은 최두령 말씀대로 하기로 하겠습니다. 앞으로 진격은 언제쯤 어떻게 하는 것이 좋겠습니까?"

다음 의제로 넘어갔다.

"지금 벼 익어가는 것을 보면 상강이 되어야 벼 베기가 제대로 시작될 것 같은데 상강은 아직 열흘도 더 남았습니다. 더구나 남도 지방은 여기보다 추수가 대엿새는 더 늦습니다. 벼 베기에 등짐에 힘든 일이나마 대충 끝내려면 입동이 넘어야 합니다. 입동이 시월 초열흘입니다. 농민들 가을걷이도 가을걷이지만 군량으로 보더라도 그때쯤 되어야 신곡이 제대로 풀리지 않겠습니까? 가을걷이나 군량만 가지고 따진다면 적어도 한 달은 더 기다려야 한다는 이야깁니다."

금구 조준구였다.

"그러나 전쟁이 우리 형편을 기다려주겠습니까? 적이 쳐들어오면 시를 다투어 싸워야 하는 것이 전쟁입니다. 이 자리에서 날짜를 못박을 것이 아니라 이런저런 형편을 보아서 진군 날짜는 도소에서 정하십시오."

손화중이 말했다.

"그렇습니다. 총동원 날짜는 도소에 맡기지요."

모두 이의가 없었다. 전쟁의 시작을 뜻하는 총동원은 도소에다 맡기기로 했다.

"무엇보다 중요한 일은 누가 어디를 맡아 대처하느냐 이것입니다. 아시다시피 전쟁이 터졌다고 전라도 사람들이 전부 위로 치고 올라갈 수 없는 형편입니다. 전봉준 장군하고 김개남 장군은 위로 치고 올라가고, 나는 광주에서 나주에 대처하면서 주변 고을 유생들을 눌러야 할 것 같습니다. 지난번에 이방언 장군하고도 이야기했습니다마는 그런 형편은 어느 곳이나 마찬가집니다. 당장 김개남 장군만 하더라도 박봉양 때문에 뒤에다 군사를 많이 남겨야 할 것입니다."

자연스럽게 전후방 대처 문제가 나왔다. 손화중은 지난번 전봉준과 이방언이 의논했던 이야기를 그대로 했다. 손화중은 민보군의 발호와 일본군의 개입, 그리고 일본군이 바다로 와서 배후를 칠지 모른다는 사실 등을 들어 그에 대처할 전략을 전방과 후방으로 나누어 설명했다.

"지금 우리 형편이 손장군 말씀대로 전봉준 장군하고 김개남 장군만 치고 올라갈 수밖에 없는데, 그 사이에 다른 도에서 얼마나 많이 따라붙느냐 이것이 문제입니다. 총동원령을 내릴 때는 전라도뿐만 아니라 다른 도 두령들한테도 보낼 만한 데는 모두 통문을 보내고, 통문만 보낼 것이 아니라 방도 거리거리 수십 장씩 내걸도록 하는 것이 좋겠습니다."

유한필이었다. 전봉준은 그럴 생각이라고 했다.

"그리고 남도에서도 나이 먹은 사람들은 고을에 남아서 고을을 지키고 젊은이들은 올라오도록 하는 것이 어떻겠습니까?"

김제 김봉년이었다.

"그래야 합니다. 겨울이 닥치면 나이 먹은 사람들은 우선 추위에도 맥을 추지 못할 테니 그들은 고을을 지키도록 하고 고을 형편에 따라 젊은이들은 위로 보내도록 하지요. 남도 두령들한테는 내가 말을 하겠습니다."

손화중이 말했다.

두령들은 밤늦게까지 진지하게 의논을 했다. 전라도는 전봉준과 김개남이 치고 올라가고 손화중과 이방언은 후방을 맡는다는 기본 전략을 확인하고 북진 날짜는 도소에 일임했으며 남도에서는 젊은이들을 전봉준 휘하로 보내기로 하는 등 중요한 일들이 결정되었다.

이번 회의에서 무엇보다 중요한 것은 총대장으로서 전봉준의 위치를 한층 굳힌 점이었다. 전라도 거두 손화중과 김덕명이 참석하여 전봉준에게 북진의 시기 결정 등 중요한 권한을 위임한 것이다. 김개남한테는 손화중과 김덕명이 가서 회의 결과를 알리기로 했다.

다음날부터 전봉준은 바삐 움직였다. 곧바로 오지영한테 만나자고 사람을 보내고 자기하고 맥이 닿고 있는 북접 두령들한테 통문을 띄운 다음 이싯뚜리를 불렀다.

"군사들을 이끌고 위봉산성으로 가서 거기 있는 무기와 화약과 탄환을 있는 대로 내노라고 하게. 내놓지 않으면 들이치겠다고 위협을 함하면 감사의 허락을 받아야 한다고 할 것이네. 그러거든 기다리다 가져오게."

"군사가 어디 있습니까?"

이싯뚜리가 어리둥절한 표정으로 물었다.

"여기 있는 수만 끌고 가게. 가보면 알걸세."

이싯뚜리는 멍청하게 전봉준을 보고 있었다. 전봉준이 거듭 채근하자 그제야 뭐가 짚이는 게 있는 듯 군사 2백 명을 끌고 떠났다. 이미 감사하고는 이야기가 되어 있었고, 산성 비장은 돈으로 구워삶아 감사의 허락만 있으면 내주기로 되어 있었다.

그때 충청도 북부 지방으로 정탐 나갔던 도명 스님이 스님 한 사람과 달려왔다.

"지금 북접에서는 싸움이 벌어질 참입니다."

도명 스님이 다급하게 말했다.

"충주 용수포에 허문숙 씨 밑으로 수만 명이 모여들고 있는 중이고, 진천 광혜원에서는 신재련 씨 밑으로도 수만 명이 몰려들고 있다고 합니다. 허문숙 씨가 법소에 반대하여 군사를 일으키자 신재련 씨가 허문숙씨를 치려고 일어났답니다."

"신재련이오?"

송희옥이 놀라 물었다.

"그 근방에서 신망이 있는 동학도라 합니다."

"양쪽 다 수만 명이나 모였단 말이오?"

"예, 진천까지는 가보지 못했습니다마는 용수포는 가서 보고 왔습니다. 우리가 올 때 모인 수만도 만 명은 넘을 것 같았는데, 계속 구름같이 몰려들고 있습니다."

북접 안의 남접파와 북접 안의 골수파가 무력으로 대립을 할 판이었다.

"황하일 씨가 본때 있게 일을 하고 있구먼요. 법소 두령들 상판이 떠오르는걸요."

최경선이 무릎을 치자 두령들이 모두 너털웃음을 터뜨렸다. 법소의 본거지인 바로 충청도에서 일어나 법소 뒤통수를 친 꼴이니 법소 두령들은 이만저만 당황하지 않을 것 같았다. 최경선은 손화중을 따라왔다가 잠시 여기 남아 있었다.

오지영한테 갔던 젊은이들이 돌아왔다. 그렇지 않아도 이리 오려던 참이라며 다녀올 데가 있으니 모레 오겠다고 하더라는 것이다. 전봉준이 만나자는 의도를 짐작하고 북접파들과 의논을 하고 오려는 것이 아닌가 싶었다. 지금 북접파 두령들은 어디서나 봉기파 교도들한테 이만저만 시달리고 있지 않았으므로 자기들 나름대로 자구책을 세우지 않을 수 없는 형편이었다.

이싯뚜리는 다음날 입을 떡 벌리고 돌아왔다. 크루프포 1문과 구식포 2문에 크루프포 포탄 30발, 화룡총 4백 자루를 가지고 온 것이다. 산성 비장은 자기 마음대로 할 수 없는 일이라며 하루만 말미를 달라고 하더니 다음날 순순히 가져가라고 하더라는 것이다. 산성 비장의 연락을 받은 김학진은 농민군과 충돌을 피하려면 별수 없지 않겠느냐며 내주라고 했던 것이다.

"이만하면 화약은 한숨 쉬겠습니다."

손여옥이 속삭였다. 지난번 양총 탄환과 함께 상당히 많은 화약을 확보하게 되자 전봉준도 조금은 느긋한 표정이었다.

김학진은 느닷없이 다음날 쌀을 1백 섬이나 보냈다. 관속으로는 상상도 할 수 없는 일이었으나 김학진은 예하 관속들에게 까닭을 말했다.

"농민군과 불필요한 충돌을 피하고 그들과 의논할 길을 남겨두려면 이렇게라도 달랠 수밖에 없는 일이오. 아직도 타협의 여지가 없지 않으니 모든 관속들은 모처럼 조성해왔던 관민상화의 무국撫局을 깨지 않도록 각별히 유념하시오."

전봉준은 김학진이 새삼스럽게 고마웠다.

오지영이 왔다. 금구 김방서와 함열 유한필도 동행이었다. 세 사람 모두 함열 출신이었다. 유한필은 지난 4일 원평회의와 이번 삼례회의에도 참석한 사람이었다. 여태 북접파에 속해 있었으나 요사이 와서 봉기해야 한다는 태도를 확실하게 취하고 나오자 오지영이 하는 수 없이 양해하고 말았던 것이다. 유한필은 전부터 배농지기 등 젊은이들과 호흡이 맞았다. 배농지기는 지금 젊은이들을 거느리고 삼례에 와 있었다.

"어서 오시오."

전봉준은 반갑게 맞았다.

"남북접회의 소식을 듣고 그동안 김낙철 접주를 비롯해서 여러 접주들이 의논을 했습니다. 지금 북접의 태도로 보면 틀림없이 남접을 치려고 일어날 것 같은데, 우리는 어떻게 하든 남북접이 싸우게 해서는 안 된다는 데 의견이 일치했습니다. 법소가 기포를 하지 않으려면 가만히라도 있어야 한다는 것입니다. 그래서 우리 세 사람이 그 뜻을 전하러 지금 법소에 가려고 합니다. 남접과 북접 어느 쪽이 옳은지는 똑 부러지게 판단할 수 없으나, 남북접이 서로 가슴에 총을 겨누는 일만은 없어야 할 것 같습니다."

오지영이 지레 자기들 태도를 밝혔다.

"고맙습니다. 그렇지 않아도 그 부탁을 하려고 뵙자고 했는데 잘 되었습니다."

전봉준은 반색을 했다. 부안 김낙철은 대접주로 남접 가운데서 북접파의 대표적인 인물이고 오지영과 김방서는 중도파의 대표적인 인물들이므로 그들이 같이 의논을 했다면 북접파와 중도파 전체 의견이라고 볼 수 있었다. 그들은 그들 스스로도 밑바닥 동학도들이나 농민들한테 당한 수모와 고통을 더 견딜 재간이 없었을 것이다.

"최선을 다해 주십시오. 아시다시피 지금 나라 형편은 일어나는 길밖에 다른 방도가 없습니다. 김개남 장군과 의논만 되면 우리는 당장 진격을 할 것입니다."

"김개남 장군은 49일이 지나야 움직인다는 소문이던데 그건 어떻게 된 것입니까?"

김방서가 물었다.

"그것이 사실인 것 같습니다. 지금 와서 가을걷이 말머리를 보니 계절의 추이를 예상하고 농민들이 가을걷이에서 손 빠질 시기를 정확히 잡아 진격 날짜를 참언에 의탁했던 것 같습니다."

전봉준은 가볍게 웃었다. 모두 고개를 끄덕였다.

"저희들은 바로 떠나겠습니다. 그런데 장군님께서 한 가지 해주셔야 할 일이 있습니다. 지금 접주들이 나서지 않는 고을에서는 젊은이들 행패가 말이 아닙니다. 우리가 화해 임무를 띠고 갔다는 사실을 알리면서 더는 행패를 부리지 말라는 통문을 하나 띄워주십시오."

전봉준은 그러겠다고 했다. 오지영 일행이 떠나자 전봉준은 오지영 부탁대로 정백현에게 통문을 작성하라 했다. 이싯뚜리를 불렀다.

"법소를 따르는 두령들한테 더 행패가 있어서는 안 되겠네. 자네들이 손수 통문을 가지고 그런 고을을 돌며 더 강박을 말라고 이르게."

"아직 북접 태도를 모르는데 우리가 어떻게 간섭하겠습니까? 북접도 봉기를 하겠다면 제절로 가라앉을 것입니다."

"아닐세. 함열 유한필 씨처럼 일어날 사람만 일어나고 싫다는 사람은 더 욱대길 필요가 없네. 이건 어디 놀러가자는 일이 아니고 전쟁에 나가자는 일이네. 싫다는 사람을 억지로 전쟁판에 끌어들여노면 그런 사람들이 전쟁을 하겠는가? 더구나 양반하고 부자들까지 원수가 졌는데 또 원수를 만들어서는 안 되네."

이싯뚜리는 납득은 가는 것 같았으나 마뜩찮은 표정으로 통문을 받아가지고 나갔다.

그때 경기 지방으로 정탐을 나갔던 장진호가 돌아왔다. 장성 을식 패와 같이 갔는데 한 패만 왔다. 정탐은 월공이 거느린 스님들도 맡고 있었으나 전봉준은 중요한 지역은 젊은이들을 내보냈다. 전투가 벌어질 만한 곳은 미리 지리를 익히게 하자는 생각에서였다.

"조정에서 벌써 군사를 풀었습니다."

"조정에서 군사를?"

전봉준은 깜짝 놀랐다.

"예, 경기도에서 제일 거세게 일어난 죽산과 안성을 치라고 군사를 풀어 지금 내려오고 있는 중이랍니다."

지난 9월 9일 죽산과 안성 농민들 수천 명이 일어나 관아를 짓밟아 버렸다. 전봉준이 선포한 봉기의 불길이 며칠 사이에 한양 턱밑까지 번진 것이다. 조정에서는 호떡집에 불난 것 같았다. 일본 공사관으로 달려가서 일본 군대 파견을 요청하는 한편 조정군을 파견했다.

바로 다음날인 9월 10일, 장위영 영관 이두황李斗璜을 죽산 부사에 임명하여 죽산을 평정한 다음 경기도 동부와 충청도 농민군을 토벌하라 하고, 경리청 영관 성하영을 안성 부사에 임명하여 안성을 평정하고 경기도 중부 농민군을 토벌하라 했으며, 홍주 목사 이승우李承宇에게는 경기도와 충청도 해안 지방을 토벌하라고 불같이 영을 내렸다. 경리청은 남한산성을 수비하는 군대였다.

일본 공사관에서는 기다렸다는 듯이 용산에 주둔하고 있던 수비대 2개 소대를 파견했다. 1개 소대씩 이두황 군과 성하영 군에 합류시켰다.

"그리고 허문숙 씨와 황하일 씨는 충주에서 괴산 쪽으로 갔다고 합니다."

허문숙과 황하일은 자기들을 치려고 일어난 북접 신재련 부대와 충돌을 피하여 그쪽으로 진출하며 세를 늘리고 있었다. 황하일과 허문숙은 싸움을 하려는 것이 아니고 법소를 견제하는 것이 목적이므로 기세만 보이면서 농민군을 더 모아들이고 봉기를 방해하는 양반과 부호들을 징치하고 있었다.

"조정군이 나섰다면 이제 전단이 벌어진 셈이잖습니까?"

송희옥이 말했다.

"글쎄 말입니다. 경기도 사람들도 딱한 사람들이구만. 농민들이 지금 바로 벼 베기에 손이 잠길 판인데 이렇게 일판을 벌여버렸으니 어떻게 하지요?"

최경선이 눈살을 찌푸렸다. 그는 아직 광주로 가지 않고 있었다.

"지금 손이 좀 한가할 때라 이쪽 소문만 듣고 앞뒤 헤아리지 않고 설친 것 같구먼요. 그쪽 지방은 위계도 뭣도 없이 고을별로 독불장군으로 설치는 통에 그 꼴인 것 같습니다. 앞으로도 이렇게 거추없이들 멋대로 설치면 되레 판만 깰 것 같은데 무슨 조치를 취해야지 않겠습니까?"

김덕명이 전봉준을 보며 말했다.

"을식 패는 만나지 못했느냐?"

전봉준이 장진호한테 물었다. 만나지 못했다고 했다. 을식은 자기 부대 거꾸리, 무장 통방울눈과 함께 바로 안성과 죽산 등 경기도 동부 지역으로 정탐을 나갔다.

"그 아이들이 오면 자세한 소식을 알겠습니다마는 죽산과 안성은 황하일 씨하고 맥이 닿지 않을까 싶습니다. 황하일 씨한테 사람을 보내놓고 관군 움직임을 좀 더 지켜봅시다."

전봉준은 급히 황하일한테 파발을 띄웠다. 지금은 농사철이 닥치고 있는데다 군량 때문에 전쟁을 시작할 수가 없으니 그 점 깊이 헤아릴 것이며 죽산과 안성에서도 바로 물러나도록 해달라는 내용이었다. 파발을 보낸 다음 김개남과 손화중한테도 소식을 알렸다.

그때 오지영 일행은 보은 장내리로 가서 최시형을 만났다. 그 자리에는 김연국, 손병희, 손천민 등 북접 두령들이 배석했다. 오지영은 지금 농민들이 일어나지 않을 수 없는 까닭을 소상히 설명했다. 최시형은 가타부타 한마디도 대꾸를 하지 않고 듣고만 있었다. 최시형은 원래 말이 적은 사람이기도 했다. 배석한 두령들도 돌처럼 굳은 표정으로 듣고만 있었다.

"가서 두령들하고 의논하시오."

오지영이 말을 끝내자 최시형이 조용히 말했다. 오지영은 잠시 최시형만 보고 있었다. 그러나 최시형은 그 한마디뿐 더 입을 열지 않았다. 방 안에는 잠시 무거운 침묵이 흘렀다.

"갑시다."

김연국이 일어서서 먼저 방을 나갔다. 모두 따라나섰다. 행랑채 넓은 방으로 갔다.

"지금 앞장서지 않으면 전라도에서는 동학도들이 접주들한테 모두 등을 돌릴 판입니다. 이쪽 사정도 별반 다르지 않을 것 같은데 어떠십니까?"

"등만 돌리고 마는 게 아니라 농민들한테 맞아 죽을 지경입니다."

오지영 말에 유한필이 한술 더 뜨고 나왔다.

"이게 바로 어제 법소에서 각 고을에 발송한 통문이오."

김연국이 통문 한 장을 내놨다.

> 무릇 우리 도는 남북 어느 포를 막론하고 모두 용담에서 연원하였지만 도를 지키고 스승을 따르는 것은 오직 북접

뿐이다. 들은즉 호남의 전봉준과 호서의 서장옥은 따로 문호를 세워 남접이라 이름 짓고 창의를 빙자하여 평민을 침탈하고 교인을 죽게 하는 짓이 극에 이르렀다. 지금 다스리지 않으면 *훈유薰猶가 구별되지 않아 옥석이 모두 같이 타버리게 될 것이다. 이에 글을 지어 남접과 절교를 고하니 8도 각 포 가운데서 우리 북접을 믿는 사람들은 더욱더 분발하여 성심으로 하나같이 각 포 두령들 단속에 털끝만치도 어긋남이 없어야 할 것이며 모두 합심하여 *사문난적師門亂賊을 정토함이 옳은 일일 것이로다.

세 사람은 통문을 읽고 나서 몽둥이 맞은 사람들처럼 법소 두령들을 건너다보았다.

"이미 관군이 농민군을 치기 시작했고 일본군도 나설 것은 불을 보듯 뻔한데, 북접까지 나서서 남접을 친단 말씀입니까? 남접을 치고 나면 북접 도인들은 장차 무슨 면목으로 세상에 얼굴을 들겠소?"

오지영은 담담하게 말했다.

"전봉준하고 김개남은 또다시 교단을 업고 뭇 생령을 죽음으로 내몰려 하고 있습니다. 말씀하셨듯이 조정군에 이어 일본군도 나섭니다. 우리 백성 힘으로는 조정군과 일본군을 당할 길이 없습니다. 다 죽습니다. 지금 전봉준, 김개남 같은 불한당들이 백성을 동학교단 이름 아래 장사지내려 하고 있는데 손 개얹고 보고 있자는 말이오?"

김연국이 큰소리로 말했다.

"여기 온 우리도 교단을 보전하려는 법헌 이하 법소 여러 두령들 뜻을 잘 아는 까닭에 지금까지 법소 영에 따라 은인자중했습니다. 그러나 이제 나라 사정은 달라졌습니다."

김방서가 말했다.

"나라 사정이든 뭐든 일본군을 쳐서 이길 수 있다고 생각하시오?"

김연국이 목소리를 높였다.

"지금 승산을 따지고 있을 때가 아닙니다. 조정은 북접과 남접을 구별하지 않고 다 죽입니다. 당장 이두황이 얼마나 무지막지하게 설치고 있는지 그 소식 듣지 못하셨습니까? 일본군까지 나섰습니다. 이 판에 이런 통문을 보낸다면 법소는 두 번 죽습니다. 나부터 결단코 이 통문에 따를 수가 없습니다."

김방서는 단호하게 말했다. 지금 죽산을 평정한 이두황은 동학도라면 닥치는 대로 죽인다는 것이다. 여기 오면서 어제 주막에서 들은 소문이었다.

"교단도 살리고 백성도 살리고 남접도 살리는 길은 이 길뿐이오. 우리가 나서서 남접을 친다고 하면 조정군은 굳이 전라도까지 내려갈 리가 없습니다. 무고한 백성도 살리고 철없이 날뛰는 남접도 살리는 길은 우리가 남접을 치는 길밖에 없습니다."

손천민이었다.

"도인들이나 백성을 잘못 보아도 너무 잘못 보고 계십니다. 지금 이 통문을 받고 남접을 치자고 모일 사람이 몇 명이나 될 것 같습니까? 충청도만 하더라도 이미 허문숙 씨가 법소에 반기를 들고 일어났고 다른 고을에서도 벌떼같이 일어나고 있습니다. 이것이 대세입니다. 이 대세를 거스르는 일은 강물을 거꾸로 거슬러 올리기보다 더 어려운 일입니다."

오지영이 단호하게 말했다.

"당장 이두황이 죽산에서 농민들을 전부 동학도로 몰아 무작정 작살을 내고 있습니다. 우리 북접이 남접을 쳐야 북접도 살고 남접도 살고 백성도 산다 이 말이오."

김연국이 방바닥을 쳤다.

"이 문제는 이 자리에서 말로 따질 필요가 없을 것 같습니다. 이 통문을 어제 보내셨다니 이 통문을 보고 남접을 치겠다고 모이는 사람들이 얼마나 되겠는가 알아보십시오. 그런 다음에 이야기를 합시다. 우리는 그때까지 기다리겠습니다."

오지영 말에 북접 두령들은 잠시 머쓱한 표정이었다. 큰소리는 쳤으나 자신이 없는 것 같았다. 어제 보냈다니 벌써 밑바닥 동학도들 반응을 짐작하고 있을 법했다.

바로 다음날 아침이었다. 손병희가 세 사람이 들어 있는 주막으로 찾아왔다.

"북접도 봉기를 하기로 했습니다."

손병희는 멋쩍게 웃으며 통문을 한 장 내놨다. 세 사람은 통문과 손병희를 번갈아 봤다.

……오로지 하늘의 도움으로 우리 도가 끊어지지 않고 전국 교도가 수십만에 달하였거니와, 일부 무리들은 척화(斥化: 斥開化)를 빙자하여 백성을 이끌고 창궐을 일삼으

니 어찌 한심한 일이 아니겠는가? 나는 이미 나이가 칠순이라 목숨이 다해가나 법통을 전해주신 선사의 은혜를 생각하면 눈물이 옷깃을 적실뿐이로다. 생각하다 못하여 다시 통문을 내노니 바라건대 여러분은 이 늙은이 마음을 헤아려 정한 기일에 집합하여 선사의 숙원을 풀고 위급에 처한 국난을 구하기 바라는 바이다.

통문은 동학의 본지를 장황하게 늘어놓은 다음, 남접의 부당성을 지적하면서도 봉기의 불가피함을 아주 감상적으로 말하고 있었다. 최시형의 심사를 그대로 드러내고 있는 글발이었다. 세 사람은 너무 뜻밖이었다. 남접을 치자는 태도를 바꾸지 않을 수 없을 것이라 생각했지만 그들도 봉기하리라고까지는 미처 생각하지 못한 일이었다.

허문숙과 황하일 휘하로 모인 수가 무려 5,6만 명인데다가 죽산 토벌에 나선 이두황이 동학도라면 누구든지 무작정 죽이고 있다는 소문에 겁을 먹은 것 같았다. 어제저녁 근처 두령들이 부산스레 법소를 드나드는 것 같았는데 그사이 민심과 조정의 태도를 제대로 알게 된 것 같았다.

이두황 부대는 휘황찬란한 깃발을 요란스럽게 휘날리고 나팔을 불면서 의기양양하게 행군을 하고 있었다. 이두황은 지금 죽산에서 광혜원으로 가는 길이었다. 깃발을 휘날리며 행진하는 이두황 부대는 기세가 하늘을 찌를 듯했다. 죽산에서 광혜원은 30리 길이었다. 그는 죽산 농민군을 물리치고 죽산 부사로 부임하여 각지로 군사들을 내보내 농민군을 낙엽 쓸듯 쓸다가 오늘은 그 스스로가 나선 것이었다.

9월 10일 부사 임명을 받은 이두황은 용산 수비대 1개 소대와 함께 내려오며 죽산 못지않게 기세를 올리던 직곡과 김량 농민군을 습격하여 물리치고 거기서 잡은 농민군 4명을 백암장터로 끌고 가서 대로에서 총살을 시켰다. 19일에는 죽산에 당도하여 일본군과 연합작전을 벌여 죽산을 탈환했다. 죽산 농민군은 2,3천 명을 헤아렸으나 한나절을 버티지 못하고 물러서고 말았다. 덩덩 하는 운김에 떠서 대창 한 자루씩만 들고 덤벙거리던 사람들이라 한쪽이 무너지자 돌멩이에 물방울 튀기듯 흩어지고 말았다. 성하영이 출동한 안성도 마찬가지였다.

이두황군 깃발도 요란스러웠다. '순무영우선봉장이 두황장군巡撫營右先鋒將李斗璜將軍'이라는 대장기가 맨 앞에서 기세등등하게 나풀거리고 '동학 비적을 쓸어버리자剿滅東徒匪賊' '난당들을 쳐서 없애고 사직을 지키자盡滅亂黨保衛社稷' 등 글귀가 온 하늘이 내 세상인 듯 꼬리를 휘저었다. 이두황 부대는 한양을 출발할 때는 병사들이 3백여 명이었으나, 지금은 5백 명이 넘었다. 그동안 나졸과 포교 및 지원병들을 받아들여 증원을 한 것이다. 기마병만도 50여 명이나 되었다.

"물렀거라. 순무영 우선봉장 이두황 장군 행차시다."

이두황 부대는 거래 소리도 요란스럽게 행군을 했다. 붉은 저고리에 *철릭을 받쳐 입고 밤알 같은 *밀화갓끈에 공작깃이 하늘 높이 치솟은 *전립을 쓴 이두황은 가슴팍을 잔뜩 벌리고 위풍당당하게 가고 있었다. 그는 한양서 처음 출발할 때는 들판에 나온 짐승처럼 겁먹은 눈알을 번득였으나 직곡과 감량 농민군을 야습으로 물리친 다음부터는 전혀 달라졌다. 그날부터 깃발을 만들어 휘황찬란하게 휘날리기 시작했다. 여태 겁에 질려 어디서 바스락 소리만 나도 눈알을 굴리던 이두황이가 하루아침에 딴 사람이 되어버렸다. 뒤따르던 일본군들은 비슬비슬 웃으며 그때부터 저만치 뒤로 처져 사당패 길놀이에 *모가비 따르듯 한참 뒤떨어져 조용하게 따라왔다. 지금은 그때보다 더 요란스러웠다. 오늘은 물론 일본군은 따르지 않았다.

이두황 부대가 지금 가고 있는 광혜원은 얼마 전까지 북접 신재련이 4,5만 명을 거느리고 충주 용수포에 5,6만 명을 거느리고 있는 허문숙, 황하일과 대치하고 있던 곳이었다. 죽산에 입성하자 이두황은 광혜원에 농민군 4,5만 명이 모여 있다는 소리를 듣고 우선 그 수에 질려 어떻게 손을 쓸 엄두를 내지 못하고 있었다. 그런데 느닷없이 신재련한테서 편지가 왔다. 허문숙과 황하일은 남접 괴수 전봉준을 따르고 있는 자들로 노략질만 일삼는 불한당들인 까닭에 자기는 그들을 치려고 일어난 사람이라며 우리하고 힘을 합쳐 그들을 치자는 제의였다.

"오랑캐로 오랑캐를 친다더니 손 안 대고 코 풀게 생겼구만."

이두황은 무릎을 쳤다. 이놈들을 어떻게 요리를 할까 궁리를 굴리고 있는 참인데, 이건 또 어떻게 된 일인지 그 많은 군사들이 갑자기 흩어져 버렸다는 것이다.

"양쪽 다 흩어졌단 말인가?"

"그렇사옵니다. 나리 위세에 지레 기가 죽은 것입니다."

소식을 전하는 장교는 기고만장이었다.

"조정에서는 저런 허수아비들을 보고 그렇게들 벌벌 떨었구만."

이두황이 너털웃음을 터뜨렸다. 그러나 그들이 흩어진 것은 이두황 기세에 눌려서가 아니었다. 허문숙과 황하일이 먼저 군사들을 해산했는데, 그것은 법소에서 봉기령을 내렸다는 소식이 들리자 법소에 대립할 명분이 없어져버렸으므로 각자 자기 고을로 돌아가서 자기 고을 농민군에 끼여 북접군이 모인다는 청산으로 가라고 해산을 한 것이고, 신재련도 싸울 대상이 없어지자 흩어진 것이었다.

"농민군이 이렇게 무너지기로 하면 몇 조금 못 가잖겠어?"

"글쎄 말이야. 허문숙씨는 왜 또 그렇게 장마에 흙담이여?"

무장 퉁방울눈과 장성 거꾸리는 화승총을 메고 이두황 부대 꽁무니에 따라가며 속삭였다. 퉁방울눈은 지난번 전주에서 죽은 이쪼르르 친구였다. 그들은 죽산으로 농민군 형편을 알아보러 왔다가, 얼마 전에 전주 도소에 왔던 죽산 장교 장을동과 짜고 그럴싸한 수작으로 이두황 부대에 지원하여 지금 어엿한 관군이 된 것이다. 두 사람은 장성 김부잣집 임군한의 짱박이 을식과 함께 이쪽으로 정탐을 나왔다.

경기도 동북 지역을 정탐하고 오라는 송희옥 영을 받은 그들은 송희옥이 가르쳐준 대로 죽산 장교 장을동을 찾아갔다. 장을동이 반갑게 맞아주었다. 그런데 그들이 죽산에 당도한 그 다음날 느닷없이 죽산 농민군들이 관아를 습격했다. 수천 명이 대창을 들고 관아로 몰려왔다. 머리에 수건을 질끈질끈 동여매고 들이닥치는 농민군 모습은 어마어마했다. 장을동과 함께 관속들 쪽에서 농민군들을 보자 관속들 눈에 농민군이 어떻게 보이는가 짐작할 수 있었다. 죽산 관속들은 싸워볼 엄두도 내지 못하고 정신없이 도망쳤다. 그들 세 사람도 장을동을 따라 같이 피했다. 안성도 죽산하고 같이 일어났다는 소문이었다.

"그럼, 우리는 안성 형편을 살펴보고 바로 삼례로 달려가겠소."

안성 소문을 들은 그들은 장을동과 작별하고 신나게 안성으로 달려갔다. 거기도 어마어마했다. 세 사람이 안성 형편을 살핀 다음 삼례로 돌아가려는 참에 조정에서 토벌군이 떴다는 소문이 나돌았다. 그럼 조정군이 오는 것까지 보고 가자고 다시 죽산으로 달려갔다. 장을동이 피해 있는 데로 찾아갔다. 장을동과 함께 며칠 동안 머물고 있는 사이 정말 이두황군이 왔다. 일본군도 같이 왔다고 했다. 그들은 장을동과 함께 이번에는 읍내로 진격해오는 조정군 모습을 구경하고 있었다. 농민군들은 성을 빙 둘러싸고 전투태세를 갖추었다. 이두황이 거느린 장위영병은 두 패로 나누어 공격 태세를 갖추었다. 일본군도 한쪽을 맡았다. 일본군은 이두황 부대보다 훨씬 뒤에다 포진을 했다. 이두황군이 먼저 공격을 했다. 이두황군은 모두 양총이었고 농민군은 서른 명에 한 명 꼴로 화승총이었다.

—드드드드.

황룡강과 전주에서 들었던 회선포 소리였다. 일본군이 쏜 것이다. 농민군들은 그대로 버티고 있었다.

—뻥.

포가 성안에서 터졌다. 여남은 발이 터졌다. 농민군은 동요하기 시작했다. 이두황 부대가 차츰 가까이 육박했다. 농민군은 총을 갈겨댔다. 총소리가 콩 볶는 소리였다. 한쪽으로 이두황군이 돌진했다. 농민군이 도망치기 시작했다. 한쪽이 무너지자 농민군은 산사태라도 난 것 같았다.

"허허, 저게 뭐야?"

장을동과 세 사람은 너무도 어이없는 꼴에 입을 쩍 벌렸다. 전투라고 할 것도 없었다. 산이라도 무너뜨릴 듯 기세등등하던 농민군이 너무도 허망하게 무너지고 말았다.

"양총 앞에 대창 가지고는 맥을 못 추겠는걸."

장을동이 고개를 저었다.

"아니오. 전쟁은 무기만 가지고 하는 것이 아니오."

을식이 제법 아는 체했다.

"하긴 그렇지만."

장을동은 그러면서도 고개를 갸웃거렸다.

"가만있자. 저놈들이 이리 올 때 용인에서 나졸들하고 장교들을 군대로 끌어넣었다는 것 같더라. 여기서도 끌어넣으면 나도 지원을 해야겠다."

장을동이 혼잣소리처럼 말했다.

"이두황 군대로 지원하겠단 말이오?"

을식이 놀라 물었다.

"음, 들어가서 얼려 다니다가 이두황부터 쏴죽여버리고 말겠다."

장을동이 주먹을 쥐었다.

"그럼 나도 같이 들어갑시다."

거꾸리가 장을동 손을 잡았다.

"가만있자. 너는 어렵잖겠어, 말씨도 전라도 말씨고?"

장을동이 눈을 씀벅였다.

"전라도에서 농민군한테 부모를 잃고 도망쳐온 놈이라고 해주시오. 그런 놈이라 농민군이라면 이를 간다고 하면 들어줄 것 같소.

"맞다. 그러면 될 법도 하다."

을식이 나섰다.

"그럼 나도 들어갈라요."

퉁방울눈이 나섰다. 장을동이 잠시 난감한 표정을 짓다가 한번 해보자고 했다. 을식은 삼례에 가서 여기 소식을 전해야 하므로 돌아가기로 하고 두 사람은 장을동을 따라 이두황군에 지원하기로 했다. 죽산을 탈환한 이두황은 바로 다음날 지원병을 받았다. 수십 명이 지원했다. 장을동은 대번에 합격했다. 두 사람을 심사하는 자리였다. 장을동이 그럴싸하게 둘러댔다.

"저는 지난 8월. 전관 사또나리 영을 받고 난도들 움직임을 정탐하러 전라도에 갔던 일이 있사옵니다. 그때 이 두 젊은이를 주막에서 우연히 만났사온데 이 사람은 농민군한테 아버지를 잃고 이 사람은 형님을 잃은 사람입니다. 저는 이 두 젊은이 도움을 얻어……."

이리저리 둘러대는 장을동의 너스레는 기름이 잘잘 흘렀다. 심사하던 대관은 됐다고 두 사람 등까지 두드려 주었다.

광혜원에 가까워졌다. 선발대가 달려왔다.

"그곳 동학도들 여남은 명을 잡아놨사옵니다."

이두황이 고개를 끄덕이며 광혜원으로 들어갔다. 선발대는 대장소로 잡아놓은 여각으로 이두황을 안내했다. 이두황이 여각으로 들어서니 여각 마당에는 도포 입은 사람 여남은 명이 꽁꽁 묶여 땅에다 무릎을 꿇고 발발 떨고 있었다. 험하게 묶이기는 했으나 옷은 모두 깨끗했다.

"어인 연고로 잡혀온 자들인고?"

이두황이 마루에서 내려다보며 조용한 목소리로 물었다.

"동학도라 하여 잡혀왔사옵니다. 하오나 소인들은 난동을 부린 일도 없으려니와 되레 다른 사람들한테 부화뇌동하지 말라고 말린 사람들이옵니다. 여기저기서 소란을 피운 자들은 동학도들도 아니고 모두가 불한당들이옵니다. 우리는 아무 죄도 지은 적이 없사옵기에 장군께서 오신다는 말씀을 듣고 환영하려고 준비를 하고 있었사옵니다. 통촉하시여 옥석을 가려주시옵소서."

매무새가 단정한 중년 사내가 울먹이는 소리로 하소연을 했다. 옷차림으로 보아 밥술깨나 먹는 사람들 같았고 말하는 품이 식자도 어지간히 든 것 같았다.

"옥석을 가려달라? 옥과 돌덩어리를 가려달라는 말이렷다?"

"예, 저희들은 아무 죄도 없사옵니다. 통촉하시옵소서."

"지난번 신재련이 여기 있을 때는 무엇을 하였는고?"

"신재련을 따라나선 사람들은 모두가 농투산이들이고 저희들은 나서지 않았사옵니다."

"너희들도 동학도임에는 틀림이 없으렷다?"

이두황이 차근하게 물었다.

"하오나 남접하고 저희들하고는 근본이 다르옵니다. 통촉하시옵소서."

작자는 울먹이며 소리를 질렀다.

"동학은 국법이 금하는 터. 국법이 금하는 좌도로써 양민을 미혹하여 오늘의 난을 기른 것은 바로 너희 동학도들이다. 통촉하건대 너희들이야말로 모두가 못된 돌덩어리들이다."

이두황은 명쾌하게 잘라 말했다.

"아이고, 나리 살려주시옵소서."

"이놈들을 끌고 가서 이런 자들한테는 어떤 벌이 돌아가는가 세상 사람들이 보는 앞에서 똑똑히 본을 보여주도록 하여라."

이두황은 추상같이 영을 내렸다. 마당에 엎드린 사람들은 살려달라고 아우성을 쳤다. 이두황이는 들은 척도 않고 방으로 들어가버렸다.

"일어서!"

초관 두 사람이 엉덩짝을 차며 고함을 질렀다. 초관들은 그들을 앞세우고 들판으로 나갔다. 병사 1백여 명이 뒤따랐다. 그들은 죄가 없다고 아우성을 쳤다. 병사들이 몽둥이로 사정없이 후려갈기며 몰고 갔다. 가족들이 따라오며 통곡을 터뜨렸다. 들판에 이르렀다.

"저리 말뚝을 줄줄이 박고 묶어라."

초관의 명령에 따라 병사들은 논 가운데 줄줄이 말뚝을 박고 그들을 말뚝에 묶기 시작했다. 벌써 여러 번 묶어본 솜씨들이었다. 한 사람씩 말뚝 앞에 세운 다음 팔을 뒤로 돌려 말뚝을 싸안아 말뚝 꼭대기에다 댕댕하게 추켜올려 묶고 양쪽 발도 한군데 모아 말뚝 밑동에다 밭게 묶었다. 10여 명을 똑같은 모양으로 묶었다. 가족들 통곡소리가 하늘을 찢었다.

—빵 빵.

병사들은 공중에다 총을 빵빵 갈기며 다 쏘아 죽여버리겠다고 가족들을 을러멨다.

"이번에 지원한 향병들은 전부 이리 나오라."

초관이 명령을 했다. 화승총을 든 향병들이 겁먹은 눈알을 뒤룩거리며 앞으로 나왔다. 70여 명이었다. 향군들은 모두 화승총이었다.

"앞줄 10명, 이리 나와 저놈들을 보고 선다."

초관의 명령에 따라 향병들이 화승총을 들고 묶인 사람들을 향해 한 줄로 섰다.

"여기서 저놈들까지는 50보다. 잘 겨냥해서 쏜다. 쏜 다음에는 겨냥한 대로 맞았는가, 빗나갔으면 왜 빗나갔는가, 총알에 맞으면 맞은 놈들이 어떻게 되는가, 그런 것을 똑똑히 보아야 한다."

"장약을 하고 장탄을 하라."

모두 화승총에 장약을 하고 장탄을 했다. 향병들은 손을 발발 떨었다. 퉁방울눈과 거꾸리는 구경을 하고 있었다. 그들도 한번 해본 일이었다.

"*지름승에 불을 붙이고 겨냥을 하라."

모두 쌈지에서 당성냥을 꺼내 불을 켜서 지름승에 붙였다. 겨냥을 했다. 지름승이 바지직바지직 타들어갔다.

"아이고 아부지!"

뒤에서 가족들이 아우성을 쳤다. 병사들이 총을 갈기며 조용하지 못하느냐고 악을 썼다.

"격발!"

—빵 빵 빵.

총소리가 벼락 쳤다. 묶인 사람들은 서너 명이 움찔하며 몸을 뒤틀었다. 나머지는 몸을 꿈쩍하다 마는 사람도 있고 그대로 멀쩡한 사람도 있었다. 가족들은 악을 썼다. 총에 맞은 사람들은 손발이 묶인 채 말뚝에 몸을 비틀며 몸부림을 쳤다.

"아이고 여보."

가족들은 계속 아우성을 쳤다. 가족 가운데 까무러친 사람도 있었다.

병사들이 대거리를 했다. 아까처럼 초관의 지시에 따라 또 지름승에 불을 댕겼다. 총소리가 벼락을 쳤다. 버르적거리다가 축 늘어지는 사람도 있고 아직도 멀쩡한 사람이 있었다. 향병들은 10명씩 7번 나와 70명이 다 쏘았다. 말뚝에 묶인 사람들은 모두 고개를 늘어뜨렸다.

군사들은 바로 돌아가 밥을 먹었다. 밥은 햅쌀밥이라 기름기가 자르르하고 쇠고깃국이 한 대접씩 치면했다. 막걸리까지 푸짐하게 풀어 잔치판도 이런 잔치판이 없었다. 미리 준비를 시켰던 것이다. 밥을 먹고 나자 대관 하나가 불콰한 낯짝을 치켜들고 마당으로 들어섰다.

"오늘 밤에도 동학도들 사냥을 나간다. 맘대로 돌아다니며 잡되 너무 늦게 와서는 안 된다."

"우하하."

술이 얼큰한 군사들은 환성을 지르며 땅이 욱신거리게 뛰어나갔다. 총을 들고 근처 마을로 정신없이 내달았다. 동학도 사냥이란 허투루 하는 소리였다. 저녁마다 이렇게 나갔지만 병사들은 동학도들을 잡아오지도 않았고 장교들은 잡아왔는지 채근하지도 않았다. 동학도 사냥이 아니라 여자 사냥과 도둑질이었다.

한양서 총 한 자루씩만 가지고 나선 이두황 부대는 먹는 것을 비롯해 군수품은 모두 현지 조달이었다. 조정의 지시였다. 이두황은 처음 나설 때는 백성한테 절대로 피해를 끼치지 말라고 명령이 추상 같았다. 그래서 관군들은 똥개들처럼 비슬비슬 백성 눈치를 살폈으나, 직곡과 김량을 짓밟은 다음부터 달라지기 시작하더니 죽산을 점령한 후 대관들의 인솔로 동학도 토벌을 나가면서부터는 천하가 내 세상이었다. 병사들은 동네마다 쓸고 다니며 여자들을 짓뭉개고 장롱을 뒤져 값나갈 만한 물건은 다 털었다. 이런 소문이 나자 동네 사람들은 관군이 온다는 소문이 퍼지면 동네를 온통 비워놓고 전부 도망쳐버렸다. 어제 저녁에는 여자들을 찾아 10리 20리까지 쓸고 다녔다. 너무 늦게 오지 말라는 말은 그 때문이었다.

이런 일이 혹시 말썽이 될지 모르겠다고 이두황한테 넌지시 진언하는 장교가 있었다. 이두황은 너털웃음을 터뜨렸다.

"염려 마라. 여기 나선 병사들은 모두가 나라를 건지려고 목숨을 걸고 나선 사람들이다. 조정에서 삭료를 주느냐 옷을 주느냐, 이런 일이 아니면 군사들이 무슨 재미로 목숨을 걸고 싸우겠느냐? 분수없이 날뛰는 무지렁이들 닦달도 하고 병사들 사기도 돋우고 조정의 위엄도 보이고 관군의 위세도 보이는 일이다. 일석이조가 아니라 일석사조다. 하하하."

이두황 웃음소리는 들보가 들썩이게 요란스러웠다. 그는 다음날 군사들을 모아놓고 눈에 불을 번뜩이며 서릿발같이 악을 썼다.

"농사짓는 무지렁이들은 난군에 나간 놈들이건 안 나간 놈들이건 모두가 한통속으로 고개 끄덕이며 설친 것들이다. 인정사정 두지 말고 닦달을 해라. 조정의 위엄이 어떠한가 뼛속에다 속속들이 아로새겨 주어야 한다. 칼로 찌르고 개머리판으로 치받아 조정의 위엄과 관가의 위세를 살 속과 뼛속에 속속들이 쑤셔 박아 주어야 한다."

이두황의 호령소리는 관군들 발을 공중으로 둥둥 띄워 올렸다. 관군들은 총칼을 휘두르며 둥둥 떠다니고 있었다. 어느 동네건 닥치는 대로 들어가서 닥치는 대로 짓뭉개고 갈기고 안방 고방 다 뒤져 은반지 은비녀를 몽땅 쓸어담았다. 그런 값나가는 것은 벌레 같은 무지렁이들이 가지고 있을 물건이 아니었다. 여자들의 예쁜 얼굴과 부드러운 몸뚱이도 벌레 같은 무지렁이들이 즐길 물건이 아니었다. 여자들은 짓밟아도 되도록이면 거칠고 험하게 짓밟았다. 여자들의 몸뚱이 속에도 조정의 위엄과 관가의 위세를 속속들이 아로새겼다.

소와 돼지를 있는 대로 끌어다 총으로 대가리를 빵빵 쏘아 볶고 지지고 끓였다. 웬만한 동네면 한 집쯤은 제삿술이 익고 있었다. 동네 사람들은 총부리와 몽둥이에 터지고 짓밟혀 몸뚱이가 걸레가 되었지만 관군들 고함소리 한마디면 정신없이 뛰어다니며 음식을 만들고 밥상, 술상을 날랐다. 김칫국 채어 먹은 겨울 거지꼴로 손발을 달달 떨면서도 고함소리만 터지면 바람개비 돌아가듯 날래게 돌아갔다.

여기 온 군사들이 지난 7월 경복궁 쿠데타 뒤 무장해제를 당하고 여태 비루먹은 개처럼 비슬거리던 장위영병들이었다. 무장을 해제당한 병정들 꼴은 처참했다. 군대란 이름뿐이고 무기도 없고 할 일도 없고 밥은 개밥보다 조금 나았다. 그나마 젊은 사람들은 교도중대로 뽑아가버리고 늙다리들은 다리 부러진 짐승처럼 날마다 콧수염이나 뽑으며 밥만 죽이고 있었다. 군대 명색 가운데서 그래도 군대 비슷한 꼴을 갖춘 것은 교도중대 뿐이고 나머지는 그들을 추려내고 두엄자리 곁에 버린 허섭스레기나 마찬가지였다.

교도중대는 일본군이 장위영과 통위영 그리고 남한산성을 지키는 경리청 병사들 가운데서 20세에서 35세 사이의 젊은이 221명을 뽑아 따로 부대를 편성해서 신식훈련을 시킨 부대였다. 사에키佐伯 대위를 감독, 시라키白木 중위를 교관으로 임명하고 하사관 30명을 파견하여 훈련을 시켰다. 이진호를 중대장, 이민굉을 소대장으로 삼아 일본군 보조부대 비슷한 부대를 만든 것이었다.

전라도에서 김개남에 이어 전봉준이 봉기를 선포했다는 소식을 듣고 가슴을 졸이고 있던 개화파 정부는 바로 한양 턱밑 죽산과 안성에서 농민들이 관아를 짓밟아버리자 경복궁 쿠데타 때 민씨들보다 더 겁을 먹었다. 일본군에 구걸하다시피 하자 일본군은 장위영 등 세 부대에 다시 무기를 돌려주고 일본군까지 파견을 했다. 몇 달 만에 무기를 손에 든 병사들은 비루먹은 강아지들이 하루아침에 늑대들이 되고 말았다. 조정의 영을 받고 나서자 그들은 그동안 짓눌렸던 원한이라도 풀겠다는 듯이 백성을 원수 보듯 치고 박으며 미쳐 날뛰었다.

“우리도 가는 거여?”

거꾸리가 어둠 속으로 발을 옮기며 퉁방울눈한테 어정쩡하게 물었다.

"어제저녁에도 우리만 남아 있었는데, 오늘도 남아 있으면 수상하게 보잖겠어?"

두 사람은 히죽히죽 웃으며 발걸음을 옮겼다. 다른 병사들은 정신없이 이웃 동네로 달려갔다. 꼭 암내 난 암소한테 들이닥치는 황소들 같았다. 거의가 낮에 왔던 길을 되짚어 내달았다. 군사들이 지나가버렸으므로 방심하고 있을 거라 생각한 것이다. 어제저녁에도 길을 되짚었던 작자들이 재미를 보았다. 퉁방울눈과 거꾸리도 그쪽으로 가고 있었다.

"너 장개 안 갔다고 했지?"

퉁방울눈이 물었다.

"장개는커녕 연년이 묵은 색갈이도 아주까릿대에 쥐똥참외다."

"장성은 집강소에서 빚 탕감 안 했관대?"

"왜 안 해? 빚 준 사람들 불러다가 단단히 도장을 받았제마는, 전쟁에 이겨사 말이제 지는 날에는 도장이 말하겠어? 비온 날 짚세기 자국도 아닐 것인데."

"네 형편도 이번 전쟁에 이겨야지 지는 날에는 연장은 늙어죽을 때까지 대롱에 담고 댕길 형편이네그랴. 나도 형편이 비슷하다마는 네 형편 들어본게 나는 그래도 너보다는 조금 나은 것 같다."

퉁방울눈이 낄낄거렸다.

"연장뿐이라면 말도 않겠다. 색갈이는 놔두고 소작논 닷 마지기가 자작논이 다 되아가는 판인데, 전쟁에 지면 자작이 되는 것은 고사하고 소작도 날아갈 판이다."

"장성 부자 하나가 소작논을 공짜로 준다고 했다등마는 너도 바로 그 논을 벌고 있었구나. 그러고 본게 네가 여그까지 이빨 악물고 나온 까닭을 알 만하다."

"이 전쟁에 지면 논은 놔두고 색갈이에다 도지에다 당장 우리 집 식구들 입은 몽땅 천장에다 달아맬 판이여."

"그럼 여자 맛은 한번이나 봤냐?"

퉁방울눈은 킬킬거리며 물었다. 다른 병사들은 이미 어둠 속을 저만큼 달려가버리고 두 사람만 시시덕거리며 터벅거리고 있었다.

"귀신 듣는 데 떡소리 말어. 미치겄은게."

"그래도 나는 장개는 갔은게 오늘 저녁에 너나 총각 면을 한번 해라. 저 작자들처럼 생짜들한테 들이댈 수는 없고, 저 작자들이 일 보고 나온 뒤에 들어가서 훗국 맛이래도 한번 봐."

퉁방울눈은 연방 킬킬거리며 이죽거렸다.

"네가 노래 부르고 싶어 동서 옆구리 찌르는구나. 임마 지난번에 전주 입성할 때 원평에서 강간한 놈 효수한 것 안 봤어?"

거꾸리가 튀겼다.

"우리 둘이만 알제 누가 알겄냐? 성인도 시속을 따르는 법이다. 다른 놈 지내간 뒤에 대궁상 차진데, 이 북새통에 부처님 난다고 시호 내리겄어?"

퉁방울눈은 야무지게 나왔다.

"여자가 한번 당했다고 다른 남자가 또 달려들면 가만히 누워 있으까? 악을 씀시로 가슴팍을 밀어내면 으짤 것이여?"

거꾸리는 그런 장면은 생각만 해도 끔찍한 모양이었다.

"비엉신, 이런 데까지 나서길래 배짱 존 놈 하나 만났다 했등마는, 인자 본게 아무것도 아니구만."

"아이고, 나는 그런 배짱은 없어. 히히."

거꾸리는 어둠 속에서 손사래까지 치며 웃었다.

"여자들도 말이여, 남의 사내 맛 한번 보고 싶어서 속으로는 냠냠함시로도 겉으로는 시치미를 떼는 것이여. 닭 안 봤냐? 꽥꽥함시로도 꼴랑지를 안 들어주디야. 그래서 음양에는 천벌이 없는 법이다."

퉁방울눈은 바짝 달아올라 참새 어르듯 야살을 떨었다.

"그럴까?"

"임마, 그런 것도 몰랐냐? 여자들도 이럴 때나 남의 남자 살맛 보제 언제 맛보겄냐? 세상이 다 그렇고 그런 것이다."

"아닌 게 아니라, 그래싼게 나도 시방 아랫도리가 한 짐이다마는 악을 씀시로 버둥거릴 것 생각하면, 연장을 대롱에 담고 댕기고 말제, 아이고."

거꾸리는 고개를 절레절레 저었다.

"에이 병신."

"그만 해둬라. 네 말 더 듣다가는 이두황이 공자님으로 보이겄다."

"그럼 가지 말고 돌아서자. 뭘라고 다리만 아프게 가냐?"

퉁방울눈이 툭 쏘며 걸음을 멈췄다. 거꾸리도 머쓱한 표정으로 멈췄다.

"에이 참, 그냥 돌아설 수도 없고, 기왕 나선 김에 가서 여자들 악 쓰는 소리라도 들어보자."

퉁방울눈은 다시 팽글 돌아섰다.

"말 돌린 김에 그냥 돌아서자. 그런 짓거리 했다가는 바지에 똥

싸담은 놈같이 평생 껄쩍지근할 것 같다. 가서 *오형제 신세나 지자. 히히."

거꾸리가 돌아섰다.

"어이구, 병신. 이런 존 판 놔두고 기껏 오형제 신세여?"

퉁방울눈은 아쉬워 미치겠는지 그 자리에 서 있었다.

"너 혹시 고자 아니냐?"

"임마, 물건만 걸쭉한게 염려 말어."

"물건이 아무리 걸쭉해도 이런 존 판에 배짱 없으면 *땅나구 좆치레제 뭣이여?"

퉁방울눈은 되레 비윗장이 상한 모양이었다.

"말 마라. 맘이 조금만 해롱거리면 이놈이 대번에 '성님' 함시로 장작개비가 된다마는 원평 읍내서 효수당한 놈이 눈앞에 어른거리면 찬물 뒤집어쓴 꼴이 되아분다. 요 며칠 사이에 이놈이 찬물 벼락을 열두 번도 더 맞았다."

"그놈도 쥔놈치레 못해갖고 저녁마다 찬물 벼락이나 맞고 팔자 한번 험하게 타고났다."

퉁방울눈이 히히덕거리며 돌아섰다.

"주인이 만중 앞에 효수당하는 팔자보다는 낫잖겠어?"

"에이, 차려준 밥도 못 먹고."

퉁방울눈은 못내 아쉬운 듯 다시 뒤를 돌아봤다.

팔도 농민군을 다 쓸어버릴 듯이 요란스럽게 진군했던 이두황은 잡아놓은 동학도들만 죽이고 다시 죽산으로 회군을 했다. 이두황은 처음부터 그렇게 한바탕 위세만 부리자는 수작 같았다. 죽산에 가까워지자 이방이 말을 타고 달려왔다. 웬일인지 이방은 얼굴이 유난히 환했다.

"희소식을 전하겠습니다. 조정에서 순무영 우선봉장 직첩이 내려왔습니다."

"다 알고 있는 일, 직첩이 내려온 게 무어가 대단하다고 그 요란인가? 하하하."

이두황이 한껏 걸쭉하게 웃었다. 또랑광대 설익은 수리성 같은 가성 소리가 유독 요란스러웠다.

농민군이 전국적으로 일어난 것이 확실해지자 개화파 정부는 일본군과 협의하여 농민군 토벌에 대한 본격적인 계획을 세우고, 9월 20일 순무영을 설치했다. 양호 순무사에 신정희, 중군에 허진, 좌선봉에 이규태, 우선봉에 이두황, 그리고 성하영, 구상조, 백낙완, 홍운섭 등을 그 밑에 배속시켰다. 이두황과 성하영은 이미 현지에서 토벌을 하고 있었으므로 전보로 알린 다음 이제 직첩을 보낸 것이다. 순무영에서는 새로 임명된 중군 허진에게는 교도중대, 이규태에게는 통위영병을 이끌고 내려가도록 했다. 그리고 구상조와 홍운섭한테는 정규군 300명과 지방군 수천 명을 배속시켜 역시 출동시켰다.

다음날 아침 이두황이 자리에서 일어나자 웬 손님이 찾아왔다고 했다. 누구냐고 하자 밖에 있다며 장교가 문을 열었다. 이두황은 깜짝 놀랐다. 웬 양반 차림을 한 사람이 마당 한가운데 무릎을 꿇고 고개를 조아리고 있었다. 도포를 낭창하게 차려 입은 사내는 갓양이 멍석만했다. 갓양에 가려 얼굴은 보이지 않았다.

"누구신지 여쭈시오."

장교가 소리를 질렀다.

"죄인 동학 난군 괴수 서병학은 순무영 우선봉장 나리께 죄를 청하옵나이다."

서병학이 잠시 얼굴을 들어 이두황을 바라보며 처절한 목소리로 외친 다음 갓양 끝으로 땅바닥에다 사뭇 방아를 찧었다. 목소리는 뼈를 깎는 듯 처절했고, 머리를 조아리는 태도는 능지처참을 당해 마땅할 역적 죄인의 모습 바로 그것이었다.

"서병학!"

이두황이 깜짝 놀라 자리에서 벌떡 일어섰다.

"동학 두령 서병학 씨란 말이오?"

이두황이 마루로 나오면서 물었다.

"예, 죄인 서병학올시다."

서병학은 고개를 숙인 채 연방 갓양으로 땅에다 방아를 찧고 있었다. 이두황이 토방으로 뛰어내려 서병학 곁으로 달려갔다.

"서처사 이게 무슨 짓이오? 어서 일어나시오."

이두황이 잔뜩 감격어린 소리로 외치며 손수 서병학 상체를 잡아 일으켰다.

"아니올시다. 불초 소생은 천인공노할 동학 좌도에 미혹되어 혹세무민을 하고 만고에 씻을 수 없는 불궤지죄를 범한 역적 죄인이올시다."

서병학이 금방 통곡이라도 터뜨릴 것 같은 처참한 소리로 외치며 다시 고개를 조아렸다.

"서처사 심정을 알겠소이다. 우리는 구면인데 나를 모르시겠소?"

이두황이 호탕하게 웃으며 어서 일어서라고 거듭 채근했다.

"모를 리가 있겠사옵니까? 작년 봄 어윤중 각하 종사관으로 보은에 오셨던 나리를 어찌 모르겠사옵니까? 하오나, 소생은 만고역적이옵니다."

이두황은 거듭 껄껄 웃으며 이제 됐노라고 이번에는 서병학의 손을 잡아 일으켰다. 서병학은 못 이긴 듯 처참한 얼굴로 일어섰다. 어윤중은 지금 개화파 정부 탁지부대신 자리에 있었다. 한참 동안 요란스럽게 수작을 부리던 서병학이 이두황을 따라 방으로 들어갔다.

"죄를 뉘우쳤으니 이 얼마나 다행한 일이오. 이제 우리하고 같이 손을 잡고 난도들을 토벌합시다."

이두황이 다시 손을 잡으며 감격어린 소리로 말했다.

"저의 죄를 용서만 하여주신다면, 난도들 토벌에 *견마지로를 아끼지 않겠사옵니다."

서병학이 처절한 표정으로 굽실거렸다.

"감사합니다. 천군만마를 얻은 듯합니다."

이두황은 곧바로 순무영 순찰사 신정희한테 보고했다. 신정희는 무릎을 쳤다. 조정에서는 서병학한테 당장 남부 도사라는 직첩을 내리고 농민군 정탐 임무를 맡겼다.

서병학은 처음에는 서장옥의 심복으로 재작년 이맘때는 서장옥과 함께 최시형의 만류를 뿌리치고 공주 감영에 소를 올려 결과적으로 삼례집회를 촉발시키기도 했다. 그러다가 어느 날 갑자기 최시형 밑으로 들어갔고, 작년 봄 보은집회 때는 최시형 대리로 선무사 어윤중을 만나 척양척왜 깃발을 들고 설치는 남접은 자기들과 다르니 옥석을 구별하여달라고 있는 말 없는 말 입 벌어지는 대로 떠벌려 남접을 잔뜩 비난한 다음 어윤중한테 해산을 약속하고 최시형한테로 돌아와서는 홍계훈 군대가 당도하면 우리는 끝장이라고 잔뜩 겁을 주어 보은에 모인 8만여 명에게 해산 명령을 내리게 하고 최시형과 함께 야반도주를 했던 바로 그 장본인이었다. 그 뒤에도 양반 유세만 하며 최시형만 싸고돌다가 두령들한테 따돌림을 당하자 법소에 등을 돌린 것이었다. 동학 두령들 가운데 유일한 양반 출신인 서병학은 지난봄 무장에서 봉기를 준비하고 있을 때는 남접 두령들한테 봉기를 하지 말라고 회유를 하고 다니기도 하여 임군한이 죽여버리려 했으나 김덕호와 전봉준이 말려 무사하기도 했다.

# 10. 동학 정토군

10월 초. 벼도 거의 거둬들이고 들판에는 허수아비만 남아 을씨년스럽게 초겨울 찬바람에 떨고, 산에는 잎사귀를 거진 떨어뜨린 나무들이 앙상하게 나뭇가지를 드러내고 있었다. 광주에서 최경선이 왔다.

"이제 벌써 시월 달로 들어섰는데 어쩌자고 이러고 계십니까? 봉기를 선언한 것이 벌써 한 달 가깝습니다. 나오려고 마음먹은 사람들은 벼 메기야 등짐이야 어려운 일은 거진 끝냈습니다."

최경선이 방에 들어서자마자 따지고 나왔다. 두령들이 모여들었다.

"이번 전쟁은 팔도 농민들이 다 일어나야 할 텐데 팔도 농민들이 제대로 자위가 뜨려면 쉬운 일이 아닙니다."

전봉준이 조용히 말했다.

"이판에 어떻게 다 자위가 뜨기를 기다리고 있습니까? 밤도 급할 때는 발로 비벼서 까지 않습니까?"

"제상에 놀 하나둘이면 몰라도 하고많은 조선 팔도 밤을 어떻게 모두 발로 비벼서 생으로 깝니까?"

전봉준 말에 두령들이 빙긋이 웃었다.

"지금 벼는 거진 거둬들였지만 아직 *부지깽이도 덤벙거린다는 가을걷이 *꽃등인데 집에 천장만장 쌓인 일을 놔두고 쉽게 털고 나오겠습니까? 이제 생각해보니 김개남 장군 49일 참언설은 여러 가지로 치밀한 계산에서 나온 소리 같습니다. 7만 명이나 모아 소리가 나게 일어났던 것은 이제 천하가 다 일어나야 한다는 사실을 그렇게 큰소리로 세상에 알렸던 것이고, 계절을 치밀하게 계산해서 봉기 날짜까지 잡아 49일 참언설로 퍼뜨렸던 것입니다. 49일이면 이 달 14일(양력 11월 11일)인데 그때쯤 되어야 가을걷이에서 일손이 웬만큼 빠지지 않겠습니까? 새겨보면 새겨볼수록 역시 지리산 도사를 업어도 손색이 없을 만큼 절묘한 발상입니다. 김개남 장군은 우리보다 훨씬 멀리 내다보고 훨씬 치밀하게 계획을 세웠던 것입니다. 김개남 장군은 그때 한번 모이고 지금까지 가만히 있지만 전술상으로 엄청난 효과를 내고 있습니다."

전봉준은 김개남에 대한 감탄을 계속했다. 8월 달에 봉기를 선포한 것이나 49일설을 퍼뜨린 것을 가지고 모두들 비웃었지만 이제 생각해보니 그게 아니라는 것이다. 그때 7만 명을 모아 봉기를 선포한 것은 전국 농민들에게 미치는 효과가 실로 엄청났다. 김개남 장군 혼자 거느릴 군사가 7만 명이라는 사실은 조정 대신들과 부호, 양반,

관속들한테는 그만큼 겁을 주고 전국 농민들한테는 승리에 대한 확신을 심어주었던 것이다. 전구 각 지역 농민들이 안심하고 기세를 올렸던 것은 전라도 한쪽에서만 7만 명이 금방 일어난다고 든든하게 믿고 있는 데가 있었기 때문이다. 그리고 참언설은 더 절묘한 효과를 내고 있었다. 유생들은 비웃었지만 비결이나 참언을 철저하게 신봉하고 있는 밑바닥 농민들한테는 그게 아니었다. 49일이란 사람이 죽어 미래생으로 다시 태어나기까지 영혼이 *중음中陰으로 떠돌다가 그날이 지나야 삼계三界, 육도六道 어느 세계로 다시 태어나게 된다는 그 기간이었다. 그래서 그날 49재를 지낸다. 불교의 이런 내세관은 이미 민간신앙이 되었으며 아이를 낳고 몸이 제대로 회복되는 기간도 일곱이레 즉 49일었다. 봉기 날짜를 49일로 참언에 의탁하되 그 참언을 낸 것은 지리산 도사라고 한 것도 승리에 대한 확신을 심어주기 위한 배려가 숨어 있었다. 지리산 도사는 지리산 산신의 대리인이기 때문에 그날 봉기하는 것은 지리산 산신의 지시에 따른 것이 되기 때문이다. 이 지방 설화에서 지리산 산신은 전국의 산신 가운데서 유일하게 이성계의 개국을 반대하고 그와 맞설 아기장수를 내기도 한 산신이다. 그런데 그 49일이 되는 10월 14일은 농민들이 가을걷이를 방불하게 끝내고 농사일에서 손이 빠질 때였다. 바로 이 점을 계산하고 봉기 날짜를 미리 잡아 그 날짜에다 참언의 옷을 화려하게 입혀 퍼뜨린 것이었다. 더구나 14일은 달이 있어 먼데서 모여드는 사람들이 밤을 낮같이 이용할 수 있었다.

"듣고 보니 그렇기는 합니다. 그렇다고 우리마저 그 날짜에 얽매일 필요는 없지 않습니까?"

최경선이 다그쳤다.

"성급하게 움직일 필요가 없습니다. 첫째는 지금 전쟁의 주도권은 우리가 잡고 있습니다. 우리가 봉기를 선언하고 죽산과 안성이 들썩이자 조정에서는 순무영을 설치하고 법석을 떨었습니다마는 관군들은 지금 그대로 앉아서 우리 움직임만 지켜보고 있습니다. 이두황과 성하영은 죽산과 안성에 들어앉아서 우리 움직임에만 촉각을 곤두세우고 있고, 좌선봉 이규태는 수원에서 움직이지 않고 있습니다. 사정이 이러니 우리는 농민들이 가을걷이에서 손이 제대로 빠져 가볍게 털고 나설 때까지 기다릴 수가 있게 되었습니다. 그리고 그때쯤 되어야 새 곡식이 제대로 나서 군량도 어려움이 없을 것입니다."

전봉준이 차근하게 설명했다.

"둘째는 다소 무리를 하면 지금 움직일 수도 있으나 김개남 장군이 49일 참언설대로 움직일 것이 확실하므로 그때까지 기다려서 같이 움직여야 합니다. 그러지 않아도 나하고 두 사람 사이의 불화설이 널리 퍼져 세상 사람들은 우리 거동을 날카롭게 바라보고 있는데 이런 중요한 판에 한쪽은 움직이는데, 한쪽은 움직이지 않고 따로 놀면 불화설을 사실로 드러내는 꼴이 될 것입니다. 아까도 말했듯이 49일설은 가을걷이에서 농민들 손이 제대로 빠질 때를 정확히 계산한 것이므로 그 무렵에 같이 움직여주어야 봉기의 효과를 제대로 살릴 수 있습니다."

두령들은 모두 고개를 끄덕였다.

"셋째는 북접군이 지금 각 고을을 돌며 군사를 모아들이고 무장을 하는 등 한창 준비를 하고 있습니다. 그들이 제대로 군사를 모아들이고 준비를 하려면 적어도 한 달은 걸립니다. 북접군과 웬만큼 손발을 맞출래도 10월 14일까지는 가야 할 것 같습니다. 아까도 말했지만 시간을 끌면 끈만큼 다른 지역이 더 무르익을 것이므로 시간을 끈다고 하여 우리한테 손해될 것은 전혀 없습니다. 지금 청일전쟁은 장기전으로 들어가 일본군은 압록강을 건너 요동으로 진출하여 소강상태에 있는 것 같으니 일본군 사정도 금방 달라지지는 않을 것 같습니다."

금방 겨울이 닥칠 것이므로 추위를 걱정할지 모르지만 전쟁은 어차피 마을 근처에서 벌어질 것이고 전쟁이 벌어지는 곳에서는 동네 사람들이 모두 피난을 갈 것이므로 잠자리나 밥을 해먹는 일 등 추위 걱정은 크게 할 것이 없다고 했다. 잠자리나 밥을 해먹는 것은 삼례집회 때나 고부봉기 때보다 훨씬 편할 것이라고 했다.

"듣고 보니 그러기는 하겠습니다. 그러면 우리도 10월 14일에 봉기를 한단 말씀입니까?"

최경선이었다.

"우리가 움직일 날짜는 아주 중대한 기밀에 속하는 일이니 못을 박지 말고 두고 봅시다. 여기 있는 두령들하고도 그 문제는 이야기하지 않았습니다. 지금 각 지역에서는 한창 들썩이고 있으며 그 기세는 날로 드세가고 있습니다."

그때 순천 강삼주가 군사 50명을 거느리고 왔다고 했다. 전봉준은 굳은 표정으로 강삼주를 맞았다.

"여기서 싸우려고 왔습니다."

"왜?"

전봉준이 물었다.

"저는 전에도 민회 패로 싸웠잖습니까?"

강삼주는 가볍게 대답했다.

"올 때 양해를 받고 왔는가?"

"양해 받을 것도 없습니다."

강삼주는 고개를 돌리며 말했다. 모두 강삼주를 보고 있었다.

"무슨 일이 있었는가?"

송희옥이 물었다.

"무슨 일이라기보다 낙안사건 때문에 지금도 시끄럽습니다."

두령들은 서로 돌아봤다. 짐작대로라 생각한 것 같았다. 낙안사건이란 지난 9월 18일 순천 집강 양하일이 낙안으로 쳐들어간 사건이었다. 금구 출신 김인배는 김개남 지시로 순천으로 진출, 보성과 낙안접의 협력을 받아 순천에다 영호대도소를 세우고 순천, 광양, 낙안, 보성에 군림했다. 그런데 낙안 집강이 이수희에서 김사일로 바뀌면서 독자적인 행동을 하고, 지난 8월 남원봉기 때는 봉기를 하지도 않았다. 보성접도 마찬가지였다. 그렇다고 그들이 전봉준의 노선을 지지하거나 그를 따른 것도 아니었다. 그들이 계속 김인배한테 등을 돌리자 김인배의 지시를 받은 양하일은 군사들을 몰고 낙안으로 쳐들어갔다. 그러나 낙안 집강 김사일은 만만하지 않았다. 이미 그들이 쳐들어올 것을 짐작하고 보성접과 통을 짜고 대비를 하고 있었다. 쉽게 생각하고 낙안으로 쳐들어갔던 양하일은 보성접까지 나서는 바람에 험하게 쫓겨나고 말았다. 지난번 담양 접주 남응삼이 순창으로 쳐들어갔다가 밀려난 것과 똑같은 사건이었다.

"생각이 좀 다르다고 농민군끼리 무력으로 싸워서야 되겠습니까?"

그때 강삼주가 거세게 반대를 했다는 것이다. 그러나 듣지 않고 쳐들어갔다가 참패를 했으며 지금도 그런 태도는 마찬가지라는 것이다. 경상도 민보군을 치고 그쪽으로 세력을 뻗치려는 것은 당연한 일이지만 농민군들 내부에서 무력으로 세력을 확장하려고 하는 것은 납득할 수 없다고 대들었다.

"당신들이 굳이 편을 가른다면 나는 처음부터 전봉준 장군 편입니다. 그럼 나는 전봉준 장군 휘하로 가겠습니다, 이러고 나와버렸습니다."

강삼주는 아직도 흥분이 가시지 않은 듯 목소리가 거칠었다.

"편을 가른다고 거기서 나와서 이쪽으로 와버렸으니 그러면 자네도 결국 편을 가른 셈이 되지 않았는가? 자네는 또 그렇다 치더라도 우리는 어째야겠는가? 우리가 자네를 받아들이면 우리는 어떻게 되지?"

전봉준이 조용하게 물었다. 강삼주는 머쓱한 표정으로 전봉준을 보고 있었다. 두령들도 어리둥절한 표정이었다.

"멀리 왔으니 우선 여기서 며칠간 쉬게."

전봉준은 조용하게 말했다. 강삼주가 적잖이 흥분하고 있으므로 흥분이 가라앉은 다음에 이야기를 하고 싶은 모양이었다.

최경선이 온 며칠 뒤 전봉준은 드디어 총동원령을 내렸다. 전라도 농민군은 10월 13일 삼례로 모이라고 한 것이다. 통문을 든 파발이 각 고을로 정신없이 달리고 거리거리에 방문이 붙었다. 김개남한테는 송희옥을 보내 앞으로 계획을 알렸다. 자기는 강경, 경유, 논산으로 진출하여 공주를 공략하겠다는 작전계획을 알린 것이다. 김개남은 형편대로 계획을 세우라는 소리였다.

통문을 보낸 다음 전봉준은 이싯뚜리를 불러 멀리 심부름을 보낼 일이 있으니 듬직한 젊은이들 두세 사람을 뽑아오라 했다. 젊은이 셋이 왔다.

"충청도 유구에 다녀와야겠네. 거기 두령 최한규 씨를 찾아가서 우리는 10월 14일 강경으로 진군한다는 말을 하고 이 편지를 전하게."

전봉준은 겉봉을 단단히 봉한 편지를 한 장 내밀었다. 최한규한테 불랑기와 포탄 및 불랑기 쏠 사람을 강경으로 보내라는 편지였다. 강경에는 땔나무 배가 많이 들어오므로 배 밑창에다 대포를 싣고 그 위에 장작을 실으면 어쩌겠느냐고 방법까지 자세하게 적었다.

12일에는 관군과 백성에게 고하는 통문을 공주 감영에 보냈다. 그것을 거리거리에 방으로 내걸기도 했다.

경군과 영병 그리고 백성에게 고한다.
일본과 조선이 개국 이후로 비록 이웃 나라이나 여러 대에 걸쳐 적국이더니 …… 개화간당이 일본과 손을 잡고 밤중에 입경하여 임금을 핍박하고 국권을 마음대로 전단하고 있으며 방백 수령은 인민을 어루만지지 아니하고 살육을 일삼아 생령을 도탄에 빠뜨리고 있다. 이에 우리 동학도들은 왜적을 초멸하고 그릇된 개화를 제어하여 조정을 청평하고 사직을 보위코자 일어났다. 그런데 조정의 병사들이 의리를 생각하지 아니하고 우리와 접전을 하매 피차에 인명이 상하니 어찌 애닯다 아니하리요. …… 지금 외국 군대가 한양을 압박하여 팔방이 흉흉한데 편협하게 우리끼리 싸워서야 되겠는가? 우리 조선 사람끼리는 도道는 다르다 하더라도 척왜와 척화斥化에는 그 뜻이 한가지다. 두어 자 글로 의혹을 풀고자 하노니 각기 돌려보고 충군·우국지심이 있거든 곧 의리로 돌아오라. 같이 척왜척화를 상의하여 조선이 왜국倭國이 되지 않게 하고 동심합력하여 대사를 이루고자 하노라.

갑오 10월 12일 동도창의소

10월 12일부터 각 고을 농민군이 삼례로 모여들었다. 깃발을 휘황찬란하게 휘날리며 풍물을 치고 기세 좋게 몰려왔다. 전주, 고창, 태인, 남원, 금구, 함열, 무장, 영광, 정읍, 김제, 고부 농민군이 모여들었다. 남원 같은 데서는 김개남을 따르지 않는 사람들이 왔고, 무장과 영광 농민군은 광주 손화중한테로 갔다가 젊은이들은 손화중의 지시에 따라 이리 왔다.

삼례는 전라도에서 가장 큰 역참이 있는 교통의 요지라 장도 그만큼 커서 장판이 1만 명도 넘겨 모일 수 있었다. 엿장수, 떡장수 등 먹을거리 장수들도 신명이 나고 화주역쟁이들도 대목을 만났다. 자기 고을 장판에서는 소 닭 보듯 지나치던 사람들도 복전 그릇에 엽전을 던져넣으며 화주역쟁이 앞에 얼굴을 치켜들었다.

"아따, 무지하게도 모여든다."

구름처럼 몰려드는 농민군들을 보며 설만두는 입이 벙그러졌다.

"이렇게 모여들면 한양은 엉뎅이로 뭉개버려도 뭉개버리겠구만."

김판돌도 신이 났다.

가을볕에 시커멓게 탄 농민들이 수백 명씩 떼로 몰려왔다. 두서너 명씩 달려오기도 했다. 그제가 입동이라 벼 타작은 웬만큼 끝냈으나, 아직도 죽은 중도 꿈적인다는 가을걷이 꽃등이라 도리깨질 한 마당이라도 더 하고 오다 늦은 사람들이었다. 그런 사람들은 어미 손 잃은 장판 어린아이 싸대듯 자기 부대를 찾아 군중 속을 정신없이 휘지르고 다녔다.

도소에서는 장막을 치지 못하게 했다. 곧 강경으로 진군할 계획이므로 근처 동네서 끼여 자도록 할 참이었다.

"김개남 장군 49일도 내일인게 그 사람들도 일어나겠구만."

김판돌이 설만두를 보며 말했다.

"지리산 도사가 비결 하나는 때를 맞춰 딱 떨어지게 냈구만."

설만두가 감탄을 했다. 설만두는 전부터 김개남 지지파였다. 김개남이 양반들과 부자들을 시원시원하게 닦달하는 것을 보며 일을 하려면 저렇게 해야 한다고 입침을 튀겼다. 지금 오기창과 최낙수는 거기 도소에서 열심히 일을 거들고 있었다.

"진도서도 온다."

농민군들이 소리를 질렀다.

장판 들머리에 있던 이싯뚜리와 영광 고달근이 깜짝 놀랐다. 젊은이 2백여 명이 '광제창생 진도농민군'이라 쓴 고을기를 앞세우고 장대가리가 당당하게 앞장서서 들어오고 있었다. 장대가리 곁에는 막동이 따르고 있었다. 이싯뚜리와 고달근이 달려갔다. 용배와 함열 배농지기도 뛰어갔다.

"야, 얼마만이냐?"

모두 장대가리를 얼싸안았다. 용배도 막동을 껴안았다.

"이 자식, 이쁜 각시 얻었다며?"

용배가 막동이 가슴을 쥐어박으며 소리를 질렀다.

"통문이 언제 갔는데 벌써 오지? 공중으로 날아오는 거여?"

고달근이 거푸 물었다. 진도서 여기까지 오려면 예니레는 걸리는 거리였다.

"척 하면 몰라서 통문 기다리고 있겠어?"

장대가리는 잔뜩 벋대는 가락으로 크게 웃었다. 통문을 받고 오려면 늦을 것 같아서 미리 왔더니 날짜가 제대로 들어맞았다는 것이다. 김개남의 49일설이 정설로 굳어버렸으므로 대충 그에 맞춰 왔던 것이다. 진도에서 영산포까지 배로 와서 걸어왔다고 했다. 군중이 진도 농민군을 둘러싸고 치사가 흐드러졌다. 풍물패도 기승을 부렸다.

"나주 오다 자칫하면 큰일 날 뻔했구만. 민종렬 그놈부터 치고 가야겠어. 그놈 기세가 서릿발이 치더라구."

"듣고 있어. 그 때려죽일 놈."

이싯뚜리가 이를 갈았다. 영산포에서 배를 내린 그들은 나주 영병 소문을 듣고 곧장 금정으로 빠졌는데 중간에서 나주 영병들을 만나 하마터면 포위될 뻔했다고 했다. 지금 민종렬은 위로 올라오는 농민군을 나주에서 괴롭히고 있었다.

해거름에는 장흥과 강진 젊은이들이 이또실과 최차돌을 앞세우고 몰려왔다. 양쪽 모두 2백여 명씩 수가 엇비슷했다.

"장흥하고 강진은 어떠냐, 사정이 안 좋은 줄 알고 있는데?"

두 사람 인사를 받은 전봉준이 물었다.

"지금 유생들이 거세게 들썩이는 것을 보고 와서 마음이 안 놓입니다. 강진 김한섭 씨가 일어나자 그 바람이 장흥하고 보성까지 거세게 불고 있습니다."

이또실이 대답했다.

"그럼 거기 단속을 해얄 게 아니냐?"

"그래도 우리는 전부터 이리 오기로 작정을 하고 있었습니다. 이방언 장군께서는 한양으로 치고 올라가는 일이 더 중요하다며 저희들더러 가라고 하셨습니다. 군사를 더 많이 보내지 못해 죄송하다는 말씀을 드리라 하십디다."

"양반이나 부자들보다 고군면(병영면) 병영 군사들이 일어나면 그것이 제일 무섭습니다. 병영성에는 화약도 많고 군사들이 1천 명도 넘는답니다."

최차돌이 말했다. 거기는 전라 병영이 있는 군사적인 요지로 병영성에는 병사 서병무가 지금 군사 1천 명을 거느리고 있었다.

그때 충청도 최한규한테 갔던 이싯뚜리 부하들이 왔다. 전봉준한테 최한규의 편지를 내놨다. 물건을 실은 배가 강경에 당도할 것이니 물건을 잘 추심하라는 내용이었다.

"유구 최한규 씨가 불랑기 5문과 포탄 1백 발에 포수들도 같이 보내겠다는 것입니다. 강경에서 한참 올라가다가 갈대밭에서 추심하라고 했습니다."

전봉준은 처음으로 송희옥한테 불랑기 이야기를 하며 아직은 누구한테도 말하지 말라고 했다.

그사이 영광 고달근이 젊은이 150명을 거느리고 왔고, 하동 김시만이 1백여 명을 거느리고 왔으며, 당마루 김오봉도 50명을 거느리고 오고, 황방호와 박성삼이 4백여 명, 나주 김일두는 백정 3백여 명을 거느리고 왔다. 월공은 진즉부터 스님들을 데리고 와서 각지로 정탐을 다니고 있었다. 그들은 근처 절에서 기거하며 정탐을 다닐 뿐 부대로 뭉쳐 모습을 드러내지는 않았다. 70여 명이 지금은 은진 관촉사와 강경 용암사 등으로 거점을 옮겼다.

도소에는 각 지역으로 정탐 나갔던 젊은이들과 스님들이 계속 소식을 물고 들어왔다. 봉기령이 떨어지자 그 소문은 전국에 퍼져 농민군이 엄청난 기세로 일어나고 있었다. 들판에서 번져가던 불이 산에 붙어 불꽃을 튀기는 것 같았다.

전봉준이 각 지역 움직임을 챙기고 있을 때 김학진한테서 파발이 달려와 편지 한 통을 내놨다. 편지를 읽은 전봉준 눈에 빛이 번쩍했다.

"황해도 해주가 농민군 손에 떨어졌답니다."

"감영이 있는 해주 말인가요?"

전봉준 말에 두령들은 소스라치게 놀랐다.

"그렇소. 감사 정현석을 잡아 징치를 했답니다."

두령들은 벌린 입을 닫지 못했다.

"황해도가 언제 그렇게 거세게 일어났습니까? 이제 정말 일판은 제대로 되는 것 같습니다. 남북에서 치고 올라가면 한양은 이미 떨어진 것이나 마찬가집니다."

두령들은 대번에 들떠버렸다.

김학진 편지에는 조정의 대응 방법도 씌어 있었다. 조정에서는 농민군 기세가 황해도까지 번지자 각지에 초토사와 소모사를 임명하여 제대로 대비를 하기 시작했는데 특히 경상도 지방은 더 엄하게 단속하여 대구와 안동에는 초토사를 상주와 거창, 창원에는 소모사를 임명하여 농민군 봉기에 대처하도록 한 것 같다는 말로 끝을 맺고 있었다.

황해도 농민들은 이 근래 여러 고을에서 거의 폭발적인 기세로 일어나 대번에 황해도 수부해주까지 점령해버렸다. 9월부터 산발적으로 들썩이던 농민들이 10월에 접어들자 취야장터에 수만 명이 모여 강령현을 짓밟고 해주 감영으로 쳐들어갔다. 해주 영리들이 농민군에 협력을 했다. 그들이 거들자 농민군은 총 한 방 쏘지 않고 쉽게 감영을 점령할 수 있었다. 기세등등한 농민군들은 늙은 감사 정현석을 당 아래 꿇려 곤장을 친 다음 영노청에 가두어놓고 못된 부자와 양반들을 잡아다 징치하는 한편 무기고를 부숴 무장을 강화했다.

"영리들이 붙었다니 세상은 다된 것이구만. *금승말 갈기 외로 질지 바로 질지 물때 짐작만 하는 작자들이 이리 붙었다면 세상은 이미 기울었다는 소리잖아?"

황해도 수부를 점령해버리자 황해도 사람들은 지난번에 전주를 점령했을 때 전라도 사람들보다 더 기고만장이었다.

며칠 전 영호대접주 김인배는 진주로 진출했다. 순천에서 영호남 농민군 연합을 모색하며 이미 하동까지 세력을 뻗쳐 기회를 노리고 있던 김인배는 경상도 농민들이 북접 기포 소식에 크게 들썩이자 발 빠르게 움직였다. 김인배는 순천, 광양 농민군과 하동 농민군을 이끌고 진주로 바람같이 내달아 진주성을 격파해버렸다. 병사 민준호는 대항을 하기는커녕 구실아치 30여 명을 거느리고 마중을 나와 김인배를 정중하게 맞아들였다. 마치 패장이 승전군 장수 맞듯 했다. 그는 잔치까지 베풀어 김인배를 환영했다. 민준호의 이런 태도는 기회주의적인 태도가 아니었다. 그는 내심 농민봉기를 지지하고 있었다. 그사이 진주 근처에서는 농민군이 수없이 출몰했으나 군사를 풀어 치지도 않았고 지난번 김인배가 광양을 점령할 때는 광양 군아에서 급보가 빗발쳤으나 군사를 보내지 않았으며 바로 며칠 전에는 농민군들이 광탄진에서 군중대회를 열었으나 모른 척 하고 있었다.

이 소문이 퍼지자 경상도 우도 지방 농민들은 더욱 기세가 올랐다. 김인배는 농민들 기세를 업고 남해, 사천, 곤양, 고성 등 그 근방 고을을 휩쓸어 관아를 모두 접수해버렸다. 이 기세는 경상도 위로 치달아 성주 농민들도 관아를 습격하고 벼슬아치들을 징치했다.

해주와 진주가 떨어졌다는 소문이 퍼지자 전국이 더 거세게 들썩였다. 해주는 황해도 수부이고 진주는 경상도 서남부의 중심이었다. 진주가 떨어졌다는 소문에 전부터 움직이던 경상도 여러 고을들이 거세게 일어나고 있었다. 지난번 예천에서 최맹순이 험하게 당한 뒤로 북부 지방은 조금 잠잠한 것 같았으나 법소 봉기령이 떨어지자 김천에서 편보언이 크게 일어났다. 7월부터 김천장에다 집강소를 세우고 상주 지역 등 이웃 고을에 집강소를 세우게 하여 도집강으로 군림하고 있던 편보언은 법소의 통문이 날아들자마자 자기 밑에 있는 포접을 움직여 전쟁 준비에 한창 기세를 올리고 있었다. 곡식과 말, 창과 칼을 거두어 무장을 한 다음 그동안 제대로 말을 듣지 않던 선산부를 점령하여 부사를 쫓아내버리고 기세를 올렸다.

9월 초부터 들썩이던 강원도도 잠시 잠잠했다가 다시 들썩이기 시작했다. 강원도에서는 원주, 영월, 평창, 정선 농민들이 접소를 세우고 기세를 올리다가 9월 초에는 평창 이치태와 정선 지왈길이 네 고을 농민군을 끌고 진사 박제효의 협력을 얻어 강릉으로 진격, 부사가 공석 중인 강릉을 점령하고 못된 이속들을 징치하는 한편 억울한 옥사를 해결하는 등 기세를 올렸다. 그러다가 잠시 고향에 와 있던 승지 이회원이 모은 민보군의 반격으로 물러났던 것인데, 그때 흩어졌던 농민군이 여기저기서 다시 거세게 들썩이고 있었다.

삼례에는 어두워질 때까지 농민군이 계속 몰려들었다. 1만 명에 가까웠다.

"군사들은 계속 모여들 것입니다. 농민군 진용은 여러 두령들 의견을 들어 다음과 같이 정했습니다. 참모장은 김덕명 장군……."

그동안 논의를 했던 것이라 두령들은 담담하게 듣고 있었다. 선봉은 송희옥으로 전봉준의 직속부대 가운데서 일반 농민군을 거느리고, 좌선봉은 함열 출신 유한필로 북부 지역 농민군을, 우선봉은 황방호로 전라도 서북부와 충청도 남부 지역 농민군을, 후군은 고영숙으로 전라도 서부 지역 농민군을 거느리게 했다. 그리고 전봉준 직속부대 가운데는 송희옥이 거느린 일반 농민군을 제외한 별동대 및 타 지역 젊은이 등 연합부대를 전봉준이 거느리기로 했다.

10월 14일. 농민군은 아침 일찍 강경으로 출발했다. 안개가 자욱하게 끼어 앞이 안 보일 지경이었다. 농민군들은 수백 개 깃발을 휘날리고 꽹과리를 치며 안개 속으로 진군했다. 앞이 안 보이는 안개 속으로 풍물을 치고 가는 농민군 모습은 신비롭기까지 했다. 삼례에서 강경은 1백여 리였다.

김개남의 49일 참언은 그대로 사실이어서 어제부터 그 근방 농민군들도 남원으로 모여들고 있었다. 농민군들은 여기 모인 수가 만 명이 못 되자 오늘 남원에 얼마나 모일까 남원에 모일 수에 관심을 보였다.

"*가을 아침 안개는 중대가리 깬다더니 웃날이 제대로 든다."

금방 안개가 걷히고 늦가을 두터운 햇살이 화창하게 쏟아졌다. 들판에는 벼를 전부 거두어들이고 허수아비들이 을씨년스러웠다. 동네마다 사람들이 나와 만세를 불렀다.

강경으로 가는 사이에도 농민군들은 계속 불었다. 황토물 들인 수건에 대창과 화승총을 든 농민군들이 대여섯 명 혹은 여남은 명씩 숨을 헐떡거리며 달려와서 자기 고을 부대를 찾아들었다.

"하이고, 우리 집에는 등짐할 사람이 없어논게 나는 살다가 등짐 한번 원 없이 했네. 산다랑이는 나락이 워낙 늦어 그 등짐하느라고 하여간에 오줌 누고 뭣 볼 새도 없었구만. 그저께 새벽부터 이틀 동안 정신없이 나댔는데 해 떨어질 때 본게 다섯 짐이나 남잖은가? 오늘은 하늘이 두 쪽으로 뽀개져도 나와야겠는데 큰일이드만. 그래도 마침 달이 있길래 붕알 밑에서 하여간 강아지 소리가 나게 달려댕기는데 이참에는 또 비가 오네그랴. 두 짐이나 남았는데 큰일이더만.

물 건너 외손주 죽은 할애비 상판을 하고 서 있다가 언뜻 생각해본게 나락 등짐도 등짐이제마는 더 급한 일이 한 가지 있등만."

고부 정삼득이 호들갑을 떨었다.

"또 먼 일이 더 급한 일이 있어?"

"이 사람아, 마누라를 언제 품어볼지 모르는데 그냥 와사 쓰겄는가? 나는 딸만 쪼르르 셋이고 아직 만상주도 없잖은가?"

모두 와크르 웃었다.

"일을 보고 난게 비가 그쳤더만. 그러고 본게 전쟁에 나갈라면 일을 고루고루 보고 나가라고 잠시 하늘이 말렸더라구. 마지막 두 행보를 하고 눈을 붙인 둥 만 둥 하다가 첫닭이 울길래 새벽같이 달려왔어. 달이 한 부조했구만."

모두 웃었다.

"자네는 힘은 장사네마는 자네 붕알은 쥔 한나 잘못 만나갖고 고생길로 들었구만. 등짐할 때는 강아지 소리에다 이불 속에서는 비파소리에다 쥔놈 나대는 등쌀에 정신 없었겄구만."

모두 배를 쥐고 웃었다.

"저 사람 힘 하나는 장사여. 전에 인징 안 물라고 조병갑한테 곤장 맞을 때 소문 안 들었어? 곤장이 떨어질 때마다 끙끙 힘을 쓰면 엉덩이에서 곤장이 팡팡 퉁겨오르더라여."

"아이구, 그 징그런 조병갑 그놈 말도 말어. 그놈한테 니기미 소리 한마디 했다가 경을 칠 적에는 영영 마누라도 못.보고 죽는 줄 알았어."

정삼득이 진저리를 쳤다.

“나는 예편네가 몸 풀 날이 오늘내일이라 그런 재미도 못 보고 왔그만.”

“자네 마누라는 애기를 두엇 실었는가 배가 태산이더만. 밭에 가는데 본게 배는 한참 앞에 보내놓고 사람은 뒤에 따라가는 것 같어.”

모두 웃었다.

“나도 며칠 동안 나락 훑다가 타작하다 술덤벙물덤벙 정신없이 나댔는데 그래도 나올 때 본게 가닥이 방불하게 잡히기는 잡혔더만.”

“그래서 *가을일은 미련한 놈이 잘한다는 것이제.”

가을일은 일이 하도 천장만장이어서 순서 찾고 가닥 찾고 할 것 없이 손만 나면 닥치는 대로 우겨나가야 할 지경이었다.

가을 날씨라 변덕이 심해 점심참에는 소나기가 한 줄기 지나가더니 해거름에는 씻은 듯이 개었다. 농민군들은 계속 달려와 붙고, 함열과 익산 등 강경 가는 길처 농민군들은 삼례로 오지 않고 자기 고을에서 기다리고 있다가 무더기로 붙었다. 연락을 다니는 대원들은 부산스럽게 강경과 부대 사이를 왔다갔다했다. 어제 강경으로 갔던 송희옥이 왔다.

“제대로 챙겼습니다. 밤에 금강을 타고 공주 쪽으로 한참 올라가다가 갈대밭에서 짐을 내려 숨겨놨습니다.”

송희옥이 속삭였다.

“전투가 벌어질 때까지는 아무도 눈치 못 채게 하시오.”

전봉준이 말했다. 그때 또 강경 쪽에서 말을 타고 달려오는 사람이 있었다. 공주 아래 이인 접주 이지택이었다.

“전에 말씀드렸던 이유상李裕相이라는 유생이 장군님 휘하에 들어오겠다고 합니다. 군사들을 거느리고 이리 오는 중입니다."

이지택이 숨을 헐떡거리며 말했다.

"민보군 모은다는 이유상 씨 말이오?"

전봉준은 어리둥절한 표정으로 물었다.

"그렇습니다. 그동안 장준환 두령하고 저하고 아무리 말려도 듣지 않더니 이번에 창의소에서 내건 방문을 보고 생각이 달라졌다는 것입니다."

전봉준과 두령들은 놀란 눈으로 서로를 봤다. 이유상은 요사이 개화파들 노는 꼴이나 이두황이 충청도에서 분탕질 쳤다는 소문을 듣고 흥분하고 있던 판에 삼례창의소에서 내건 방문을 보고 마음이 돌아선 것 같다는 것이다.

"원래 의기가 남다른 사람인데다 백성 신망이 높은 사람이라 그이가 농민군에 들어왔다면 공주나 노성 사람들이 수천 명 합세할 것입니다. 받아들이시겠지요?"

"받아들이다마다. 지금 오고 있다고 했소?"

"지금 군사들을 거느리고 이리 오고 있습니다."

"양반이 농민군에 들어오겠다니, 먼 일이 이런 일이 다 있지?"

두령들은 대번에 들떠버렸다. 한 고을을 울리는 양반이 군사들을 이끌고 상민인 전봉준 휘하로 들어오겠다니 이런 일은 여태까지 한 번도 없던 일이었다.

"저기 옵니다."

저쪽에서 부대 하나가 창의기를 휘날리며 오고 있었다. '공주의장 이유상'이라는 두령기를 앞세우고 '보국안민' '진멸왜이' 등 깃발을 휘날리며 맨 앞에 도포를 입은 사람이 말을 타고 왔다. 군사는 2백여 명쯤 되었다. 사정을 모르는 농민군들은 낯선 깃발에 눈이 둥그레졌다. 가까이 오자 이유상이 말에서 내렸다. 전봉준도 내렸다.

"노성 유생 이유상, 전봉준 장군님께 문안드립니다."

이유상이 깊숙이 고개를 숙였다.

"반갑습니다. 이지택 두령한테서 전부터 말씀 많이 들었습니다."

전봉준은 이유상 손을 잡으며 고개를 숙였다.

"휘하에 용납해주신다면 신명을 바쳐 싸우겠습니다."

이유상은 깍듯하게 예를 갖추며 말했다.

"천군만마를 얻은 듯합니다. 백성을 위해서 같이 싸웁시다."

전봉준은 이유상한테 두령들을 대충 소개한 다음 말을 타고 나란히 걸었다. 이유상 소문이 퍼지자 농민군들은 모두 입을 벌렸다. 농민들 봉기에 더러 동조하는 양반이 있기는 했으나 그런 사람들도 돈이나 군량을 내놓으며 잘 싸우라고 격려만 했지 직접 나선 사람은 이유상이 처음이었다. 농민군들 꽹과리 소리가 더욱 기승을 떨었다.

"우리는 먼저 공주를 공략해서 거기를 일차 거점으로 삼을 참입니다. 강경을 거쳐 논산으로 가서 농민군을 더 모아들이면서 북접과 다른 지역 움직임을 보다가 김개남 장군이 올라오면 우리는 공주를 치고 들어갈 참입니다."

전봉준이 앞으로 계획을 말했다.

"김개남 장군께서도 오늘 봉기를 하십니까?"

"합니다."

"소문대로구먼요."

이유상이 웃었다.

"우리는 보시다시피 군사가 아직도 만 명이 못됩니다. 공주 공략군이 만 명도 못된다면 우선 관군들이 그만큼 얕볼 것 같고, 다른 지역 농민군 사기에도 영향을 줄 것 같습니다. 그래서 논산에서 군사들을 더 모아들여야겠습니다."

"농민들이 가을걷이에서 손이 제대로 빠지면 만 명이야 안 모이겠습니까? 저도 모아들이겠습니다."

두 사람은 십년지기라도 된 듯 정답게 이야기를 하며 걸었다. 해거름에 강경이 가까워졌다. 강경에서도 삼례처럼 일반 농민군들은 근처 부락에서 끼여 자기로 했으므로 장막을 치지 않았다. 밥도 근처 동네 사람들한테 얹혀 먹기로 했다. 농민군은 미리 정해준 부락으로 뿔뿔이 흩어져 진군을 했다. 1천여 명만 강경으로 진군하여 도소로 정한 동네로 들어갔다. 도소로 정해놓은 집은 사랑방이 널찍했다.

"북접에서 봉기한 것은 정말 다행입니다."

자리를 잡아 앉으며 이유상이 오지영한테 말했다.

"지금 북접은 손병희를 총대장으로 진용을 짠 것 같습니다."

오지영이 북접 사정을 대충 설명했다. 그는 법소에 다녀온 뒤 김방서와 함께 도소에 머물면서 전봉준을 거들고 있었다. 남북접 각 고을 농민군을 규찰하고 의견을 조정하는 직책이었다.

"서병학 씨가 관군에 잡혔다는 소문인데 사실입니까?"

이유상이 물었다.

"잡혔는지 자기 발로 걸어갔는지 모르지만, 그 사람은 진즉부터 마음은 그 동네에 있던 사람입니다. 남부 도사 직첩을 받고 이두황 밑에서 지금 농민군 정탐에 열을 올리고 있답니다."

"허망한 사람도 있구만. 전에 그 사람이 나를 찾아온 적이 있었습니다."

이유상이 맥살없이 웃었다.

"원래 그 사람은 말로는 백성 고통이 어떻게 떠벌렸지만 백성의 고통을 팔아 입신하려는 공명심밖에 없던 사람입니다. 동학에 들어왔던 것도 동학도 힘으로 나라를 뒤엎고 크게 한자리 차지하려던 속셈이었을 겝니다."

김방서가 말했다. 전봉준은 가볍게 웃었다. 전에 그를 죽이려 했던 임군한이 사람을 잘 보았다는 생각이 들었기 때문이다.

"그런 사람이 생기고 내가 들어왔으니 내 꼴이 말이 아닙니다 그려."

이유상 말에 모두 웃었다. 여태까지 동학 두령 가운데 제대로 양반은 서병학 한 사람뿐이었으므로 양반인 자기가 난처하다는 소리 같았다.

그때 땀을 뻘뻘 흘리며 달려오는 사람이 있었다. 장흥 만득이였다. 일행 네댓 명과 함께 땀을 닦으며 도소로 들어왔다. 전봉준은 깜짝 놀랐다.

"병영성 군사들이 일어날 것 같답니다."

만득이가 땀을 닦으며 이방언 편지와 손화중 편지를 내놨다. 바로 어제 이또실과 최차돌이 왔는데 너무 뜻밖이었다. 전봉준은 이방언 편지부터 뜯었다.

장흥에서는 지금 농민군이 5천여 명이 일어났으나 여태 가만히 있던 병영성 병사 서병무가 크게 움직일 기세를 보이고 있습니다. 서병무는 병영성이 있는 고군면 집강소를 무력으로 철폐하고 그 자리에 수성소를 차려 근방 농민들을 강제로 뽑아다 향병으로 조련을 시키기 시작했습니다. 서병무가 거느린 군사는 1천 명이나 되고 무기와 화약이 엄청납니다. 서병무는 심약한 자인데다가 무사안일하게 관직만 지키려는 사람이라 자기 사날로 움직이는 것이 아니고 조정의 영이 아닌가 싶습니다. 인근 고을 유생과 부호들 향배에도 크게 영향을 줄 듯합니다. 병영성에는 화약이 엄청난데다가 정규 군사가 1천 명이나 되는 까닭에 그들이 나서면 이쪽 군사만으로는 감당을 할 수가 없을 것 같습니다. 더구나 지금 완도는 먼 앞바다에는 얼마 전부터 군함이 여러 척 떠 있다 합니다.

전봉준은 편지를 곁에 있는 두령들한테 넘기고 손화중 편지를 뜯었다. 이방언 장군 편지를 받았으나 광주 농민군은 장흥으로 빼돌릴 여력이 없으니 여기서 조처를 하라는 내용이었다.

바로 어제는 민종렬이 군사를 몰아 광주까지 쳐들어왔습니다. 물리치기는 했으나 언제 또 쳐들어올지 모르겠습니다.

"군함은 언제부터 떠 있다던가?"

"오래 됐답니다. 이리저리 떠다닌답니다."

만득이는 땀을 닦으며 말했다. 이마에는 연신 땀방울이 맺혔다. 어지간히 바삐 달려온 모양이었다.

"벌써 군함까지 동원했을까요?"

송희옥이 고개를 갸웃거렸다. 지금 남해안에는 일본군이 청나라에서 빼앗은 군함 2척을 포함해서 여러 척이 해안을 초계하고 있었다.

"민종렬이 광주까지 나오고 이것 보통 일이 아닌걸요."

김덕명이 입술을 빨았다. 두령들은 잠시 말이 없었다.

"장흥은 내가 가는 것이 어떻겠습니까? 우리 고을에서도 벌써 천여 명이 나온 것 같습니다."

뜻밖에 김방서가 나섰다.

"나는 지난번 봉기 때는 일어나지 않은 사람이고, 이번에 북접에도 다녀왔으니 우선 유생들하고 이야기하기가 좋을 것 같습니다."

느닷없는 제의에 전봉준은 오지영을 봤다.

"그러겠소. 기왕 화해 사절로 나선 김에 거기 가서도 한번 맞닥뜨려 보시오. 군사를 끌고 가서 위협을 하면서 따지면 말발이 더 설 것 같습니다."

오지영이 동조를 하고 나왔다. 전봉준은 잠시 망설였다. 김방서는 식자도 어지간한 편이어서 인물은 적격이었으나 지금 군사가 만 명도 못 되어 아쉬운 판에 거기까지 군사를 나누어야 한다니 마음이 들돌에 눌린 것 같았다. 정규군이 1천 명이 움직이고 유생과 부자들이 합세하여 뒤에 불이 붙으면 이만저만 타격이 아닐 것 같았다. 무엇보다 전국적인 판세에 미치는 영향도 엄청날 것 같았다. 더구나 나주 목사 민종렬까지 만만찮게 나오고 있었다.

"뒤가 허물어지면 큰일입니다. 여기는 아직도 농민군들이 계속 몰려들고 있으니 뒷단속부터 단단히 해야 할 것 같습니다."

김덕명이 말했다.

"그럼 김두령께서 내려가 주시오. 나주 쪽으로 가면 민종렬을 자극할 것 같습니다. 광주 가서 손화중 장군과 의논을 하고 능주로 해서 장흥으로 가시면서 그 근방 유생들 움직임에 대한 대책도 현지 두령들하고 의논하며 가십시오."

김방서한테 군사 3천 명을 주어 내려가라고 했다.

"전에 여산 부사를 지낸 김원식이라는 이가 찾아왔습니다."

김만수가 말했다. 이건 또 너무 엉뚱한 사람이었다. 모두 어리둥절했다. 송희옥이 나가 데리고 들어왔다. 김원식은 인물이 훤칠했다. 전봉준 앞에 너부죽이 절을 했다.

"전에 여산 부사를 지냈던 김원식이라 하옵니다. 전부터 장군님의 거룩한 뜻을 멀리서 우러러보고 있었사온데 이번에는 일본을 치신다 하오니 조정의 녹을 먹었던 사람으로 손 개었고 구경만 하고 있을 수 없어 찾아왔사옵니다. 장군님 휘하에서 일본을 치는 데 힘을 보탤 수만 있다면 비록 말고삐를 잡으라 하더라도 기꺼이 잡고 견마지로를 아끼지 않겠사옵니다."

김원식은 정중하게 말하며 고개를 주억거렸다. 모두 벼락 맞은 표정이었다.

"여산 부사를 지냈다 하셨습니까?"

전봉준이 물었다.

“그렇습니다. 그동안 장군님 하시는 일을 멀리서 보며 감동하고 있던 차에 이번에 내건 방문을 보고 우리 같은 사람들부터 나서야겠다는 생각을 했사옵니다.”

김원식은 거듭 머리를 조아렸다.

“고맙습니다.”

전봉준은 환하게 웃으며 김원식의 손을 잡았다. 장흥과 광주 소식을 듣고 잔뜩 굳었던 얼굴이 활짝 펴졌다. 그러나 다른 두령들은 아직도 어리둥절한 표정이었다. 부사를 지냈다는 사람이 농민군에 들어오겠다니 너무도 뜻밖이었다. 모두 이유상을 봤으나 이유상도 말없이 김원식만 보고 있었다. 김원식이 들어온 것은 이유상이 들어온 것하고도 전혀 달랐다. 이유상은 벼슬한 적이 없는 유생에 불과했으나 김원식은 부사까지 지낸 사람이었다.

“관직에서 물러난 뒤에는 무얼로 소일하고 계셨습니까?”

전봉준이 들뜬 표정으로 물었다.

“그저 세상일이나 개탄하며 *취생몽사했사옵니다.”

김원식은 조용한 말씨로 대답했다.

“부사 나리께서는 그만한 안목이 계실 듯하기에 묻습니다만 이 전쟁은 농민군과 일본군의 전쟁이나 마찬가집니다. 일본군은 지금 청나라 군대를 물리치고 있는 막강한 군대인데 이 전쟁을 어떻게 내다보십니까?”

전봉준이 조용히 물었다.

“임진왜란 때 일본군은 지금보다 더 막강했습니다. 그때 관군은 패주를 거듭했사오나 그 막강한 일본군을 물리친 것은 거의 의병들이었습니다."

김원식은 간단하게 대답했다.

"지금은 그때와 형편이 판이합니다. 첫째, 그때는 조정과 백성이 힘을 합쳤지만 지금은 조정이 일본 꼭두각시가 되어 일본 힘을 빌려 백성을 치려하고 있습니다. 둘째, 그때는 백성이 반상의 구별 없이 뭉쳤지만, 지금은 양반 부호들은 농민군한테 원한을 품고 농민군을 치려고 기회만 노리고 있습니다. 셋째, 그때 일본군 무기는 기껏 조총이었으나 지금 일본군 무기는 그때하고는 하늘과 땅 차이이며 더구나 저 사람들한테는 전보가 있습니다. 우리는 소식 하나를 전하려면 백 리, 2백 리를 발로 뛰어야 하는데 저 사람들은 곁에서 말하듯 전보로 알립니다. 우리는 관군과 일본군의 움직임을 아는 데 그만큼 더디지만 저 사람들은 서로 전보를 쳐서 농민군이 어디에 얼마나 있고 어디로 움직이는지 손바닥에 놓고 보듯 하고 있습니다."

전봉준은 조목조목 농민군의 약점을 말했다.

"그러나 농민군한테는 천하를 뒤엎을 명분이 있습니다. 천하의 농민들이 그 명분 밑에 목숨을 걸고 장군님 휘하로 모이고 있습니다. 가을 하늘같이 떳떳한 명분 밑에 모이는 그 의기야말로 무엇으로도 무찌를 수 없을 것입니다."

김원식은 힘 있게 말했다. 전봉준은 조금 실망하는 눈치였다.

"같이 힘을 합쳐 싸웁시다. 부사 나리께서 농민군에 들어오셨다는 것만으로도 우리한테는 큰 힘이 될 것입니다. 농민들도 놀라겠지만 관속들이나 유생들은 더 놀랄 것입니다."

전봉준은 김원식의 손을 잡아 자기 곁으로 앉혔다. 두령들을 한 사람씩 소개했다. 두령들은 여전히 좀 얼떨떨한 표정으로 인사를 나누었다. 아직도 긴가민가하는 표정이었으나 모두 반갑게 고개를 숙였다.

이 소문이 퍼지자 농민군들은 대번에 들떠버렸다. 이유상에 이어 이번에는 부사까지 지낸 사람이 농민군에 들어왔다니 자기들도 덩달아 한 등 올라가는 거서 같은 기분들이었다. 꽹과리가 깨져라 풍물을 두들기며 기세를 올렸다.

"좀 수상하잖소?"

"글쎄 두고 봅시다."

한편에서는 고개를 갸웃거리는 사람도 있었다. 상민이라면 눈 아래 강아지만큼이나 아득히 내려다보던 양반, 그중에서도 날개를 달아 부사까지 지낸 사람이 아무리 천하를 울리는 전봉준이라 하더라도 상민 밑에 들어와서 부하가 되겠다니 호랑이가 토끼 부하가 되겠다는 것만큼이나 엉뚱한 일이었다. 이유상이 들어온 것을 가지고도 고개를 갸웃거리는 사람이 많았는데 이번에는 김원식까지 들어오자 아무래도 무슨 야료속이 있지 않은가 사뭇 고개를 갸웃거렸다. 웬만한 사람들은 도무지 예사롭게 생각할 수가 없는 일이었다.

"아냐, 자기들이야 무슨 야료속이 있든 그런 사람들이 농민군에 들어왔다면 세상 사람들은 이제 판은 이미 기울었다고 생각하잖겠어? 작자들을 잘 살피면서 우리는 우리 챙길 것만 챙기면 돼. 두령들도 그렇게 생각하고 있을 게야."

농민군들은 요사이 앉으면 병담이라 이런 일을 보는 데도 저마다 나름대로 *피리춘추가 안은 암탉이었다.

"김원식이라니, 옛날 여산 부사 지낸 놈 말이오?"

그 소식을 듣고 누구보다 놀란 것은 당마루 김오봉이었다. 그는 지금 그 근방 농민들 50여 명을 끌고 전봉준 직속으로 들어와서 군량이며 옷 등 군수 관계 일을 거들고 있었다.

"농민군에도 이제 수령 대장이 나올 판이오."

황방호가 유쾌하게 웃었다.

"아닙니다. 그놈은 무지막지한 놈입니다."

김오봉은 그가 전에 김원식한테 당했던 일을 늘어놨다. 김오봉이 한때 강경에서 재산을 일구어 한창 무서운 것 없이 설칠 때 그를 잡아다 족쳐 재산을 홀랑 울궈간 바로 그 장본인이 김원식이라는 것이다. 김원식은 지금 강경에 객줏집을 내고 있는데 그 객줏집은 부사 자리에 앉기 전부터 내고 있었다는 것이다. 겉으로는 다른 사람을 내세우고 있지만 속살로는 자기가 어음쪽 하나까지 치부를 했다는 것이다. 김오봉이 그때 당한 것은 김원식의 객줏집과 조그마한 사단이 있어 그 객줏집과 맞섰기 때문이었다. 그때 김원식은 여자 까탈로 김오봉을 잡아들였지만 속살은 그게 아니었다. 김오봉은 그때 잡혀가서 뼈가 으스러지도록 두들겨 맞고 재산까지 홀랑 날렸던 것이다.

"늑대가 염소 가죽을 뒤집어쓰고 들어왔구만. 농민군이 강경 장사치들 모임인 줄 아는 모양이지. 두고 보자."

김오봉은 이를 부드득 갈며 주먹을 쥐었다. 황방호는 놀란 눈으로 김오봉을 보고 있었다.

# 11. 논산대도소

10월 16일(양력 11월 13일). 강경에서 이틀 동안 머문 농민군이 논산으로 출발했다. 김개남 부대가 어제 전주에 당도했을 테니 그 부대도 오늘은 전주에서 출발할 것 같았다. 김개남이 전주에서 출발했다는 소식을 듣고 출발하는 것이 좋을 것 같았으나 여기서는 숙식을 동네다 의탁하고 있어 여러 가지로 불편했으므로 김개남한테 우리는 오늘 논산으로 진군한다는 편지를 보내고 출발한 것이다.

우리는 논산으로 진출해서 거기다 진을 치겠습니다. 지난번에도 말씀드렸듯이 김장군은 금산으로 해서 청주 쪽으로 진격하는 것이 좋을 것 같습니다. 전선이 두 군데로 형성되어야 각 고을에서 우리의 한양 진격을 기다리고 있는 농민군이 우리 진로를 미리 짐작하고 우왕좌왕하지 않을 것 같습니다. 김장군이 금산 쪽으로 진로를 택할 경우 우리는 김장군이 금산에 들어가는 날에 맞추어 공주로 진격하겠습니다. 우리가 출동을 했으니 조정군도 대처를 할 것입니다. 되도록이면 바삐 움직여야 할 것 같습니다.

논산에는 어제 선발대가 가서 장막을 치고 있었다. 김개남 부대가 혹시 오늘 전주에서 움직이지 않는다면 자기가 너무 *도뜨게 앞으로 나가는 것 같아 마음이 쓰였으나 하는 수 없었다. 삼례에서 움직인 다음이라 조정군도 바삐 움직일 것이므로 마음이 조급해서 여기 더 있을 수도 없었다.

논산 풋개 들판에는 장막이 2백여 채 들어서 있었다. 들판에 둥그렇게 솟아 있는 조그마한 언덕을 중심으로 그 주변을 빙 둘러 장막을 쳤다. 들 가운데 어쩌다가 조그맣게 솟아 있는 언덕은 고부 백산하고 같은 모양이었다. 백산에 비하면 수박에 다래 꼴로 조그마했으나 들 가운데 그것만 하나 우뚝 솟아 모양이 백산하고 똑같았다. 도소 장막은 백산에서처럼 언덕 위에다 쳤다. 장막은 전에 비해 낮고 자잘했다. 추위를 막는 데는 장막이 저렇게 작아야 할 것 같았다.

두령들은 장막을 돌아봤다. 풍물패가 장막을 돌며 기세를 올렸다. 성주 뒤에 지신밟기 하듯 장막 하나하나를 돌았다. 안으로 들어가서 치고 밖으로 돌며 쳤다. 농민군들 기세는 지난번 무장에서 봉기할 때보다 더 거센 것 같았다. 전에 봉기하지 않았던 고을 사람들이 더 나댔다. 전에 못 나선 것을 벌충이라도 하려는 듯이 풍물패도 한층 신나게 기승을 부렸다.

김개남이 전주에 당도했다는 소식이 들어왔다. 전주에서 논산까지는 150리가 빠듯했으므로 거기서 여기까지 소식이 오는 데는 하루가 더 걸렸다. 다행히 달이 있으므로 밤낮으로 뛰어온 것이다. 전봉준은 전주와 논산 중간쯤 되는 여산 길처 주막 하나를 잠시 중간 거점으로 삼아 파발들이 거기서 대거리하며 뛰어다니도록 했다.

"어마어마했습니다. 총 멘 사람만 8천 명이고, 짐바리야 수레까지 합쳐 행렬이 백 리가 넘었습니다."

전주 고덕빈이 입침을 튀겼다.

"총 든 사람들은 옷차림부터가 달랐습니다. 모두 배자를 입고 앞장선 사람들은 가슴에 '승전' 표딱지를 찼습니다."

고덕빈이 숨을 발라 쉴 겨를도 없이 주워섬겼다. 총을 멘 군사들은 모두 머리에 황토색 수건을 쓰고 검은 배자를 입었으며, 곱게 수놓은 '승전' 표지 천을 앞가슴에 단 사람들이 부대마다 앞장을 서서 수많은 군사들이 대쪽처럼 반듯하게 열을 지어 오더라는 것이다.

김개남 부대는 군사들 수도 수지만 군수물자도 엄청났다. 수레와 짐바리가 백릿길을 메우고 있다는 말은 과장이 아니었다. 군량도 엄청났고 군물도 어마어마했다. 길가에 늘어선 사람들은 입을 다물지 못했다. 전라도 사람들이 몽땅 한양으로 올라가는 것 같았다. 동네 사람들은 목이 찢어져라 만세를 부르고 여자들은 길가로 물을 떠 나르고 신바람이 났다.

논산으로 나온 전봉준은 본격적인 전투 준비를 했다. 군량을 점검하고 강경 드팀전에 있는 베를 있는 대로 떠다가 동네에 맡겨 옷을 짓도록 했다. 군량이나 군수는 경천점 용배 양부 박성호와 당마루 김오봉이 맡아 부지런히 싸댔다.

"옷을 맡겨서 짓자니 연엽 생각이 나는구나. 고부 소식은 듣고 있느냐?"

전봉준이가 웃으며 달주한테 물었다.

"바빠서 그냥……."

달주는 적당히 얼버무려버렸다.

논산으로 온 지 이틀이 되었으나 김개남은 아직 전주에서 움직이지 않고 있었다. 전봉준은 애가 달아 계속 파발을 띄워 파발들은 전주와 논산 사이를 정신없이 뛰어다녔으나 김개남은 전주에서 움직일 생각을 하지 않고 있었다. 자기는 금산 쪽으로 진출하겠다는 대답을 보내왔으나 움직이지 않고 있으니 전봉준은 답답하기 짝이 없었다.

부대를 전주에서 오는 쪽에 주둔시키고 있던 이싯뚜리도 매양 눈을 그 쪽에다 박고 있었다.

"저게 웬 부대야, 김개남 부대 아냐?"

모두 배자를 입고 총을 메고 있었다. 복색이 김개남 부대가 틀림없었다. 그런데 군사는 2,3백 명밖에 되지 않고 힘이 빠져 있었다. 이싯뚜리가 달려갔다.

"웬 사람들이오?"

앞장선 사람한테 물었다.

"우리는 김개남 장군 휘하에 있던 포수 부대하고 재인 부대인데 전봉준 장군 휘하에서 싸우려고 옵니다."

느닷없는 소리에 이싯뚜리는 어리둥절했다.

"나는 포수 부대 박금돌이란 사람이고 이 사람은 재인 부대 모가비 이칠성이란 사람이오. 우리가 거기를 떠난 데는 까닭이 있소. 김개남 장군은 백성을 위해서 일어난 분이 아닙니다."

박금돌이 볼 부은 소리로 말했다.

"뭐요?"

"김개남 부대는 남원을 떠나면서 남원 저잣거리를 쑥대밭으로 만들었습니다. 돈도 내지 않고 협조를 않는다고 가게를 몽땅 짓밟아 가루를 만들어버렸습니다."

이싯뚜리는 멍청하게 박금돌만 보고 있었다.

"목숨을 걸고 싸우러 나가는 사람도 있는데 군자금을 내노라면 듬뿍듬뿍 내놓는 것이 아니라 흉년거지 동냥 주듯 찔끔찔끔했다고 입침을 튀깁디다마는 아무리 그런다고 백성을 위해서 일어난 농민군이 그런 무지막지한 짓을 해서야 되겠습니까?"

이칠성이 갈마들었다. 그는 아직도 흥분이 가시지 않은 듯 숨을 씨근거리며 말했다. 그것을 보고 재인 부대 천여 명과 포수 부대가 모두 돌아서버렸다는 것이다.

"돌아서다니 전부 가버렸단 말이오?"

"모두 흩어져버리고 우리만 이리 왔습니다."

여기 온 재인 부대는 150명쯤 되고 포수 부대는 70여 명이었다. 이싯뚜리는 어이가 없었다. 두 사람을 데리고 전봉준한테로 갔다. 장막을 돌아보고 있던 전봉준이 이싯뚜리 말을 듣고 깜짝 놀랐다.

"안녕하셨습니까? 사당패 모가비 이칠성입니다. 전에 한번 뵌 적이 있습니다."

이칠성이 전봉준한테 인사를 했다.

"알겠소. 그런데 어찌된 일이오?"

전봉준이 이칠성한테 물었다. 이칠성이 자초지종을 죽 말했다.

"그러면 임문한 씨하고 임진한 씨는 어떻게 됐소?"

이번에는 박금돌한테 물었다.

"그분들도 처음에는 적잖이 흥분하셨지만 나중에는 우리더러 참으라고 달랬습니다. 이 전쟁은 일본을 몰아내자는 전쟁이고, 더구나 농민들이 죽느냐 사느냐 하는 전쟁이 아니냐고 간곡히 말렸지만 포수들은 듣지 않았습니다. 김개남 장군 밑에서는 목숨을 걸고 싸울 수 없다는 것입니다. 두 분이 번갈아가면서 두 번 세 번 달랬지만 듣지 않았습니다. 그래서 우리는 이리 오고 나머지는 흩어져버렸습니다."

전봉준은 침통한 표정이었다.

"우리는 누가 말리는 사람도 없고 모두 돌아가자고 하길래 전봉준 장군 밑으로 갈 사람은 나를 따르라고 했더니 저 수가 모였습니다."

이칠성이 말했다. 이칠성은 정판쇠 패에서 갈라져 나온 사당패 모가비로 전봉준은 전쟁이 일어나기 훨씬 전에 손화중의 소개로 만난 적이 있었다. 재인들 가운데 홍계관 패와 정판쇠 패는 처음부터 손화중 소속이라 그들은 지금 광주에 있었다. 정판쇠 패는 정판쇠가 죽은 다음 꾹두쇠는 다른 사람이 대를 이었고 길례는 어디론가 사라져버렸다고 했다.

"가게를 분탕질친 사람이 누구요? 김개남 장군이 그러라고 시키지는 않았을 텐데."

"시키고 말고가 문제가 아닙니다. 전부터 비위에 맞지 않아 포수들은 모두 *지르퉁하고 있던 참이었습니다."

"그럼 당신들은 임진한 씨하고 임문한 씨가 이리 가라고 하던가요?"

"돌아갈 사람은 모두 돌아가 버리고 우리만 남았는데 우리는 전봉준 장군 휘하로 가겠다고 했더니 알아서 하라더구먼요. 그분들도 *떡심이 풀려서 지금 속이, 속이 아닐 것입니다."

전봉준은 난감한 표정으로 두 사람을 보고 있었다.

"우리를 찾아온 것은 정말 고맙습니다. 그리고 우리는 지금 군사 한 사람이 아쉬운 판입니다. 그러나 내 처지에서 한번 생각해보시오. 당신들이 거기를 떠난 심정은 충분히 이해할 수 있으나 같은 농민군끼리 그쪽에서 나온 사람들을 이쪽에서 받아들일 수는 없지 않겠소?"

전봉준이 조용하게 말했다.

"그러면 우리는 어쩌란 말씀입니까?"

박금돌이 깜짝 놀랐다.

"나는 김개남 장군하고 손을 잡고 싸워야 할 처지입니다. 내 처지를 생각하고 이해해주십시오."

전봉준은 간곡한 표정으로 말했다.

"그럼 우리는 어디로 가지요?"

"사정이 딱합니다마는 내가 받아들일 수는 없습니다. 정말 미안합니다."

전봉준은 말을 마치자 돌아서버렸다. 두 사람은 벼락 맞은 꼴로 그 자리에 서서 전봉준의 뒷모습만 보고 있었다. 이싯뚜리도 멍청하게 서 있었다. 전봉준은 지난번에 강삼주가 순천 젊은이들을 이끌고 왔을 때하고 똑같은 태도였다. 그때 전봉준은 강삼주를 며칠 뒤 조용히 불러 타일렀다.

"내가 자네들을 받아들이면 자기들 세를 늘리려고 낙안을 쳐들어간 양하일 씨하고 똑같은 꼴이 되네. 내 처지를 자네하고 바꿔서 생각해보게."

전봉준은 조근조근 타일렀다. 강삼주도 이내 고개를 끄덕이고 부대를 이끌고 다시 돌아갔다.

"허허, 이게 먼 꼴이여?"

박금돌은 이싯뚜리를 돌아보며 헛웃음을 쳤다. 그때 이싯뚜리 눈에서 빛이 번쩍했다.

"전봉준 장군님은 그럴 수밖에 없는 처지입니다. 잠시 우리 부대에 끼여 계십시오. 내가 좋도록 하겠습니다."

이싯뚜리는 포수 부대와 재인 부대를 자기 부대로 데리고 갔다.

그때 연산 쪽에서 젊은이 둘이 달려왔다. 연산 경계 어름에 파수 서 있던 부대 젊은이들이었다.

"북접군이 온다고 파발이 왔습니다. 손병희 장군께서 오신답니다."

"벌써 오는구만."

전봉준이 반색을 했다. 오늘 여기 당도하겠다고 이미 어제 파발이 왔다.

"북접 손병희 장군이 3천여 명을 거느리고 오신답니다. 지금 연산 뒷목재를 넘었답니다."

두령들 얼굴이 활짝 피어올랐다. 전봉준을 비롯한 두령들은 부랴부랴 영접을 나갔다. 풍물패도 꽹과리가 깨져라 두들기며 뒤따랐다.

보은 장내리에서 진용을 짠 북접군은 지난 13일 장내리를 출발했다. 손병희 부대는 손병희가 대장으로 중군을 맡고 선봉은 정경수, 후군은 김규식, 좌익은 이종훈, 우익은 이용구로 진용을 짰다. 북접군은 크게 갑대와 을대로 나누어 갑대는 영동, 옥천에서 진잠을 지나 공주 쪽으로 진군하고, 손병희가 거느린 을대는 이리 오는 중이었다.

충청도 농민군은 이 부대들 말고도 따로 크게 두 군데 모여 있었다. 서해안 지방과 천안 근처 세성산이었다. 서해안 쪽에서는 전부터 전봉준과 내통하고 있던 최한규가 4천여 명을 거느리고 공주 서북쪽 유구로 오고 있었다. 당진, 덕산, 해미, 서산, 홍주 농민들이었다. 유구는 금강을 건너 공주 서북쪽 70여 리 되는 곳으로, 거기서 공주를 압박하며 호남 주력부대가 한양으로 진격하기를 기다리기로 한 것이다. 세성산에는 김복용과 이희인이 천여 명을 거느리고 오래 전부터 거기 산성에 웅거하고 있었다.

연산 경계에 이르자 손병희군이 나타났다. 휘황찬란한 깃발을 하늘 높이 나부끼며 그쪽도 풍물패를 앞세우고 기세 좋게 오고 있었다.

"어서 오시오."

양쪽 두령들은 서로 말에서 내려 반갑게 손을 잡았다.

"우리가 여러 가지로 너무 늦었습니다. 죄송합니다."

손병희가 전봉준한테 고개를 숙였다.

"감사합니다. 같이 신명을 바쳐 싸웁시다."

전봉준은 손병희 손을 두 손으로 잡아 꽉 쥐었다. 전봉준 말과 손병희 말이 나란히 앞장을 서서 들판을 가로질렀다. 양쪽 풍물패는 온 들판이 내 세상인 듯 휘저었다.

"영동하고 옥천 군사들 3천여 명은 진잠 쪽으로 갔습니다."

그 소식은 어제 정현준이 전해왔다. 그는 전부터 전봉준과 맥을 통하고 있었으므로 그사이 자기들 움직임을 계속 전해오고 있었다.

"이 들판이 바로 옛날 백제군과 신라군이 싸운 황산벌입니다. 백제군과 신라군은 그때 이 황산벌에서 싸웠지만, 우리 북접과 남접은 오늘 바로 그 황산벌에서 손을 잡았습니다. 우리 앞날에 서광이 비치는 징조입니다."

전봉준이 웃으며 말했다.

"정말 그렇습니다그려."

손병희가 감동어린 표정으로 새삼스럽게 들판을 둘러봤다.

"그때는 당나라를 불러왔는데, 이번에는 일본을 불러왔으니 이 점은 일판이 또 묘하게 비슷합니다그려."

손병희 말에 두령들은 크게 웃었다.

"외국 군대를 끌어들여다가 제 종족을 치는 놈들은 절대로 용서해서는 안 됩니다."

송희옥이 끼어들었다.

"그렇지요. 삼국통일이 어쩌고 하지마는 외국 군대를 끌어다가 제 종족을 친 김춘추나 김유신이란 놈도 민영준이나 개화파 놈들하고 조금도 다를 것이 없습니다."

손병희군 선봉장 정경수가 맞장구를 쳤다.

"그때는 임금이 따로 있었으니 꼭 그렇게 볼 수는 없지만 그렇다고 찬양할 것까지는 없지요."

손병희가 말했다.

"경상도 쪽은 어렵겠지요?"

"더 두고 봅시다마는 기대하기가 어려울 것 같습니다. 경상도가 힘을 쓰고 나오면 일판이 제대로 될 것 같은데 조정에서 단속이 이만저만이 아닌 것 같습니다."

"최맹순 씨나 편보언 씨 소식은 듣고 계십니까?"

전봉준이 물었다. 편보언은 기회를 노리고 있다는 소문인데 최맹순 씨 소식은 없다는 것이다. 관에서 원체 지목을 심하게 하고 있기 때문에 맥을 추지 못하는 것 같다고 했다.

논산에 가까워지자 농민군이 모두 나와 만세를 부르며 북접군을 환영했다. 양쪽 풍물패가 한데 얼려 신나게 두들기며 어우러졌다. 양쪽 부대 깃발도 알맞게 불어오는 초겨울 바람을 받아 기세 좋게 나부꼈다. 양쪽 풍물패가 어울리자 풍물소리가 땅덩어리를 떠메고 하늘로 올라가는 것 같았다.

"대창이 태반이잖아?"

남접군들은 북접군을 건너다보며 중얼거렸다. 화승총은 20명에 1명꼴이 될까 말까였다. 천보총이나 화룡총을 멘 사람도 있었으나 남접에 비하면 무기가 형편없었다. 그럴 수밖에 없었다. 남접은 1차 봉기 때 관아에 있는 무기를 모두 챙겼으므로 화승총만 하더라도 5명에 1명꼴은 되었다. 남접은 집강소 기간 동안에도 마음대로 무기를 모으고 수리를 하는 등 전쟁 준비를 했지만 북접은 법소 봉기 명령이 떨어진 다음부터 한 달도 못 되는 사이에 모았고, 그나마 각 고을 수령들이 무기를 빼돌려버렸으므로 고을마다 쓸고 다녔지만 전라도에 비하면 이삭 줍는 꼴이었다. 북접군 무기를 본 남접 병사들은 고개를 갸웃거렸다. 이쪽은 양총도 상당히 있고 크루프포에다 구식포도 여러 가지 있었다. 병사들은 아직 모르고 있었지만 양총 실탄도 1만 2천 발이고, 불랑기도 5문이었다.

대도소에서는 그날 저녁 잔치를 베풀어 장막 집들이 겸 북접군을 환영했다. 여기저기 모닥불을 피우고 막걸리를 풀어 한판 흥겹게 놀았다. 북접군 출발 소식을 듣고 준비를 해왔던 것이다.

밤이 이슥해서야 모두 장막으로 들어갔다. 북접군이 오자 장막이 여간 비좁지 않았다. 농민군들은 초롱불 밑에 끼리끼리 모여 이야기꽃을 피웠다. 장막은 칸을 잘게 막아 차일을 치고 바닥에는 짚을 푹신하게 깔았으므로 웬만한 추위는 견딜 만했다.

"들어본게 아까 두령들께서 옛날 황산벌에서 백제군하고 신라군이 싸운 이야기를 했다는구만."

함열 배농지기가 이야기를 꺼냈다. 곁에서 그게 무슨 소리냐고 하자 배농지기는 차근히 나당 연합군이 백제를 친 이야기를 했다.

"그때 이쪽으로 신라군이 쳐들어오고 백마강으로는 당나라 군선 수천 척이 밀고 올라갔구만. 육지에서는 신라군이 몰려오고 강으로는 당나라 군사가 몰려왔으니 백제 사람들은 얼마나 겁이 났겠어?"

배농지기는 그때 계백장군이 가족들을 몽땅 죽이고 황산벌에서 싸운 이야기를 늘어놨다. 모두 귀를 쫑그리고 듣고 있었다.

그때 설만두와 김판돌이 들어왔다. 두 사람은 조심스럽게 들어와 뒤쪽에 앉았다.

"아이고, 발이 젖어 미치겠네."

설만두가 한 손으로 발감개를 풀어내며 구시렁거렸다. 김판돌도 발감개를 풀었다. 두 사람은 소리 나지 않게 조심조심 발감개를 장막 울에 걸었다. 울에는 이미 발감개가 수십 짝 치렁치렁 걸려 있었다. 며칠간 꽁꽁 얼었던 땅이 녹으며 논바닥이며 길이 사뭇 질척이는 바람에 짚신으로 물이 스며들어 모두 신발이 말이 아니었다. 발감개는 말리기가 한결 쉬워 이럴 때는 버선보다 되레 나았다.

배농지기 이야기는 품일의 아들 16살짜리 관창이 계백장군한테 달려들자 계백장군이 살려 보낸 대목을 지나가고 있었다. 젖은 발감개를 걸고 난 설만두는 괴나리봇짐에서 마른 발감개를 꺼내 발을 쌌다.

"손 좀 빌려!"

한손으로 감개를 감은 설만두는 끈을 붙잡고 김판돌을 봤다. 김판돌도 발감개를 감고 있다가 설만두 발감개 끈을 잡아 단단히 묶어주었다.

"그 집에는 손 세 개 갖고도 둘이 의논 좋게 사네."

곁에서 이죽거리자 모두 빙긋이 웃었다.

"애비란 놈이 16살짜리 어린 것을 천하 명장 계백장군 앞에 내몰았단 말이여?"

곁에서 핀잔조로 튀겼다.

"그래도 그렇게 어린놈이 나가서 싸우다가 죽는 것을 보고 신라군들이 피가 끓어서 와하고 떼 끌어나가 백제군을 쳤잖아?"

"그런게 어린놈을 고사고기로 썼구만."

"장수 명색이란 것들이 아무리 다급하다고 16살짜리를 내몰아 고사고기로 쓰다니 그것들이 사람이여?"

모두 비슬비슬 웃었다.

"그런 걸 보면 그때 밑바닥 군사들은 안 싸울라고 했던 모양이구만. 안 싸울라고 꼴랑지를 사린게 생각다 못해서 애새끼까지 몰아내서 그런 짓거리를 했잖겠어?"

"맞아. 백성은 같은 핏줄하고 싸우기가 껄쩍지근했던 모양이지."

"예나제나 때려죽일 것들은 고관이니 대장이니 하는 놈들이라구."

이야기는 삼천 궁녀가 낙화암에 떨어져 죽은 데로 들어섰다.

"임금 수발하는 궁녀가 3천 명이라니, 예끼 그것을 말이라고 해? 백제는 전라도 땅에다 충청도 땅 이쪽만 조금 떼어다 붙인 손바닥만한 나라라고 했잖어? 그러면 임금이라고 해봤자 전라도 감사 꼴인데 전라도 감사가 궁녀를 3천 명이나 거느렸다는 소리하고 같잖아?"

곁에서 이의를 달았다.

"책에 그렇게 씌어 있는 소리여."

"책 쓴 것들이 미친 것들이구만. 생각을 해봐. 그 손바닥만한 나라에서 3천 명이나 되는 궁녀를 어디서 나고 먹이고 입혔단 말이여?"

"그려. 궁녀가 3천 명이란 소리는 말도 안 되는 소리구만. 한양이라 해봤자 요새 전주 꼴도 안 되았을 것인데 그런 한양 여자들을 몽땅 긁어모아도 3천 명이 될까 말까 하잖겠어?"

"맞아. 궁녀라면 젊고 예쁜 여자들일 텐데 3천 명이 얼마여? 아까 온 북접군 수가 3천 명이여."

모두 까르르 웃었다.

"하여간 식자깨나 들었다고 잘잘 째고 책을 쓰고 하는 것들 하는 짓거리가 모두가 그 모양이라구."

"그러고 본게 궁녀라기보다 부여 여자들 가운데 웬만한 여자들은 전부 낙화암으로 달려가서 빠져죽었던 모양인데 책 쓴 것들이 궁녀라고 허풍을 떨어논 것 같구만."

"맞다. 그 말이 맞겄다. 당나라 배가 수천 척이 백마강으로 몰려왔다면 궁녀가 아니라도 너나없이 얼마나 겁이 났겠어? 되놈들한테 험하게 짓밟히고 끌려가서 종이 될 판인게 더러운 놈들한테 더럽게 당하고 종노릇 하느니 깨끗하게 죽어버리자고 모두 달려가서 빠져죽었던 것 같구만. 계백장군이 식구들 죽인 것도 그래서 죽였겠지."

"네 말이 사개가 딱 들어맞는다. 그 책 네가 새로 써야겠다."

모두 웃었다.

"지금 우리나라에 들어온 왜놈들은 당나라 놈들보다 더 험하게 설칠 거여. 임진왜란 때 이야기 안 들어봤어? 하여간 이번에 일본 놈들 물리치고 나면 청나라 군사 불러들인 민영준이나 지금 일본군한테 빌붙어서 일본군 내려 보낸 개화파 놈들은 그 죄목만 가지고도 백 번은 죽여야 혀."

"죽이고 말 일이 아녀. 그놈들 죄상을 비석에다 새겨서 한양 남산 꼭대기에서부터 전라도 해남 땅 끝까지 길목마다 세워놔야 혀. 그래야 자손대대로 그런 일이 없제."

"왜 제주도는 빼? 제주도나 자잘한 섬에까지 다 세워야 혀."

"그렇게 많이 세울라면 그 비석이 다 어디서 나게?"

"부자 놈들 뒷등에서 비석을 싹 뽑아다 세우지 뭐. 무슨 벼슬 했다고 세워 본 비석은 이놈이 도둑놈이란 팻말이며 팻말. 벼슬한 놈치고 도둑놈 아닌 놈이 누가 있겄어?"

모두 웃었다.

"하여간 남산 꼭대기에는 여남은 길짜리 비석을 경복궁 맞바로 세워얄 거여. 임금이랑 조정 놈들이 대대로 아침저녁으로 건너보고 정신 똑바로 차리라고 말이여."

또 와크르 웃었다. 모두 여남은 길이나 되는 비석을 상상하는 것 같았다.

"이번에는 어디 갔다 왔어?"

고미륵이 설만두와 김판돌을 돌아보며 물었다.

"경상도. 거기는 어찌나 기찰이 서릿발 치든지 자칫했더라면 뼈다귀를 경상도에다 묻을 뻔했구만. 그러잖아도 우리 설가는 희성이라 이승에서도 가는 데마다 타성살인데 이참에는 뼈다귀까지 팔자에 없는 타성살이를 시킬 뻔했어."

설만두가 고개를 절레절레 저으며 너스레를 떨었다. 설만두와 김판돌이 경상도가 관의 단속이 심하다고 하자 그들은 자원해서 거기 정탐을 다녀온 것이다.

"경상도 갔다 왔어? 그쪽은 어쩌?"

모두 설만두와 김판돌을 돌아봤다.

"안될 것 같어. 초판에는 몇 군데서 불길이 일어났는데, 대구야 어디야 초토영, 소모영이 서고 일본군이 나서자 지금은 최맹순 씨나 편보언 씨도 모두가 날 새버린 것 같어."

설만두가 절레절레 고개를 저었다. 최맹순이나 편보언 이름은 전라도까지 퍼져 모두 알고 있었다.

"경상도 사람들이 일어나면 정말 화끈할 것인데 왜 그렇게 맥을 못 추까?"

조정에서는 경상도 단속이 이만저만이 아니었다. 다섯 군데나 초토영과 소모영을 세우고 닦달을 했다.

대구 초토사로 임명된 지석영은 부임하자 곧 농민군이 진주와 선산을 짓밟아버렸다는 보고를 받았다. 감사 이용직은 탐관오리의 표본으로 무능하기 짝이 없는 자여서 어찌해야 좋을지 몰라 과부댁 종놈 왕방울 행세로 고래고래 악만 쓰고 있었으나 초토사 지석영은 만만찮은 사람이었다.

"두 곳이 무너지다니 경상도 반이 무너졌구만."

지석영은 지나가는 소리처럼 혼자 탄식을 했다.

"뭣이, 경상도 반이 무너지다니요?"

이용직은 잠에서 깨어난 사람처럼 건성으로 물었다.

"일본군 힘을 빌릴 수밖에 길이 없습니다."

"뭣이, 일, 일본군?"

지석영은 이용직 말에는 더 대꾸도 하지 않고 자리를 떴다. 그는 곧바로 조정에다 전보를 쳤다.

경상도 북부 지역 김천과 선산은 바로 충청도와 전라도로 이어지는 지역이고, 전주는 전부터 불온한 지역입니다. 전주 기세가 지리산 근방으로 확대되면 걷잡을 길이 없을 것입니다. 이 두 지역이 유린된 것은 경상도 반이 유린당한 것이나 마찬가지므로 처음에 철저하게 뿌리를 뽑지 못하면 그 화가 돌이킬 수 없을 것으로 여겨집니다. 영병으로는 도저히 감당할 수가 없으니 일본군의 힘을 빌릴 수밖에 없습니다.

지석영은 사태의 심각성을 대충 늘어놓은 다음 선산에는 대구에 주둔하고 있는 병참로 수비병을 파견해 주고, 진주에는 부산에 주둔하고 있는 수비병을 배편으로 빨리 파견해 주도록 일본군에 요청해 달라고 했다.

조정에서는 한나절도 못 되어 회답이 왔다. 요구대로 일본이 들어주기로 했다는 것이다. 지석영이 조정에서 온 전보에서 막 눈을 떼자 일본 수비군 1개 소대가 달려왔다. 지석영은 일본 군대의 기동성에 어리둥절할 지경이었다. 그는 벌떡 자리에서 일어나며 영병을 모으라 했다. 2백 명이 허둥지둥 모여들었다.

"이 불은 지금 끄지 않으면 걷잡지 못한다. 일본군과 함께 철저하게 짓밟고 불시가 남지 않도록 두 번 세 번 짓밟으라."

지석영은 영병에게 서릿발같이 영을 내린 다음 일본군과 함께 바로 선산으로 출발시켰다. 영병 2백 명과 일본군 1개 소대는 칼날 같은 기세로 우선 선산으로 쳐들어갔다. 농민군들은 지난번에 선산부가 썩은 짚단 무너지듯 하자 내 세상인 듯 설치고만 있었다. 일본군과 영병은 번개같이 쳐들어갔다. 무작정 총을 갈겨대자 농민군은 정신을 차리지 못했다. 대번에 무너지고 말았다.

김천에 나와 있던 편보언은 일본군과 감영군이 선산으로 쳐들어갔다는 소식을 듣고 전투 준비를 서둘렀다. 그때 일본군과 영병이 들이닥쳤다. 선산부 농민군을 몰아낸 영병과 일본군은 숨도 돌리지 않고 김천으로 돌진한 것이다. 이렇게 빨리 올 줄은 꿈에도 생각하지 못하고 있던 편보언은 미처 손도 써보지 못하고 풍비박산이 되고 말았다. 편보언은 하는 수 없이 다음날을 기약하며 몸을 숨길 수밖에 없었다. 감영군은 마을마다 샅샅이 뒤져 농민군을 색출했다. 무지막지하게 죽이고 잡아들였다.

상주에서는 소모사 조의묵이가 도임하자마자 *이서와 군교, 유림으로 민보군을 조직하고 유림들로 하여금 집강소를 설치케 하여 김석중을 유격장으로 삼아 지난번에 관아를 부수고 휩쓸었던 농민군을 색출하고 있었다. 그때 선산과 김천이 무너졌다는 소식이 들어오자 그들은 종곡까지 진출하여 기세가 서릿발 같았다.

진주에도 곧바로 일본군이 출동했다. 부산 영사관의 영을 받은 일본군 수비대는 따로 모집한 조선병 260명과 함께 일본 상선 3척을 타고 마산에 상륙하여 역시 번개 같은 기세로 진주에 들이닥쳤다. 진주 농민군들도 그들이 올 줄은 꿈에도 생각하지 못하고 방심하고 있었다. 진주는 부사까지 나와 농민군 앞에 항복을 했던 다음이라 천하태평으로 방심하고 있다가 기습을 당하고 말았다. 조선군을 앞세운 일본군은 양총과 회선포를 갈기며 대쪽 쪼개는 기세로 들이닥쳤다. 그들은 어떻게 손을 써야 할지 정신을 차리지 못하고 우왕좌왕하다가 어이없이 무너지고 말았다. 진주를 함락한 일본군은 곤양, 의령을 휩쓴 뒤에 그 기세로 하동까지 짓밟아버렸다.

"이제 전라도 난군들이 섬진강만 넘어오지 못하게 막으면 된다."

일본군 대장은 느긋하게 말했다. 벼락 치는 기세로 경상도 서남부 지방을 휩쓴 일본군은 섬진강에 방어선을 치고 전라도 농민군 진출만 막고 있었다. 그러나 지리산 근방 여러 고을 농민군은 서로 연합하여 동에 번쩍 서에 번쩍 관아를 들이치는 등 기세를 떨치며 진주로 쳐들어갈 기회를 노리고 있었다.

이때 조정에서는 경상도 봉기의 책임을 물어 감사 이용직을 파직해버렸다.

"진짜로 화끈한 사람들은 경상도 사람들인데 어째서 이번에도 그 꼴이제?"

"황해도에서도 일어났은게 경상도 쪽에서만 치고 올라오면 일판은 끝나는데 환장하겠구만. 전라도, 경상도, 황해도 세 군데서 치고 들어가면 한양은 하루아침에 해장거리 아니냐 이 말이여."

경상도 소식이 전해지자 각 지역 농민군들은 발을 굴렀다.

"그래도 이용직이란 놈 감사 모가지 떨어졌다니 그것 하나는 시원하구만."

이용직 파면 소문도 함께 퍼졌다. 그는 전라도 감사로 있을 때부터 악명을 떨쳤기 때문이다.

"그놈은 조병갑보다 더 무지막지한 놈이라매?"

"조병갑이 뭐여? 그놈은 무식하기가 절간 굴뚝보다 더 깜깜한 놈이라 진서는커녕 기역자 외작 다리가 왼쪽에 붙었는지 오른쪽에 붙었는지도 모르는 청맹과닌데 색 하나는 기똥찬 놈이라더만."

이용직은 정말 언문도 모르는 판무식이었으나 진령군에게 돈 1백만 냥을 바치고 전라 감사를 얻어 그때부터 전에 충청 감사였던 조병식과 함께 진령군을 누님이라고 알랑거리며 지금까지 감사 자리를 누려왔다.

"그 자식은 여자 맛 때문에 감사 하는 놈이라던데 이제 무슨 맛으로 세상을 살까?"

"그렇게 색을 밝혔관대?"

"못 들었어? 그 작자는 무식하기는 해도 정력 하나는 물개 뺨을 쳐도 돌려가면서 후려갈길 놈이라잖어? 70살이 넘었는데도 날마다 기생을 10여 명씩 선화당으로 불러다가 발가벗겨놓고 별의별 험한 짓을 다 했다더만."

이용직은 나중에는 양가집 여자를 빼앗아 첩을 삼기도 하는 등 그 짓 하나로 세월을 보냈다. 그는 이따금 아전들하고 술이라도 마시게 되면 '내가 여자 재미가 아니면 감사가 무엇이 좋다고 백만 냥이나 주고 감사를 하겠느냐'며 낄낄거렸다. 그는 색과 재물밖에는 눈에 보이는 것이 없는 자라 도둑을 감사로 모신 경상도 사람들은 무지막지한 늑탈에 한숨 쉴 힘도 없을 지경이었다. 그러나 진령군의 위세로 지금까지 산 진 거북이 팔자로 아무 탈이 없다가 경상도로 온지 1년 만에 그 질기던 목이 달아난 것이다.

"하여간에 관속붙이라면 싹싹 쓸어야 혀. 나는 관속이나 부자들 처치하는 것 보면 김개남 장군이 젤 맘에 들더만."

농민군들은 경상도가 줄줄이 무너졌다는 소식에 발을 구르면서도 이용직 목이 날아갔다는 소식에는 조병갑 쫓아낸 것보다 더 시원해했다.

황해도 사정도 달라졌다. 거기도 일본군 때문이었다. 감영을 점령한 황해도 농민군은 감영을 짓밟은 흥분이 채 가시기도 전에 느닷없는 군대가 출동을 했다. 일본군 병참소와 병참로를 수비하던 일본군 수비대가 쳐들어온 것이다. 영노청에 갇혀 있던 감사가 몰래 금천 일본군 병참소에 구원을 요청하여 일본군이 출동한 것이다. 일대 접전을 벌였으나 대창으로 무장한 농민군들은 일본군 신무기에 당해낼 재간이 없었다.

감영에서 물러난 농민군들은 지금 강령, 신천, 송화, 문화, 옹진, 장연, 죽산, 조니진, 오우진, 용매진 등 관아를 휩쓸며 기세를 올리고 있었다. 감영에서는 명의소를 들러 민보군을 조직했으나 감영군과 그들 힘으로는 농민군 기세를 제압할 수 없는 형편이었다. 감사의 장계를 받은 조정의 요청으로 일본은 용산에 주둔하고 있던 일본군 일부를 파견하여 지금 해주 감영은 일본군이 지키고 있었다.

"경상도 간게 요상스런 소문까지 좌악 퍼졌더만. 전봉준 장군하고 김개남 장군이 겉으로는 일본군을 친다고 하지마는 속살로는 그게 아니고 조정을 쳐서 임금을 몰아내고 자기들이 임금이 될라고 봉기했다는 거여. 전봉준 장군하고 김개남 장군하고 사이가 나쁜 것도 달래 나쁜 것이 아니라 서로 임금이 될라고 싸우는 것이랴."

설만두 말에 모두 눈이 둥그레졌다.

"아무리 소문이제마는 먼 소문이 그런 얼빠진 소문이 다 있어?"

"양반 놈들이 퍼뜨린 소문 같구만."

"그런 속내가 뻔한데 그 소문에 농민들이 더 야단이란 말이야."

"답답한 사람들도 다 있구만."

"하도 듣기가 답답해서 그게 아닐 거라고 한마디 끼어들었다가 죽을 뻔했어. 거기 가서는 내내 벙어리 시늉을 하고 다니다가 그런 소리가 하도 요란스럽길래 홧김에 한마디 했잖겠어? 그랬더니 대번에 멱살을 틀어잡고 이놈 너 전라도 놈이구나, 무슨 취미로 여기까지 왔느냐, 이러고 사정없이 닦달을 하는구만. 내 말씨를 들어보고 대번에 알아차린 거여."

설만두는 혼뜨검 난 이야기를 늘어놨다. 모두 어이없다는 표정들이었다.

그때 두령들은 작전회의를 하고 있었다.

"김개남 장군이 금산 쪽으로 진격하면 우리는 곧바로 공주를 치고 거기를 거점으로 북으로 진격을 하겠습니다. 양쪽으로 치고 올라가야 전선이 분산되어 우리한테 유리합니다. 그래야 한양 진격에 합류하려고 기다리고 있는 농민군들이 우리 진로를 짐작하고 자기 고을에서 기다릴 수가 있을 것입니다."

전봉준은 기본 전략을 설명했다. 김개남이 전봉준 편지를 받고 그 편에 자기는 금산으로 진격하겠다는 말을 전해온 것이다.

"군량은 이 근처 궁장토 도조가 몇천 석이나 된다니 그 도조를 모두 우리가 거두어서 군량으로 쓰기로 했습니다. 그리고 지금 날씨가 추워지는데 옷이 엷은 사람이 많아 강경에서 베를 떠다가 이웃 마을에 옷을 맡겼습니다. 흡족하지는 못하지만 옷이 엷은 사람들은 미리 치부를 해두시기 바랍니다."

전봉준은 말을 이었다.

"우리 진용을 보완하고 조금 개편하겠습니다. 총참모는 김덕명 장군과 함께 김원식 부사께서 같이 맡겠습니다. 충청도 남부 지역 농민군을 맡았던 우선봉장 황방호 씨는 박성호, 김오봉 씨와 함께 군수를 맡고, 그 자리는 이유상 씨가 맡겠습니다. 이유상 씨는 우선봉장을 맡으면서 김시만 씨와 함께 작전도 맡습니다. 김원식 씨는 관속과 군교들을 거느린 경험이 많고 병서를 많이 읽으셨으니 적임자라 생각하며, 이유상 씨는 굳이 설명할 것이 없습니다. 그리고 방금 말씀드린 도조를 거두는 일이며 옷을 마르는 일 등 군수는 이 근처 사정을 잘 아시는 박성호 씨를 비롯해서 이 지역 분들한테 맡겼습니다."

김원식을 중용한 것은 전직 부사에 걸맞는 임직을 주어 대접을 하려는 배려와 함께 그런 사람이 농민군에 들어와 중책을 맡고 있다는 사실을 널리 알리려는 의도가 있는 것 같았다. 그리고 김시만은 청년 시절부터 전봉준과 팔도를 싸대면서 같이 병담을 했던 터라 작전을 구상하는데 호흡이 맞고, 이유상은 여기 출신이라 같이 작전을 의논하자고 임명한 것 같았다.

이미 짜놓은 진용에다 김원식과 이유상만을 넣은 셈이었다. 전체 진용은 다음과 같았다.

참모장에는 김덕명과 김원식, 작전 김시만과 이유상, 군수 김오봉과 황방호, 박성호, 호위 김만수, 비서 정백현, 정길남 그리고 의료는 지산 선생이 의원 50여 명을 거느리고 맡았으며 연락은 월공과 지허가 승병 70명에 설만두와 김판돌까지 끼여 맡았다.

선봉 송희옥 부대는 2천5백 명으로 직속부대 6백 명을 포함해서 예하에는 김도삼(송대화, 정왈금, 장특실 소속), 김이곤(조망태, 장춘동, 김칠성 소속), 손여옥 등 두령 7,8명이 200명에서 600명까지 거느렸다.

좌선봉 유한필은 전에 중도 지역이던 전라도 북부 지역 2천7백명을 거느렸다. 직속부대 3백 명을 비롯해서 예하에 전주 최대봉, 옥구 장경화와 허진, 임피 진관삼, 임실 이병춘, 함열 배농지기 등 여러 두령들이 2백 명에서 5백여 명씩 거느렸다.

우선봉, 이유상 부대는 공주와 논산 등 충청남도 남부 지역에서 이번에 참여한 2천여 명이었다. 직속 5백 명을 비롯해서 예하에 이인 이지택, 진산 박성삼, 경천점 장억쇠 등 두령 6,7명 역시 2백 명에서 5백여 명씩 거느렸다. 공주 장준환은 그대로 공주 부내에 있었다.

후군 고영숙 부대는 전라도 중부 지역 3천여 명으로, 김제 김봉년, 금구 김봉덕, 원평 조준구, 그리고 그와 친한 장성 기우선 등 두령 7,8명이 3,4백 명씩 거느렸다.

그리고 전봉준 직속인 특수부대는 김달주와 이싯뚜리가 5,6백 명씩 거느렸다. 달주 부대에는 김승종, 장진호, 김장식, 송늘남, 고미륵 등이 1,2백 명씩 거느리고, 이싯뚜리 부대는 영광 고달근, 강진 최차돌, 진도 장대가리, 장홍 이또실 등이 역시 1,2백 명씩 거느렸다. 김일두는 백정 등 재인부대 3백 명, 하동 김중만은 150명을 거느렸다. 김중만은 김시만의 집안 동생이었다. 임군한은 아직 오지 않고 광양 왕삼과 장성 을식이 1,2백 명씩 거느리고 왔으며, 그리고 여기저기서 몇 사람씩 온 사람들은 김확실과 텁석부리에게 2,3백 명씩 거느리게 하여 전체 지휘는 김확실한테 맡겼다. 임군한이 오면 맡기려고 임시로 맡겨둔 것 같았다. 그리고 여태 이싯뚜리 부대에 곁붙이로 끼여 있는 포수 부대와 재인 부대는 그대로 이싯뚜리 부대에 끼여 있었으나 전봉준은 모른 척 하고 있었다. 여기서 내보내면 그들은 그대로 흩어질 수밖에 없기 때문이었다.

"모두 만단 준비를 하고 계십시오. 김개남 장군이 전주에서 출발했다는 소식만 오면 경천점으로 진을 옮겨 바로 공주를 공략하겠습니다."

그러나 다음날도 그 다음날도 김개남이 전주에서 출발했다는 소식은 오지 않았다. 파발들은 정신없이 뛰어다니고 전봉준은 가슴을 졸이며 파발이 올 때마다 뛰어나갔으나 번번이 허탕이었다. 전봉준은 기다리다 못해 또 편지를 썼다.

그 사이 농민군은 계속 모여들어 손병희 부대 말고 1만 명이 넘었다. 지금도 계속 몰려오고 있었다. 그동안 이유상 밑으로 모여든 충청도 남부 지방의 농민군만도 2천여 명쯤 되었다. 그 사람들도 무기는 전라도 농민군과 비교가 되지 않았으나 사기는 전라도 농민군 못지않았다.

10월 19일. 논산으로 진을 옮긴 지 나흘째 되는 날이었다. 점심참에 용배와 사비정 한중식이 왔다. 좀 상기된 표정들이었다. 전봉준은 김덕명과 함께 그들을 따로 맞았다. 용배는 지금 이천석과 함께 사비정에 들어가 한중식 밑에서 중노미처럼 일을 거들고 있었다.

"조정은 일본군한테 농민군 토벌을 모두 맡겨버린 것 같다고 합니다."

한중식이 숨을 발라 쉴 겨를도 없이 말을 이었다. 이미 개화파 정부는 얼마 전에 맺은 조일공수동맹에 따라 일본에 농민군 토벌을 공식적으로 요청했으며 일본은 그 요청을 받아들여 '동학당 정토군'을 편성하고, '청야작전清野作戰'이란 이름으로 면밀한 작전계획까지 세워 지금 일본군 1개 대대가 내려오고 있다는 것이다. 사비정 군자란이 영장 이기동 등 감영 고관들한테서 알아냈다는 정보였다.

"청야작전이란 농민군 토벌은 물론이고, 농민군이 흩어져 숨을 근거지까지 깡그리 쓸어버리자는 작전이랍니다. 전라도 농민군이 황해도와 강원도 농민군과 서로 호응하는 길을 막는 한편 한양에서 세 방면으로 진출시켜 농민군을 남해로 몰아넣는다는 것입니다."

한중식이 가져온 정보는 아주 정확했다. 일본군은 부산과 한양 사이의 병참로 경비를 하는 수비병 2개 중대를 정토군으로 편입시키고, 한양 수비대 가운데 보병 18대대 일부를 우선 파견하고, 이와 별도로 일본 본토 대본영에 따로 병력을 요청하자 대본영은 제19대대를 파견하여 지금 오고 있는 중이었다.

일본군이 공식적으로 나선다는 사실과 청야작전이란 전략을 농민군이 알게 된 것은 이것이 처음이었다.

개화파 정부는 일본군이 농민군 토벌에 제대로 나서기로 결정하자 일본 공사 오토리한테 허리가 부러지게 굽실거리며 조선군을 지휘할 작전 지휘권까지 일본군에 넘겨버렸다. 농민군 토벌에 파견한 조선군은 3천2백여 명이었다. 일본군은 경복궁 쿠데타 뒤 무장을 해제했던 조선군한테 이미 무기를 돌려주고 총탄과 포탄이며 모든 군수물자를 다 대고 있는데다, 더구나 그들은 무전기 등 최신 통신수단을 가지고 농민군 동향 등 중요한 정보를 쥐고 있으므로 조선 정부는 농민군 토벌을 통째로 일본군한테 맡길 수밖에 없었다. 겉으로는 일본군이 조선군을 돕는 모양을 갖추고 있었으나 실제로는 조선군은 일본군한테 몸뚱이만 빌려준 용병이나 마찬가지였다.

"일본군은 조선군을 지휘하여 세 길로 남쪽으로 내려오고 있다 합니다."

전봉준은 말없이 한중식의 말만 듣고 있었다. 한중식은 자세한 진군로는 모르고 있었으나 세 길로 내려오고 있다는 것은 정확한 말이었다. 지금 정토군의 진격로는 서쪽 길, 중간 길, 동쪽 길로 세 길이었다.

서쪽 길로 오는 일본군 보병 1개 중대는 수원, 천안, 공주를 거쳐 진주를 일차 목표로 하고 내려오고 있었다. 그들은 통과 지역의 좌우 역과 읍을 면밀하게 정찰하며 특히 은진, 여산을 거쳐 진주에 당도한 다음 금구, 고부, 흥덕을 지나 영광, 장성을 돌아 남원으로 진출하다는 계획이었다. 개화파 정부는 조선군 교도중대를 이 부대에 배속시켰다.

중간 길로 오는 일본군 보병 1개 중대는 용안, 죽산, 청주를 거쳐 성주를 일차 목표로 하고 내려왔다. 이들도 역시 좌우 역과 읍을 엄밀히 정찰하며 보은을 거쳐 청산으로 진출한다는 계획이었다. 얼마 전에 이두황한테는 시라키 중위 지휘를 받으라고 했는데, 시라키 중위는 이 부대 소속이며 개화파 정부는 순무영 산하 이두황 부대를 이 부대에 배속시켰다.

동쪽 길은 다른 일본군 보병 1개 중대가 자기들 병참로인 가흥, 충주, 문경을 거쳐 대구를 일차 목표로 하고 내려왔다. 그들도 행로의 근처 각 역과 읍을 정찰하되 오른쪽은 음성과 괴산, 왼쪽은 원주를 지나 대구로 진출하여 그 다음에는 청풍으로 진출한다는 계획이었다. 이 부대에는 순무영 산하 군사 1천 명을 배속시켰다.

일본군은 개화파 정부가 군대 파병을 요청하기 전에 이미 경상도 여러 곳에서 독자적으로 농민군 토벌에 참여하고 있었다. 청일전쟁의 승패가 확실해지자 개화파 정부가 스스로 일본의 품안에 안겨들고 있었으므로, 일본으로서는 조선 정부의 요청 같은 것은 들으나마나였던 것이다. 개화파 정부가 파병을 요청한 것은 일본이 농민군을 토벌하는 행위에 모양을 갖춰주기 위한 요식 절차나 마찬가지였다.

일본 대본영은 그동안 농민군 동향에 귀를 곤두세우며 대책을 세워오고 있다가 이제 본격적으로 나선 것인데, 그 경위를 보면 그들의 야욕이 드러나고 있었다. 일본군은 일본군 자체의 정보기관과 조선에 진출한 상인들을 통해서 샅샅이 정보를 수집하고 있었으며 따로 '천우협'이란 일본 깡패 집단을 풀어 정탐을 하기도 했다. 그동안 일본은 이런 정보망을 통해서 농민군 움직임을 손바닥에 놓고 보듯 하고 있다가 김개남이 지난 8월 25일 남원에서 봉기하자 일본 외무부는 바로 일본군 2개 중대를 부산으로 파견하는 기동성을 보였다. 일본군 2개 중대를 파견하면서 일본 외무대신 무쓰는 9월 1일, '지금 동학당에 대처하라고 벌써 부산에 2개 중대를 파견했는데 그 군대로 진정시킬 수 있는지' 조선 영사 오토리에게 알아보라고 외무차관에게 지시했으며, 9월 9일 조선 영사 오토리는 외무대신에게 지금 조선에 도착한 하세가와長谷川 여단의 일부나 병참군을 이용하여 본격적으로 농민군 토벌에 임할 수 있도록 하는 것이 좋겠다고 상신했고 남부 병참감 이토伊藤祐義도 대본영에 동학군 토벌할 군대 파견을 상신했다.

일본이 이렇게 움직이고 있을 때 한양 턱밑 죽산과 안성에서 농민군이 봉기하자 조선 조정은 9월 16일 우리 힘으로는 농민군을 토벌할 수 없으니 일본군을 파견하여 달라고 일본에 요청했다. 이에 대한 대답으로 일본은 용산 수비대 2개 소대를 파견하여 이두황, 성하영 부대에 합류 죽산과 안성으로 내려가도록 했으며, 21일 일본 대본영은 농민군을 본격적으로 토벌하기 위한 정책을 세운 다음 조선 정부의 파병 요청을 정식으로 수락했던 것이다.

일본군 대본영에서는 농민군 토벌정책을 세운 것과 함께 일본은 이것이 조선을 요리할 수 있는 결정적인 계기로 보고 일본 공사 오토리를 외교에 능한 *이노우에井上馨로 교체하여 조선에 대한 일본의 정책을 한층 적극화한 것이다. 9월 27일에 도임한 이노우에는 다음날 곧바로 일본군 대본영에 농민군 완전 소탕 임무를 띤 1개 대대 파병을 요청하였고, 대본영은 29일 후비보병 제19독립대대 2천 명을 '동학정토군東學征討軍'이란 명칭으로 파견할 것을 결정했다. 대본영은 19대대 대대장 미나미南小四郎 소좌에게 '동학당에 대한 조치는 엄렬嚴烈함을 요한다. 향후 가차없이 모두 살육하라'는 무자비한 훈령을 내려 10월 2일 요코스카 항에서 출발시켰다. 이 부대는 인천에 상륙 10월 14일 용산에 도착했고, 다음날 곧바로 남쪽에서 내려와 수원에 있던 순무영 좌선봉 이규태 부대에 3개 중대가 합류하는 등 각 지역으로 분산하여 지금 농민군 동태를 지켜보고 있었다.

"아직 관군이 들어온 것은 아니지?"

“백낙완이란 사람이 90여 명을 거느리고 며칠 전에 들어왔다고 하는데 그 뒤에 더 왔다는 말은 없습니다. 향병은 각지에서 계속 모아들이고 있습니다.”

“90명이라면 별거 아닌 것 같습니다.”

송희옥이 말했다.

“그런데 지금 공주에 조선에 새로 부임한 일본 공사가 와 있답니다.”

“일본 공사가?”

전봉준은 깜짝 놀랐다. 지금 공주에는 오토리 후임으로 온 일본 공사 이노우에가 와 있었다. 일본군은 북진하는 농민군 기세를 꺾을 전략적 거점을 공주로 정하고 이미 일본군 선발대를 파견하여 지형 정찰 등 작전계획을 세울 기초 자료를 모으고 있었는데, 며칠 전에는 일본 공사 이노우에가 직접 공주로 내려와서 정보 수집 현황을 점검하고 손수 군수물자 공급 계획을 세우는 한편, 감영 및 순무영과 연락사무 등 후방 지원을 진두에서 지휘하고 있었다.

일본군이 치밀하게 사전 준비를 하고 있는 모습은 조선 군대나 관리들은 흉내도 낼 수 없는 일이었다. 공사가 직접 현지에까지 내려와서 후방 지원을 손수 지휘하는 등, 관과 군이 한 덩어리가 되어 총력을 기울이는 모습 또한 조선 관리들로서는 상상도 할 수 없는 일이었다. 화려한 관복으로 요란스럽게 몸뚱이를 감싸고 되잖은 거탈을 부리며 꽝꽝 호령이나 하던 조선 관리들은 어안이 벙벙해져 그저 구경만 하고 있었다.

이보다 나중 일이지만, 이두황이 승승장구하며 충청도 여러 고을 농민군을 휩쓴 다음 공주로 돌아오자 이노우에는 금강나루까지 마중 나가 이두황 손목을 움켜잡고 등을 두드리며 그동안 세운 전공을 침이 밭게 칭찬을 했다. 이노우에는 그날 저녁 사비정에서 이두황한테 거판스럽게 축하연까지 베풀어 전공을 치하했다. 이런 꼴을 본 사비정 기생들은 조선의 주인이 누구인지 모르겠다고 웃었고, 감사 박제순은 그 사람 부지런한 사람이라고 웃었다는 것이다.

일본군 움직임에 대한 소식을 들은 두령들은 모두 얼굴이 굳었다. 이미 짐작은 하고 있었으나 그렇게 치밀하게 준비를 해왔는지는 전혀 모르고 있었기 때문이었다.

"예상하고 있던 일입니다. 우리도 그만큼 단단히 대비를 해야겠습니다. 바로 김개남 장군한테도 알려 빨리 진군을 하라고 하겠습니다."

"도대체 김개남 장군은 전주에 들어간 지가 벌써 닷새째나 되는데 거기서 뭘 하고 있는 거요?"

최대봉이 불만을 터뜨렸다.

"곧 진격하겠지요."

전봉준은 가볍게 대답했다.

"우리는 삼례서만 하더라도 자기하고 같이 움직이려고 애를 대우며 기다렸는데, 한시가 급한 이때 전주에서 닷새 동안이나 무얼 하고 있단 말입니까? 그분은 그분대로 알아서 하라고 우리라도 공주로 진격합시다. 우리가 공주에 들어앉아버리면 우선 금강 이남은 안심이지만 거꾸로 일본군이 공주에 들어와 버리면 큰일입니다."

고영숙이었다.

"그렇습니다. 관군하고 일본군이 공주로 들어와 버리는 날에는 호미로 막을 것 가래로도 못 막습니다. 요사이 경상도가 관군한테 무너진 것은 모두 방심하고 있다가 당한 것입니다."

최대봉이 다그쳤다.

"그러겠습니다. 지금 당장 공주로 진격을 하지요."

이유상도 동조를 했다.

"그들이 공주로 들어오면 꼼짝없이 배수진이 되어버리는데 쉽게 들어오겠습니까? 여기 모인 농민군만도 1만 5천 명에 가깝습니다. 순무영 군사들은 이두황만 북접 농민군 뒤를 따라다니며 허장성세를 부리고 있지, 성하영은 안성에 그대로 있고 좌선봉 이규태도 그대로 수원에 있습니다."

송희옥이 여유 있게 말했다.

"그렇지만 만에 하나 그들이 들어와서 공주를 차지해버리는 날에는 금강 이남은 그들 손에 들어간 것이나 마찬가집니다. 장군님께서 김개남 장군한테 너무 마음을 쓰시는 것 같은데 여기서 기다리든 한 발 더 내쳐 공주로 들어가서 기다리든 마찬가집니다."

고영숙이었다.

"김개남 장군은 지금 출발했는지도 모릅니다. 기왕 기다린 것 조금만 더 기다립시다. 손병희 장군이 거느린 북접군도 이리 오고 농민군이 공주로만 너무 몰리고 있습니다. 전에도 말했지만 김개남 장군하고 양쪽에서 같이 전단을 벌여야 합니다. 그래야 관군과 일본군도 양쪽으로 분산이 되고 전국의 전쟁 판도가 제대로 잡히지 않겠습니까? 지금 충청도 북부나 경기도 지방에서 우리를 기다리고 있는 농민군들은 어디로 가야할지 몰라 갈피를 못 잡고 있을 것입니다.

양쪽에서 전단을 벌여야 우리와 김개남 장군 부대가 한양으로 올라갈 진로를 예상하고 자기 고장에서 기다리게 됩니다. 충청도나 경기도 농민군들이 되도록이면 자기 고을에서 멀리 움직이지 않도록 해야 합니다. 그래야 숙식이야 뭐야 고생을 덜 하고 수도 그만큼 많이 모이게 될 것입니다."

전봉준은 두령들을 달랬다. 전봉준도 마음 같아서는 바로 공주로 진격하고 싶었으나, 손발을 맞추지 않고 자기만 너무 앞서가는 것 같아 신경이 쓰이고, 더구나 지난번에 김개남 부대가 금산으로 들어갈 날짜에 맞추어 공주로 진격하겠다고 약속을 했는데 자기만 먼저 진격을 할 수는 없었다. 그러나 다른 두령들은 얼굴에 불만이 가득했다.

한중식과 용배가 도소에서 나왔다. 달주와 김승종이 달려갔다. 한중식은 그동안 삼례에도 다녀간 적이 있었다. 한참 이야기하다가 김승종이 용배를 따냈다. 저만큼 장막 뒤로 갔다.

"달주 동네 이감역 딸 경옥이 알지? 경옥이 어제 여기를 지나갔다. 고부 별동대들이 가마를 하나 기찰을 했는데, 그 가마에 경옥이 타고 가더라지 않냐? 종자 내외를 달고."

용배는 어리둥절한 표정이었다.

"경옥이? 뭣하러 여기를 지난단 말이냐?"

"내 짐작에는 연엽을 찾아간 것 같다."

"연엽? 연엽이 어디 있는데?"

용배는 점점 모르겠다는 듯이 눈을 더 크게 뜨고 거듭 물었다.

"달주한테 들었는데 연엽은 머리를 깎고 지금 갑사 대자암이란 암자에 있는 것 같다고 하더라."

용배는 소스라치게 놀랐다. 달주는 그동안 용배한테 연엽 이야기를 하지 않았다.

"그럼 경옥이 이리 지나간 것을 달주도 아냐?"

"달주는 모른다. 달주한테는 말하지 말라고 단단히 일러뒀다."

"왜?"

"경옥이 애뱄다는 소문 못 들었냐?"

"뭣이, 애를 배?"

용배는 눈알이 튀어나올 것 같았다.

"그동안 고부에서는 경옥이 전에 역졸한테 당했다는 소문이 나돌았는데, 얼마 전부터 역졸 애를 뱄다는 소문이 났다."

"뭐야?"

용배는 벼락 맞은 꼴이었다.

"이것은 순전히 내 짐작이다마는, 경옥은 지금 연엽 있는 데로 애 나러 간 것 같다. 전부터 연엽하고 약속을 해두었다가 배가 불러지자 그리 가는 것 같아. 그때 애가 들었다면 벌써 여덟 달이거든. 낯모르는 데 가서 애를 낳아 어디다 맡기든지 하자고 미리 귀를 짰는지 모른다."

용배는 멍청하게 김승종만 건너다보고 있었다. 뺨이라도 거듭거듭 얻어맞은 꼴이었다.

"너만 알고 있어라."

김승종이 당부를 했다. 용배는 어리벙벙한 표정으로 한참 동안 말이 없었다.

"가는 길에 대자암에 한번 가봐야겠다."

"뭐야? 만나면 서로 거북하기만 할 텐데 뭣하러 간단 말이냐?"

"알겠어. 나한테 맡겨."

용배는 한중식과 함께 바삐 돌아섰다.

전봉준은 김개남한테 일본군 움직임을 자세히 쓴 다음 빨리 진군을 해야 하지 않겠느냐는 편지를 써서 파발을 띄웠다. 그리고 그는 또 글을 하나 쓰고 있었다.

**충청 감사 박제순 각하께**

사람이란 지킬 바 법도가 있는 까닭에 만물의 영장이라 하거늘 식언을 하고 마음을 속이면 사람이라 할 수가 없나이다. 나라가 외적의 침략으로 존망의 위기에 처해 있는 이 어려운 처지에 조정 대신들이 밖으로는 나라의 체통을 가다듬고 안으로는 백성을 이끌어가지 못한다면 무슨 면목으로 하늘 아래서 목숨을 부지하고 숨을 쉴 수 있단 말입니까? 임진왜란 때 일본 오랑캐가 저지른 만행은 지금도 산간의 필부나 어린아이들까지 꿈에도 잊지 못하는 원한이거늘, 하물며 대대로 녹을 먹은 각하로서야 더하지 않겠습니까? 오늘날 조정 대신들이 어리석게도 자신의 영화만을 도모하려고 일본 오랑캐와 배가 맞아 위로는 임금을 협박하고 아래로는 백성을 속여 조정의 군대를 동원, 선왕의 백성을 죽이려 하니 이것이 도대체 누구를 위해서 하는 짓입니까? 내가 하고자 하는 바는 나라의 신하로서 두 마음 품은 자들을 깨끗이 쓸어내어 선왕조 오백년 백성을 길러준 은혜에 보답코자 하는 것입니다. 이 일이 지극히 어렵다는 것은 너무도 잘 알고 있으나 오로지 목숨을 걸고 싸우고자 하는 바이니 원컨대 각하께서도 크게 반성하시어 우리와 같이 힘을 합쳐 의롭게 싸우다 죽으면 천만다행이겠습니다.

갑오 10월 16일

양호 창의 영수 전봉준

전봉준은 정중하면서도 단호한 필치로 써내려갔다. 일본군에 대한 연합전선을 펴자는 제의를 한 것이다. 이것이 헛수고일 줄 알지만 이제 싸움은 형식상 박제순과 멀어지게 되므로 그에게 남아 있을지 모르는 한가닥 양심에 호소하자는 것이었다.

전봉준은 '선왕의 백성을 죽이려 하니欲害先王之赤子' 부분을 처음에는 쓰지 않았다가 나중에 고쳤으며, '선왕조 오백년 백성을 길러준 은혜先王朝五百年遺育之恩' 부분도 처음에는 달리 썼다가 이렇게 수식을 했다. 개화파 정부의 관료한테 쓰는 편지라 이런 근왕적 수식에 신경을 쓰지 않을 수 없었다. 전에 조정에 숱하게 신원금포의 상소를 올릴 때 주자학적 수식으로 뒤발했던 것과 똑같은 모양새였다.

전봉준은 정백현한테 정서를 맡겼다. 초안을 읽고 난 정백현은 전봉준을 돌아보고 뭐라 한마디 하려다 말고 그냥 붓을 들었다. 이런 소리가 무슨 효과가 있겠느냐고 하려다 너무 굳어 있는 전봉준의 표정을 보고 그만둔 것 같았다. 정백현도 지금 오고 있다는 일본군 병력이 바윗덩어리만큼 큰 압박으로 가슴을 눌러왔던 까닭에, 개화파 정권의 손발에 불과한 감사한테까지 한가닥 희망을 걸고 연합전선을 제의하는 전봉준 심사를 짐작할 만했다.

전봉준 글을 본 이유상은 그도 감사에게 같은 취지로 글을 썼다. 내가 농민군을 치려고 민보군을 일으켰던 경위는 각하가 잘 알고 있다. 그러나 나는 농민군을 향해 겨누려던 총칼을 왜적을 향해 돌리기로 했다. 그 까닭은 굳이 설명할 필요가 없을 것이다. 각하께서도 우리와 손을 잡고 왜적을 몰아내어 기울어가는 나라를 바로잡고 각하의 이름을 자손만대에 빛내기 바란다. 대충 이런 내용이었다. 이유상은 얼마 전에 박제순을 만나 민보군 일으킬 의논을 한 적이 있었다.

# 12. 삼남대도

10월 20일(양력 11월 17일). 논산으로 나온 지 닷새째 되는 날이었다. 얼음이 꽁꽁 얼고 날씨가 몹시 추웠다.

"관군하고 일본군이 오늘 아침에 북문나루를 건넜습니다. 군사는 4백 명쯤 되고 군사 말고 대포야 다른 짐만 열 척이 넘었습니다. 일본군도 1백 명은 넘는 것 같습니다."

월공이 와서 다급하게 말했다.

"아니, 벌써?"

전봉준은 소스라치게 놀랐다. 다른 두령들도 벼락 맞은 꼴이었다.

"짐만 열 척이 넘어요?"

김덕명이 물었다. 월공은 그렇다고 했다.

"무기하고 화약이겠구만."

두령들이 전봉준을 봤다. 관군은 군량은 현지 조달이므로 무기와 화약 말고 다른 짐이 그렇게 많을 까닭이 없었다. 지난 16일 전봉준 부대가 논산으로 진출하고 북접 손병희 부대도 논산으로 오자, 충청 감사 박제순의 요청을 받은 순무영에서는 예하 각 부대에 공주로 진격하라는 영을 내렸던 것이다. 안성에서 영을 받은 성하영과 구상조, 홍운섭은 4개 중대 560명을 이끌고 금방 출발해서 어제 밤에 선발대 1개 중대가 먼저 공주로 입성하고 나머지는 오늘 아침에 들어갔다. 이미 90명을 이끌고 왔던 성하영 예하 백낙완 부대도 여기 올 때 다른 데로 보냈던 50명이 어제 밤에 와서 합류했다. 그러니까 경리청 부대만 5개 중대 7백 명과 일본군 100명이 공주에 도착한 것이다.

그동안 일본군 3개 중대와 합류하여 수원에 있던 좌선봉 이규태는 곧바로 수원을 출발하여 진위와 아산을 거쳐 지금 공주로 내려오고 있는 중이고, 보은에서 영을 받은 이두황은 여강을 거쳐 연기 봉황으로 나오고 있는 중이었다. 지난 9일 농민군 토벌차 죽산을 출발한 이두황은 무극과 미원을 거쳐, 14일에는 보은 장내리에 당도하여 농민군이 쳤던 초막과 빈집 4백여 채를 불 지르는 등 농민군 뒤만 따라다니며 요란스럽게 허장성세를 부리다 순무영 영을 받은 것이다.

"더 오기 전에 치고 들어가야겠습니다. 벌서 관군과 일본군이 공주에 들어왔다는데 이렇게 충그리고 있다가는 우리가 어떻게 공주를 차지하겠습니까? 김개남 장군이 움직일 때까지 기다리다가는 큰일 나겠습니다. 관군이 더 오기 전에 치고 들어가야 합니다."

고영숙이었다. 김개남군 움직임을 알아보려고 지금 이쪽 파발꾼들은 여러 패가 전주를 왔다갔다하고 있었으나 김개남은 아직 움직일 생각을 하지 않고 있었다.

"지금 천하가 김개남 장군 움직임에만 눈을 대고 있는데, 김장군은 전주에서 뭘 하고 있는 것입니까? 어제만이라도 우리가 공주로 진군했더라면 일본군하고 관군이 어떻게 금강을 넘었겠습니까?"

손여옥이 소리를 질렀다. 그때 전주에 갔던 파발이 왔다.

"김개남 장군은 전주를 떠날 생각도 않고 지금 전주에 있는 여러 고을 수령들만 닦달하고 있습니다."

김개남은 전주에 와 있는 수령들을 모두 잡아다 곤장을 쳤다고 했다. 순천 부사는 곤장을 치다가 속전 3천 냥을 받고 훈방했으며 고부 군수 양필환은 곤장을 쳐서 옥에 가두어놨는데 곤장을 너무 심하게 쳐서 죽어버렸다는 것이다.

"지금 바로 경천점으로 진을 옮깁시다."

전봉준은 파발꾼 발이 떨어지자마자 결단을 내렸다.

"서둡시다. 작전은 거기 가서 의논합시다. 경천점은 지금 거의 피난을 가고 집들이 거의 비어 있다니 장막을 칠 필요가 없습니다. 모두 여염집을 이용하되 살림에 손대지 않도록 철저하게 단속을 하십시오."

전봉준은 다급하게 영을 내렸다. 두령들이 모두 쏟아져나갔다.

"북접군은 이인 쪽으로 움직이는 것이 어떻겠습니까?"

전봉준이 손병희한테 말했다. 그러겠다고 했다. 북접은 독자적인 전략이 없이 남접의 전략에 따르고 있었다. 무기도 남접에 비하면 훨씬 떨어졌고, 전투 경험도 전혀 없으므로 그럴 수밖에 없었다.

"그런데 북접군 지휘는 다른 분한테 맡기고 손장군께서는 북접 여러 곳에 있는 농민군을 찾아다니면서 독려하는 것이 어떻겠습니까?

한다리로 진출하는 영동, 옥천 부대하고 세성산을 둘러보시고 다른 지역을 도시면서 북접군을 독려하시는 것이 좋을 것 같습니다."

전봉준이 말했다.

"사실은 나도 다른 부대가 안심이 안 되어 걱정하고 있던 참입니다. 우리 부대를 장군님 휘하에 두면 굳이 내가 있을 필요는 없습니다. 지휘는 선봉 정경수 씨한테 맡기겠습니다."

손병희는 선선하게 나왔다.

"감사합니다. 특히 세성산은 중요한 곳입니다. 우리가 올라갈 때까지 움직일 생각 말고 그 성만 잘 지키고 있으라 하십시오."

천안군과 목천현 사이에서 천안을 넘보는 세성산에는 9월 말경부터 김복용과 이희인이 충청도 내륙지방의 농민군들을 모아 진을 치고 전라도 농민군들이 한양으로 진격하기를 기다리고 있었다. 공주에서는 120여 리쯤 되었다. 사방이 천연의 요새를 이루고 있는 세성산은 천안을 넘보며 전라도에서 공주를 거쳐 한양으로 직행하는 길목이므로 그만큼 중요한 전략적 요지였다. 일찍부터 준비를 해온 김복용과 이희인은 여기에 많은 무기와 군량을 비축하고 있었다. 무기도 화승총이 2백여 자루, 탄환 40여만 발, 군량은 쌀만 7백여 석이나 되었다. 북접 어느 부대도 따를 수 없을 만큼 준비가 튼튼했다.

손병희와 정경수 등 북접 두령들이 나갔다. 전봉준은 그들을 배웅하고 와서 김개남한테 또 편지를 썼다. 관군과 일본군이 공주로 들어왔다는 것을 비롯해서 전반적인 정황을 쓴 다음 바삐 움직여야 하겠다는 내용이었다.

여태 천연보살하고 있던 농민군은 이동 명령이 떨어지자 불난 집 사람들 나대듯 정신없이 나댔다. 논산에서 경천점까지는 30여 리였다.

농민군은 각 부대별로 정신없이 경천점으로 달렸다. 경천점에는 전봉준 말대로 집이 거의 비어 있었다. 두령들은 자물쇠가 잠긴 방은 절대로 손을 대지 말고 사랑방과 고방 등을 이용하라고 했다. 밥도 이제 각 집에서 해먹기로 했다.

초겨울 바람이 매서웠다. 이고 진 사람들이 길을 거슬러 내려오고 있었다. 피난행렬이었다. 피난민 행렬도 농민군 움직임만큼 발걸음이 빨랐다. 강경에서 논산으로 올 때까지만 하더라도 동네 사람들이 몰려나와 환영을 했는데 이제 모두 겁먹은 표정으로 피난길을 재촉하고 있었다. 전쟁이 벌어진다는 사실이 실감이 나기 시작했다. 들판에는 허수아비들이 을씨년스럽고 까치밥만 두어 개씩 달고 있는 동네 감나무도 한층 앙상해 보였다. 전봉준이가 경천점 가까이 왔을 때였다.

"이게 누군가?"

전봉준은 깜짝 놀랐다. 임군한이었다. 공주 쪽에서 오던 임군한이 말에서 내리며 절을 했다.

"어찌 됐는가?"

말에서 내린 전봉준이 임군한의 손을 잡으며 물었다. 임군한은 얼굴이 해쓱했다.

"김덕호 씨는 한양에 남아서 형편을 살피기로 했습니다."

임군한은 다시 말을 타고 전봉준을 따르며 이야기를 계속했다.

"듣고 계시겠지만 지금 조정은 일본 손에 들어가 버렸습니다. 대원군도 더 믿을 수가 없습니다. 나라 땅덩어리가 전부 농민군 어깨에 얹힌 것 같습니다."

임군한은 힘없이 말했다.

"알겠네. 이제 전쟁이 벌어지네. 자네가 거느려야 할 부대가 있네."

전봉준은 김확실이 임시로 맡고 있는 부대를 임군한한테 맡겼다. 포수와 재인 부대까지 임군한더러 거느리라고 했다.

경천점에 당도했다. 도소는 용배 양부 박성호 집으로 정했다. 용배 집은 아이들만 다른 데로 보내고 용배 양모와 폰개가 남아 집을 지키고 있었다.

두령들은 도소로 모였다. 백여 명씩 거느린 중간 두령들까지 50여 명이 모였다. 안방을 치우고 마루방 문을 열고 앞문도 열어 마루방과 마루까지 모두 비좁게 자리를 잡아 앉았다. 이싯뚜리만 보이지 않았다. 그는 지금 공주로 정탐을 나갔다.

"이제 관군과 일본군이 공주에 들어왔으니 공주를 차지하려면 어려운 싸움을 하게 생겼습니다. 조금 더 일찍 움직이지 못한 것이 아쉽습니다. 누구를 탓하고 말 것이 없습니다. 이것은 내 실책입니다. 이제부터라도 마음을 새로 다져 먹고 제대로 싸웁시다."

전봉준은 침통한 목소리로 말했다.

"공주 지형을 자세히 설명한 다음에 공격 지역을 배당하겠습니다. 공주 지형은 한번 설명했습니다마는 처음 듣는 사람도 있으니까 다시 자세히 설명하겠습니다."

전봉준은 창호지 전지에 자세하게 그린 지도를 벽에 붙였다.

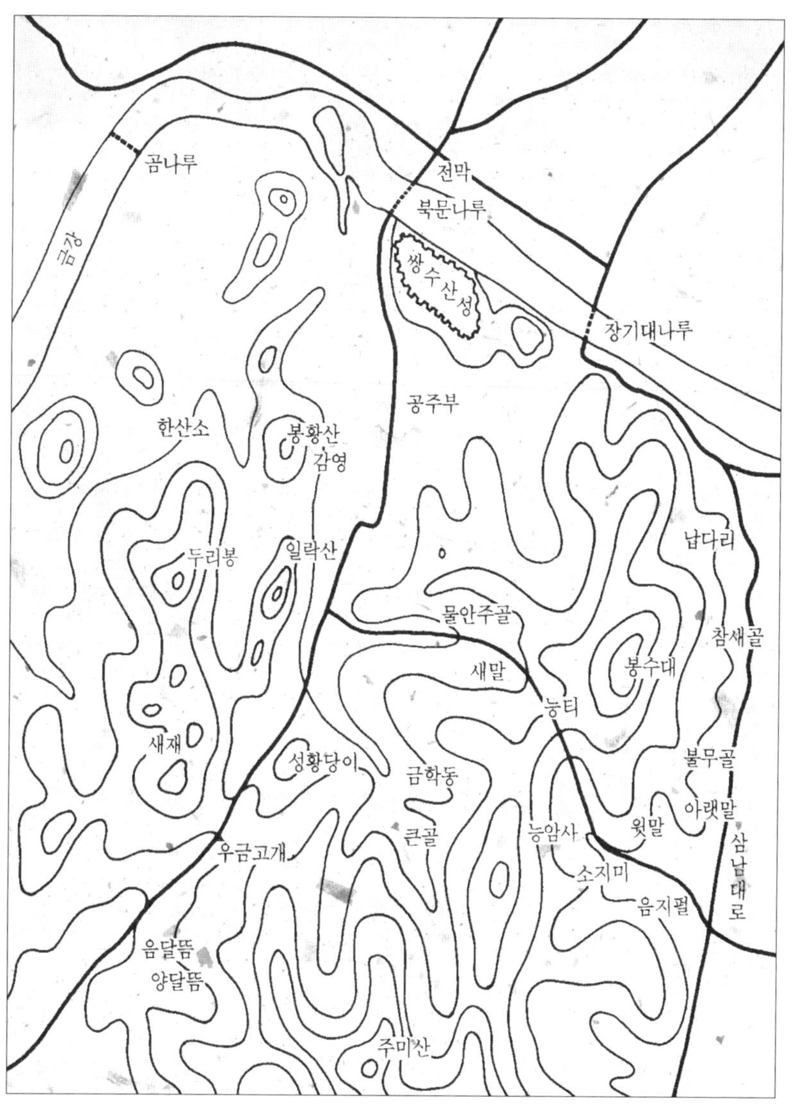
곰나루
전막
북문나루
금강
쌍수산성
장기대나루
공주부
한산소
봉황산
감영
납다리
두리봉
일락산
물안주골
참새골
새말
봉수대
능티
새재
불무골
성황당이
금학동
아랫말
윗말
큰골
능암사
삼남대로
우금고개
소지미
음지펄
음달뜸
양달뜸
주미산

공주전투 지형도

“이게 공주를 둘러싸고 있는 산줄기입니다. 이 산줄기들을 뱃전으로 치면 공주부는 배 안에 실린 형국입니다. 이 배가 공주를 싣고 계룡산 곁에 떠서 금강을 조금 밀고 올라가다가 그친 꼴입니다. 계룡산 줄기와 이 뱃전 사이로 나 있는 이 길이 전주에서 한양으로 올라가는 삼남대도입니다. 여기 왼쪽 이물 짬이 서북쪽 여러 고을로 통하는 곰나루이고, 오른쪽 여기가 쌍수산성 혹은 공산성이라고 하는 산성입니다. 공주에서 금강을 건너 북쪽으로 통하는 북문은 쌍수산성 왼쪽 바로 곁으로 나 있습니다. 그리고 쌍수산성 뒤로 돌아 이리 나온 이곳이 장기대나루라는 나루터입니다.”

전봉준이 막대기로 지도를 짚어가며 설명을 했다. 이물 짬인 북문과 고물 사이 직선거리는 10리가 조금 넘었다. 배 이물 짬에 있는 쌍수산성 북쪽은 깎아지른 듯한 절벽 아래로 금강을 굽어보고 있어 그 절벽이 천연의 성벽이라 강 쪽은 성벽을 쌓지 않고 나머지 주변에만 성벽을 쌓아 이루어진 성이었다.

“쌍수산성 이쪽 뱃전을 타고 이리 내려오면 여기가 이쪽 뱃전에서 제일 높은 월성산, 혹은 봉수대입니다. 봉화를 피우는 곳이래서 보통 봉수대라 부릅니다. 봉수대 바로 아래 산줄기가 허리를 낮춘 이곳이 능티고개입니다. 삼남대도로 올라가던 사람들이 공주로 들어갈 때는 장기대나루 있는 데까지 돌지 않고 바로 이 능티고개를 넘어서 공주부로 들어갑니다. 우리가 앞으로 공주로 진격할 진격로가 바로 이 능티고개입니다. 능티고개로 올라가기 전 이 조그마한 들판이 효포입니다. 여기 경천점에서 효포까지는 30여 리, 효포에서 장기대나루까지는 10리쯤 됩니다. 다시 능티고개에서 뱃전을 타고 죽 내려오면 여기 이 배 고물 짬에 높이 솟은 산이 주미산입니다."

지도를 가리키는 전봉준의 막대기는 산줄기를 죽 타고 내려와 주미산에서 멈추었다.

"이 주미산은 배 주舟 자 꼬리 미尾 자 글자 그대로 주미산입니다. 이 주미산 밑에 여기가 우금고개입니다. 우금티, 우금재 등 여러 가지로 불리는 이 고개는 저 아래 이인을 통해서 부여와 논산으로 빠지는 큰 고개입니다. 능티고개하고 이 우금고개가 공주에서 사람 왕래가 제일 많은 고개입니다."

쌍수산성 오른쪽 장기대나루에서 솟아오른 산줄기는 봉수대로 치솟았다가 허리를 낮춰 능티고개를 걸치고 그 다음부터는 높낮이가 별로 없이 남쪽으로 곧바로 한참 내려가다가 주미산으로 치솟는다. 주미산에서 다시 가파르게 아래로 미끄러져 내린 산줄기는 허리를 잔뜩 낮춰 우금고개를 걸친 다음 다시 힘을 내듯 불끈 치솟아오르는데 그 봉우리가 개줄배기이다. 산줄기는 개줄배기에서 다시 공주 부내를 오른쪽으로 곁눈질하며 곰나루 쪽으로 달리다가 낮은 산줄기 하나를 공주 부내 쪽으로 갈라주고 다시 등을 조금 낮춰 새재라는 재를 걸친 다음 우뚝 치솟는데 이것이 공주에서 제일 높은 산봉우리 두리봉이다. 산줄기는 마치 길이라도 찾듯 두리봉으로 높이 치솟았다가 금강에 막혀 하릴없이 곰나루 쪽 강가로 산자락을 넓게 깔며 잦아진다. 아까 부내로 나눠준 산줄기는 이미 산줄기와 나란히 북쪽으로 흐르며 듬성듬성 세 번 솟았다가 역시 금강에 막혀 잦아지는데 그 첫 번째 봉우리가 일락산, 그 다음이 봉황산이며, 이 산줄기와 어미 산줄기 사이로 흐르는 내가 곰내, 그 안통이 웅진동이다. 공주 감영은 봉황산을 뒤에 지고 산자락에 자리 잡고 있다.

이쪽 두리봉은 저 건너 계룡산 쪽 봉수대와 마주보고 있으며 주미산과는 삼각점을 이룬다. 이 세 산이 공주에서는 제일 높은 산이다. 공주에서 금강을 건너 북쪽으로 이어지는 세 개 나루 가운데 곰나루는 서북쪽 유구 쪽으로 이어지고, 북문나루는 곧장 천안을 거쳐 한양으로 내닫고 장기대나루는 조치원으로 이어진다.

"앞으로 우리는 능티고개와 우금고개를 넘어 공주로 진격하겠습니다. 진을 배치하기 전에 명심할 것 한 가지를 말씀드리겠습니다. 우리 기본 무기는 양총에 비해서 사거리가 짧은 화승총과 대창입니다. 화승총만 가지고 말하더라도 발사 거리는 물론 발사 속도도 양총과 비교가 안 됩니다. 그 약점을 보완하려면 우리는 숨을 곳이 많은 산에서 싸워야 합니다. 들판에서 싸우면 절대로 불리합니다. 반드시 산에서 싸워야만 합니다. 그리고 맞붙을 때는 같은 이치로 고개에서 붙는 것이 유리합니다. 산에서 싸우고 고개에서 맞붙습니다. 그리고 어디로든 움직일 때는 반드시 숨을 데를 봐놓고 움직여야 합니다. 전진하든 후퇴하든 움직일 때는 꼭 숨을 데부터 보고 움직여야 합니다. 이것을 병사들한테 철저히 일러 주십시오. 첫째 산에서만 싸운다. 둘째 고개에서 붙는다. 셋째 숨을 데를 보고 움직인다. 이 세 가지는 우리가 싸울 때 지켜야 할 철칙입니다."

전봉준은 세 가지 원칙을 힘주어 말했다. 두령들은 고개를 끄덕였다.

"그러면 진을 배치하겠습니다. 준비를 하고 있다가 내일 아침 새벽같이 출진을 하십시오."

두령들은 숨을 죽였다.

"선봉 송희옥 두령은 2천5백 명을 이끌고 늘티고개(무너머고개)를 넘어 조금 가다가 효포 못미처 여기 소정이란 데다 진을 치시오. 거기서 효포는 10리가 못됩니다. 효포에서 공주로 넘어가는 능티고개가 진격 목표입니다. 진을 치고 능티고개와 장기대나루 쪽 산성 모퉁이를 면밀하게 정탐하고 경계하며 기다리시오."

전봉준은 유한필을 봤다.

"좌익 유한필 두령은 좌익 2천7백 명을 이끌고 이인 쪽으로 가서 북접부대와 만나 적당한 자리를 보아 진을 치고 기다립니다. 달주가 거느린 별동대 5백 명도 같이 갑니다. 그쪽에는 북접군이 나가 있지만, 북접군은 전투 경험도 별로 없는데다가 무기도 우리보다 훨씬 떨어지기 때문에 우리가 앞장설 수밖에 없습니다."

경천점에서 이인은 산길로 30리가 빠듯했다. 이인 쪽에다 진을 치는 것은 30리 북쪽 우금고개를 겨냥한 배치였다.

"방금 말한 부대는 오늘 저녁에 만단 채비를 하고 있다가 내일 아침 일찍 떠납니다. 나머지 부대는 여기 그대로 머뭅니다."

전봉준은 계속했다.

"대충 알고 계시겠지만 다른 지역 움직임을 다시 말씀드리겠습니다. 지금 공주에는 순무영 관군과 일본군들이 들어와 있는데 더 올지도 모르겠습니다. 그러나 넓게 보면 그들은 우리 농민군한테 포위된 것이나 마찬가지입니다. 지금 금강 건너 공주 동북쪽 여기 한다리 쪽으로는 북접 영동과 옥천 부대가 주둔하고 있습니다."

한다리는 공주에서 금강을 건너 20여 리 지점으로 대교천을 건너

조치원으로 통하는 큰길의 목이었다.

공주에서 서북쪽으로 7,80리 지점인 유구에는 최한규가 충청도 해안 지방 곧 당진, 덕산, 해미, 서산, 홍주 등지에서 일어난 농민군들을 모아 진을 치고 있었다. 마곡사가 있는 유구는 남사고가 말한 십승지 가운데 하나로 예산과 온양으로 길이 나누어지는 삼거리였으므로 서북 교통의 중요한 목이었다. 여기서 공주로 나오면 곰나루 건너가 바로 공주 감영 뒷산인 봉황산이었다. 홍천에서는 고석주 등 두령들이 수천 명을 모아 남쪽 농민군을 기다리고 있었으며 그리고 수원에서는 지난번 1차 봉기 때 전주 농민군이 한양으로 쳐올라오기를 기다리던 김정현, 안승관 등이 다시 농민군을 모을 준비를 하고 있었다. 전봉준은 주변 정황을 설명한 다음 세성산에 대한 설명도 곁들였다. 그렇게 보면 공주와 홍주성 등 몇 고을과 경상도 말고 한강 이남은 모두 농민군이 차지하고 있는 꼴이었다.

말을 마치고 난 다음 전봉준은 송희옥을 따로 불렀다.

"불랑기는 어떻게 됐소?"

"밤중에 이리 가져오라 했습니다."

"크루프포와 함께 송두령 부대가 가지고 갑니다. 달주 부대하고 송두령 부대 양총 가진 병사들한테 실탄을 나눠주시오. 총 한 자루에 30발씩만 주고 나머지는 잘 간수해 두시오."

달주 부대에는 양총이 70여 자루쯤 되었고, 송희옥 부대는 30여 자루쯤 되었다. 지난번 강화영병한테서 빼돌린 양총 실탄이 1만 2천 발인데 양총이 전부 2백 자루쯤 되었으므로 한 자루에 60발 꼴이었다. 불랑기는 우리 구식포보다는 조금 나았으나 무겁기만 바윗덩어리였지 저 사람들 크루프 야포에 비하면 성능이 형편없었다. 그나마 포탄도 1문에 20발 꼴이었다. 그러나 일본군 포에 맞상대할 수 있는 포는 크루프포와 불랑기뿐이었다.

그때 효포 쪽으로 정탐을 나간 이싯뚜리는 자기 부하와 막동을 달고 능티고개 너머 산줄기 아래쪽에 숨어 산잔등 너머로 골짜기에 있는 관군을 노려보고 있었다. 공주 부내에서 능티고개로 올라오는 골짜기 물안주골에 관군 한 부대가 나와 있었다. 그들은 봉수대와 능티고개에 척후병을 보내 효포 쪽을 지켜보고 있었다. 봉수대는 서너 명, 능티고개에는 대여섯 명이었다. 물안주골에 있는 관군들은 그대로 한군데 몰려 앉아 대장의 말을 듣고 있었다. 그런데 웬일인지 공주 부내에서는 아까부터 총소리가 요란스러웠다.

"밑에서 누가 오는구만."

이싯뚜리 부하가 속삭였다. 저 아래서 병사들 둘이 달려왔다. 대장한테 뭐라고 했다. 대장이 대원들한테 뭐라고 지시를 하는 것 같았다. 대원들이 모두 일어섰다.

"저 위에 모두 내려온나! 철수한다, 내려와."

물안주골 본대에서 능티고개와 봉수대를 향해 소리를 질렀다.

"철수를 하다니?"

막동은 이싯뚜리를 돌아봤다. 이싯뚜리는 가만있으라는 손짓을 하며 그대로 보고 있었다. 능티고개와 봉수대 병사들이 내려오기 시작했다.

"저만치 더 가보자."

이싯뚜리는 패거리를 달고 산줄기 아래로 자리를 옮겼다. 바위 뒤에 몸을 숨기고 등성이 너머 관군들을 건너다봤다. 이싯뚜리 부하는 다복솔 밑에 바짝 붙어 보고 있었다. 그는 유별나게 키가 몽땅했다.

위에 있던 병사들이 내려오자 부대가 떠나기 시작했다. 대장은 그 자리에 남아 병사 예닐곱 명을 세워놓고 뭘 지시하고 있었다. 한참 뭐라고 하는 것 같았다. 여섯 명이 장교한테 인사를 하고 능티고개로 올라붙었다.

"정탐 보낸 모양이다."

막동이 속삭였다. 장교가 남은 병사 둘을 달고 내려갔다. 호위병인 듯했다. 본대는 벌써 저만큼 내려가고 있었다.

"저 자식 붙잡자."

이싯뚜리가 속삭였다. 막동과 몽당키는 엉뚱한 소리에 깜짝 놀랐다. 이싯뚜리가 뛰어나갔다. 두 사람도 뒤따라 뛰었다. 바삐 내달았다. 장교가 산굽이를 돌아가고 있었다. 본대는 보이지 않았다. 이싯뚜리는 길로 나섰다. 장교 뒤를 따라 내달았다.

"장교님!"

이싯뚜리가 불렀다. 장교가 깜짝 놀라 돌아봤다.

"누구여?"

호위병들이 총을 겨누며 소리를 질렀다.

"우리는 경천점 사람들이오. 지금 경천점에서 동학 난군들이 말이오……."

장교는 멍청하게 보고 있었고 병사들은 그대로 총을 겨누고 있었다. 이싯뚜리는 어리숙한 표정으로 연방 뭐라 씨월거리며 바짝 다가

섰다. 막동과 몽당키도 다가섰다.

"'새꺄!"

막동의 발이 후다닥 튀겼다. 순간 호위병 둘이 볼과 배를 싸안고 나가떨어졌다.

"손들어!"

이싯뚜리와 몽당키가 장교 배 앞에 단검을 바짝 들이댔다. 순간 막동의 발이 장교 왼쪽 배때기로 들어갔다. 장교도 옆구리를 싸안고 무릎을 꿇었다.

"그것들 처치해!"

이싯뚜리는 장교 목을 껴안고 허리에서 수건을 뽑으며 막동한테 소리쳤다. 이싯뚜리는 장교 입부터 틀어막았다. 몽당키는 장교 팔을 뒤로 돌려 묶었다. 그때 막동이 단검으로 호위병들 배를 푹푹 쑤셔 버렸다.

"일어서!"

이싯뚜리가 장교한테 단검을 겨누며 소리를 질렀다. 세 사람은 장교를 앞세우고 달렸다. 아까 넘어왔던 산줄기를 넘었다. 정탐 나간 관군 병졸들은 능티고개 숲 속으로 들어가고 보이지 않았다. 세 사람은 바람같이 큰 산줄기로 올라챘다. 큰 산줄기를 남쪽으로 타고 한참 내려가다가 아래 수풀 속으로 들어갔다.

"묻는 말에 바른대로 대답해라. 우리 농민군에는 쓸데없이 사람을 죽이지 말라는 강령이 있다. 전봉준 장군이 그 강령에 얼마나 철저한가, 그 소문은 너희들도 듣고 있을 것이다. 들었지?"

"예, 들었소."

작자는 발발 떨며 대답했다.

"바른대로 대면 목숨은 건질 수 있다. 거짓말하면 쑤셔버린다. 네가 아까 그 부대 대장이냐?"

이싯뚜리가 칼을 겨누며 물었다.

"예, 감영군 중군이오."

작자는 발발 떨며 대답했다. 세 사람은 깜짝 놀랐다.

"왜 철수하냐?"

"본대 지시요."

"아까 부내에서 난 총소리는 무슨 총소리냐?"

"부민들을 성으로 몰아넣느라고 총을 쏜 것 같소."

"성? 쌍수산성 말이냐? 왜?"

이싯뚜리는 거푸 물었다.

"부민들을 전부 쌍수산성으로 몰아넣어 농민군을 부내로 유인하자는 작전이오. 농민군이 부내로 몰려들면 성안에서 대포로 지져대기로 했소."

"농민군을 부내로 유인해서 포를 쏘아? 오매."

막동이 입을 앙다물었다. 지난번 전주 꼴이 생각난 모양이었다.

"우리가 산성을 칠 수도 있잖아?"

"그 대비도 하고 있소. 그때는 부민들을 앞세워서 막기로 했소."

"부민들을 앞세우다니?"

작자는 잠시 망설였다. 이싯뚜리가 칼을 바짝 들이대며 을렀다.

"부민들을 성채 위에다가 줄줄이 묶어서 꼼짝 못하게 겹겹으로 앉혀놓고 우리는 그 사이에 앉아서 총을 쏘기로 했소."

"뭐여?"

세 사람은 똑같이 소리를 질렀다.

"지금 공주로 오고 있는 경군하고 일본군이 다 올 때까지 시간을 끌자는 작전이오."

"지금 조정군하고 일본군은 얼마나 왔냐?"

"오늘은 경리청 성하영 영관이 구상조, 홍운섭이란 대관들하고 4개 중대를 거느리고 왔고 일본군 1백 명도 같이 왔소. 백낙완 1개 중대는 진즉 와 있소. 다른 부대도 지금 오는 중이오."

"1개 중대는 몇 명이냐?"

"140명이오."

"그럼 5개 중대, 음, 7백 명?"

이싯뚜리가 놀라 막동을 돌아봤다.

"모두 양총이냐?"

"예, 양총에 신식 대포에 회선포도 있소. 그런 포는 얼마나 되는지 모르겠소."

"공주에 와 있는 일본군은 얼마나 되냐?"

"전부터 몇 사람씩 왔다갔다했는데 많이 오기는 오늘이 처음인 것 같소."

"영병은?"

"여기저기서 불러와서 2천 명 가까이 되요."

"갑시다. 가서 우리를 도우면 당신 목숨은 건집니다."

이싯뚜리가 장교 손에 묶인 포박을 끄르고 앞세웠다. 해가 넘어가고 있었다. 이싯뚜리는 큰 산줄기를 타고 남쪽으로 더 내려오다가 삼남대로 쪽으로 길을 잡아 섰다. 아까도 이리 왔다. 작자는 아주 포기한 듯 앞장을 서서 다소곳이 걸었다. 큰길에 가까워질 무렵 땅거미가 지고 있었다. 산자락을 벗어나려 할 때였다. 작자가 후닥닥 튀었다.

"죽여라!"

이싯뚜리가 악을 썼다. 세 사람 손에서 단검과 표창이 쌩 날았다.

—윽.

작자가 오른쪽 귀 밑을 싸안고 무릎을 꿇었다. 모두 쫓아갔다. 단검이 귀 밑에 박혔다. 몽당키가 단검을 쑥 뽑았다. 피가 솟았다. 마치 칼을 따라 핏줄기가 달려나오듯 피가 엄청나게 솟았다.

정맥에 정통으로 꽂혔던 것이다.

"에끼 병신!"

막동이 작자 엉덩이에 꽂힌 자기 표창을 뽑으며 중얼거렸다.

"에이, 우리 칼 솜씨나 표창 솜씨를 미리 일러주는 건데."

이싯뚜리가 애석한 표정으로 작자를 내려다보며 이죽거렸다. 이싯뚜리는 저만큼 나무에 꽂힌 자기 칼을 뽑으며 중얼거렸다.

"여기까지 들어가 버렸구만."

몽당키가 자기 칼끝을 짚어 보이며 웃었다.

"내 솜씨는 곁에도 못 가겠는걸."

막동이 칭찬을 했다. 몽당키는 입이 함지박만해졌다. 자기 것만 제대로 꽂힌 게 몹시 자랑스러운 모양이었다. 이싯뚜리도 기분이 좋은 것 같았다. 그는 틈만 있으면 부하들한테 칼과 표창 연습 등 무술 연습을 시켰는데 그 효과가 난 것 같았다.

이때 도소에는 정탐 나갔던 다른 젊은이들이 헐레벌떡 뛰어들었다.

"지금 감영에서는 공주 부내 부민들을 전부 쌍수산성으로 몰아넣고 있습니다."

젊은이는 입김을 허옇게 내뿜으며 다급하게 토막말을 내뱉었다.

"부민들을 산성으로?"

전봉준이 물었다.

"예, 산에 진을 치고 있던 군사들도 모두 부내로 물러난 것 같습니다. 대포도 전부 산성으로 끌고 가고 있습니다."

"대포도?"

전봉준은 어리둥절한 표정이었다.

"예, 관군들이 집에 남아 있는 사람은 다 쐬죽인다고 악을 쓰고 다닙니다. 한 사람도 집에 남지 말고 산성으로 들어가라고 악다구니를 쓰며 골목골목 쓸고 다닙니다. 우리가 가까이 가서 봤습니다."

젊은이는 어지간히 숨을 바르고 나서도 연방 땀을 닦으며 주워섬겼다.

"왜 산성으로 몰아들이는 것 같더냐?"

"모르겠습니다. 하여간 몽둥이로 소 몰듯이 성으로 몰아넣고 있습니다."

"너희들 소견으로는 무슨 속셈으로 그런 것 같더냐?"

전봉준이 침착하게 물었다.

"백성을 성안에 몰아놓고 백성을 방패삼아 원군들이 올 때까지 시간을 벌자는 속셈이 아닌가 싶습니다."

"고생했다."

전봉준은 두령들 쪽으로 돌아앉았다.

"이 젊은이 말이 맞는 말 같습니다. 쌍수산성은 백제 때부터 난공불락의 요새입니다."

김원식이 말했다. 관군들이 밀리게 되면 산성으로 들어가리라는 짐작은 하고 있었지만 백성을 그렇게 이용할 줄은 미처 생각하지 못한 일이었다.

쌍수산성은 둘레가 5리쯤 되는 작은 산성이었다. 금강 쪽 깎아지른 듯한 절벽을 이용해서 북방 세력을 견제하려고 쌓은 성이었다. 백제 멸망 직후에는 의자왕이 잠시 머물기도 했고, 백제가 멸망한 뒤에는 이 성을 거점으로 백제 부흥운동이 벌어지기도 했으며, 신라 헌덕왕 때는 왕족 김헌창이 이 성을 거점으로 9개 주 가운데 4개 주를 장악하여 기세를 올린 일도 있고, 이괄의 난 때는 인조가 이 성으로 피난을 하여 난이 평정될 때까지 머물기도 했던 곳이었다. 공주는 백제 때는 물론 고려를 거쳐 조선시대까지 충청도 지방 행정의 중심이 되어왔는데, 전에는 공산성으로 불리다가 인조가 성안 쌍수정에 머물렀던 것이 계기가 되어 쌍수산성으로 이름이 바뀌었다. 전에는 토성이었으나 임진왜란 때 석성으로 개축하여 지금도 성벽이 허물어진 데가 별로 없이 단단했다.

"허허, 백성이 평소에는 밥이고 이럴 때는 방패구만. 전주에서는 백성 집에 불을 지르고 포격을 해서 우리한테 몰아붙이더니 이번에는 백성을 거꾸로 이용하자는 것인가?"

송희옥이 혼잣말처럼 중얼거렸다.

"관군들이 더 올 때까지 시간을 벌자는 수작 같은데 관군이 더 오면 어떻게 되겠습니까? 지금 당장 결판을 내야 합니다. 한시가 급합니다. 여기서 천안도 120리 하룻길입니다. 당장 오늘 저녁에도 일본군과 관군이 얼마나 몰려올지 모릅니다."

유한필이 다급하게 말했다.

"작자들은 지금 좁은 성에다 부민들을 전부 모아들여놓고 백성을 방패로 그 속에 숨어버렸는데 어떻게 공격합니까? 우리가 부내를 점령하면 그것은 부내를 불바다로 만드는 일밖에 안 될 것입니다. 전주에서 하던 꼴 보십시오. 공주는 말이 부지 전주부에 대면 형편없이 작습니다. 우리가 부내로 들어가면 우리한테 포를 쏘라고 스스로 뭉쳐주는 꼴이 되고 맙니다."

김덕명이 말했다.

"그러면 어떻게 하면 좋겠소?"

전봉준이 물었다.

"그렇다고 손 개얹고 앉아 있을 수는 없지 않겠습니까? 관군이 더 오기 전에 어떻게 하든지 공주를 점령해야 합니다. 이 전쟁의 승패는 공주를 점령하느냐 못하느냐에 달려 있다고 해도 과언이 아닙니다. 부민들이 좀 다치더라도 성을 공격하는 수밖에 없습니다."

김원식이었다.

"백성이 너무 많이 상할 것 같습니다. 저자들 눈에 백성은 개, 돼지도 아닙니다. 당장 전주서 서문 밖과 남문 밖 민가를 2천여 채나 불 지르고 성안에다 무차별 포격을 했습니다. 저자들이 부민들을 성안으로 끌어들인 데는 그 속에 숨어 있자는 것뿐만 아니라 더 무서운 흉계가 있을지 모릅니다. 우리는 전주에서 설마 백성한테까지 그렇게 험하게 나올 줄은 꿈에도 상상을 못했습니다. 여기서도 그렇게 되면 백성이 몇천 명이 죽을지 모릅니다."

김덕명이 반대를 했다.

"성을 공격할 방법을 놓고 말씀을 해봅시다. 백성을 되도록 상하지 않고 성을 함락시킬 방법은 없겠소?"

전봉준이 물었다.

"전에 홍경래가 전주성에서 웅거할 때 관군들은 성채 밑으로 굴을 뚫고 가서 화약으로 성채를 터뜨렸습니다. 성벽 밑에서 화약을 터뜨리면 어쩌겠습니까?"

최대봉이 조심스럽게 말했다.

"그러자면 화약이 엄청나게 많이 있어야 할 텐데 그런 화약이 어디 있습니까?"

고영숙이었다.

"동네 가서 사다리를 거둬가지고 성벽에다 천여 개 걸쳐놓고 넘어가면 어쩌겠습니까? 2,3백 개가 아니라 천여 개 걸쳐놓고 넘어가면 될 것 같습니다. 이 많은 수가 동네마다 돌아다니며 거둬들이면 천 개는 쉽게 거둬들일 것입니다."

황방호가 말했다.

"그럴듯합니다."

유한필이 맞장구를 쳤다. 사다리는 어느 동네나 두 집에 한개 꼴로는 있었다.

"그게 좋겠습니다. 사다리 천여 개를 떠메고 무작정 돌진해서 성벽에다 걸쳐놓고 비호같이 올라가는 것입니다."

송희옥이 말했다. 두령들이 가볍게 고개를 끄덕였다.

"어떻습니까?"

전봉준은 두령들을 돌아봤다.

"그게 좋겠습니다. 사다리 수가 많으면 많은 만큼 우리한테는 유리할 것 같습니다. 자기들도 성벽 위에서 쏠 테니 우리도 양총으로 엄호를 하면서 수천 명이 개미 떼처럼 올라가는 것입니다."

고영숙이 찬성을 했다. 이의가 없었다.

"그럼, 사다리로 공격을 하겠습니다."

전봉준이 아퀴를 지었다.

"지금부터 사다리를 모아옵니다. 천 개는 모아야겠습니다."

"사다리로 공격을 하더라도 밤이 좋지 않겠습니까? 모아가지고 이리 모일 것이 아니라 가면서 모으는 것이 좋겠습니다."

이유상이 말했다.

"그렇겠습니다. 부대를 나누어 사다리를 모으되 모아가지고 효포로 모입시다."

그때 이싯뚜리 일행이 달려들었다.

"감영 중군을 잡았습니다."

"중군?"

이싯뚜리는 중군 잡은 이야기와 중군한테서 뽑아낸 이야기를 늘어놨다.

"뭣이, 부민들을 줄줄이 묶어서 성채 위에다 꼼짝 못하게 겹겹으로 앉혀놓고 막아?"

두령들은 모두 얼빠진 표정이었다.

"그러면 사다린들 어떻게 맥을 추겠소?"

이유상이 말했다. 모두 꽁꽁 묶인 부민들이 성벽 위에 가득 앉아 있는 꼴을 상상하는 것 같았다.

"조정군과 일본군 8백 명에 영병 2천 명이 부민들 사이에 끼여 사다리를 내려다보고 양총으로 갈겨대면 우리는 맞받아 쏠 수도 없고, 거기다 우리한테 회선포에 대포까지 갈겨대면……."

고영숙이 중얼거렸다. 한참 들떴던 두령들은 머퉁이 맞은 꼴로 머쓱해지고 말았다.

"허허."

이유상이 허탈하게 웃었다. 결국 사다리 공격도 포기할 수밖에 없었다.

# ◎ 녹두장군 11권 어휘풀이

가을 아침 안개는 중대가리 깬다 가을 날씨는 아침에 안개가 끼면 낮에는 불볕이 나는 데서 나온 말.

가을에는 부지깽이도 덤벙인다 가을걷이 때는 할 일이 많아서 누구나 나서서 거들게 됨을 비유적으로 뜻하는 말.

가을일은 미련한 놈이 잘 한다 가을일은 일감이 많고 때를 다투므로 계획을 세워서 하기보다 닥치는 대로 해치우는 것이 더 낫다는 말.

거추없이 하는 짓이 어울리지 않게 싱겁게.

건등거리다 일을 착실하게 하지 않고 대충대충 해치우다.

걸쌈스럽다 남에게 지려고 하지 않고 억척스러운 데가 있다.

겨릅대 껍질을 벗긴 삼대.

격졸格卒 노군, 뱃사람.

견마지로犬馬之勞 개나 말 정도의 하찮은 힘이라는 뜻으로, 윗사람에게 충성을 다하는 자신의 노력을 낮추어 이르는 말.

금승말 갈기 외로 질지 바로 질지 모른다 어린 말의 갈기가 장차 어느 쪽으로 넘어질지 모른다는 뜻으로, 일이 앞으로 어떻게 될지 짐작할 수 없음을 비유적으로 이르는 말.

기포起包 동학 농민 운동 때 농민 등이 동학의 조직인 포包를 중심으로 하여 봉기蜂起하던 일.

꽃등 무슨 일이 한창 어우러진 때. 맨 처음으로 난 것.

날 샌 올빼미 신세 한물간 처지를 이르는 말.

도다녀오다 갔다가 머무를 사이 없이 빨리 돌아오다.

도둑 때는 벗어도 비늘때는 못 벗는다 도둑의 때는 벗어도 화냥의 때는 못 벗는다. 도둑 혐의는 벗을 수 있지만 부정不貞의 혐의는 벗기 어려움을 이르는 말.

도뜨다 말씨나 행동이 정도가 높다.

땅나구(당나귀) 좇치레 시원찮은 사람이 한가지는 제대로 갖췄다고 핀잔하는 말.

때기 '태'의 사투리. 짚이나 삼 따위로 꼬아 만들어 논밭의 새를 쫓는 데 쓴다.

떡심(이) 풀리다 낙담하여 맥이 풀리다.

뜨물 '물알'의 사투리. 아직 덜 여물어서 물기가 많고 말랑한 곡식알.

마파람 만난 아궁이에 삭정이불 쏠리듯 주변 기세에 덩달아 기세가 한층 오르는 경우를 이르는 말.

머루 먹은 곰 아주 능청스럽게 시치미 떼는 경우를 이르는 말.

머위 국화과의 여러해살이풀.

모가비 막벌이꾼이나 광대 따위와 같은 패거리의 우두머리.

밀화갓끈 밀랍 같은 누런빛이 나고 젖송이 같은 무늬가 있는 호박瑚珀으로 만든 구슬을 꿰어 단 갓끈.

반빗간 반찬을 만드는 곳.

반주검 반죽음.

방판幫辦 조선 말기의 관직. 개항 뒤 국내외 정세가 급격하게 변화하자 이에 대응하기 위하여 근대적 관청을 설치하고 그 실무를 담당하게 하려고 마련한 관직이다.

뱀 물린 개구리 소리 고통스런 비명소리를 이르는 말.

볼받다 과일이 익으려고 발그레지다.

부산나게 부산하게.

불상놈 아주 천한 사람을 낮잡아 이르는 말.

사문난적斯文亂賊 교리를 어지럽히고 사상에 어긋나는 언행을 하는 사람을 이르는 말.

사주때음 사주땜. 어려운 일을 당했을 때에, 사나운 사주 때문에 겪게 될 불행한 일을 다른 어려운 일로 대신하게 됨을 위안 삼아 이르는 말.

상강霜降 이십사절기의 하나. 한로寒露와 입동立冬 사이에 들며, 아침과 저녁의 기온이 내려가고, 서리가 내리기 시작할 무렵이다. 10월 23일경이다.

소한테 물렸다 위해를 당한 것 같으나 전혀 다치지 않은 경우를 우스개로 이르는 말.

송낙 예전에 여승이 주로 쓰던, 송라(소나무겨우살이)를 우산 모양으로 엮어 만든 모자.

쇠를 먹다 뇌물을 먹는다는 말.

시게전 시장에서 곡식을 파는 노점.

쌍통 '상통'의 사투리. 얼굴을 속되게 이르는 말.

어선御膳 임금에게 올리는 음식을 이르던 말.

언걸 다른 사람 때문에 당하는 괴로움이나 해害.

오형제 신세를 지다 '다섯 손가락'으로 자위행위를 하는 것을 이르는 말.

올벼신미 그해에 농사지은 올벼의 쌀을 처음 맛봄. 또는 그런 풍속. 특히, 영남과 호남 지방에서는 칠팔월 중에 좋은 날을 가려 그해에 농사지은 햇벼를 가마솥에 말려 떡과 밥을 하여 안방에 차려 놓고 조상에게 제사를 드린다.

웃다가 머퉁이 맞은 꼴 호의를 보이다가 도리어 책망 듣는 꼴. '머퉁이'는 핀잔의 사투리.

웃덮기 장사웃덮기. 겉으로만 허울 좋게 꾸미는 일. 장사하는 사람이 손님을 끌기 위하여 인심 좋은 체 하며 더 주는 시늉을 하는 데서 온 말.

이노우에 가오루井上馨 일본의 정치가. 제1차 이토伊藤 내각의 외상과 농상무상, 내상, 장상 등을 지냈으며, 1876년에 전권 대사로 우리나라와 강화도 조약을 맺고 임오군란 때에는 일본 대표로 우리나라와 한성 조약을 맺었다.

이서吏胥 관아에 속하여 말단 행정 실무에 종사하던 구실아치.

일습一襲 옷, 그릇, 기구 따위의 한 벌. 또는 그 전부.

일하는 데는 병든 주인이 아흔아홉 몫이다 무슨 일이든지 일을 주관하는 주인의 역할이나 태도가 중요함을 이르는 말.

잇바디 치열齒列.

전립戰笠 벙거지. 조선 시대에 무관이 쓰던 모자의 하나. 붉은 털로 둘레에 끈을 꼬아 두르고 상모象毛, 옥로玉鷺 따위를 달아 장식하였으며, 안쪽은 남색의 운문대단으로 꾸몄다.

중음中陰 중유中有. 사람이 죽은 뒤 다음 생生을 받을 때까지의 49일 동안을 이르며, 이 동안에 다음 삶에서의 과보果報가 결정된다고 한다.

지르퉁하다 못마땅하여 잔뜩 성이 나서 말없이 있다.

지름승 도폭선. 화승총의 화약까지 타들어가게 되어 있는 줄.

철릭 무관이 입던 공복公服. 직령直領으로서, 허리에 주름이 잡히고 큰 소매가 달렸는데, 당상관은 남색이고 당하관은 분홍색이다.

청개구리 뒤에 실뱀 따라다니듯 끈질기게 뒤를 재는 경우를 이르는 말.

취생몽사醉生夢死 술에 취하여 자는 동안에 꾸는 꿈속에 살고 죽는다는 뜻으로, 한평생을 아무 하는 일 없이 흐리멍덩하게 살아감을 비유적으로 이르는 말.

파파皤皤 머리털이 하얗게 센 모양. 또는 그런 머리털.

피리춘추皮裏春秋가 안은 암탉이다 짐작이 환하다는 말.

해롱거리다　버릇없이 경솔하게 자꾸 까불다.

훈유薰猶　향기나는 풀과 악취나는 풀.

흉하적　남의 결점을 드러내어 말함.